W9-BNS-678

WD

CASA DE
ESPÍAS

DANIEL SILVA

WD

CASA DE ESPÍAS

HarperCollins *Español*

Diseño de cubierta: Diego Rivera
Imágenes de cubierta: Dreamstime.com

Editora en Jefe: Graciela Lelli

ISBN: 978-1-41859-750-4

Impreso en Estados Unidos de América

18 19 20 21 22 LSC 9 8 7 6 5 4 3 2 1

Una vez más, para mi esposa, Jamie, y mis hijos, Nicholas y Lily

Cuidado con la furia de un hombre paciente.

John Dryden
Absalón y Ajitofel

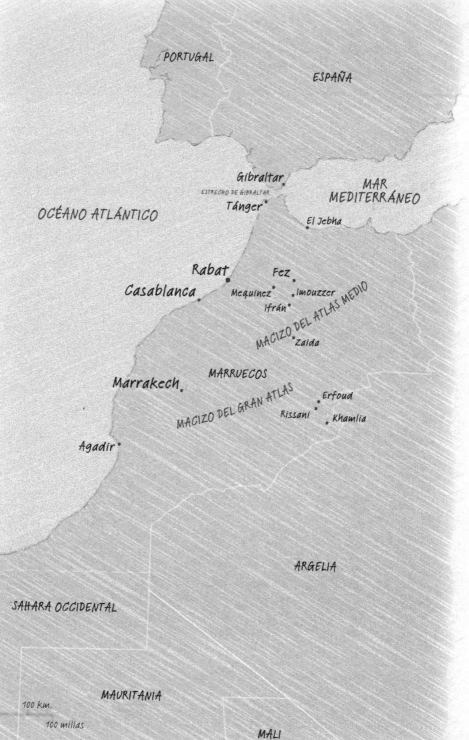

PORTUGAL

ESPAÑA

Gibraltar

ESTRECHO DE GIBRALTAR

MAR
MEDITERRÁNEO

OCÉANO ATLÁNTICO

Tánger

El Jebha

Rabat

Fez

Casablanca

Mequinez

Imouzzer

Ifrán

MACIZO DEL ATLÁS MEDIO

Zaida

MARRUECOS

Marrakech

MACIZO DEL GRAN ATLAS

Erfoud

Rissani

Khamlia

Agadir

ARGELIA

SAHARA OCCIDENTAL

100 km.

0

100 millas

MAURITANIA

MALI

PRIMERA PARTE

EL CABO SUELTO

1

KING SAUL BOULEVARD, TEL AVIV

Para ser algo tan insólito y cargado de riesgos institucionales, se llevó a cabo con el mínimo alboroto. Y con suma discreción, por cierto. Eso fue lo más notable: el sigilo que rodeó la operación. Hubo, desde luego, un anuncio oficial emitido en directo a toda la nación, una aparatosa reunión del gabinete y una lujosa fiesta en la villa de Ari Shamron a orillas del lago Tiberíades, a la que acudieron todos los amigos y colaboradores de su legendario pasado: directores de servicios de espionaje, políticos, sacerdotes del Vaticano, marchantes de arte londinenses y hasta un inveterado ladrón de cuadros parisino. Pero, aparte de eso, se hizo todo sin apenas levantar polvareda. Un día, Uzi Navot estaba sentado tras el amplio escritorio de cristal ahumado de su despacho de director y, al siguiente, Gabriel ocupaba su lugar. El moderno escritorio de Navot desapareció, eso sí, pues el cristal no era del gusto de Gabriel.

A él le gustaba más la madera. La madera antigua. Y los cuadros, cómo no. Tardó poco en descubrir que era incapaz de pasar doce horas diarias en un despacho sin tener cuadros a la vista. Colgó uno o dos pintados por él, sin firmar, y varios de su madre, que había sido una de las pintoras israelíes más importantes de su época. Incluso colgó un gran lienzo abstracto que Leah, su primera esposa, pintó cuando estudiaban juntos en la Academia Bezalel de Arte y Diseño de Jerusalén. Quien visitara la planta de dirección al final de la jornada, tal vez escuchara algunos compases de ópera —*La Bohème* era su favorita— colándose por la puerta de su despacho. Aquella música solo podía significar una cosa: que Gabriel Allon, el príncipe de fuego, el ángel vengador, el hijo predilecto de Ari Shamron, por fin había asumido el puesto que le correspondía como jefe del servicio secreto israelí.

Su predecesor, sin embargo, no fue muy lejos. En efecto, Uzi Navot se trasladó al otro lado del vestíbulo, a un despacho que, en la planta original del edificio, había servido de cubil fortificado a Ari Shamron. Era la primera vez que un director cesante permanecía bajo el mismo techo que su sucesor. Ello equivalía a quebrantar uno de los sacrosantos principios de la Oficina, según el cual cada cierto número de años debía limpiarse la broza y labrar de nuevo el campo. Había, ciertamente, varios exdirectores que seguían apareciendo en escena. De vez en cuando visitaban King Saul Boulevard y contaban batallitas, daban consejos de los que nadie hacía caso y, en general, no hacían otra cosa que estorbar. Y luego estaba, cómo no, Shamron el eterno, la zarza ardiente. Shamron, que había edificado la Oficina desde sus mismos cimientos, a su imagen y semejanza; que había dado al organismo su identidad y su lenguaje y que se consideraba dueño del derecho divino a intervenir a voluntad en sus asuntos. Fue él quien concedió a Navot el puesto de jefe y fue él también quien, llegado el momento, decidió deponerle.

Fue Gabriel, en cambio, quien insistió en que Navot se quedara, conservando todas las prebendas de las que había disfrutado durante sus años en el cargo. Compartían secretaria (la formidable Orit, conocida dentro de King Saul Boulevard como «La Cúpula de Hierro» por su eficacia a la hora de ahuyentar a visitantes inoportunos) y Navot seguía disponiendo de coche oficial y de toda una escolta de guardaespaldas, lo que causaba cierto malestar en la Knesset, pero se aceptaba como un mal necesario a fin de preservar la paz. La denominación de su puesto era difusa, pero eso era típico de la Oficina. A fin de cuentas, eran embusteros profesionales. Solo entre sí decían la verdad. Ante todos los demás, ante sus esposas e hijos y ante los ciudadanos a los que habían jurado defender, se escondían tras un manto de artificio.

Cuando sus respectivas puertas estaban abiertas, lo que sucedía casi siempre, Gabriel y Navot se veían el uno al otro a través del vestíbulo. Hablaban cada mañana a través de una línea segura, comían juntos, a veces en el comedor de personal; otras, a solas en el despacho de Gabriel, y a última hora del día pasaban juntos un rato de quietud acompañados por la ópera de Gabriel, que Navot, pese a sus refinados orígenes vieneses, aborrecía. No tenía oído para la música y las artes visuales le aburrían. Por lo demás, Gabriel y él estaban de acuerdo en todo, o al menos en todo lo tocante a la Oficina y a la seguridad del Estado de Israel. Navot había exigido tener acceso a Gabriel siempre que quisiera y lo había conseguido, e insistía en estar presente en todas las reuniones importantes del personal de dirección. Normalmente mantenía un silencio semejante al de una esfinge, con los gruesos brazos cruzados sobre el pecho de luchador y una expresión inescrutable en el semblante. Pero de cuando en cuando se permitía el lujo de acabar una frase de Gabriel, como si de ese modo quisiera dejar claro ante todos los presentes que, como solía decirse, estaban a partir un piñón. Que eran como Boaz y Jaquín, los dos pilares del pórtico del primer templo de Jerusalén, y que cualquiera que osara sembrar cizaña entre ellos lo pagaría muy caro. Gabriel era el jefe a ojos del pueblo, pero él seguía empuñando el bastón de mando y no toleraría intrigas en su corte.

No era probable que las hubiera, sin embargo, puesto que los funcionarios que componían el equipo de dirección eran uña y carne. Procedían todos ellos del Barak, el equipo de élite que había llevado a cabo algunas de las operaciones más afamadas de la historia de los servicios secretos hasta donde recordaban los anales. Durante años habían trabajado en el subsuelo, desde una serie de habitaciones abarrotadas que antiguamente se usaban como trastero para muebles y aparatos en desuso. Ahora ocupaban una hilera de despachos, comenzando desde la puerta de Gabriel. Hasta Eli Lavon, uno de los principales arqueólogos bíblicos de Israel, había accedido a abandonar su puesto de profesor en la Universidad Hebrea para volver a trabajar a tiempo completo en la Oficina. Teóricamente se ocupaba de supervisar a vigilantes, carteristas y, en general, a todos los agentes encargados de colocar dispositivos de escucha y cámaras ocultas. Gabriel, sin embargo, se servía de él como le parecía conveniente según la ocasión. Lavon era sin duda el mayor artista de la vigilancia que había dado la Oficina, y llevaba cubriéndole las espaldas desde los tiempos de la Operación Ira de Dios. Su pequeña madriguera, con sus fragmentos de cerámica y sus monedas y utensilios antiguos, era para Gabriel un lugar de reposo en el que a menudo se refugiaba unos minutos. Lavon nunca había sido muy hablador. Al igual que Gabriel, trabajaba mejor en la sombra y en silencio.

Algunos agentes veteranos dudaban de que fuera prudente que Gabriel poblara los despachos de dirección de amigos incondicionales y reliquias de su glorioso pasado. Casi todos, no obstante, se callaban sus recelos. Ningún otro director general, aparte de Shamron, por supuesto, había asumido el control de la Oficina con tanta experiencia a sus espaldas ni concitado tantos parabienes. Gabriel llevaba más tiempo que nadie en el oficio y por el camino había reunido una extraordinaria pléyade de amigos y colaboradores. El primer ministro británico le debía su carrera política. El papa, su vida. Aun así, Gabriel no era de los que reclamaban sin tapujos una vieja deuda. Los hombres verdaderamente poderosos —solía decir Shamron— nunca tenían que pedir un favor.

Pero Gabriel también tenía enemigos. Enemigos que habían truncado la vida de su primera esposa y habían tratado de eliminar a la segunda. Enemigos en Moscú y Teherán que veían en él el único escollo que les impedía alcanzar sus aspiraciones. De momento, Gabriel había logrado pararles los pies, pero no había duda de que volverían a atacar, igual que el hombre con el que había librado su última batalla. Era, de hecho, ese hombre el que ocupaba el primer lugar en la lista de prioridades del nuevo director general. Los ordenadores de la Oficina le habían asignado un nombre en clave elegido al azar. Pero, tras las puertas selladas de King Saul Boulevard, Gabriel y los nuevos jefes de la Oficina se referían a él por el grandioso apodo que se había dado a sí mismo: Saladino. Hablaban de él con respeto y hasta con un ápice de temor. Iba a por ellos. Solo era cuestión de tiempo. ✓

Había una fotografía que circulaba por los servicios de inteligencia aliados. La había hecho un agente de la CIA en la población paraguaya de Ciudad del Este, situada en el famoso Trifinio o Triple Frontera de Sudamérica. Mostraba a un individuo alto y corpulento, de rasgos árabes, que tomaba café en la terraza de un bar acompañado por cierto comerciante libanés sospechoso de tener vínculos con el movimiento yihadista internacional. El ángulo de la fotografía impedía aplicar con eficacia los programas informáticos de reconocimiento facial, pero Gabriel, dueño de una vista privilegiada entre las gentes de su oficio, estaba persuadido de que se trataba de Saladino. Le había visto en persona en el vestíbulo del hotel Four Seasons de Washington, dos días antes del peor atentado terrorista acaecido en suelo estadounidense desde el Once de Septiembre. Conocía su aspecto, sabía cómo olía, cómo se alteraba sutilmente la atmósfera cuando entraba o salía de una habitación. Y sabía cómo caminaba. Al igual que su tocayo, Saladino cojeaba ostensiblemente debido a una herida de metralla de la que se había recuperado a duras penas en una casa con numerosos patios y habitaciones, cerca de Mosul, en el norte de Irak. Aquella cojera se había convertido en su tarjeta de presentación. La apariencia física de una persona podía alterarse de muchas formas. El pelo podía cortarse o teñirse, y las facciones podían transformarse mediante cirugía plástica. Pero una cojera como la de Saladino era imborrable.

La cuestión de cómo había logrado escapar de Estados Unidos era materia de intensos debates, y los intentos posteriores de localizarlo habían resultado infructuosos. Se había informado de su presencia en Asunción, en Santiago y en Buenos Aires. Corría incluso el rumor de que había hallado refugio en Bariloche, la estación de esquí argentina tan del gusto de los criminales de guerra nazis. Gabriel lo descartó de inmediato, aunque estaba dispuesto a considerar la posibilidad de que Saladino se estuviera ocultando a plena vista. Fuera donde fuese, estaba planeando un nuevo ataque. De eso no cabía ninguna duda.

El reciente atentado de Washington, con sus edificios y monumentos en ruinas y su catastrófica cifra de víctimas mortales, había convertido a Saladino en la nueva cara del terror islamista. Pero ¿cuál sería su próximo golpe? El presidente de Estados Unidos, en una de sus últimas entrevistas antes de dejar el cargo, había aseverado que era imposible que Saladino llevara a cabo otro atentado a gran escala; que la respuesta militar norteamericana había hecho pedazos su formidable red terrorista. Saladino había respondido ordenando a una suicida que se hiciera saltar por los aires frente a la embajada estadounidense en El Cairo. Poca cosa, declaró la Casa Blanca. Un número limitado de víctimas y ningún estadounidense entre los fallecidos. El acto desesperado de un hombre que se sabía acabado.

Puede que sí, pero desde entonces había habido otros atentados. Saladino había atacado en Turquía prácticamente a su antojo: en bodas, autobuses, plazas y en el transitado aeropuerto de Estambul. Y sus acólitos de Europa occidental, esos que pronunciaban su nombre con fervor cuasi religioso, habían llevado a cabo, actuando en solitario, una serie de ataques que dejaron una estela de destrucción en Francia, Bélgica y Alemania. Se avecinaba, no obstante, algo de proporciones mucho mayores: un atentado coordinado, un ataque espectacular cuyos efectos rivalizarían con la destrucción desatada en Washington.

Pero ¿dónde? Parecía poco probable que Saladino volviera a atacar en Estados Unidos. Sin duda —afirmaban los expertos— el rayo no caería dos veces en el mismo sitio. Finalmente, la ciudad que Saladino escogió para su última aparición en escena no sorprendió a nadie, y menos aún a quienes se dedicaban a combatir el terrorismo. Pese a su inclinación por el más absoluto secreto, a Saladino le encantaba el espectáculo. Y si de espectáculo se trataba, ¿qué mejor lugar que el West End londinense?

2

ST. JAMES'S, LONDRES

Quizá fuera cierto, pensó Julian Isherwood mientras contemplaba los torrentes de lluvia que caían sacudidos por el viento desde un cielo negro. Tal vez el planeta estuviera averiado, después de todo. Un huracán en Londres, y en pleno febrero, nada menos. Alto y de porte algo tambaleante, Isherwood no estaba hecho para tales inclemencias. Había buscado refugio en el portal del Wilton's, un restaurante de Jermyn Street que conocía bien. Se subió la manga de la gabardina y miró ceñudo su reloj. Eran las 19:40. Llegaba tarde. Escudriñó la calle buscando un taxi. No había ninguno a la vista.

Del bar del Wilton's le llegó un goteo de risas desganadas, seguidas por la voz retumbante del gordinflón Oliver Dimbleby. El restaurante se había convertido en lugar de parada predilecto de un grupito de marchantes especializados en Maestros Antiguos que ejercían su oficio en las estrechas callejuelas de St. James's. En otro tiempo solían reunirse en el restaurante Green's y en el Oyster Bar de Duke Street, pero el Green's había tenido que echar el cierre debido a un contencioso con la empresa que gestionaba la inmensa cartera de valores inmobiliarios de la reina. Un síntoma de los cambios que se estaban operando en la zona y en el mundillo londinense del arte en general. Los Maestros Antiguos habían pasado de moda. A los nuevos coleccionistas, a los multimillonarios de la globalización que hacían sus fortunas instantáneamente

22

gracias a las redes sociales y a las aplicaciones para iPhone, solo les interesaba el arte moderno. Hasta los impresionistas estaban desfasados. Isherwood solo había vendido dos cuadros desde Año Nuevo: dos obras mediocres, de escuelas de poca monta y estilo ramplón. Oliver Dimbleby no vendía nada desde hacía seis meses, y lo mismo podía decirse de Roddy Hutchinson, al que se consideraba el marchante menos escrupuloso de todo Londres. Pese a todo, seguían reuniéndose cada noche en el bar del Wilton's para asegurarse unos a otros que pronto pasaría el temporal. Julian Isherwood, sin embargo, temía que no fuera así, ahora más que nunca.

No era la primera vez que conocía tiempos revueltos. Su porte y su vestimenta, ambos esmeradamente británicos, así como su apellido de profundas reminiscencias inglesas, ocultaban el hecho de que, al menos en rigor, distaba mucho de ser inglés. Era británico de nacionalidad y de pasaporte, sí, pero alemán de nacimiento, francés de crianza y judío de confesión. Solo un puñado de amigos íntimos sabían que Isherwood había llegado a Londres en 1942, siendo todavía un niño y en calidad de refugiado, tras cruzar los nevados Pirineos con ayuda de un par de pastores vascos. O que su padre, el afamado marchante de arte parisino Samuel Isakowitz, había perecido en el campo de exterminio de Sobibor junto con su madre. Aunque Isherwood ocultaba cuidadosamente los secretos de su pasado, la historia de su dramática huida de la Europa ocupada por los nazis llegó a oídos de los servicios de inteligencia israelíes y, a mediados de la década de 1970, durante una oleada de atentados palestinos contra objetivos israelíes en Europa, fue reclutado como *sayan* o colaborador voluntario. Isherwood tenía una sola misión: ayudar a levantar y mantener la tapadera de un restaurador de arte y asesino profesional llamado Gabriel Allon. Últimamente, sus trayectorias habían seguido rumbos muy distintos. Gabriel era ahora el jefe del servicio secreto israelí y, por tanto, uno de los espías más poderosos del mundo. Isherwood, en cambio, se hallaba a la entrada del restaurante Wilton's, en Jermyn Street, azotado por el viento del oeste y ligeramente borracho, esperando un taxi que no acababa de llegar.

Consultó de nuevo su reloj. Las 19:43. A falta de paraguas, se cubrió la cabeza con su vieja cartera de piel y se encaminó chapoteando hacia Piccadilly, donde, tras esperar cinco minutos bajo la lluvia, consiguió subirse a un taxi. Dio al taxista una dirección aproximada (le avergonzaba pronunciar el nombre del lugar al que se dirigía) y vigiló ansiosamente el paso de los minutos mientras el taxi avanzaba con lentitud hacia Piccadilly Circus. Allí torció hacia Shaftesbury Avenue y llegó a Charing Cross Road cuando el reloj daba las ocho. Isherwood llegaba ya oficialmente tarde para ocupar la mesa que tenía reservada.

Suponía que debía llamar para avisar de su tardanza, pero era muy probable que el establecimiento en cuestión cediera la mesa a otro cliente. Le había costado un mes de súplicas y chantajes conseguir la reserva, y no estaba dispuesto a arriesgarse a perderla por culpa de una llamada histérica. Además, con un poco de suerte Fiona ya habría llegado. Era una de las cosas que más le gustaban de ella: su puntualidad. También le gustaban su melena rubia, sus ojos azules, sus piernas largas y su edad: treinta y seis. De hecho, en ese momento no se le ocurría nada que le desagradara de Fiona Gardner, razón por la cual había invertido tanto esfuerzo en asegurarse una mesa en un restaurante en el que en circunstancias normales jamás habría puesto el pie.

Pasaron otros cinco minutos antes de que el taxi lo depositara por fin frente al St. Martin's Theatre, sede permanente de *La ratonera* de Agatha Christie. Cruzó rápidamente West Street hasta la entrada del célebre Ivy, su verdadero destino. El *maître* le informó de que la señorita Gardner no había llegado aún y de que, por obra de algún milagro, su mesa seguía libre. Isherwood entregó su abrigo a la chica del guardarropa y fue conducido a un reservado que daba a Litchfield Street.

Ya solo, miró críticamente su reflejo en la ventana. Con su traje de Savile Row, su corbata burdeos y su espeso cabello gris, lucía una elegante aunque dudosa figura, un aspecto que él mismo calificaba de decorosa desvergüenza. Aun así, no había duda de que había alcanzado esa edad que los gestores de patrimonio denominan «el otoño de la vida». Sí, se dijo con pesar, era *viejo*. Demasiado viejo para pretender a mujeres como Fiona Gardner. ¿Cuántas la habían precedido? Estudiantes de arte, galeristas novatas, recepcionistas, jovencitas guapas que atendían las pujas telefónicas de Christie's y Sotheby's. Él no era ningún donjuán. Las había querido a todas. Creía en el amor del mismo modo que creía en el arte. Amor a primera vista. Amor eterno. Amor hasta que la muerte nos separe. El problema era que nunca lo había encontrado, en realidad.

Se acordó de pronto de una tarde, hacía poco tiempo, en Venecia: una mesa en un rincón del Harry's Bar, un Bellini, *Gabriel*... Su amigo le había dicho que aún no era demasiado tarde, que todavía estaba a tiempo de casarse y tener uno o dos hijos. El rostro ajado que reflejaba el cristal de la ventana lo desmentía. Su fecha de caducidad había expirado hacía tiempo, pensó. Moriría solo, sin hijos y sin otra esposa que su galería de arte.

Consultó otra vez la hora. Las ocho y cuarto. Ahora era Fiona quien llegaba tarde, cosa rara en ella. Se sacó el móvil del bolsillo de la pechera y vio que tenía un mensaje. *LO SIENTO, JULIAN, PERO ME TEMO QUE NO VOY A PODER*... Dejó de leer. Supuso que era preferible así. Se ahorraría que le rompieran el corazón. Y, lo que era más importante, no haría de nuevo el ridículo.

Se guardó el teléfono y sopesó sus alternativas. Podía quedarse y cenar solo, o podía marcharse. Optó por lo segundo. Uno no cenaba solo en el Ivy. Se levantó, recogió su gabardina y, tras mascullar una disculpa dirigida al *maître*, salió rápidamente a la calle en el instante en que una furgoneta Ford Transit blanca se detenía con un frenazo frente al St. Martin's Theatre. El conductor se apeó al instante. Vestía un grueso chaquetón de lana y sostenía lo que parecía ser un arma. Y no un arma cualquiera, pensó Isherwood, sino un arma de guerra. Otros cuatro hombres se bajaron de la trasera de la furgoneta, ataviados con chaquetas gruesas y armados con idénticos fusiles de asalto. Isherwood apenas podía creer lo que estaba viendo. Parecía una escena sacada de una película. De una película que ya había visto otras veces, en París y en Washington.

Los cinco hombres se dirigieron tranquilamente, en formación de combate, hacia las puertas del teatro. Isherwood oyó el estrépito de la madera al reventar y, a continuación, disparos. Luego, unos segundos después, escuchó los primeros gritos, sofocados, distantes. Eran los gritos de sus pesadillas. Pensó de nuevo en Gabriel y se preguntó qué haría él en una situación semejante. Se metería en el teatro a pecho descubierto y salvaría tantas vidas como fuera posible. Pero él no tenía la destreza de Gabriel, ni su arrojo. No era un héroe. De hecho, era más bien lo contrario.

Aquellos gritos pavorosos se fueron intensificando. Isherwood sacó su móvil, marcó el número de emergencias e informó de que estaba teniendo lugar un atentado terrorista en el St. Martin's Theatre. Luego dio media vuelta y contempló el célebre restaurante que acababa de abandonar. Sus adinerados clientes parecían ajenos a la carnicería que estaba efectuándose a escasos metros de allí. Sin duda —se dijo—, los terroristas no se conformarían con una sola masacre. El icónico Ivy sería su siguiente parada.

Isherwood volvió a sopesar sus alternativas. Eran, de nuevo, dos. Podía huir o intentar salvar tantas vidas como fuera posible. Fue la decisión más sencilla de su vida. Mientras cruzaba a trompicones la calle, oyó una explosión procedente de Charing Cross Road. Luego otra. Y después una tercera. No era un héroe, pensó mientras cruzaba a la carrera la puerta del Ivy agitando los brazos como un loco, pero podía actuar como tal aunque solo fuera durante unos segundos. Tal vez Gabriel tuviera razón. Quizá no fuera demasiado tarde, después de todo.

3

VAUXHALL CROSS, LONDRES

Eran un total de doce, árabes y africanos de origen, europeos según su pasaporte. Todos ellos habían pasado algún tiempo en el califato del ISIS (en un campo de entrenamiento ya destruido, cerca de la antigua ciudad siria de Palmira) y habían regresado a Europa occidental sin ser detectados. Más adelante quedaría claro que habían recibido órdenes a través de Telegram, el servicio de mensajería instantánea que empleaba un sistema de cifrado de extremo a extremo. Solo les facilitaron una dirección, la fecha y la hora del ataque. Ignoraban que otros terroristas habían recibido instrucciones similares. Que formaban parte de una trama más vasta. De hecho, ignoraban que formaban parte de una acción coordinada.

Habían llegado al Reino Unido uno a uno, en tren o en ferri. Dos o tres fueron interrogados en la frontera. Los demás fueron recibidos con los brazos abiertos. Cuatro fueron a la localidad de Luton, cuatro a Harlow y otros cuatro a Gravesend. En cada una de esas direcciones, los esperaba un agente de la red afincado en Inglaterra. Y también las armas: chalecos explosivos y fusiles de asalto. Cada uno de los chalecos contenía un kilo de TATP, un explosivo cristalino altamente volátil fabricado a partir de quitaesmaltes y agua oxigenada. Los fusiles de asalto eran AK-47 de fabricación bielorrusa.

Los cómplices residentes en Inglaterra informaron rápidamente a las tres células de cuáles eran sus objetivos y el fin de la misión. No eran terroristas suicidas, sino combatientes suicidas. Debían matar a tantos infieles como pudieran utilizando los fusiles de asalto y hacer estallar los chalecos explosivos únicamente cuando la policía los tuviera acorralados. El objetivo de la operación no era la destrucción de edificios o de lugares emblemáticos, sino hacer correr la sangre, sin distinción de sexo o edad. No debían mostrar clemencia.

Entrada la tarde, en Luton, Harlow y Gravesend, los miembros de las tres células terroristas compartieron una última cena. Después, prepararon ritualmente sus cuerpos para la muerte. Por último, a las siete, subieron a tres furgonetas Ford Transit idénticas, de color blanco. Los agentes afincados en Inglaterra se ocuparon de conducir mientras los combatientes suicidas iban sentados atrás, con sus chalecos y sus armas. Ninguna de las tres células conocía la existencia de las demás, pero todas ellas se dirigían al West End de Londres y debían atacar a la misma hora. La sincronía era el marchamo de Saladino, que creía firmemente que en el terror, como en la vida, el sentido de la oportunidad era esencial.

El venerable Garrick Theatre había sido testigo de dos guerras mundiales, de una guerra fría, de una depresión y de la abdicación de un monarca, pero nunca había presenciado algo semejante a lo que ocurrió esa noche a las ocho y veinte, cuando cinco terroristas del ISIS irrumpieron en el teatro y comenzaron a disparar contra el público. Murió más de un centenar de personas durante los primeros treinta segundos del asalto, y otro centenar pereció en el transcurso de los pavorosos cinco minutos siguientes, cuando los terroristas avanzaron metódicamente por la sala, fila por fila, butaca por butaca. Unas doscientas personas lograron escapar por las salidas lateral y posterior, junto con todo el elenco de la función y los tramoyistas. Muchos no volverían a dedicarse al teatro.

Los terroristas salieron del Garrick a los siete minutos de haber entrado. Fuera se encontraron con dos agentes de la Policía Metropolitana desarmados. Tras matarlos a ambos, se dirigieron a Irving Street, donde continuaron la masacre de restaurante en restaurante, hasta que, finalmente, en las inmediaciones de Leicester Square, les salió al paso una pareja de agentes especiales de la policía, armados únicamente con pistolas Glock 17 de nueve milímetros. Aun así, lograron abatir a dos de los terroristas antes de que pudieran detonar sus chalecos explosivos. Dos de los supervivientes se inmolaron en el cavernoso vestíbulo del cine Odeon; el tercero, en un abarrotado restaurante italiano. En total, murieron cuatrocientas personas solamente en ese tramo del atentado, lo que lo convirtió en el más mortífero de la historia de Gran Bretaña, peor incluso que la destrucción del vuelo 103 de Pan Am que en 1988 estalló sobre Lockerbie, Escocia.

Pero, por desgracia, aquella célula de cinco miembros no era la única. Un segundo grupo de terroristas (la célula de Luton, como se la llamaría después) atacó el Prince Edward Theatre, también a las ocho y veinte, mientras en escena se representaba *Miss Saigón*. El Prince Edward era mucho más grande que el Garrick: tenía 1600 butacas en lugar de 656, de modo que la cifra de fallecidos dentro de la sala fue muy superior. Además, los cinco terroristas hicieron estallar sus chalecos suicidas en diversos bares y restaurantes de Old Compton Street. En apenas seis minutos, más de quinientas personas perdieron la vida.

El tercer objetivo era el St. Martin's: cinco terroristas, a las ocho y veinte en punto. Esta vez, sin embargo, intervino un equipo de agentes especiales de la policía. Más tarde, se haría público que un transeúnte, un hombre al que solo se identificó como un conocido marchante de arte londinense, había informado del ataque segundos después de que los terroristas entraran en el teatro. El mismo marchante había ayudado posteriormente a evacuar el comedor del restaurante Ivy. Gracias a ello, solo habían muerto ochenta y cuatro personas en ese tramo del atentado. Cualquier otra noche, en cualquier otra ciudad, esa cifra habría resultado inconcebible. Ahora, era un motivo de alivio. Saladino había llevado el terror hasta el mismo corazón de Londres. Y la ciudad ya nunca sería la misma.

A la mañana siguiente, la magnitud del desastre se hizo plenamente visible. La mayoría de los fallecidos seguían allí donde habían caído. De hecho, muchos de ellos continuaban ocupando sus butacas. El comisario de la Policía Metropolitana ordenó acordonar todo el West End e instó tanto a residentes como a turistas a no acercarse por la zona. El metro suspendió el servicio en todas sus líneas como medida de precaución. Los organismos públicos y los comercios permanecieron cerrados durante toda la jornada. La Bolsa de Londres abrió a su hora, pero se suspendió la sesión cuando los precios de las acciones cayeron en picado. Las pérdidas económicas, al igual que las humanas, fueron catastróficas.

Por motivos de seguridad, el primer ministro Jonathan Lancaster esperó hasta mediodía para visitar el lugar de la catástrofe. Acompañado por su esposa, Diana, recorrió a pie el trayecto entre el Garrick y el Prince Edward y llegó finalmente al St. Martin's. Después, frente al puesto de mando provisional que la policía había instalado en Leicester Square, se dirigió brevemente a la prensa. Pálido y visiblemente afectado, prometió que los responsables del atentado responderían ante la justicia.

—El enemigo tiene un propósito firme —declaró—, pero nosotros también.

El enemigo, sin embargo, permaneció extrañamente callado. Se publicaron, ciertamente, varios comentarios celebrando el ataque en las páginas web de costumbre, pero el mando central del ISIS guardó silencio. Por fin, a las cinco de la tarde hora de Londres, el Estado Islámico se atribuyó oficialmente la autoría del atentado a través de una de sus muchas cuentas de Twitter y publicó fotografías de sus quince autores materiales. Varios comentaristas políticos manifestaron su sorpresa por el hecho de que en ninguna de las declaraciones se citara el nombre de Saladino. Los verdaderos expertos, en cambio, no se sorprendieron. Saladino —dijeron— era un maestro. Y, como muchos maestros, prefería que su obra no llevara firma.

Si el primer día tras los atentados estuvo marcado por la solidaridad y el dolor, el segundo dio paso a la división y las acusaciones mutuas. En la Cámara de los Comunes, varios miembros del partido de la oposición arremetieron contra el primer ministro y los jefes de los servicios de inteligencia por no haber detectado a tiempo la trama terrorista. Preguntaron, sobre todo, cómo era posible que los terroristas hubieran conseguido fusiles de asalto en un país cuya normativa para el control de armas era de las más estrictas del mundo. El jefe de la Brigada Antiterrorista de la Policía Metropolitana emitió un comunicado defendiendo su actuación, y lo mismo hizo Amanda Wallace, la directora general del MI5. Graham Seymour, jefe del SIS, el Servicio Secreto de Inteligencia, prefirió en cambio guardar silencio. Hasta hacía poco tiempo, el gobierno británico ni siquiera reconocía la existencia del MI6, y a ningún ministro en su sano juicio se le habría ocurrido citar el nombre de su jefe en público. Seymour prefería hacer las cosas a la antigua usanza. Era, por carácter y por bagaje, un espía, y un espía jamás hacía declaraciones, cuando bastaba con pasarle un soplo envenenado a un periodista bien dispuesto.

La responsabilidad de proteger el Reino Unido del terrorismo recaía principalmente en el MI5, la Policía Metropolitana y el Centro Conjunto de Análisis del Terrorismo. Con todo, el Servicio Secreto de Inteligencia desempeñaba un papel importante en la detección de posibles tramas terroristas en el extranjero, antes de que llegaran a las vulnerables costas de Inglaterra. Graham Seymour había advertido repetidamente al primer ministro de que se avecinaba un atentado del ISIS en el Reino Unido, pero sus espías no habían logrado hacerse con los datos fehacientes que habrían podido evitarlo. De ahí que considerara el atentado de Londres, con su horrenda cifra de víctimas inocentes, como el mayor fracaso de su larga y distinguida carrera.

Seymour se hallaba en su espléndido despacho de Vauxhall Cross en el momento del ataque —había visto los destellos de las explosiones desde su ventana— y, durante los tétricos días que siguieron, apenas salió de él. Sus colaboradores más cercanos le suplicaban que durmiera un rato y, en privado, se mostraban preocupados por

31

su aspecto desmejorado. Seymour les contestaba en tono cortante que invertirían mejor el tiempo buscando información que evitara el siguiente atentado. Quería un cabo suelto, un miembro de la red de Saladino al que pudiera manipular y poner a su servicio. No debía ser una figura destacada: esos eran demasiado leales. El hombre que buscaba Graham Seymour sería apenas un figurante, un recadero, un correveidile. Posiblemente ni siquiera sabría que formaba parte de una organización terrorista. Incluso era posible que nunca hubiera oído el nombre de Saladino.

La policía, secreta o no, tiene ciertas ventajas en tiempos de crisis. Efectúa redadas y detenciones y celebra ruedas de prensa para asegurar a la ciudadanía que está haciendo todo lo posible por defender su seguridad. Los espías, en cambio, no tienen tales recursos. Actúan, por definición, en secreto, en callejones, habitaciones de hotel, pisos francos y otros lugares inhóspitos donde persuaden a otros espías, a menudo mediante coacción, para que revelen información vital a una potencia extranjera. En los albores de su carrera, Graham Seymour había llevado a cabo esa tarea. Ahora solo podía supervisar la labor de otros desde la cárcel de oro de su despacho. Su mayor temor era que otro servicio de espionaje encontrara el cabo suelto antes que él, verse de nuevo relegado a un papel secundario. El MI6 no podía desmantelar la red de Saladino por sí solo. Necesitaba la ayuda de sus aliados de Europa occidental y Oriente Medio y, al otro lado del charco, la de los norteamericanos. Pero si el MI6 lograba dar con el dato clave a tiempo, él sería el primero entre sus pares. Y, en el mundo moderno, eso era lo máximo a lo que podía aspirar el jefe de un servicio de espionaje.

Así pues, Graham Seymour siguió encerrado en su despacho día tras día, noche tras noche, viendo no sin envidia cómo la Policía Metropolitana y el MI5 desarticulaban los restos de la red de Saladino en Gran Bretaña. Los esfuerzos del MI6, en cambio, no daban ningún fruto significativo. De hecho, Seymour averiguó más cosas a través de sus aliados de Langley y Tel Aviv que de su propio personal. Finalmente, ocho días después del ataque, decidió que le sentaría bien pasar la noche en casa. Los registros informáticos mostrarían que su limusina Jaguar salió del aparcamiento subterráneo a las ocho y veinte en punto, casualmente. Pero cuando estaba cruzando el Támesis camino de su domicilio en Belgravia, su teléfono móvil emitió un suave ronroneo. Seymour reconoció el número, así como la voz de mujer que se dejó oír un instante después.

—Espero no pillarte en mal momento —dijo Amanda Wallace—, pero tengo algo que podría interesarte. ¿Por qué no te pasas por aquí a tomar una copa? Invito yo.

4

THAMES HOUSE, LONDRES

Graham Seymour conocía bien Thames House, el edificio a orillas del Támesis en el que el MI5 tenía su sede. Había trabajado allí más de treinta años antes de convertirse en jefe del MI6. Al recorrer el pasillo de la planta de dirección, se detuvo en la puerta del despacho que había ocupado cuando era subdirector general. Miles Kent, el actual subdirector, seguía sentado a su mesa. Era posiblemente el único hombre de Londres que tenía peor aspecto que Seymour.

—¡Graham! —dijo al apartar la vista de su ordenador—. ¿Qué te trae por este rinconcito del reino?

—Dímelo tú.

—Si lo hiciera —repuso Kent con voz queda—, la abeja reina me pondría de patitas en la calle.

—¿Qué tal se porta?

—¿No te has enterado? —Kent le hizo señas de que entrara y cerrara la puerta—. Charles la ha dejado por su secretaria.

—¿Cuándo?

—Un par de días después del atentado. Estaba cenando en el Ivy cuando la tercera célula entró en Saint Martin's. Dijo que eso le había obligado a replantearse muchas cosas. Y que no podía seguir viviendo así.

—Tenía una esposa y una amante. ¿Qué más quería?

—El divorcio, por lo visto. Amanda ya ha dejado el piso. Está durmiendo aquí, en su despacho.

—No es la única.

A Seymour le sorprendió la noticia. Había visto a Amanda esa misma mañana, en el número diez de Downing Street, y no le había comentado nada. A decir verdad, le alegraba que la azarosa vida amorosa de Charles hubiera salido por fin a la luz. Los rusos siempre se las ingeniaban para enterarse de esas indiscreciones, y no tenían escrúpulos a la hora de utilizarlas en su provecho.

—¿Quién más lo sabe?

—Yo me he enterado por casualidad. Ya conoces a Amanda, es muy discreta.

—Lástima que Charles no lo sea tanto. —Seymour hizo amago de abrir la puerta, pero se detuvo—. ¿Tienes idea de por qué quiere verme con tanta prisa?

—¿Por el placer de tu compañía?

—Venga ya, Miles.

—Lo único que sé —repuso Kent— es que tiene algo que ver con armas.

Seymour salió al pasillo. La luz de encima del despacho de Amanda estaba en verde. Aun así, tocó suavemente antes de entrar. La encontró sentada detrás de su enorme escritorio, con los ojos fijos en un dosier que tenía abierto sobre la mesa. Al levantar la vista, le dedicó una fría sonrisa. Daba la impresión —se dijo Seymour— de haber aprendido aquel gesto practicando delante de un espejo.

—Graham —dijo poniéndose en pie—, qué bien que hayas venido.

Salió lentamente de detrás de la mesa. Llevaba, como de costumbre, un traje pantalón bien cortado que realzaba su figura alta y algo desgarbada. Su actitud evidenciaba cierta cautela. Graham Seymour y Amanda Wallace habían ingresado en el MI5 al mismo tiempo y habían pasado casi treinta años enfrentándose a cada paso. Ahora ocupaban dos de los cargos más altos del espionaje occidental, y su rivalidad permanecía intacta. Resultaba sugerente pensar que el atentado alteraría la dinámica de su relación, pero Seymour estaba convencido de que no sería así. La inevitable investigación parlamentaria estaba al caer, y sin duda pondría al descubierto errores y omisiones graves por parte del MI5. Amanda se defendería con uñas y dientes. Y se aseguraría de que Seymour y el MI6 cargaran con su parte de culpa.

La bandeja con las copas había sido depositada en un extremo de la reluciente mesa de reuniones del despacho. Amanda preparó un *gin-tonic* para él y un martini con aceitunas y cebollitas para ella. Brindó en silencio, con gesto contenido. Luego condujo a Seymour a la zona de sofás y le indicó un moderno sillón de piel. La gran televisión de pantalla plana emitía imágenes de la BBC. Aviones de combate estadounidenses y británicos atacaban objetivos islamistas cerca de la ciudad siria de Raqqa. El gobierno central de Bagdad había recuperado buena parte de la porción iraquí del califato. Solo el santuario sirio permanecía en poder del ISIS, y se hallaba bajo asedio. No obstante, la pérdida de territorios no había logrado mermar la capacidad del Estado Islámico para llevar a cabo atentados terroristas en el extranjero. Los sucesos de Londres eran prueba de ello.

—¿Dónde calculas que está? —preguntó Amanda pasado un momento.

—¿Saladino?

—¿Quién, si no?

—No hemos podido localizar su...

—No estás hablando con el primer ministro, Graham.

—Si tuviera que aventurar una hipótesis, diría que no está en el cada vez más exiguo califato del ISIS.

—¿Dónde, entonces?

—Puede que en Libia o en alguno de los emiratos del Golfo. O podría estar en Paquistán o al otro lado de la frontera, en la zona de Afganistán controlada por los islamistas. O —añadió— quizá esté mucho más cerca. Tiene amigos y recursos. Y recuerda que antes era de los nuestros. Trabajaba para el Mukhabarat iraquí antes de la invasión. Y su labor consistía en procurar apoyo material a los terroristas palestinos predilectos de Sadam. Sabe lo que se trae entre manos.

—Eso es quedarse corto —comentó Amanda Wallace—. Saladino casi hace que una añore los tiempos del KGB y las bombas del IRA. —Se sentó frente a Seymour y dejó su copa sobre la mesa baja con aire pensativo—. Tengo que decirte una cosa, Graham. Se trata de algo personal, y muy feo. Charles me ha dejado por su secretaria. Él le dobla la edad. Es todo tan tópico...

—Lo lamento, Amanda.

—¿Sabías que tenía una amante?

—Algún rumor oí —contestó él con delicadeza.

—Yo no, y soy la directora general del MI5. Supongo que es verdad lo que dicen. La esposa es siempre la última en enterarse.

—¿No hay posibilidad de reconciliación?

—No, ninguna.

—El divorcio será complicado.

—Y costoso —añadió Amanda—. Especialmente para Charles.

—Te presionarán para que dejes el cargo.

—Por eso precisamente —repuso ella— voy a pedirte que me apoyes. —Se quedó callada un momento—. Sé que en buena medida soy la responsable de nuestra pequeña guerra fría, Graham, pero ya ha durado suficiente. Si cayó el Muro de Berlín, sin duda tú y yo también podemos ser amigos, o algo parecido.

—No podría estar más de acuerdo.

Esta vez, la sonrisa de Amanda pareció casi sincera.

—Y ahora pasemos al verdadero motivo por el que te he hecho venir.

Apuntó con un mando a distancia hacia la televisión y en la pantalla plana apareció la cara de un hombre de barba rala, ascendencia egipcia y unos treinta años de edad. Era Omar Salah, el cabecilla de la conocida como «célula de Harlow», abatido por un agente de las fuerzas especiales dentro del St. Martin's Theatre antes de que pudiera hacer explosionar su chaleco suicida. Seymour conocía bien su expediente. Era uno de los miles de musulmanes europeos que habían viajado a Siria e Irak después de que el ISIS proclamara su califato en junio de 2014. El MI5 le había sometido a vigilancia constante, tanto física como electrónica, durante más de un año tras su regreso a Inglaterra. Pero seis meses antes del atentado, había llegado a la conclusión de que Salah no suponía un peligro inminente. Los vigilantes del A4 andaban escasos de personal, y Salah parecía haber perdido su interés por el islamismo radical y la yihad. La orden de poner fin a su vigilancia llevaba la firma de Amanda. Lo que ni ella ni el resto del espionaje británico sabían era que Salah se comunicaba con el mando central del ISIS mediante métodos de cifrado que ni siquiera la todopoderosa Agencia de Seguridad Nacional estadounidense era capaz de descodificar.

—No fue culpa tuya —dijo Seymour en tono sereno.

—Puede que no —respondió ella—, pero alguien tendrá que pagar el pato, y es probable que sea yo. A menos, claro está, que pueda dar la vuelta al desafortunado caso de Omar Salah en mi provecho. —Hizo una pausa y luego añadió—: O quizá debería decir en *nuestro* provecho.

—¿Y cómo haríamos eso?

—Omar Salah no solo condujo a un grupo de asesinos islamistas al Saint Martin's Theatre. Hizo algo más. Fue él quien introdujo las armas en Inglaterra.

—¿De dónde las sacó?

—De un colaborador del ISIS afincado en Francia.

—¿Quién lo dice?

—Omar.

—Por favor, Amanda —dijo Seymour cansinamente—, es tarde.

Ella lanzó una mirada a la cara de la pantalla.

—Era bueno en lo suyo, nuestro Omar, pero cometió un pequeño error. Utilizaba el ordenador portátil de su hermana para llevar los asuntos del ISIS. Lo requisamos al día siguiente del atentado y hemos estado destripando el disco duro desde entonces.

Esta tarde encontramos los restos digitales de un mensaje cifrado del mando central del ISIS ordenando a Omar que viajara a Calais para encontrarse con un individuo que responde al apodo de Escorpión.

—Un nombre muy pegadizo —comentó Seymour con sorna—. ¿Se hablaba de armas en ese mensaje?

—El lenguaje estaba cifrado, pero era muy evidente. Y además coincide con un aviso que recibimos de la DGSI a finales del año pasado. Al parecer, los franceses tienen al tal Escorpión en su radar desde hace tiempo. Por desgracia, no saben mucho de él. Tampoco su verdadero nombre. La teoría en vigor es que forma parte de una red de narcotráfico, probablemente marroquí.

Tenía sentido, pensó Seymour. El nexo entre el ISIS y las mafias europeas era innegable.

—¿Has hablado con los franceses de esto? —preguntó.

—Yo no dejaría la seguridad del pueblo británico en manos de la DGSI. Además, me gustaría encontrar a ese Escorpión *antes* que los franceses. Pero no puedo —añadió rápidamente—. Mi jurisdicción termina donde empieza el mar.

Seymour se quedó callado.

—No es mi intención decirte cómo debes hacer tu trabajo, Graham, ni mucho menos. Pero, yo que tú, mandaría un agente a Francia a primera hora de la mañana. A alguien que hable el idioma. Que sepa moverse entre las mafias. Y a quien no le dé miedo mancharse las manos. —Sonrió—. No conocerás, por casualidad, a alguien que reúna esas condiciones, ¿verdad, Graham?

5

HAMPSHIRE, INGLATERRA

Había llegado a la ciudad portuaria del sur de Inglaterra como tantos otros antes que él, en la trasera de un furgón del gobierno con las ventanillas tintadas. El furgón había dejado atrás velozmente el puerto deportivo y los vetustos almacenes victorianos de ladrillo rojo y finalmente había tomado una estrecha pista de tierra que cruzaba la primera calle de un campo de golf frecuentado únicamente por las gaviotas la mañana de su llegada. Pasada la calle había un foso vacío y más allá un antiguo fuerte con muros de piedra gris. Construido originalmente por Enrique VIII en 1545, ahora era la sede de la academia de espías del MI6.

El furgón se detuvo un momento en la barbacana antes de entrar en el patio central, donde los coches del PD, el Personal Directivo, se hallaban estacionados formando tres filas impecables. El conductor del furgón, un tal Reg, apagó el motor y con una leve inclinación de cabeza indicó al hombre del asiento de atrás que se apeara. El Fuerte no era un hotel, podría haber añadido, pero no lo hizo. El nuevo recluta era un caso especial. Esa era, al menos, la directriz que el PD había recibido de Vauxhall Cross. Como todos los reclutas novatos, tendría que oír a cada paso que acababa de ser admitido en un club exclusivo cuyos miembros se regían por normas muy distintas a las de sus conciudadanos. Sabían cosas, hacían cosas que a otros les estaban vedadas. Dicho esto, a Reg, el hombre del asiento trasero no le pareció la clase de individuo que se dejaba impresionar por semejantes halagos. De hecho, daba la impresión de llevar mucho tiempo rigiéndose por normas poco convencionales.

El Fuerte lo componían tres alas: la este, la oeste y la central, donde tenía lugar el adiestramiento. Justo encima de la barbacana había una serie de estancias reservadas al director y más allá de la muralla una cancha de tenis, otra de *squash*, un campo de *croquet*, un helipuerto y una galería de tiro al aire libre. Había también una galería cubierta, pero Reg sospechaba que su pasajero no necesitaría mucha práctica en ese aspecto, ni con armas de fuego ni con armas de ninguna otra clase. Era un soldado de élite. Se notaba en su constitución física, en su mandíbula y en su forma de echarse la bolsa de lona al hombro antes de empezar a cruzar el patio. Sin hacer ningún ruido, advirtió Reg. Era, no había duda, un sujeto silencioso. Había estado en sitios que prefería olvidar y llevado a cabo misiones de las que nadie hablaba fuera de habitaciones insonorizadas e instalaciones de seguridad. Su existencia estaba envuelta en el más absoluto secreto. Era un tipo de cuidado.

Nada más pasar la entrada del ala oeste se hallaba el rinconcito en el que George Halliday, el portero, esperaba para recibirle.

—Marlowe —dijo el nuevo recluta con escasa convicción. Y luego, casi como si se acordara de pronto, añadió—: Peter Marlowe.

Halliday, el miembro más veterano del Personal Directivo —un vestigio de los tiempos del rey Enrique, según las leyendas que circulaban por el Fuerte— deslizó su pálido y fino dedo índice por un listado de nombres.

—Ah, sí, señor Marlowe. Le estábamos esperando. Siento que el tiempo esté así, pero más vale que se vaya acostumbrando —dijo mientras se inclinaba para extraer una llave de la fila de escarpias que había debajo de su mesa—. Primera planta, última habitación a la izquierda. Tiene suerte, da al mar y tiene unas vistas preciosas. —Dejó la llave sobre la mesa—. Confío en que pueda cargar con su bolsa.

—Confío en que sí —repuso el nuevo recluta con algo parecido a una sonrisa.

—Ah —añadió Halliday de repente—, casi se me olvida. —Se giró y extrajo un pequeño sobre de uno de los buzones que había en la pared, detrás de la mesa—. Esto llegó anoche para usted. Es de C.

El nuevo recluta cogió la carta y se la guardó en el bolsillo de la chaqueta. Luego se echó al hombro la bolsa, como un soldado, convino Halliday, y subió el tramo de antiquísimos escalones que llevaba a las habitaciones del personal. La puerta de la habitación se abrió con un chirrido. Al entrar, dejó que la bolsa resbalara de su hombro fornido y cayera al suelo. Observó su entorno con la atención de un especialista en vigilancia. Una cama individual, una mesilla de noche y una lámpara de lectura, un pequeño escritorio, un armario corriente para sus cosas y un aseo privado con bañera. Un estudiante recién graduado en una universidad de élite habría juzgado la habitación más que suficiente, pero el nuevo recluta no pareció impresionado. Poseía una riqueza considerable (conseguida por medios ilegales, pero aun así considerable) y estaba acostumbrado a vivir con más comodidades.

Se quitó la chaqueta y, al tirarla sobre la cama, el sobre se salió del bolsillo. De mala gana, rasgó la solapa y sacó la tarjetita. No llevaba membrete, solo tres líneas escritas con letra pulcra y una peculiar tinta de color verde.

Gran Bretaña está más segura ahora que tú estás aquí para velar por ella.

Un recluta cualquiera habría conservado la nota como recuerdo de su primer día de trabajo en uno de los servicios de espionaje más antiguos e imponentes del mundo. Pero el hombre que se hacía llamar Peter Marlowe no era un recluta corriente. Es más, había trabajado en lugares donde una nota como aquella podía costarle a uno la vida. De modo que, después de leerla —dos veces, como tenía por costumbre— la quemó en el lavabo del cuarto de baño y cuidó de que las cenizas se fueran por el desagüe. Se acercó a continuación a la ventana en forma de aspillera y miró mar adentro, hacia la isla de Wight. Y se preguntó, como había hecho ya otras veces, si no estaría cometiendo el peor error de su vida.

Huelga decir que en realidad no se llamaba Peter Marlowe. Su verdadero nombre era Christopher Keller, lo que era de por sí un misterio dado que, en lo que al gobierno de Su Majestad concernía, Keller llevaba muerto unos veinticinco años. De ahí que se le considerara el primer fallecido en servir a las órdenes de la inteligencia británica desde los tiempos de Glyndwr Michael, el indigente galés cuyo cadáver utilizaron los grandes maquinadores de la Segunda Guerra Mundial para engañar a la Alemania nazi en el marco de la Operación Mincemeat.

El Personal Directivo del Fuerte, sin embargo, desconocía este dato acerca de su nuevo recluta. De hecho, no sabían casi nada de él. Ignoraban, por ejemplo, que era un veterano del SAS, el Servicio Aéreo Especial; que aún tenía el récord del regimiento en la prueba de resistencia de las cuarenta y cinco millas campo a través por los abruptos montes de Brecon Beacons, al sur de Gales, o que había sacado la mejor nota absoluta en toda la historia de Killing House, el temido centro de entrenamiento del SAS, donde los miembros del regimiento perfeccionaban sus habilidades en el combate cuerpo a cuerpo. Una lectura atenta de su expediente (clasificado por orden directa del primer ministro) habría revelado que a finales de la década de 1980, durante una etapa especialmente violenta del conflicto de Irlanda del Norte, se había introducido en Belfast Oeste, donde vivió entre la población católica y consiguió insertar a varios agentes en el IRA. En ese mismo expediente se hacía mención, en términos más bien difusos, de un incidente acaecido en una granja de South Armagh al que, tras descubrirse su tapadera, condujeron a Keller para ser interrogado y ejecutado. Las circunstancias concretas que rodearon su huida eran borrosas, pero se saldaron con la muerte de cuatro miembros veteranos del IRA, dos de los cuales acabaron literalmente hechos pedazos.

Tras su precipitada evacuación de Irlanda del Norte, Keller regresó a la sede del SAS en Hereford creyendo que le esperaba un largo periodo de descanso y, después, un cómodo puesto de instructor. Pero, tras la invasión iraquí de Kuwait en agosto de 1990, fue destinado a un escuadrón especializado en la guerra en el desierto y enviado al oeste de Irak, donde se le encomendó la búsqueda del mortífero arsenal de misiles Scud de Sadam Husein. La noche del 28 de enero de 1991, Keller y su equipo localizaron un lanzamisiles a unos ciento sesenta kilómetros al noroeste de Bagdad y enviaron las coordenadas por radio a sus comandantes en Arabia Saudí. Una hora y media después, una escuadrilla de cazabombarderos aliados sobrevoló el desierto a baja altura. Pero, debido a un error desastroso, los aviones atacaron al escuadrón del SAS en lugar de destruir la base enemiga, y los oficiales británicos llegaron a la conclusión de que la unidad al completo había perecido en el ataque, incluido Keller.

En realidad, sobrevivió al bombardeo sin un solo rasguño, para lo cual parecía tener un talento especial. Su primer impulso fue ponerse en contacto por radio con su base y pedir que le sacaran de allí. Pero, furioso por la incompetencia de sus superiores, finalmente decidió echar a andar. Oculto bajo los ropajes de un árabe del desierto y entrenado para moverse sin ser detectado, logró pasar entre las fuerzas de la coalición e introducirse en Siria clandestinamente. Desde allí, se dirigió al oeste cruzando Turquía, Grecia e Italia, hasta que finalmente recaló en la agreste isla de Córcega, donde cayó en brazos de Don Anton Orsati, un jefe mafioso cuya familia de bandidos corsos estaba especializada en el asesinato por dinero.

El don le procuró una casa y una mujer que curase sus heridas. Luego, cuando Keller hubo descansado, le dio trabajo. Con su aspecto nórdico y su entrenamiento militar, Keller era capaz de llevar a cabo encargos irrealizables para los *taddunaghiu*, los sicarios corsos de Orsati. Haciéndose pasar por directivo de la pequeña empresa de aceite de oliva de Orsati, Keller había pasado casi veinticinco años recorriendo Europa occidental con el objetivo de matar por orden del don. Los corsos le acogieron como uno de los suyos y él correspondió a su generosidad adoptando sus costumbres. Se vestía como un corso, comía y bebía como un corso y contemplaba el resto del mundo con el desdén fatalista de un isleño. Incluso llevaba un talismán corso colgado al cuello (un trozo de coral rojo con forma de mano) para protegerse del mal de ojo. Ahora, después de tantos años, había vuelto a casa, a una antigua fortaleza de piedra gris que se cernía sobre un frío mar de granito. Iban a enseñarle a ser un auténtico espía británico. Pero primero tendría que aprender a ser de nuevo un inglés.

Los otros miembros de la promoción de Keller eran más del gusto del MI6: blancos, varones y miembros de la clase media o privilegiada. Todos ellos, además, acababan de graduarse en Oxford o Cambridge. Todos menos Thomas Finch, que había estudiado en la London School of Economics y trabajado como banquero de inversiones en la City antes de sucumbir por fin a las repetidas insinuaciones del MI6. Finch hablaba chino con fluidez y se consideraba especialmente listo. Durante su primera clase se quejó, bromeando solo a medias, de que había aceptado un recorte sustancial de sus ingresos a cambio del honor de servir a su país. Keller podría haberse jactado de lo mismo, pero tuvo la prudencia de no hacerlo. Les contó a sus compañeros que había trabajado en una empresa de alimentación y que en su tiempo libre le gustaba dedicarse al montañismo, todo lo cual era cierto. En cuanto a su edad —era con mucho el mayor de la clase, tal vez el recluta más viejo de la historia del Fuerte—, aseguró haber descubierto tardíamente su vocación, lo que no era cierto en absoluto.

El curso se titulaba oficialmente Curso de Formación para Agentes de Inteligencia y tenía como objetivo formar a los nuevos reclutas para que pudieran desempeñar tareas básicas en Vauxhall Cross, si bien todos ellos tendrían que someterse a cursos de entrenamiento adicional antes de asumir misiones en el extranjero, o corrían el riesgo de dañar de manera irreparable los intereses de su país o de hundir su carrera como espías. Había dos instructores principales: Andy Mayhew, un tipo grandullón, pelirrojo y charlatán, y Tony Quill, un exagente y corredor, flaco como un galgo que, según se decía, era capaz de engatusar a una monja para quitarle el hábito y robarle el rosario sin que se diera cuenta. Vauxhall Cross había revisado con todo cuidado el expediente de ambos para cerciorarse de que ninguno de ellos se había cruzado anteriormente con un efectivo del SAS llamado Christopher Keller. Y, en efecto, ninguno se había cruzado con él. Mayhew apenas había salido del cuartel general. Y Quill había actuado principalmente en el Telón de Acero y Oriente Medio. Ninguno de los dos había pisado nunca Irlanda del Norte.

La primera etapa del curso versaba acerca del propio MI6: su historia, sus logros, sus fracasos más sonados y su estructura. Se trataba de un organismo mucho más reducido que sus homólogos ruso y norteamericano, pero tenía buena pegada —como gustaba de decir Quill—, gracias a la astucia natural y la sagacidad de sus mandos. Mientras que los americanos ponían el énfasis en la tecnología, la especialidad del MI6 era el espionaje humano, y sus efectivos eran considerados los mejores reclutadores y coordinadores de agentes del oficio. La IB, la rama de inteligencia, se encargaba de la ardua tarea de persuadir a hombres y mujeres para que traicionaran a sus países de origen o a los organismos a los que pertenecían. Dicha sección estaba compuesta por unos trescientos cincuenta agentes, la mayoría de los cuales trabajaban en embajadas británicas dispersas por el mundo, protegidos por la cobertura diplomática. Otros ochocientos, poco más o menos, trabajaban en el Departamento de Servicios Generales. Eran agentes especializados en cuestiones técnicas o que desempeñaban labores administrativas en las distintas circunscripciones geográficas del MI6. Cada circunscripción estaba al mando de un supervisor que informaba al director. Aunque Mayhew y Quill lo ignoraban, C ya había decidido que el recluta conocido como Peter Marlowe no trabajaría en ninguna de las circunscripciones ya existentes. Sería una circunscripción en sí misma. Una demarcación de un solo hombre.

Tras echar el cemento institucional, Mayhew y Quill se centraron en el ejercicio del espionaje humano: el mantenimiento de una tapadera rigurosa, la detección de la vigilancia y las distintas formas de eludirla, el uso de códigos secretos, de buzones muertos, de brevísimos encuentros para el intercambio de información, de recursos mnemotécnicos. Porque la memoria —les dijo Quill— era el único amigo que tenía un espía. Luego vinieron, como era lógico, las largas y detalladas lecciones acerca de cómo localizar posibles informantes y reclutarlos con éxito. En ese aspecto, Keller llevaba mucha ventaja a sus condiscípulos: había reclutado y dirigido agentes en un lugar en el que el más pequeño desliz equivalía a una muerte atroz. De hecho, estaba casi seguro de que podría haberles enseñado a Mayhew y Quill un par de cosas acerca de cómo llevar a cabo una reunión secreta de modo que tanto el agente infiltrado como su contacto salieran indemnes. Pese a todo, en las aulas del ala central, adoptaba la actitud de un alumno callado y atento, ansioso por aprender pero poco dispuesto a congraciarse con los demás o a tratar de impresionarlos. Eso se lo dejaba a Finch y a Baker, un licenciado en literatura por Oxford que ya estaba tomando notas para su primera novela de espías. Keller hablaba únicamente cuando se dirigían a él y nunca levantaba la mano y ofrecía voluntariamente una respuesta. Era tan invisible como podía serlo en una salita abarrotada por doce alumnos. Claro que él siempre había tenido ese talento especial: el don de hacerse invisible a ojos de quienes le rodeaban.

En las calles de la cercana Portsmouth, donde realizaban la mayoría de los ejercicios prácticos, su formidable destreza resultaba más ✓difícil de ocultar. Vaciaba sus buzones muertos sin mover una ceja, y ejecutaba impecablemente los intercambios de información en encuentros fugaces. A las seis semanas de empezar el curso, el MI5 mandó un equipo de vigilantes del A4 para que participaran en un simulacro de contravigilancia de un día de duración. El objetivo del ejercicio era demostrar que una vigilancia física eficaz (la de verdad, no la chapucera) era casi imposible de detectar. Los demás reclutas no vieron a uno solo de sus vigilantes del MI5. Keller, en cambio, identificó correctamente a cuatro miembros de un equipo de élite que le siguieron durante una visita al centro comercial de Cascades. Presa de incredulidad, el MI5 exigió una segunda prueba cuyos resultados fueron idénticos. La sesión del día siguiente estuvo dedicada no a detectar la vigilancia, sino a eludirla. Keller tardó cinco minutos en dar esquinazo a sus perseguidores y desaparecer sin dejar rastro. Le encontraron mucho después, esa noche, cantando en francés en el karaoke del Druid's Arms de Binsteed Road. Salió del *pub* con el nombre, el número de teléfono y la dirección de todos los presentes, junto con una proposición de matrimonio. A la mañana siguiente, Quill llamó a Vauxhall Cross para preguntar dónde habían encontrado a Peter Marlowe.

—No le hemos encontrado —le contestaron—. Es de la cosecha privada de C.

—Pues mandadme diez más como él —repuso Quill— y Gran Bretaña volverá a dominar el mundo.

El verdadero trabajo del curso se hacía por las noches, en el bar y el comedor de los reclutas. Se les animaba a beber (el alcohol, les dijeron, desempeñaba un papel importante en la vida de un espía) y varias veces por semana se les unía un invitado especial a la hora de la cena. Supervisores, expertos policiales, agentes legendarios. Algunos todavía estaban en activo. Otros eran figuras apolilladas y de traje arrugado que rememoraban sus duelos con el KGB en Berlín, Viena y Moscú. Rusia volvía a ser el objetivo prioritario y el mayor adversario del MI6: como observó un amojamado combatiente de la guerra fría, la gran partida se había reanudado. Quill advirtió a sus alumnos de que, con el tiempo, los rusos tratarían de metérselos en el bolsillo a todos, ya fuera a base de halagos, ofrecimientos de dinero o mediante el chantaje. Su respuesta cuando el oso llamara a su puerta decidiría si podían seguir durmiendo por las noches o se pudrirían en un infierno autoinfligido. A continuación, les puso un vídeo de la famosa rueda de prensa que dio Kim Philby en 1955 negando ser un espía del KGB. La calificó del mejor ejemplo de hipocresía que había visto nunca o volvería a ver.

James Bond podía tener licencia para matar, pero los auténticos agentes del MI6 no la tenían. El asesinato como herramienta de trabajo estaba estrictamente prohibido, y la mayoría de los espías británicos rara vez llevaban un arma, y mucho menos disparaban en acto de servicio. Aun así, no eran simples espías de salón, o al menos no todos lo eran, y el mundo era un lugar cada vez más peligroso. Lo que significaba que tenían que saber básicamente cómo manejar un arma de fuego: dónde insertar el cargador, cómo cargar la bala, cómo sujetar la pistola para no dispararse a sí mismos o a un colaborador, ese tipo de cosas. En ese aspecto, la habilidad de Keller también era difícil de ocultar. El primer día de las prácticas de tiro, el instructor le dio una pistola, una Browning de nueve milímetros, y le dijo que disparara apuntando a la silueta humana colocada a quince metros de distancia. Keller levantó el arma a la velocidad del rayo y, aparentemente sin apuntar, perforó la cabeza del blanco con trece balazos. Cuando le pidieron que repitiera el ejercicio, acertó con todas las balas del cargador en el ojo izquierdo del blanco. De allí en adelante, quedó exento de las prácticas de tiro. Tampoco tuvo que participar en el curso de defensa personal básica, después de que estuviera a punto de dislocarle un hombro a un instructor que, por puro despiste, le apuntó con una pistola descargada. Después de aquello, nadie, ni siquiera Mayhew, que tenía la planta de un jugador de *rugby*, quiso medirse en el tatami con él.

Los mantenían prácticamente aislados de la población civil de los alrededores, pero Mayhew y Quill no hacían ningún esfuerzo por escamotearles las noticias del mundo exterior. Todo lo contrario, en realidad. Cada mañana, a la hora del desayuno, les esperaba una remesa de periódicos británicos y extranjeros, y en la sala de recreo había una televisión en la que podían verse todos los canales de noticias europeos e internacionales. En torno a ella se reunieron la noche del atentado de Londres, cabizbajos, furiosos y sabedores de que aquella era la guerra en la que pronto entrarían a luchar. Uno de ellos, antes que los demás.

A la semana siguiente, el curso tocó a su fin. Los doce alumnos aprobaron sin problemas, y Peter Marlowe sacó la nota más alta. Finch quedó segundo, con una nota respetable, pero a mucha distancia. Esa noche cenaron juntos por última vez en compañía de Mayhew y Quill. Y por la mañana dejaron las llaves de sus respectivas habitaciones sobre la vieja mesa de George Halliday y sacaron su equipaje al patio, donde Reg, el chófer, aguardaba sentado al volante de un minibús para conducir a los flamantes espías a Londres. Faltaba uno, sin embargo. Le buscaron por todas partes: en las habitaciones del ala este, del ala oeste y del ala central, en la galería de tiro, en la pista de tenis, en el campo de *croquet* y en el gimnasio, hasta que, finalmente, a las nueve de la mañana, Reg partió para Londres con once reclutas en lugar de doce. Fue Quill quien encontró el cabo de cuerda bajo su ventana, un minúsculo retazo de tela ondeando como un gallardete en el alambre de la valla de seguridad, y las pisadas frescas en la playa, dejadas por un hombre que caminaba deprisa y pesaba unos noventa kilos, la mayoría de ellos de masa muscular. Una pena, pensó Quill. Diez más como él y Gran Bretaña habría vuelto a dominar el mundo.

6

WORMWOOD COTTAGE, DARTMOOR

La ruta que siguió en su huida, al igual que la que siguió Saladino para escapar de Norteamérica, nunca llegó a conocerse con exactitud. Había ciertas pistas, no obstante, como el robo de un Volkswagen Jetta azul claro en el supermercado Morrisons de Gosport a las diez y cuarto de esa misma mañana. El coche apareció por la tarde, a unos ciento sesenta kilómetros al oeste de Devon, aparcado frente a la tienda y oficina de correos del pueblecito de Coldeast. El depósito estaba lleno de combustible y en el salpicadero había una nota escrita a mano en la que el ladrón pedía disculpas a su propietario por los inconvenientes que pudiera haberle causado. La policía de Hampshire, que tenía jurisdicción sobre el asunto, abrió una investigación. Pero las pesquisas se interrumpieron bruscamente tras una llamada de Tony Quill al jefe de policía, que no tuvo inconveniente en entregar la nota manuscrita junto con el vídeo de las cámaras de vigilancia del aparcamiento de Morrisons, aunque posteriormente se le oyó comentar que estaba harto de las travesuras de los chicos de la antigua fortaleza del rey Enrique. Jugar a los espías en las calles de Portsmouth era una cosa, pero robarle el coche a un ciudadano de a pie, aunque fuera para hacer prácticas, era sencillamente una mala pasada.

El municipio de Coldeast solo era digno de mención por una cosa: se hallaba junto a las lindes del Parque Nacional de Dartmoor. Ese día en concreto llovía a cantaros y oscureció antes de lo previsto. De ahí que nadie viera a Christopher Keller cuando echó a andar por Old Liverton Road con una mochila al hombro. Cuando llegó a Liverton Village Hall era noche cerrada. No importó: Keller conocía el camino. Tomó un sendero bordeado de setos y siguió hacia el norte, más allá de Old Leys Farm. Se detuvo una vez en la cuneta para dejar pasar a una destartalada camioneta, pero, fuera de eso, se habría dicho que era el último hombre vivo sobre la faz de la Tierra.

«Gran Bretaña está más segura ahora que tú estás aquí para velar por ella.»

A la altura de Brimley, puso rumbo al oeste siguiendo una serie de pistas de tierra hasta llegar a Postbridge. Más allá del pueblo había una carretera que no figuraba en ningún mapa y, al final de la carretera, una verja cuyo aspecto, pese a su discreción, denotaba una serena autoridad. Parish, el guardés, había olvidado dejarla abierta. Keller la saltó sin hacer ruido y enfiló la larga avenida de gravilla que conducía a la casa de campo de piedra caliza que se alzaba sobre un otero, en medio del páramo sombrío. Una luz amarilla brillaba como una vela sobre la puerta delantera, que no estaba cerrada con llave. Antes de entrar, Keller se limpió cuidadosamente los pies en el felpudo. El aire olía a carne, a hierbas aromáticas y a patatas. Se asomó a la cocina y vio a la señorita Coventry, maquillada y de figura vagamente imponente, de pie frente al horno abierto, con un delantal atado alrededor de la amplia cintura.

—Señor Marlowe —dijo al volverse—, le esperábamos más temprano.

—Tuve que demorar un poco la salida.

—Confío en que no haya tenido problemas.

—En absoluto.

—Pero ¡fíjese! ¡Cómo está, pobrecillo! ¿No habrá venido caminando desde Londres?

—No, nada de eso —contestó Keller con una sonrisa.

—Me está poniendo el suelo perdido de agua, y estaba limpio.

—¿Podrá perdonarme?

—Lo dudo. —La señorita Coventry se hizo cargo de su chaqueta empapada—. Le he preparado su antiguo cuarto. Hay ropa limpia y algunas cosas de utilidad. Tiene tiempo de darse un buen baño caliente antes de que llegue C.

—¿Qué hay de cena?

—Pastel de carne.

—Mi plato preferido.

—Por eso lo he hecho. ¿Le apetece una taza de té, señor Marlowe? ¿O mejor algo más fuerte?

—Un poco de *whisky*, quizá, para calentarme los huesos.

—Enseguida se lo preparo. Ahora suba, antes de que coja un buen resfriado.

Keller dejó sus zapatos en la entrada y subió a su cuarto. Pulcramente extendido sobre la cama, había un cambio de ropa: pantalones de pana, un jersey verde oscuro, ropa interior y zapatos de ante de cordones, todo ello de la talla adecuada. También había un paquete de Marlboro y un encendedor de oro. Keller leyó la dedicatoria grabada: *Por el futuro*. Sin nombre ni encabezamiento. No eran necesarios.

Se quitó la ropa mojada y pasó largo rato bajo el chorro caliente de la ducha. Cuando regresó a su cuarto, había un vaso de *whisky* en la mesilla de noche, sobre un tapetito blanco del MI6. Tras vestirse, bajó al salón con la copa en la mano. Graham Seymour, elegantemente vestido de franela y *tweed*, estaba sentado frente al fuego, escuchando las noticias en la vieja radio de baquelita.

—Lo del coche robado —comentó al ponerse en pie— ha sido un toque bonito.

—En un caso como este, conviene armar un poco de ruido. ¿No fue eso lo que me enseñaste?

—¿Lo fue? —Seymour le dedicó una sonrisa malévola—. Me alegro, en todo caso, de que no hayas recurrido a la violencia.

—Un agente del MI6 —repuso Keller con burlona seriedad— jamás recurre a la violencia. Y si se ve en la necesidad de sacar un arma o asestar un puñetazo, es porque no ha hecho bien su trabajo.

—Quizá tengamos que replantearnos esa política —comentó Seymour—. Lamento mucho haber perdido a un hombre como Peter Marlowe. Tengo entendido que sacó unas notas impresionantes en el curso de formación. Andy Mayhew estaba tan preocupado por tu desaparición que ha presentado su dimisión.

—¿Quill no?

—No —contestó Seymour—. Quill está hecho de una pasta más dura.

—Confío en que no hayáis sido muy duros con el pobre Andy.

—Yo mismo he asumido la responsabilidad, aunque he ordenado que revisen por completo el perímetro de seguridad del fuerte.

—¿Quién más está al corriente de nuestra pequeña estratagema?

—El supervisor para Europa occidental y dos de sus colaboradores más veteranos.

—¿Y Whitehall?

—El Comité Conjunto de Inteligencia —repuso Seymour meneando la cabeza— no ha sido informado.

El Comité Conjunto de Inteligencia era el órgano supervisor tanto del MI6 como del MI5. Se encargaba de fijar prioridades, evaluar resultados, aconsejar al primer ministro y asegurarse de que los espías respetaban las normas del juego. Graham Seymour había llegado a la conclusión de que el Servicio Secreto de Inteligencia necesitaba espacio para maniobrar. De que, en un mundo plagado de peligros en el que las amenazas se hallaban por todas partes, de vez en cuando había que elevar las apuestas. De ahí que hubiera retomado su relación con Christopher Keller.

—¿Sabes? —dijo Seymour, recorriendo con la mirada la recia figura de Keller—, casi pareces otra vez uno de los nuestros. Es una pena que tengas que irte.

Entraron en la cocina y se sentaron a la mesa, en un acogedor rinconcito cuyas ventanas emplomadas daban al páramo. La señorita Coventry les sirvió el pastel de carne con clarete procedente de la bien surtida bodega de la casa y una ensalada para facilitar la digestión. Seymour pasó gran parte de la cena interrogando a Keller sobre el curso de formación. Le interesaba especialmente saber qué opinaba sobre sus compañeros de clase.

—¿No has visto las notas y las evaluaciones? —preguntó Keller.

—Claro que sí. Pero valoro tu criterio.

—Finch es una auténtica víbora —dijo Keller—, o sea, que tiene madera para ser un buen espía.

—Las notas de Baker también eran bastante buenas.

—Igual que el primer capítulo de la novela que está escribiendo.

—¿Y el curso en sí mismo? —preguntó Seymour—. ¿Han conseguido enseñarte algo?

—Eso depende.

—¿De qué?

—De qué uso pienses darme.

Con la sonrisa cautelosa de un espía, Seymour declinó la sutil invitación de Keller a informarle acerca de su primera misión como agente de pleno derecho del MI6. Mientras la lluvia acribillaba las ventanas del comedor, le habló, en cambio, de su padre. Arthur Seymour había servido como espía a las órdenes de Inglaterra durante más de treinta años, pero, en las postrimerías de su carrera, cuando Philby y el resto de los topos y traidores dieron al traste con su trabajo, el servicio secreto le envió a aquel montículo de piedra gris junto al mar para que insuflara su pasión por el oficio a la siguiente generación de espías británicos.

—Y lo detestó de principio a fin —comentó Seymour—. Sabía perfectamente que aquello suponía el fin de su carrera. Siempre creyó que el Fuerte era una cripta a la que el servicio había arrojado su cadáver descompuesto.

—Ojalá pudiera verte ahora.

—Sí —contestó Seymour distraídamente—. Ojalá, en efecto.

—¿Era muy duro contigo?

—Era duro con todo el mundo, sobre todo con mi madre. Por suerte, de mí apenas se acordaba. Estuve con él en Beirut en los sesenta, cuando Philby también andaba por allí. Después me mandó al internado. Y desde entonces solo le veía un par de veces al año.

—Supongo que se llevaría un chasco cuando ingresaste en el MI5.

—Amenazó con desheredarme. Creía, como todo el mundo en el MI6, que en el MI5 solo había policías y destripaterrones de clase obrera.

—¿Por qué lo hiciste, entonces?

—Porque quería que me valoraran por mis propios méritos. O tal vez —añadió pasado un momento— porque no quería unirme a un servicio que los traidores habían dejado en las últimas. Puede que quisiera atrapar espías, en lugar de reclutarlos. O que quisiera impedir que estallaran bombas del IRA en nuestras calles. —Hizo una pausa y luego añadió—: Y ahí entrabas tú.

Se hizo un breve silencio.

—Hicimos un buen trabajo en Belfast, tú y yo. Impedimos muchos atentados, salvamos la vida de un sinfín de civiles. ¿Y qué hiciste? Te fugaste y te uniste a la banda de asesinos de Don Orsati.

—Hay un par de asuntos que te has dejado en el tintero.

—Solo para ahorrar tiempo. —Seymour sacudió la cabeza lentamente—. Lloré mucho tu muerte, cabrón. Igual que tus padres. Intenté dar ánimos a tu padre en tu funeral, pero no había forma de consolarlo. Fue algo horrible, lo que les hiciste.

Keller encendió un cigarrillo y le mostró su nuevo mechero de oro a Seymour.

—¿Te acuerdas de lo que dice la dedicatoria?

—Entendido. Todo eso es agua pasada. Has sido rehabilitado por completo, Christopher. Estás en plena forma. Ahora, lo único que necesitas es una chica guapa que viva contigo en esa preciosa

casa que tienes en Kensington. —Seymour fue a coger un cigarrillo, pero se detuvo—. Ocho millones de libras, bonita suma. Según mis cálculos, eso te deja unos veinticinco millones limpios,
ganados al servicio de Don Orsati. Por lo menos, ahora el dinero
está en una sólida institución financiera británica y no en uno
de esos bancos de Suiza o las Bahamas donde lo tenías antes. Ha
sido repatriado, igual que tú.

—Teníamos un trato —repuso Keller quedamente.

—Y pienso cumplirlo. Descuida, puedes quedarte con tu vil
metal.

Keller no contestó.

—¿Y la chica? —preguntó Seymour cambiando de tema—.
¿Tienes alguna en perspectiva? Tendremos que investigarla minuciosamente, ya lo sabes.

—He estado un poquito ocupado, Graham. No he tenido ocasión de conocer a muchas chicas.

—¿Qué hay de la que te propuso matrimonio en el Druid's
Arms?

—Estaba bastante borracha. Y además creía que era francés.

—Sin duda no es la primera que comete ese error —repuso
Seymour con una sonrisa.

7

LONDRES – CÓRCEGA

Hacía quince años que Christopher Keller no permitía que nadie le hiciera una fotografía. La última vez, estaba sentado en un precario taburete de madera, en una tiendecita de las montañas del centro de Córcega. Las paredes de la tienda estaban llenas de retratos —de novias, de viudas, de patriarcas—, todos ellos muy serios, pues los habitantes de la aldea eran gente circunspecta, que desconfiaba de los forasteros y de los inventos modernos como las cámaras fotográficas, de las que se creía que servían para echar el mal de ojo. El fotógrafo era pariente de Don Anton Orsati, un primo lejano, no por vía consanguínea, sino conyugal. Aun así, se había sentido intimidado en presencia de aquel inglés hosco y taciturno, del que se decía que se encargaba de los trabajos que los *taddunaghiu* del clan Orsati no podían llevar a cabo. El fotógrafo le había hecho seis fotografías ese día. Keller estaba tan distinto en cada una de ellas que no parecía la misma persona. Las fotografías figuraban en los seis pasaportes franceses falsos que Keller había utilizado durante su etapa de sicario profesional. Dos de ellos seguían en vigor. Uno lo guardaba en la cámara acorazada de un banco de Zúrich; el otro, en Marsella. Era este un dato que había preferido no revelarles a sus nuevos jefes del Servicio Secreto de Inteligencia. Convenía —pensaba Keller— tener un as guardado en la manga: nunca sabía uno cuándo podía hacerle falta.

El técnico que le hizo la foto para el MI6, inquieto también por su presencia, trabajó con precipitación excesiva. La sesión tuvo lugar no en el edificio de Vauxhall Cross (que Keller debía visitar lo menos posible), sino en un sótano de Bloomsbury. El resultado final mostraba a un hombre serio, de unos cincuenta años, que parecía haber regresado recientemente de unas largas vacaciones al sol. Se llamaba, según el pasaporte en el que se incluyó finalmente la fotografía, Nicholas Evans, y no tenía cincuenta años, sino cuarenta y ocho. El MI6 le facilitó un permiso de conducir británico con el mismo nombre, además de tres tarjetas de crédito y un maletín lleno de documentos relativos a su tapadera, que tenía algo que ver con el *marketing* y las ventas. Keller entró además en posesión de un teléfono móvil del MI6 que le permitiría comunicarse con Vauxhall Cross por un canal seguro cuando estuviera cumpliendo una misión. Daba por sentado, con razón, que Vauxhall Cross emplearía asimismo el teléfono para rastrear sus movimientos y, cuando fuera necesario, para espiar sus conversaciones. Pensaba, por tanto, deshacerse de él a la primera ocasión.

Salió de Londres a la mañana siguiente, en el Eurostar de las 5:40, con destino a París. El tren llegó a su destino a las nueve y cuarto, por lo que Keller dispuso de casi dos horas para comprobar si le estaban siguiendo. Empleando las técnicas que le habían enseñado Mayhew y Quill en el Fuerte (y algunas otras que había aprendido en las calles de Belfast Oeste), se convenció sin sombra de duda de que no.

El siguiente tren que tomó, el TGV con destino a Marsella, salió de la Gare de Lyon a las once y media de la mañana. Keller pasó el trayecto trabajando con diligencia en su portátil a fin de mantener su tapadera mientras, por la ventanilla, los colores cézannianos del sur (amarillo cromo, siena tostado, verde viridián, azul ultramar) cruzaban centelleando su visión periférica como un grato recuerdo de la niñez. Llegó a Marsella a las dos en punto y pasó la hora siguiente deambulando por las sucias calles del centro, que tan bien conocía, hasta que estuvo seguro de que su llegada había pasado inadvertida. Por fin, entró en la oficina que la Société Générale, un banco privado, tenía en la *place* de la Joliette, donde *monsieur* Laval, su gestor personal, le entregó la llave de su caja de seguridad. Extrajo de ella su pasaporte francés falso, junto con cinco mil euros en metálico, y dejó el teléfono, el pasaporte, el permiso de conducir, las tarjetas de crédito y el ordenador portátil que le había proporcionado el MI6.

Al salir del banco, recorrió un corto trecho por el Quai du Lazaret hasta la terminal del ferri, donde compró un billete de primera clase para el barco nocturno a Córcega. Al empleado que atendía la taquilla no le extrañó que pagara en efectivo. A fin de cuentas, aquello era Marsella y el ferri se dirigía a Ajaccio. En un café cercano pidió una botella de Bandol rosado y se bebió la mitad mientras leía *Le Figaro*, satisfecho por primera vez desde hacía meses. Una hora más tarde, con los sentidos alerta pero presa de una agradable embriaguez, de pie en la proa mientras el ferri surcaba el Mediterráneo rumbo al sur, se le vino a la cabeza un antiguo refrán: quien tiene dos mujeres, pierde el alma, pero quien tiene dos casas pierde la razón.

Poco antes de que amaneciera, le despertó el olor a romero y lavanda que entraba por la ventana entornada de su camarote. Se levantó, se puso su ropa gris y blanca comprada en Inglaterra y veinte minutos después se bajó del ferri en compañía de una rústica familia de corsos, más huraños que de costumbre debido a lo temprano de la hora. Preguntó en un bar que había frente al puerto si podía usar el teléfono para hacer una llamada local. En circunstancias normales, el dueño se habría encogido de hombros, contrariado por una petición semejante en boca de un extranjero. O podría haberle respondido, de habérsele antojado, que el teléfono estaba averiado desde el último siroco. Pero Keller formuló la pregunta en el dialecto de la isla, impecablemente. Y el dueño del bar se llevó tal sorpresa que incluso sonrió al poner el teléfono sobre la barra. Luego, sin que nadie se lo pidiera, le sirvió una taza de café bien cargado y una copita de coñac, porque esa mañana hacía mucho frío y uno no podía enfrentarse a semejante tiempo sin un reconstituyente que le templara la sangre.

El número que marcó Keller solo lo conocían unos pocos isleños, entre los que no figuraba ningún representante de las autoridades francesas. El hombre que contestó pareció alegrarse de escuchar su voz y curiosamente no se sorprendió lo más mínimo. Mandó a Keller que se quedara en el bar: él enviaría un coche a buscarle. El coche llegó una hora después, conducido por un joven llamado Giancomo al que Keller conocía desde niño. Giancomo quería ser *taddunaghiu*, como Keller, al que idolatraba. Pero, de momento, hacía de recadero para el don. En Córcega, había cosas peores a las que podía dedicarse un joven de veinticinco años.

—El don dijo que no ibas a volver.

—Hasta el don se equivoca a veces —contestó Keller filosóficamente.

Giancomo arrugó el ceño como si el inglés acabara de formular una herejía.

—El don es como el Santo Padre. Infalible.

—Ahora y por siempre —contestó Keller en voz baja.

Circulaban por la costa occidental de la isla. Al llegar a la ciudad de Porto, torcieron hacia el interior siguiendo una carretera flanqueada de olivos y pinos negrales e iniciaron el largo y sinuoso ascenso por las montañas. Keller bajó su ventanilla. Allí estaba de nuevo el olor a lavanda y romero de la *macchia*, el denso y enmarañado manto de maleza que cubría Córcega de este a oeste, de cabo a rabo, y que definía la identidad misma de la isla. Los corsos usaban la *macchia* para aderezar sus comidas, para calentar sus casas en invierno y para refugiarse en tiempos de guerra o de *vendetta*. Según una leyenda corsa, un hombre perseguido podía cobijarse en la *macchia* y, si así lo deseaba, quedarse allí para siempre sin que le descubrieran. Keller sabía que era cierto.

Pasado un rato llegaron a la antiquísima aldea de los Orsati, un cúmulo de casas de color arenisca y tejados de teja roja que se amontonaban en torno al campanario de la iglesia. La aldea llevaba allí —o eso se decía— desde la época de los vándalos, cuando los pobladores de la costa buscaron refugio en los montes. Más allá del pueblo, en un pequeño valle lleno de olivares que producía el mejor aceite de la isla, se hallaba la hacienda de Don Orsati. Dos guardias armados vigilaban la entrada. Se llevaron la mano a la gorra corsa en señal de respeto cuando Giancomo cruzó la puerta y enfiló la larga avenida.

Aparcó entre las espesas sombras del patio delantero, y Keller entró solo en la casa y subió las frías escaleras de piedra hasta el despacho del don. Orsati estaba sentado a una gran mesa de roble, la vista fija en un libro de cuentas encuadernado en piel. Era un hombre gigantesco, comparado con la mayoría de los corsos: medía más de metro ochenta y era ancho de espaldas y de hombros. Vestía pantalones holgados, sandalias de piel polvorientas y una tiesa camisa blanca que su mujer le planchaba cada mañana y de nuevo por la tarde, cuando se levantaba de la siesta. Su cabello era negro, al igual que sus ojos. Junto a su codo había una botella decorativa de aceite de oliva Orsati: la tapadera legal a través de la cual el don blanqueaba los beneficios que obtenía traficando con la muerte.

—¿Qué tal va el negocio? —preguntó Keller por fin.

—¿Cuál de ellos? ¿La sangre o el aceite?

En el mundo de Don Orsati, la sangre y el aceite fluían juntos en un solo consorcio sin fisuras.

—Ambos.

—El aceite, no muy bien. Este estancamiento económico me está matando. ¡Y encima los británicos con esa tontería del Brexit! —Meneó la mano como si dispersara un mal olor.

—¿Y la sangre? —preguntó Keller.

—¿Viste por casualidad la noticia sobre ese empresario alemán que desapareció del hotel Carlton de Cannes la semana pasada?

—¿Dónde está?

—A unos ocho kilómetros al oeste de Ajaccio. —El don sonrió—. Más o menos.

—Tan pronto está uno vivo como muerto —comentó Keller, citando un dicho corso.

—Recuerda, Christopher, que la vida dura lo que se tarda en pasar junto a una ventana. —El don cerró el libro de cuentas con la firmeza de quien cierra un ataúd y miró a Keller pensativamente—. No esperaba verte de vuelta tan pronto. ¿Tienes dudas acerca de tu nueva vida?

—Algo más que dudas —repuso Keller.

Aquello pareció complacer al don, que siguió observándole con sus ojos negros. Era como sentirse observado por un perro.

—Espero que tus amigos del espionaje británico no sepan que estás aquí.

—Es posible —contestó Keller sinceramente—. Pero descuide, su secreto está a salvo conmigo.

—No puedo permitirme el lujo de no preocuparme. En cuanto a los británicos —añadió el don—, no son de fiar. Tú eres el único habitante de esa condenada isla que me cae bien. Si dejaran de venir aquí a veranear, todo sería mucho más agradable.

—Es bueno para la economía de la isla.

—Beben demasiado.

—Es un defecto cultural, me temo.

—Y ahora vuelves a ser uno de ellos —comentó Orsati.

—Casi.

—¿Te han dado un nuevo nombre?

—Peter Marlowe.

—Me gusta más el antiguo.

—No estaba disponible. Verá, el pobre diablo falleció.

—¿Y tus nuevos jefes?

—En todas las camas hay piojos —contestó Keller.

—Y solo la cuchara conoce las penas del cazo —agregó el don.

Dicho esto, se hizo un grato silencio entre ellos. Solo se oía el viento entre los pinos negrales y el chisporroteo del fuego de leña de *macchia* que perfumaba el aire del espacioso despacho del don. Por fin, Orsati preguntó a Keller por qué había vuelto a Córcega y el inglés, con un vago movimiento de cabeza, dio a entender que su visita se debía a motivos relacionados con su nuevo trabajo.

—¿Te ha mandado aquí el servicio secreto británico?

—Más o menos.

—A mí no me hables con adivinanzas, Christopher.

—No tenía un refrán adecuado a mano.

—Nuestros refranes —repuso el don— son sagrados y siempre dan en el clavo. Ahora dime qué haces aquí.

—Estoy buscando a un hombre. A un marroquí que se hace llamar Escorpión.

—¿Y si accedo a ayudarte? —Orsati tamborileó con los dedos sobre la tapa de piel de su libro de cuentas.

Keller no dijo nada.

—El dinero no se cría en los árboles, Christopher.

—Confiaba en que lo hiciera como un favor personal.

—¿Me abandonas y ahora quieres utilizar mis servicios gratuitamente?

—¿Eso también es un refrán?

El don arrugó el ceño.

—¿Y si encuentro a ese hombre? ¿Qué pasará entonces?

—Mis amigos del espionaje británico creen que sería conveniente que me asociara con él.

—¿A qué se dedica exactamente?

—A las drogas, por lo visto. Pero en su tiempo libre también le vende armas al ISIS.

—¿Al ISIS? —Don Orsati meneó la cabeza pesarosamente—. Supongo que esto tiene que ver con los atentados de Londres.

—Supongo que sí.

—En ese caso —dijo el don—, no te cobraré nada.

8

CÓRCEGA

La vida media de la *Capra aegagrus hircus*, más conocida como cabra doméstica, tiene una duración de entre quince y dieciocho años. Por tanto, la vieja cabra de Don Casabianca, un patriarca propietario de gran parte del valle colindante con el de los Orsati, había superado con creces el tiempo que tenía asignado por la naturaleza. Según los cálculos de Keller, aquel bicho llevaba más de veinticuatro años consumiendo valioso oxígeno, casi siempre a la sombra de los tres vetustos olivos que se alzaban justo antes de la curva cerrada del camino de tierra y gravilla que conducía a su casa. La cabra, un animal anónimo, con las manchas de un caballo palomino y una barba roja, bloqueaba el camino cada vez que se le antojaba, impidiendo el paso a quienes no eran de su agrado. Por Keller, un forastero sin sangre corsa en las venas, sentía un acendrado rencor. Era la suya una larga pugna de voluntades que con frecuencia ganaba la cabra. Keller había pensado muchas veces en poner fin a aquella rencilla metiéndole un tiro certero a la cabra entre sus ojillos malévolos. Pero ello habría sido un grave error. La cabra disfrutaba de la protección de Don Casabianca. Y si Keller le tocaba un solo pelo de su condenada testuz, se desataría una disputa. Y uno nunca sabía dónde podía acabar una disputa. Podía zanjarse amigablemente con un vaso de vino, una disculpa o una retribución de la clase que fuese. O podía durar meses o incluso años. De ahí que Keller no tuviera más remedio que esperar pacientemente a que la cabra falleciera de muerte natural. Se sentía como un hijo avaro que hacía recuento de su herencia mientras su acaudalado padre se aferraba tercamente a la vida por pura maldad.

—Confiaba en evitar esta escena —dijo Keller desganadamente.

—Tuvo un susto en octubre. —Giancomo tamborileó sobre el volante con un dedo, impaciente—. O puede que fuera en noviembre.

—¿De veras?

—Cáncer. O puede que fuera una infección intestinal. Don Casabianca trajo al cura para que le diera la extremaunción.

—¿Qué pasó?

—Un milagro. —Giancomo se encogió de hombros.

—Qué desgracia. —Keller y la cabra cambiaron una larga y tensa mirada—. Prueba a tocar el claxon.

—No lo dirás en serio.

—Puede que esta vez funcione.

—Cómo se nota que llevas fuera una temporada —comentó Giancomo.

Exhalando un profundo suspiro, Keller se bajó del coche. La cabra levantó la cabeza con aire desafiante y se mantuvo en sus trece mientras Keller, pellizcándose el puente de la nariz, sopesaba sus alternativas. Su táctica solía consistir en un ataque frontal acompañado de una sarta de improperios y aspavientos. La mayoría de las veces, la vieja cabra retrocedía y huía a refugiarse en la *macchia*, escondite de bandidos y sinvergüenzas. Esa mañana, sin embargo, Keller no estaba de humor para una confrontación. El viaje en ferri le había dejado cansado y un poco mareado. Además, la cabra, aquella vieja malnacida, había pasado una mala racha últimamente, entre el cáncer, los problemas intestinales y la extremaunción aplicada por el cura del pueblo. Pero ¿desde cuándo dispensaba la Iglesia católica los sacramentos a un bóvido de pezuña hendida? Solo en Córcega pasaban esas cosas, pensó Keller.

—Mira —dijo por fin, apoyándose en el capó del coche—, la vida es muy corta para andarse con estas tonterías.

Podría haber añadido que la vida dura lo que se tarda en pasar junto a una ventana, pero no creía que la cabra, que a fin de cuentas era solo eso, una cabra, fuera a entender la metáfora. Le habló, en cambio, de la importancia de la familia y los amigos. Le confesó que había cometido muchos errores en su vida y que ahora, tras muchos años perdido en el desierto, había vuelto a casa y era casi feliz. Solo tenía una rencilla pendiente, aquella, y deseaba solventarla antes de que fuera demasiado tarde. El tiempo, ese gran conquistador, no se dejaba refrenar eternamente.

Al oír esto, la cabra ladeó la cabeza con el mismo gesto que un hombre al que Keller, muchos años atrás, había matado por encargo. Luego dio unos pasos hacia delante y le lamió la mano antes de retirarse a la sombra de los tres olivos centenarios. El sol brillaba radiante sobre la casa de Keller cuando Giancomo tomó el desvío. El aire olía a lavanda y a romero.

Dentro de la casa, Keller encontró sus pertenencias (su extensa biblioteca, su modesta colección de cuadros impresionistas franceses) tal y como las había dejado al marcharse, aunque cubiertas por una fina capa de polvo. Era polvo del Sahara —se dijo Keller—, que el último siroco había arrastrado hasta el otro lado del Mediterráneo. Polvo tunecino, argelino o quizá marroquí, como el hombre al que Don Orsati se había propuesto encontrar por encargo suyo.

Al entrar en la cocina, descubrió que la despensa y la nevera estaban bien surtidas. El don se había enterado por anticipado de su regreso de algún modo. Se sirvió una copa de rosado corso y se llevó el vino arriba, a su dormitorio. Sobre la mesilla de noche reposaba una pistola Tanfoglio cargada sobre un volumen de McEwan. Colgados pulcramente en el armario había varios trajes (el atuendo propio del exdirector de ventas para el norte de Europa de la empresa olivarera Orsati) y, tras una puerta oculta, gran cantidad de ropa destinada al asesinato o a cualquier otra ocasión: los pantalones vaqueros rotos y los jerséis de lana de un bohemio trotamundos, la seda y el oro de un ricachón de la *jet set*, el forro polar y el Gore-Tex de un montañero. Incluso había una sotana con alzacuellos de cura católico, un breviario y un kit de misa portátil. Keller se dijo que quizá aquellos disfraces, al igual que sus pasaportes franceses, le fueran también útiles en su nuevo empleo. Pensó en su móvil y en su portátil del MI6, cuya batería se agotaba lentamente en una cámara acorazada de Marsella. Sin duda en Vauxhall Cross sabían ya que hacía más de doce horas que aquellos aparatos permanecían inmóviles. En algún momento tendría que decirle a Graham Seymour que estaba vivo y en perfecto estado. En algún momento, pensó de nuevo.

Se puso unos chinos arrugados y un áspero jersey de lana y se llevó el vino y el libro de McEwan abajo, a la terraza. Tendido en la tumbona de hierro forjado, retomó la lectura de la novela donde la había dejado, en medio de una frase, como si hiciera apenas cinco minutos y no muchos meses que la había interrumpido. Trataba de una joven estudiante de Cambridge reclutada por el espionaje británico a principios de los años setenta. Keller descubrió que tenía muy poco en común con el personaje, pero aun así disfrutó del libro. La sombra invadió al poco rato la página. Keller arrastró la tumbona por la terraza, la colocó junto a la balaustrada y siguió leyendo hasta que la oscuridad y el frío le obligaron a entrar. Esa noche sopló una gélida tramontana del noreste que arrancó varias tejas de la casa. A Keller no le importó. Así tendría algo que hacer mientras esperaba a que el don encontrara al tal Escorpión.

Pasó los días siguientes sin ningún plan ni propósito concretos. La reparación del tejado solo le llevó media mañana, incluidas las dos horas que pasó en la ferretería de Porto, hablando de los estragos del viento con varios vecinos de los pueblecitos cercanos.

Al parecer la tramontana, que venía del Po, estaba soplando más de lo normal, lo mismo que el *maestrale*, como llaman los corsos, dueños de una independencia feroz, al viento que baja del valle del Ródano. Todos estuvieron de acuerdo en que el invierno había sido duro, lo que, según el refranero corso, auguraba una primavera benévola. Keller, cuyo futuro era incierto, se abstuvo de hacer comentarios.

Por las tardes subía a los escabrosos picos del centro de la isla, el Rotondo, el D'Oro, el Renoso, y atravesaba a pie soleados valles de *macchia*. Cenaba casi todas las noches con Don Orsati, en la hacienda, y después, mientras tomaban un brandy en el despacho del don, sondeaba sutilmente a Orsati acerca de la búsqueda de Escorpión. El don contestaba tirando de refranes y Keller, que se hallaba al servicio de un organismo estatal de espionaje, contestaba del mismo modo. Pero sobre todo escuchaban el gemido de la tramontana y el *maestrale* en los aleros del tejado, que es como prefieren pasar las veladas los hombres de Córcega.

La sexta mañana tras su regreso hubo un atentado en Alemania: un terrorista suicida se hizo saltar por los aires en la estación ferroviaria de Stuttgart causando dos muertos y veinte heridos. Siguieron los interrogantes habituales. ¿Era el terrorista un lobo solitario, o actuaba por orden del mando central del ISIS en el califato? Es decir, de aquel a quien llamaban Saladino. Keller estuvo viendo las noticias hasta media tarde, cuando subió a su destartalado Renault ranchera para ir al pueblo. La plaza se hallaba situada en el punto más alto de la localidad. En tres de sus lados había tiendas y bares, y en el cuarto una vieja iglesia. Keller ocupó una mesa en uno de los bares y se entretuvo viendo una partida de *boules* hasta que la campana de la iglesia dio las cinco. La puerta del templo se abrió un instante después y varios feligreses, la mayoría de edad avanzada, bajaron temblorosamente la escalinata. Uno de ellos, una anciana vestida de luto de pies a cabeza, se detuvo un momento y le dirigió una mirada antes de entrar en la casita torcida contigua a la casa del cura. Keller apuró su vino mientras la noche caía sobre el pueblo. Luego dejó unas monedas en la mesa y cruzó la plaza.

La vieja le saludó, como siempre, con una sonrisa preocupada y una cálida e ingrávida caricia en la mejilla. Su piel era del color de la harina y un pañuelo negro cubría su cabello blanco y quebradizo. Era extraño, se dijo Keller, cómo borraba el tiempo los signos de la procedencia étnica y el origen nacional. De no ser por su dialecto corso y su misticismo católico, aquella viejecita podría haber pasado por su tía Beatrice, de Ipswich.

—Llevas una semana en la isla —dijo por fin— y no has venido a verme hasta ahora. —Le miró intensamente a los ojos—. El mal ha vuelto, hijo mío.

—¿Dónde lo he contraído?

—En el castillo junto al mar, en la tierra de los druidas y los hechiceros. Había allí un hombre con nombre de pájaro. Ojo con él en el futuro. No te desea ningún bien.

La mano de la anciana permanecía aún sobre la mejilla de Keller. Era, en el idioma de la isla, una *signadora*. Se encargaba de velar por quienes sufrían mal de ojo, aunque también tenía el poder de ver el pasado y el futuro. Cuando Keller trabajaba aún para Don Orsati, nunca salía de la isla sin hacerle una visita a la anciana. Y cuando regresaba, la casita torcida del borde de la plaza era siempre una de sus primeras paradas.

La vieja apartó la mano de su mejilla y jugueteó con la gruesa cruz que llevaba colgada al cuello.

—Estás buscando a alguien, ¿verdad?

—¿Sabes dónde está?

—Lo primero es lo primero, tesoro mío.

Con un ademán, invitó a Keller a sentarse a la mesita de madera de su cuarto de estar. Puso ante él un plato lleno de agua y una vasija de aceite de oliva. Keller mojó su dedo índice en el aceite. Luego lo mantuvo suspendido sobre el plato y dejó que cayeran tres gotas en el agua. El aceite debería haberse agolpado en un solo goterón, pero, por el contrario, se dispersó en miles de gotitas y un momento después no quedó ni rastro de él.

—Lo que me figuraba —dijo la anciana, ceñuda—. Y es peor que de costumbre. El mundo fuera de esta isla es un lugar turbulento, lleno de maldad. Deberías haberte quedado con nosotros.

—Era hora de que me marchara.

—¿Por qué?

Keller no supo qué responder.

—Es todo culpa del israelita. Del que tiene nombre de ángel.

—Fue decisión mía, no suya.

—Todavía no has aprendido, ¿verdad? No tiene sentido que me mientas. —Miró atentamente el plato de agua y aceite—. Que sepas —dijo— que tu camino te conduce de nuevo a él.

—¿Al israelita?

—Eso me temo.

Sin decir nada más, cogió su mano y se puso a rezar. Pasado un momento comenzó a llorar, señal de que el mal había pasado del cuerpo de Keller al suyo. Luego cerró los ojos y pareció dormitar. Al despertar, indicó a Keller que repitiera la prueba del aceite y el agua. Esta vez, el aceite formó una sola gota.

—La próxima vez no esperes tanto —dijo—. No conviene dejar que el mal permanezca mucho tiempo en la sangre.

—Necesito a alguien en Londres.

—Conozco a una mujer en un sitio llamado Soho. Es griega, una hereje. Utilízala solo en caso de emergencia.

Keller empujó el plato hacia el centro de la mesa.

—Háblame de ese al que llaman Escorpión.

—El don le encontrará en una ciudad al otro lado del ferri. No está en mi poder decirte en cuál. No es importante, ese hombre, pero puede conducirte a otro que sí lo es.

—¿A quién?

—Eso no está en mi poder —repitió la anciana.

—¿Cuánto tiempo tendré que esperar?

—Cuando vuelvas a casa, haz la maleta. Te marcharás pronto.

—¿Estás segura?

—¿Dudas de mí? —La vieja sondeó sus ojos con una sonrisa—. ¿Eres feliz, Christopher?

—Todo lo feliz que puede ser un hombre como yo.

—Pero aún lloras a la que perdiste en Belfast.

Él no respondió.

—Es lógico, hijo mío. Su muerte fue espantosa. Pero mataste al hombre que te la quitó, ese tal Quinn. Te cobraste venganza.

—¿De verdad la venganza puede curar una herida así?

—No deberías preguntarme eso a mí. A fin de cuentas, soy corsa. Y tú antes también lo eras. —Miró la tira de cuero que Keller llevaba colgada al cuello—. Al menos aún llevas tu amuleto. Vas a necesitarlo. Y ella también.

—¿Quién?

Empezaron a cerrársele los ojos.

—Ya estoy cansada, Christopher. Necesito descansar.

Keller besó su mano y le puso un rollo de billetes en la mano.

—Es demasiado —dijo la vieja quedamente mientras él se marchaba—. Siempre me das demasiado.

9

CÓRCEGA – NIZA

Esa tarde, a última hora, al calor del fuego del despacho de Don Orsati, Christopher Keller supo que el hombre que se hacía llamar Escorpión estaría esperando dos días después en Le Bar Saint Étienne, en la *rue* Dabray de Niza. Keller se fingió sorprendido. Y el don, que sabía que había ido a ver a la *signadora*, apenas ocultó su irritación al darse cuenta de que la anciana vidente, a la que conocía desde niño, había vuelto a aguarle la sorpresa.

Había, no obstante, muchas cosas acerca de aquella cita que ni siquiera la *signadora*, con sus extraordinarios poderes de adivinación, podía predecir. Ignoraba, por ejemplo, que el verdadero nombre de Escorpión era Nouredine Zakaria; que tenía pasaporte francés y marroquí; que había sido casi toda su vida un delincuente callejero de poca monta, que había estado una temporada preso en una cárcel francesa y que se rumoreaba que había pasado varios meses en el califato, seguramente en Raqqa. Lo que significaba que cabía la posibilidad de que se hallara bajo vigilancia de la DGSI, aunque los hombres del don no habían visto indicios de ello. Estaba previsto que llegara a Le Bar Saint Étienne solo, a las dos y cuarto de la tarde. Esperaría encontrarse con un francés llamado Yannick Ménard, un delincuente profesional especializado en la venta de armas. Ménard, sin embargo, no acudiría a la cita. Yacía en el fondo del mar, a ocho kilómetros al oeste de Ajaccio, en el cementerio acuático de los Orsati. Y las armas que pensaba venderle a Nouredine Zakaria, diez fusiles de asalto Kaláshnikov y diez ametralladoras Heckler & Koch MP7 con silenciador y mira telescópica ELCAN, se hallaban en un almacén de los Orsati a las afueras de Grasse, en la Provenza.

—¿Cuánto valdrá esto para tus amigos de Londres? —preguntó el don.

—Creía que habíamos acordado que sería un trabajo gratuito.

—Contesta, hazme ese favor.

—Puede que la muerte de Ménard complique las cosas —repuso Keller pensativo.

—¿Por qué?

—Los británicos no ven con buenos ojos que se derrame sangre.

—¿Acaso no tenéis licencia para matar?

No, le explicó Keller, no la tenían.

Le Bar Saint Étienne ocupaba la planta baja de un edificio de tres pisos en forma de tarta, en la esquina de la *rue* Vernier. El toldo era verde, y las sillas y las mesas de aluminio tenían manchas de helado vertido. Era un bar de barrio, un sitio en el que pararse un momento a tomar un *café crème* o una cerveza, o un sándwich, quizá. Los turistas rara vez se aventuraban en él, a no ser que se hubieran perdido.

Al otro lado del cruce estaba La Fantasia. Allí se servía *pizza*, pero por lo demás el local era casi idéntico. Keller llegó a la una y media y, tras pedir un café en el mostrador, ocupó una mesa de la terraza. Vestía como un hombre del sur, no como un ricachón de los que vivían en las mansiones de las colinas o en un apartamento junto al mar, sino de los que se ganaban la vida en la calle, a base de astucia: camarero un día, jornalero al siguiente, ladrón por las noches. Aquella versión de Keller había pasado un tiempo en prisión y manejaba bien los puños y la navaja. Era un amigo excelente en tiempos de apuro y un peligroso enemigo.

Sacó un cigarrillo de su paquete de Marlboro y lo encendió con un mechero desechable. Su teléfono también era de usar y tirar. Mientras exhalaba el humo, observó la calle tranquila y las ventanas con postigos de los edificios cercanos. No vio indicios del enemigo. Mayhew y Quill, sus instructores en el Fuerte, le habrían recordado que la vigilancia de un servicio secreto era casi imposible de detectar. Keller, sin embargo, confiaba en su intuición. Había trabajado como sicario en Francia durante más de veinte años, y para la policía gala su existencia seguía siendo poco menos que un rumor. Y no porque tuviera suerte, sino porque era muy bueno en lo suyo.

Una pequeña furgoneta Peugeot, abollada y polvorienta, pasó por la calle con un magrebí sentado al volante y otro en el lado del copiloto. Conque iba a venir solo... Claro que él también había llevado refuerzos. Violando todas las normas del MI6, tácitas y escritas, portaba una pistola Tanfoglio sin registrar, escondida a la altura de los riñones. Si llegaba a disparar con ella (y si la bala acertaba a otro ser humano), la suya podía convertirse en la carrera más corta en la historia del Servicio Secreto de Inteligencia de Su Majestad.

La furgoneta aparcó en un hueco vacío en la *rue* Dabray mientras otro coche, un Citroën sedán, se detenía frente a Le Bar Saint Étienne. Lo ocupaban también dos magrebíes. El pasajero se apeó y fue a sentarse a una de las mesas de la terraza mientras el conductor buscaba un sitio para aparcar en la *rue* Vernier.

Keller apagó su cigarrillo y evaluó su situación. No había ni rastro de las fuerzas de seguridad francesas, se dijo, solo cuatro miembros de una banda criminal marroquí posiblemente vinculada al ISIS. Se acordó de las muchas charlas a las que había asistido durante su curso de formación en el Fuerte relativas a las normas para encontrarse con un contacto o abortar un encuentro. Dada las circunstancias, la doctrina del MI6 dictaba una rápida retirada. Keller tenía como mínimo la obligación de consultar a su supervisor en Londres. Lástima que su teléfono del MI6 estuviera guardado en una caja fuerte de Marsella.

Con el teléfono desechable, hizo una foto del hombre que le aguardaba en Le Bar Saint Étienne. Luego se levantó, dejó unas monedas en la mesa y comenzó a cruzar la calle. Ese hombre no tenía importancia, había dicho la vieja. «Pero puede conducirte a otro que sí la tiene».

10

RUE DABRAY, NIZA

Era un ciudadano de la Francia olvidada, de los grandes cinturones suburbanos, de las *banlieus* que rodeaban el centro de las grandes metrópolis de París, Lyon y Toulouse. Los vecinos de esas barriadas vivían en su mayor parte en destartalados bloques de pisos en los que germinaba el delito, la drogadicción, el rencor y, cada vez con mayor frecuencia, el islam radical. La inmensa mayoría de la creciente población musulmana francesa ansiaba vivir en paz, velando por sus familias. Pero una pequeña minoría había caído presa de los cantos de sirena del ISIS. Y algunos, como Nouredine Zakaria, estaban dispuestos a matar en nombre del califato. Keller había conocido a muchos como él —miembros de las bandas mafiosas norteafricanas— trabajando para Don Orsati. Sospechaba que Zakaria conocía poco el islam, la doctrina del yihadismo o los hechos de los *salaf al Salih*, los primeros seguidores del profeta Mahoma a quienes los asesinos del ISIS trataban de emular. El marroquí poseía, no obstante, algo que para el ISIS era mucho más valioso que su conocimiento del islam. Como delincuente profesional, Zakaria se movía como pez en el agua en los bajos fondos y sabía cómo adquirir armas y explosivos, cómo robar coches y teléfonos móviles y dónde encontrar sitios para que los miembros de una célula terrorista se escondieran antes o después de un atentado. En resumidas cuentas, sabía cómo hacer las cosas sin atraer la atención de la policía. Y para un grupo terrorista, o para un servicio de inteligencia, esa era una virtud esencial.

Era unos centímetros más bajo que Keller, pero corpulento. El suyo no era un cuerpo esculpido en un gimnasio. Tenía el físico de un presidiario, robustecido por el incansable levantamiento de pesas entre cuatro paredes. Parecía frisar los treinta y cinco, aunque Keller no podía estar seguro: nunca se le había dado bien calcular la edad de los magrebíes. De apariencia, era casi un arquetipo: frente alta con cejas prominentes, pómulos anchos, boca carnosa y labios oscuros. Se cubría los ojos con unas gafas de aviador tintadas de amarillo, pero Keller tuvo la impresión de que eran casi negros. Lucía en la muñeca derecha un grueso reloj suizo, sin duda robado. Del hecho de que lo llevara en la derecha cabía deducir que era zurdo. De modo que sería la mano izquierda y no la derecha la que empuñaría la pistola que llevaba debajo de la chaqueta de cuero con la cremallera subida solo a medias. El bulto de la pistola era bastante obvio. Intencionadamente, supuso Keller.

Una unidad de la Police Nationale pasó lentamente junto al café en un Peugeot 308 ecológico, casi un carrito motorizado equipado con sirena y llamativos distintivos pintados en la carrocería. El agente que conducía lanzó una larga mirada a los dos hombres sentados en la terraza de Le Bar Saint Étienne. Keller vio cómo el coche doblaba la esquina mientras prendía un cigarrillo. Cuando por fin habló, lo hizo a la manera corsa para que Nouredine Zakaria comprendiera que no convenía tomársele a la ligera.

—Te ordenaron venir solo —dijo.

—¿Ves a alguien más sentado aquí, amigo?

—Yo no soy tu amigo. Ni de lejos. —Keller miró el Citroën aparcado al otro lado de la calle y la furgoneta Peugeot de la *rue* Dabray—. ¿Y esos?

—Chavales del barrio —contestó Zakaria encogiéndose de hombros con indiferencia.

—Diles que se den una vuelta.

—No puedo.

Keller empezó a levantarse.

—Espera.

El inglés se detuvo y, tras dudar un momento, volvió a tomar asiento. Mayhew y Quill habrían aplaudido la actuación de su alumno estrella: acababa de establecer su dominio sobre la fuente. Era una técnica de regateo tan antigua como un bazar: aparentar que uno estaba dispuesto a marcharse. Pero Nouredine Zakaria también sabía regatear. Los marroquíes eran negociadores natos.

Se llevó la mano al interior de la chaqueta.

—Despacio —dijo Keller.

Lentamente, el magrebí sacó un teléfono móvil del bolsillo de la pechera. Como el de Keller, era de usar y tirar. Zakaria lo usó para enviar un breve mensaje de texto. «Ping», pensó Keller mientras el mensaje circulaba por la red de telefonía móvil francesa. Unos segundos después, dos motores se pusieron en marcha y dos ejemplos de la industria automovilística francesa, un Peugeot y un Citroën, se perdieron de vista.

—¿Contento? —preguntó Nouredine Zakaria.

—Entusiasmado.

El marroquí encendió también un cigarrillo, un Gauloise.

—¿Dónde está Yannick?

—No se encontraba bien.

—Entonces ¿tú eres el jefe?

Keller dejó pasar la pregunta sin responder. Era evidente que el jefe era él, pensó.

—No me gustan los cambios —comentó el marroquí—. Me ponen nervioso.

—Cambiar es bueno, Nouredine. Te mantiene alerta.

Detrás de las gafas amarillas se arqueó una ceja.

—¿Cómo sabes cómo me llamo?

Keller se fingió ofendido por la pregunta.

—No estaría aquí si no lo supiera —contestó con calma.

—Hablas como un corso —repuso Zakaria—, pero no tienes pinta de corso.

—Las apariencias son engañosas.

El marroquí no contestó. El baile casi había terminado, se dijo Keller: el que bailaban dos delincuentes veteranos antes de entrar en materia. Pero a él no le interesaba que terminara aún. Ya no era un asesino a sueldo: su labor consistía en recabar información. Y el único modo de conseguirla era hablar. Decidió echar otra moneda en la gramola y seguir en la pista un rato más.

—Yannick me ha dicho que te interesa comprar cuatro piezas.

—¿Son demasiadas?

—No, en absoluto. De hecho, mi grupo suele gestionar pedidos mucho más grandes.

—¿Cómo de grandes?

Keller echó una ojeada a las nubes, dando a entender que el límite estaba en el cielo.

—Si te digo la verdad, por veinte casi no nos merece la pena mover un dedo. Yannick debería haber consultado conmigo antes de prometerte nada. Tiene un futuro brillante, pero es joven. Y a veces —añadió Keller— no hace suficientes preguntas.

—¿Cuáles, por ejemplo?

—Mi organización funciona un poco como un gobierno —explicó Keller—. Queremos saber quiénes son nuestros compradores y para qué piensan usar la mercancía. Cuando los americanos venden aviones a sus amigos los saudíes, por ejemplo, los saudíes tienen que comprometerse a no usarlos contra los israelíes.

—Esos cerdos sionistas —murmuró el marroquí.

—Aun así —dijo Keller arrugando el ceño—, confío en que entiendas lo que quiero decir. No tramitaremos tu pedido sin ciertas garantías.

—¿Qué clase de garantías?

—Tenéis que aseguraros que no vais a utilizar la mercancía aquí, en Francia, ni contra ciudadanos de la República. Somos delincuentes, pero también patriotas.

—Nosotros también lo somos.

—¿Patriotas?

—Delincuentes.

—No me digas. —Keller fumó en silencio un momento—. Mira, Nouredine, lo que hagas en tu tiempo libre no me preocupa. Si quieres hacer la yihad, hazla. Seguramente yo también la haría si estuviera en tu lugar. Pero si usáis las armas en territorio francés, es muy posible que rastreen su origen hasta mi jefe. Y eso le desagradaría en grado sumo.

—Creía que el jefe eras tú.

Una nube de humo cruzó la mesa. A Keller se le humedecieron los ojos involuntariamente. Nunca le había gustado el olor de los Gauloise.

—Dilo, Nouredine. Júrame que no usaréis las armas contra mis compatriotas. Prométeme que no me darás motivos para darte caza y matarte.

—No me estarás amenazando, ¿verdad?

—No se me ocurriría. Es solo que no quiero que cometas un error del que luego puedas arrepentirte. Porque si te portas bien, mi jefe puede conseguirte lo que quieres. ¿Entiendes?

El marroquí apagó su cigarrillo sin prisas.

—Mira, *habibi*, estoy empezando a hartarme. ¿Hablamos de negocios o me busco a otro que me venda las armas? A alguien que no haga tantas putas preguntas.

Keller no respondió.

—¿Dónde están?

Keller miró hacia el oeste.

—¿En España?

—No tan lejos. Te llevaré allí, tú y yo solos.

—No, de eso nada. —Zakaria sacó su móvil y llamó al Citroën con otro mensaje de texto—. Cambio de planes.

—No me gustan los planes.

—Cambiar es bueno, *habibi*. Te mantiene alerta.

11

GRASSE, FRANCIA

Keller ocupó el asiento del copiloto, como le indicaron, y Nouredine Zakaria se sentó tras él. El marroquí preguntó en voz alta si Keller podía poner las manos sobre el salpicadero, una sugerencia a la que Keller respondió farfullando un refrán y unos cuantos improperios escogidos en dialecto corso. Zakaria no se molestó en preguntarle si iba armado. A fin de cuentas, Keller se estaba haciendo pasar por traficante de armas. El marroquí seguramente daba por sentado que llevaba un lanzagranadas en el bolsillo.

El Citroën se paró una vez a las afueras de Niza, el tiempo justo para que otro magrebí subiera al asiento de atrás. Se parecía a Zakaria aunque era más bajo y un año o dos más joven, y tenía una profunda cicatriz en una mejilla. Con toda probabilidad, Keller se hallaba rodeado ahora por tres delincuentes profesionales vinculados con el ISIS. De ahí que dedicara los siguientes minutos a ensayar de cabeza la compleja secuencia de movimientos que tendría que ejecutar para escapar del coche si se torcían las cosas.

Hubo disensiones respecto al camino que debían seguir desde Niza para llegar a su destino. Zakaria quería que fueran por la autopista A8, pero Keller le convenció de que la D4, que tenía solo dos carriles, era mejor opción. La tomaron en su arranque, a lo largo de la playa, junto al aeropuerto, y la siguieron por las estribaciones de los Alpes Marítimos cruzando Biot y Valbonne, hasta llegar finalmente a las afueras de Grasse. Keller miró por el retrovisor lateral. Parecía que no los seguía ningún otro miembro de la banda. Comprobarlo no le tranquilizó. El intercambio final de dinero por mercancía era la fase más peligrosa de una transacción delictiva. No era raro que una de las partes, vendedor o comprador, acabara con un balazo en la cabeza.

El almacén de la Compañía Olivarera Orsati en Grasse era el principal centro de distribución de la empresa en la Provenza. Aun así, como casi todas las propiedades de los Orsati, pasaba desapercibido fácilmente. Se alzaba junto a un camino de tierra llamado Chemin de la Madeleine, en una zona industrial al noroeste del casco histórico de la ciudad. Keller marcó el código de entrada en el panel de seguridad de la verja y entró a pie, seguido por el Citroën. Abrió la puerta del almacén y llevó adentro a Zakaria y al hombre de la cicatriz en la mejilla. Zakaria portaba un maletín de acero inoxidable que contenía presumiblemente sesenta mil euros en metálico: tres mil por cada arma de contrabando. A Keller le pareció un buen precio. Pulsó un interruptor y la hilera de fluorescentes del techo se encendió parpadeando. Iluminaron varios centenares de cajones de madera. Tres de ellos contenían armas; los demás, aceite de oliva Orsati.

—Muy bueno —comentó el marroquí.

—Ahora viene la parte en que tú me enseñas el dinero —contestó Keller.

Esperaba el típico tira y afloja protocolario. Pero Zakaria puso el maletín sobre el suelo de cemento, abrió los cierres y levantó la tapa. Fajos de billetes de diez, de veinte, de cincuenta y de cien, todos ellos sujetos con gomas. Keller se acercó un fajo a la nariz. Olía levemente a hachís.

Cerró el maletín y señaló con la cabeza hacia el rincón del fondo del almacén. Zakaria y el otro marroquí dudaron un momento. Luego echaron a andar seguidos por Keller, que se mantuvo unos pasos por detrás de ellos, con el maletín colgado de la mano izquierda. Por fin llegaron a una pila de cajones rectangulares. Con una inclinación de cabeza, Keller indicó a Zakaria que quitara la tapa del cajón de arriba. Dentro había cinco AK-47 de fabricación bielorrusa. El marroquí sacó uno de los fusiles y lo inspeccionó con todo cuidado. Saltaba la vista que estaba familiarizado con las armas.

—Vamos a necesitar munición. Me interesa comprar cinco mil balas. ¿Te parece cantidad suficiente para tu organización?

—Creo que sí.

—Confiaba en que dijeras eso.

El marroquí devolvió el Kaláshnikov al cajón. Luego le pasó a Keller una hoja de papel doblada por la mitad.

—¿Qué es esto?

—Considéralo una muestra de buena voluntad.

Keller desdobló el papel y vio unas pocas líneas escritas en francés, en tinta roja. Levantó la vista bruscamente.

—¿Por qué? —preguntó.

—Para demostrarme que no eres un poli. —El marroquí hizo una pausa y luego añadió—: O un espía.

—¿Tengo pinta de espía?

—Las apariencias —repuso Zakaria— pueden ser engañosas. —Fijó la mirada en su compañero, el de la cicatriz en la cara—. Demuéstremelo, *monsieur*. Demuéstreme que de verdad es un traficante de armas y no un espía francés.

—¿Y si me niego?

—Entonces es muy poco probable que salgas vivo de este sitio.

El otro marroquí se hallaba a unos pasos del hombro derecho de Keller. Zakaria, por su parte, estaba justo enfrente de él, junto a los cajones. Sonriendo, Keller dejó que la hoja de papel resbalara de sus dedos. Cuando la hoja tocó el suelo, ya se había sacado de los riñones la Tanfoglio y apuntaba con ella a la cara de Nouredine Zakaria.

—Impresionante —dijo el marroquí—. Y sin soltar el dinero. Pero puede que no sepas leer muy bien.

—Sé leer perfectamente. También tengo muy buen oído. Y no me cabe ninguna duda de que acabas de amenazarme. Grave error, *habibi*. —Keller hizo una pausa y luego añadió—: Fatal, de hecho.

Zakaria miró con nerviosismo al otro marroquí, que hizo un torpe intento de sacar el arma que llevaba en la chaqueta. Keller giró el brazo cuarenta y cinco grados a la derecha y apretó el gatillo dos veces, sin vacilar. Con el *tap-tap* de un profesional bien entrenado. Ambos tiros fueron a incrustarse en medio de la frente del marroquí. Acto seguido, el brazo de Keller regresó a su posición original. De haberse quedado quieto Zakaria, tal vez a Keller se le habría presentado el dilema de cómo proceder. Pero Zakaria también intentó sacar un arma y Keller reaccionó instintivamente. *Tap-tap*. Otro marroquí muerto.

Keller volvió a guardarse la Tanfoglio en la cinturilla de los pantalones. Recogió la hoja de papel del suelo y leyó de nuevo lo que Nouredine Zakaria había escrito en tinta roja.

Mata a mi amigo o te mato.

«Cambio de planes», se dijo Keller. Dejó el maletín en el suelo del almacén, junto a los cadáveres, y salió a la calle, donde el tercer marroquí seguía sentado al volante del Citroën. Tocó con los nudillos en la ventanilla de su lado y el cristal bajó.

—Me ha parecido oír disparos —dijo el marroquí.

—Tu amigo Nouredine se ha empeñado en probar la mercancía. —Keller abrió la puerta—. Ven adentro, amigo mío. Nouredine quiere enseñarte algo.

Pasó esa noche en un hotelito cerca del Puerto Viejo de Cannes y por la mañana alquiló un coche para ir a Marsella. Eran poco más de las diez cuando llegó. Entró en la oficina de Société Générale en la *place* de la Joliette y pidió acceso a su caja de seguridad. Las baterías de su ordenador y su móvil habían expirado hacía tiempo. Recargó ambas en el TGV durante el viaje de regreso a París y descubrió en su bandeja de entrada varios mensajes de Vauxhall Cross sin leer, cuyo tono de alarma iba progresivamente en aumento. Esperó hasta que se halló a salvo a bordo del Eurostar con destino a Londres para informar a su supervisor de que regresaba a casa. Dudaba de que fueran a recibirle con los brazos abiertos.

No hubo más mensajes de Vauxhall Cross hasta que su tren entró en la estación de St. Pancras, cuando recibió un escueto comunicado de seis palabras informándolo de que alguien le estaría esperando en el vestíbulo de llegadas. Y en efecto allí estaba para darle la bienvenida Nigel Whitcombe, un hombre de aspecto juvenil que servía de edecán, catador y factótum de Graham Seymour. Whitcombe no dijo ni una palabra mientras llevaba en coche a Keller desde Euston Street a una calle de ennegrecidas casitas adosadas de posguerra, cerca de la estación de metro de Stockwell. Mientras recorría el camino del jardín sosteniendo un maletín de acero que contenía sesenta mil euros del ISIS, Keller compuso de cabeza el informe verbal que pronto tendría que presentar ante su jefe. Había logrado encontrar al colaborador del ISIS conocido como Escorpión y, tal y como le habían ordenado, había tratado de hacer negocios con él. Pero lamentablemente la primera transacción no había salido como estaba previsto y se había saldado con la muerte de tres miembros de una célula del ISIS. Aparte de eso, su primera misión como agente del Servicio Secreto de Inteligencia de Su Majestad había transcurrido sin tropiezos.

12

STOCKWELL, LONDRES

—¿No podrías haber fallado?

—Lo intenté —contesté Keller—. Pero los muy idiotas se pusieron delante de las balas.

—¿Por qué ibas armado?

—Pensé en llevar un ramo de narcisos, pero me pareció que una pistola era un accesorio más acorde con mi tapadera. A fin de cuentas, tenían la impresión de que me ganaba la vida vendiendo armas.

—¿Dónde está ahora?

—¿La pistola? En Córcega, supongo.

—¿Y los cadáveres?

—Unos cuantos kilómetros más al oeste.

Seymour miró consternado el cuartito de estar, amueblado con todo el encanto de la zona de embarque de un aeropuerto. Aquel piso franco no era precisamente una de las joyas de la corona del MI6 —el servicio disponía de inmuebles mucho más elegantes en los lujosos barrios de Mayfair y Belgravia—, pero Seymour lo utilizaba con frecuencia debido a su cercanía con Vauxhall Cross. El sistema automático de grabación llevaba mucho tiempo desactivado. Aun así, Seymour comprobó el módulo de alimentación para cerciorarse de que no se había encendido por error. Estaba situado en un armario de la pequeña cocina. Las luces y diales estaban apagados y a oscuras.

Cerró el armario y miró a Keller.

—¿De verdad era necesario que murieran?

—No eran precisamente pilares de la comunidad, Graham. Además, no tuve elección. O morían ellos o moría yo.

—Yo aconsejaría a tu amigo el don que mande limpiar a fondo ese almacén. La sangre sale muy mal, ¿sabes?

—¿Otra vez has estado viendo *CSI*?

Seymour no contestó.

—La policía francesa no se atrevería a registrar ese almacén —añadió Keller—, porque está a sueldo del don. Así es como funcionan las cosas en el mundo real. Por eso los malos siempre se van de rositas. Por lo menos, los más listos.

—Pero de vez en cuando —repuso Seymour— hasta los espías caen. Y en ocasiones acaban en prisión, si hay de por medio un asesinato.

—Define «asesinato».

—El acto delictivo de matar a otro...

—«Si quisiéramos ser *boy scouts*, nos habríamos apuntado a los *boy scouts*».

Seymour levantó una ceja.

—¿T. S. Eliot?

—Richard Helms.

—Mi padre no le soportaba.

—Si hubieras querido que las cosas se hicieran conforme al reglamento —agregó Keller—, le habrías encomendado esta misión a un agente de carrera que aspirara a llegar a supervisor de zona. Pero en cambio me mandaste a mí.

—Te pedí que te infiltraras en la célula haciéndote pasar por un traficante de armas corso. Estoy seguro de que no mencioné en ningún momento que mataras a tres terroristas del ISIS en suelo francés.

—No era esa mi intención en un principio. Pero, por favor, no finjas que te preocupan mis métodos, Graham. No estamos ya en ese punto. Hace mucho que nos conocemos.

—Mucho, sí —dijo Seymour quedamente—. Desde los tiempos de una granja en South Armagh.

Abrió otro armario y sacó una botella de Tanqueray y otra de tónica. Abrió a continuación la nevera y echó un vistazo dentro. Estaba vacía, salvo por dos limas resecas, con la piel del color de una bolsa de papel.

—Qué herejía.

—¿Cuál?

—Un *gin-tonic* sin lima. —Seymour sacó unos hielos del congelador y los repartió entre dos vasos no muy limpios—. Tus actos tienen consecuencias. La principal de ellas, que el único vínculo del que disponíamos entre el atentado y la red de Saladino yace ahora en el fondo del Mediterráneo.

—Donde no podrá matar a nadie más.

—A veces un terrorista vivo es más útil que un terrorista muerto.

—A veces —convino Keller a regañadientes—. ¿Qué es lo que quieres decir exactamente?

—Lo que quiero decir —repuso Seymour dándole su bebida— es que ahora no nos queda más remedio que informar de la identidad de Nouredine Zakaria a nuestros amigos del espionaje francés.

—¿Y qué vamos a decirles a los franceses de su paradero actual?

—Lo menos posible.

—Si no te importa —dijo Keller—, creo que prefiero saltarme esa reunión.

—A decir verdad, yo tampoco tengo intención de hablar con ellos.

—¿A quién piensas mandar?

Graham Seymour le dijo un nombre y Keller sonrió.

—¿Sabe algo de todo esto?

—Todavía no.

—Eres un cabrón con muy mala idea.

—Lo llevamos en la sangre. —Seymour bebió un sorbo de *gin-tonic* y arrugó el ceño—. ¿Es que no te han enseñado nada en el Fuerte?

13

KING SAUL BOULEVARD, TEL AVIV

De haber quedado constancia oficial del asunto —cosa que, claro está, no sucedió—, se habría sabido que Gabriel Allon pasó gran parte de aquella misma noche en el Centro de Operaciones de King Saul Boulevard. Del viaje de Christopher Keller a Francia y de su visita al piso franco de Stockwell, no sabía nada. Solo tenía ojos para los monitores de televisión que mostraban el avance de cuatro camiones de carga hacia el oeste desde Damasco, rumbo a la frontera con Líbano. Una de las pantallas mostraba las imágenes que tomaba desde lo alto el Ofek 10, un satélite espía israelí que flotaba sobre territorio sirio. Otra mostraba las imágenes que emitía una cámara de vigilancia de las fuerzas armadas israelíes, situada en las alturas del monte Hermón. Ambos dispositivos empleaban tecnología de infrarrojos. De ahí que los motores de los camiones emitieran un resplandor blanco y ardiente en contraste con el fondo negro. La Oficina tenía la certeza de que el convoy transportaba armas químicas destinadas a Hezbolá como retribución por el apoyo que el grupo radical chií prestaba al acosado régimen sirio. Por razones obvias, no podía permitirse que las armas llegaran a su destino, un depósito de almacenamiento de Hezbolá en el valle de la Beqaa.

El Centro de Operaciones era mucho más pequeño que sus homónimos inglés y americano, y también más austero y funcional, como la cámara secreta de un militar. Había una silla reservada para el jefe y otra para su ayudante. Ambos, no obstante, permanecían en pie: Navot con los gruesos brazos cruzados sobre el pecho y Gabriel con una mano en el mentón y la cabeza ligeramente ladeada. Sus ojos verdes permanecían fijos en las imágenes del Ofek. No tenía agentes en tierra, ningún efectivo que corriera peligro inmediato. Aun así, estaba tenso y nervioso. Eso era lo que suponía ser el jefe, se dijo. La terrible carga del mando. Detestaba, por otro lado, la ultramoderna parafernalia aérea que acompañaba la operación de esa noche. Él prefería, con mucho, que a la hora de enfrentarse a sus enemigos mediara entre ellos un metro y no una milla.

De pronto le asaltó un recuerdo. Fue en octubre de 1972, en la Piazza Annibaliano de Roma, durante su primera misión. Un ángel vengador aguardando junto a un ascensor accionado con monedas, y un terrorista palestino con las manos manchadas por la sangre de once deportistas y entrenadores israelíes.

«Disculpe, ¿es usted Wadal Zwaiter?».

«¡No! ¡No, por favor!».

El timbre característico del teléfono del jefe le devolvió bruscamente al presente. Navot hizo amago de contestar automáticamente, pero se detuvo. Sonriendo, Gabriel se llevó el aparato a la oreja, escuchó en silencio y colgó. Después, Navot y él permanecieron codo con codo, en pie, como Boaz y Jaquín, contemplando cada uno una pantalla.

Finalmente, Gabriel anunció:

—La Fuerza Aérea atacará en cuanto crucen la frontera.

Navot asintió, pensativo. Esperar a que el convoy entrara en Líbano eliminaba el riesgo de golpear por error a fuerzas rusas o sirias, lo que reducía la probabilidad de provocar la Tercera Guerra Mundial.

—¿En qué estabas pensando hace un momento? —preguntó Navot tras unos instantes.

—En la operación —respondió Gabriel, sorprendido.

—Tonterías.

—¿Cómo lo has notado?

—Estabas apretando un gatillo con el dedo índice de la mano derecha.

—¿Sí?

—Once veces.

Gabriel se quedó callado un momento.

—Roma —dijo por fin—. Estaba pensando en Roma.

—¿Por qué ahora?

—¿Y por qué en cualquier otro momento?

—Creía que le habías disparado con la izquierda.

Gabriel observó el convoy de cuatro camiones que avanzaba con ritmo constante hacia el oeste. A las nueve y diez de la noche, hora de Tel Aviv, cruzó la frontera del Líbano.

—Oh, oh —comentó Navot.

—Deberían haber consultado el GPS —bromeó Gabriel.

Se oyó un chisporroteo en la red de transmisiones de seguridad y unos segundos después un par de misiles cruzaron la pantalla envueltos en un fogonazo, de izquierda a derecha. Vistas a través de las cámaras de infrarrojos, las explosiones resultantes fueron tan cegadoras que Gabriel tuvo que apartar la vista. Cuando volvió a mirar, vio a un único hombre que huía, envuelto en llamas, del convoy siniestrado. Deseó que fuera Saladino. Sí, pensó fríamente al salir del Centro de Operaciones. Mejor un metro que una milla.

Gabriel se pasó por su despacho para recoger su chaqueta y su maletín antes de bajar al aparcamiento subterráneo y subir a la parte de atrás de su todoterreno blindado. Cuando el coche se acercaba a las afueras de Jerusalén Oeste, sonó su teléfono de seguridad. Era Kaplan Street: el primer ministro quería hablar con él en privado. Retuvo a Gabriel una hora y media, mientras cenaba pollo *kung pao* y rollitos de primavera y le interrogaba acerca de las operaciones en marcha y las inminentes. Le preocupaba, en primer lugar, Irán y después, a corta distancia, el nuevo gobierno de Washington. Su relación con el último presidente estadounidense había sido desastrosa. El nuevo había prometido estrechar los lazos entre Washington e Israel e incluso amenazaba con trasladar formalmente la embajada estadounidense de Tel Aviv a Jerusalén, lo que sin duda ocasionaría una virulenta oleada de protestas en el mundo árabe e islámico. Había ciertos miembros de la coalición de gobierno que querían aprovechar las circunstancias favorables para llevar a cabo una expansión acelerada de los asentamientos judíos en Cisjordania. La posibilidad de una anexión flotaba en el ambiente. Gabriel recomendó prudencia. Como jefe de la Oficina, necesitaba la cooperación de los servicios secretos de Ammán y El Cairo a fin de proteger la periferia de Israel. Estaba haciendo, además, importantes progresos con los saudíes y los emiratos suníes del Golfo, que temían a los persas más que a los judíos. Una acción unilateral de Israel en la frontera palestina era lo último que le convenía.

—¿Cuándo piensas ir a Washington? —preguntó el primer ministro.

—No me han invitado.

—¿Desde cuándo necesitas una invitación? —El mandatario israelí trató de coger un rollito con los palillos y, como no pudo, lo pinchó—. ¿Seguro que no quieres uno?

—No, gracias.

—¿Pollo tampoco?

Gabriel rehusó con un ademán.

—Pero es pollo *kung pao* —insistió el primer ministro con incredulidad.

Era casi medianoche cuando el todoterreno de Gabriel entró en Narkiss Street. La calle había sido antaño una de las más tranquilas de la ciudad. Ahora, en cambio, parecía un campamento militar. Había controles de seguridad en ambos extremos, y un agente armado montaba guardia a todas horas frente al viejo edificio de arenisca del número 16. Por lo demás, la calle apenas había cambiado. La verja del jardín seguía chirriando al abrirse, el desgreñado eucalipto seguía dando sombra a las tres terracitas y la luz de la escalera seguía siendo de un verde bilioso. Al llegar al descansillo de la segunda planta, Gabriel encontró la puerta entornada. Entró sin hacer ruido y vio a Chiara sentada en un extremo del sofá, con un libro abierto sobre el regazo. Se lo quitó suavemente de las manos y miró la portada. Era una edición en italiano de una novela americana de espías.

—¿No te basta con la vida real?

—Descrito por él, parece todo mucho más glamuroso.

—¿Quién es el protagonista?

—Un asesino con conciencia, un poco como tú.

—¿También es restaurador de arte?

Chiara hizo una mueca.

—¿A quién se le ocurriría tal cosa?

Gabriel se quitó el abrigo y la chaqueta del traje y tiró ambas cosas al respaldo del sillón con aire retador. Chiara meneó la cabeza con desaprobación y, tras lamerse la yema del dedo índice, pasó una página de su libro. Vestía unos pantalones de chándal corrientes, de color gris, y un jersey de forro polar para protegerse del frío invernal. Aun así, con su larga y alborotada melena echada sobre el hombro, estaba increíblemente hermosa. Frisaba ya los cuarenta años, pero ni el tiempo ni el intenso estrés del trabajo de Gabriel habían hecho estragos en su rostro. Gabriel distinguía en él trazas de Arabia, de España y del Magreb, y de todos los lugares por los que habían vagado sus antepasados antes de recalar en la antigua judería de Venecia. Eran, sin embargo, sus ojos lo que más le había fascinado de ella desde el principio. Eran del color del caramelo, con motas de oro, una mezcla que Gabriel había sido incapaz de reproducir en un lienzo. Cuando Chiara estaba contenta, su mirada le infundía una satisfacción desconocida para él hasta entonces. Y cuando estaba desilusionada o furiosa, le hacía sentirse el ser más vil que pisaba la tierra.

—¿Qué tal están los niños? —preguntó.

—Si los despiertas... —Ella se llevó de nuevo el índice a los labios y pasó otra página.

Gabriel se quitó los zapatos y, en calcetines, entró en el cuarto de los niños sin hacer ruido. Arrimadas a una pared en la que Gabriel había pintado nubes, había dos camas contiguas. Dos bebés de catorce meses, niño y niña, dormían cabeza con cabeza, como en el vientre materno. Gabriel acercó la mano a su hija, que se llamaba Irene, como su abuela, pero se detuvo. Irene era una criatura nocturna, una espía nata: tenía el sueño ligero. El sueño de Raphael, en cambio, lo resistía todo, hasta una caricia de su padre a medianoche.

Gabriel cayó de pronto en la cuenta de que hacía tres días que no los veía despiertos. Hacía poco más de un mes que dirigía la Oficina y ya se había perdido varios momentos cruciales: la primera palabra de Raphael, los primeros pasos vacilantes de Irene. Se había prometido a sí mismo que no sería así, que no permitiría que su trabajo se inmiscuyera en su vida privada. Era una quimera, por supuesto: el jefe de la Oficina no tenía vida privada. Ni familia, ni esposa aparte de la nación a la que había jurado defender. No era una condena de por vida, se decía para tranquilizarse. Solo duraría seis años. Cuando acabara su mandato, los niños tendrían siete años. Tendría tiempo de sobra para compensarles. A menos, claro, que el primer ministro le obligara a permanecer en el cargo. Calculó la edad que tendría pasados dos mandatos. Era una cifra deprimente. Sería tan viejo como Abraham. O como Noé...

Salió de la habitación y entró en la cocina, donde, sobre el pequeño velador, le esperaba su cena. *Tagliatelle* con queso y habas, surtido de *bruschetta* y tortilla con tomate y hierbas aromáticas, todo ello dispuesto como para una fotografía de libro de cocina. Gabriel se sentó y dejó su móvil en el centro de la mesa, con tanto cuidado como si fuera una granada de mano. Tras aceptar el puesto, había sopesado fugazmente la posibilidad de trasladarse con su familia a uno de los barrios residenciales de las afueras de Tel Aviv para estar más cerca de King Saul Boulevard. Ahora se daba cuenta de que era preferible quedarse en Jerusalén para estar cerca de la oficina del primer ministro. Ya había tenido que personarse tres veces en Kaplan Street de madrugada, una de ellas porque el primer ministro no podía dormir y necesitaba compañía. Habían hablado de la situación internacional mientras veían una película de acción americana en la tele. Gabriel había dado unas cabezadas en el momento de mayor emoción, y al alba había sido conducido en coche, medio dormido, a su despacho.

—¿Vino? —preguntó Chiara levantando una botella de tinto de Galilea.

Gabriel rehusó.

—Es tarde —dijo.

Su mujer dejó el vino en la encimera.

—¿Qué tal el primer ministro?

—Extremadamente interesado por los asuntos asiáticos.

—¿Otra vez comida china?

—*Kung pao* y rollitos de primavera.

—Un hombre persistente.

Chiara se sentó frente a él y vio con satisfacción cómo se llenaba el plato.

—¿Tú no vas a tomar nada? —preguntó él.

—Hace cinco horas que cené.

—Come algo para que no me sienta como un perfecto canalla.

Ella cogió un pedazo de *bruschetta* con aceitunas picadas y perejil italiano y dio un mordisquito al borde.

—¿Qué tal el trabajo?

Gabriel se encogió de hombros ambiguamente y hundió el tenedor en los *tagliatelle*.

—Ni se te ocurra —le advirtió ella—. Eres mi único contacto con el mundo real.

—La Oficina no es precisamente el mundo real.

—La Oficina —replicó ella— es lo más real que hay. Todo lo demás es ilusorio.

Gabriel le hizo un resumen expurgado y limpio del ataque nocturno al convoy, pero los bellos ojos de Chiara pronto adquirieron una expresión de aburrimiento. Prefería con mucho los chismorreos de la Oficina a los pormenores de sus operaciones. Los entresijos políticos, las batallas internas, los líos amorosos. Hacía años que había dejado el servicio activo y sin embargo, de haber tenido oportunidad, habría vuelto al trabajo sin pensárselo dos veces. Gabriel tenía demasiados enemigos para permitirlo, enemigos que ya antes habían atacado a su familia. De ahí que Chiara tuviera que conformarse con hacer el papel de primera dama. El personal subalterno la adoraba, al contrario que a su predecesora, la intrigante Bella Navot.

—¿Así van a ser las cosas los próximos seis años? —preguntó.

—¿Cómo?

—Cenas a medianoche. Tú comiendo y yo mirando.

—Sabíamos que iba a ser difícil.

—Sí —contestó ella vagamente.

—Ahora es demasiado tarde para arrepentirse, Chiara.

—No me arrepiento. Es solo que echo de menos a mi marido.

—Yo también te echo de menos. Pero no hay nada que...

—Los Shamron nos han invitado a cenar mañana por la noche —dijo ella de repente.

—Mañana por la noche es mal momento. —Gabriel no explicó por qué.

—A lo mejor el sábado podemos ir a Tiberíades.

—A lo mejor —repuso él sin convicción.

Entre ellos se hizo un denso silencio.

—¿Sabes, Gabriel? Dios no siempre se ha portado bien contigo.

—No, no siempre.

—Pero te ha dado otra oportunidad de ser padre. No la malgastes. No seas de esos padres que vienen y se van de noche. Es lo único que recordarán tus hijos. Y no intentes justificarte diciendo que intentas protegerlos. Eso no es suficiente.

En ese momento se iluminó su móvil. Dudando, marcó su contraseña y leyó el mensaje de texto.

—¿El primer ministro? —preguntó Chiara.

—Graham Seymour.

—¿Qué quiere?

—Hablar conmigo en privado.

—¿Aquí o allí?

—Allí —contestó Gabriel.

Sin añadir nada más, llamó a King Saul Boulevard y pidió que se hicieran los preparativos necesarios para el que sería su primer viaje al extranjero como director de la Oficina. Había un vuelo que salía de Ben Gurion a las siete y llegaba a Londres a mediodía. Harían hueco en primera clase para Gabriel y sus escoltas. Los británicos se ocuparían de su seguridad cuando llegara a Londres.

Una vez acordado su itinerario, cortó la llamada y, al levantar los ojos, vio que Chiara se había ido. Solo aún, llamó a Uzi Navot para informarlo de que pensaba salir de viaje. Luego puso la televisión y acabó de cenar. Con un poco de suerte, se dijo, podría dormir una o dos horas. Se despediría de sus hijos a oscuras, pensó, y a oscuras volvería. Los mantendría a salvo de todo peligro. Y, como recompensa, tal vez algún día recordaran de él la caricia de su mano a medianoche.

14

JERUSALÉN – LONDRES

W

Y así fue como Gabriel Allon, tras haber dormido intermitentemente —si es que había llegado a pegar ojo—, se levantó de la
cama y se introdujo en la panza de su todoterreno blindado. Llegó
al aeropuerto Ben Gurion minutos antes de que despegara su vuelo
y, acompañado por dos escoltas, subió a bordo en la pista de despe-
gue. No tenía billete y su nombre no figuraba en la lista de pasajeros.
Por norma, el *ramsad*, el jefe de la Oficina, nunca viajaba al extranjero usando su verdadero nombre, ni siquiera para ir a un país
aliado como el Reino Unido. Sus enemigos (los iraníes y los rusos,
sin ir más lejos) también tenían acceso a los registros informáticos
de las aerolíneas. Igual que los americanos.

Pasó las cinco horas de viaje leyendo los periódicos, un ejercicio inútil para un hombre que sabía demasiado y, al llegar a
Heathrow, se puso en manos del equipo de recepción del MI6.
Mientras atravesaba el centro de Londres en la parte de atrás de
un Jaguar, lamentó fugazmente no haber metido una corbata en
su maletín. Pero sobre todo se dedicó a mirar por la ventanilla y
a recordar las muchas veces que había llegado a aquella ciudad
usando nombres distintos, enarbolando diferentes banderas, luchando en guerras diversas. Para Gabriel, la geografía de Londres
era la de un campo de batalla. Hyde Park, la abadía de Westminster, Covent Garden, Brompton Road... En Londres había derramado su sangre, había sufrido, y en un piso franco de la Oficina

en Bayswater Road había recitado ante Chiara sus votos matrimoniales porque temía no sobrevivir al día siguiente. Su deuda con el servicio secreto británico era muy honda. Inglaterra le había ofrecido cobijo en los momentos más oscuros de su vida y le había arropado cuando otro país tal vez le habría arrojado a los lobos. A cambio, Gabriel había resuelto numerosos problemas por encargo del gobierno de Su Majestad. Según sus cálculos, el balance se hallaba ya más o menos igualado.

El coche entró por fin en Vauxhall Bridge y cruzó rápidamente el Támesis, camino del templo del espionaje que se alzaba en la otra orilla. En la última planta del edificio, Gabriel cruzó un atrio adornado como un jardín inglés y entró en el despacho más elegante de todo el mundillo del espionaje, en el que Graham Seymour, rodeado por varios miembros de su personal ejecutivo, aguardaba para recibirle. Siguió una ronda de presentaciones sucintas. Luego, los subalternos salieron lentamente en fila india y Seymour y Gabriel se quedaron solos. Se miraron un momento el uno al otro en silencio, sin prisas. Eran tan distintos como podían serlo dos hombres: en tamaño y constitución, en origen social y en fe religiosa, pero el lazo que los unía era inquebrantable. Se había forjado durante numerosas operaciones conjuntas y había sobrevivido a la guerra contra numerosos enemigos. Terroristas islámicos, el programa nuclear iraní, un traficante de armas ruso llamado Ivan Kharkov... Desconfiaban solo un poco el uno del otro, y en el oficio del espionaje eso los convertía en grandes amigos.

—Bueno —dijo Seymour por fin—, ¿qué tal sienta ser un miembro del club?

—Nuestra sección del club no es tan elegante como la vuestra —repuso Gabriel, paseando la mirada por el magnífico despacho—. Ni tan antigua.

—¿No fue Moisés quien envió a un equipo de agentes a espiar la tierra de Canaán?

—El primer fallo de inteligencia de la historia —repuso

Gabriel—. Imagina cómo podría haberles ido a los judíos si Moisés hubiera elegido otras tierras.

—Y ahora te toca a ti proteger esas tierras.

—Lo que explica por qué cada día tengo más canas. Cuando era pequeño, en el valle de Jezreel, solía tener pesadillas en las que nuestros enemigos conquistaban el país. Ahora lo sueño todas las noches. Y en esos sueños siempre es culpa mía —concluyó Gabriel.

—Yo también tengo pesadillas últimamente. —Seymour miró hacia el West End, al otro lado del río—. Y pensar que habría sido aún peor si un conocido marchante de arte londinense no hubiera visto a los terroristas entrar en el teatro...

—¿Alguien que yo conozca?

—Puede que sí, en realidad —contestó Seymour—. Tiene una galería de Maestros Antiguos en Saint James's. Tiene setenta y cinco años aunque no lo confiese, pero todavía sale con mujeres jóvenes. De hecho, la noche del atentado iba a cenar en el Ivy con una chica a la que le doblaba la edad, pero ella le dio plantón. Por suerte para él. —Seymour miró a Gabriel—. ¿No te lo ha contado?

—Procuramos reducir nuestros contactos al mínimo.

—Algo se le habrá pegado de ti. Se portó como un auténtico héroe.

—¿Seguro que estamos hablando del mismo Julian Isherwood?

Seymour sonrió a su pesar.

—Eso hay que reconocérselo a tu amigo Saladino —comentó pasado un momento—. No dejó cabos sueltos. De momento, solo hemos podido identificar a un sujeto relacionado directamente con los atentados, un francés que les proporcionó los fusiles automáticos. Envié a uno de nuestros agentes a localizarle, pero lamentablemente hubo un pequeño tropiezo.

—¿Qué clase de tropiezo?

—Una víctima mortal. Tres, en realidad.

—Entiendo —dijo Gabriel—. ¿Y el nombre del agente?

—Peter Marlowe. Pasó un tiempo en Irlanda del Norte. Y antes trabajaba en la industria olivarera, en Córcega.

—En ese caso —repuso Gabriel—, considérate afortunado porque solo haya habido tres muertos.

—Dudo que los franceses lo vean de ese modo. —Seymour hizo una pausa y luego añadió—: Razón por la cual necesito que hables con ellos de mi parte.

—¿Yo? ¿Por qué?

—Porque, a pesar de tus desmanes en territorio francés, te has granjeado algunos amigos de peso dentro de las fuerzas de seguridad francesas.

—No contaré con su amistad mucho tiempo si me mezclo en vuestras chapuzas.

Seymour no dijo nada.

—¿Y si accedo a ayudarte? —preguntó Gabriel—. ¿Qué gano yo?

—La gratitud imperecedera del Servicio Secreto de Inteligencia de Su Majestad.

—Venga ya, Graham, seguro que se te ocurre algo mejor.

Seymour sonrió.

—En efecto, se me ocurre.

Estaba oscureciendo cuando Gabriel salió por fin de Vauxhall Cross, no en la parte de atrás del Jaguar, sino en el asiento del copiloto de un pequeño Ford conducido por Nigel Whitcombe. El joven inglés conducía muy deprisa y con la lánguida desenvoltura de quien se dedica a pilotar coches de carreras en su tiempo libre. Gabriel se colocó el maletín sobre las rodillas y se agarró con fuerza al asiento.

—¿Dónde vive ahora?

—Me temo que eso es secreto —respondió Whitcombe sin asomo de ironía.

—Entonces quizá debería vendarme los ojos.

—¿Cómo dice?

—Es igual, Nigel. Pero ¿le importaría ir un poco más despacio? Preferiría no ser el primer jefe de la Oficina que muere en acto de servicio.

—Creía que estaba usted muerto —repuso Whitcombe—. Murió enfrente de Harrods, en Brompton Road. Salió en el *Telegraph*.

Whitcombe levantó el pie del acelerador, pero solo ligeramente. Siguió Grosvenor Road a lo largo del Támesis y se dirigió luego hacia el norte atravesando Chelsea y Kensington hasta Queen's Gate Terrace, donde se detuvo por fin frente a una imponente casa georgiana del color de la mantequilla.

—¿*Todo* eso es suyo? —preguntó Gabriel.

—Solo los dos pisos de abajo. Fue una ganga: ocho millones.

Gabriel echó una ojeada a la ventana de la planta baja. Las cortinas estaban echadas y no parecía haber luz dentro.

—¿Dónde cree que está?

—Preferiría no hacer conjeturas.

—Pruebe a llamarle a su móvil.

—Todavía no tiene muy claro cómo se usa.

—¿Qué quiere decir con eso?

—Dejaré que él se lo explique.

Whitcombe marcó el número. El teléfono sonó varias veces sin que hubiera respuesta. Nigel marcó otra vez con el mismo resultado.

—¿Cree que habrá una llave debajo del felpudo?

—Lo dudo.

—Entonces supongo que tendremos que usar la mía.

Gabriel salió del coche y bajó el corto tramo de escalones que llevaba a la entrada del sótano de la mansión. Probó a abrir la puerta. Estaba cerrada con llave. Whitcombe frunció el entrecejo.

—Creía que tenía una llave.

—Y la tengo. —Gabriel se sacó del bolsillo de la pechera del abrigo una fina ganzúa metálica.

—No lo dirá en serio.

—Las viejas costumbres nunca mueren.

—Puede que le cueste creerlo —comentó Whitcombe—, pero C no lleva una ganzúa encima.

—Pues quizá debería llevarla.

Gabriel introdujo la ganzúa en la cerradura y la movió suavemente hasta que el mecanismo cedió.

—¿Y si hay alarma? —preguntó Whitcombe.

—Seguro que se le ocurrirá algo.

Gabriel giró el pomo y abrió la puerta unos centímetros. Dentro de la casa reinaba el silencio.

—Dígale a Graham que esta noche volveré a casa por mis medios. Y que le llamaré desde París en cuanto haya solucionado el lío con los franceses.

—¿Y qué hay de su seguridad?

—Una ganzúa no es lo único que llevo encima —contestó Gabriel, y entró en la casa.

La puerta daba a una cocina que habría hecho las delicias de Chiara. Una hectárea y media de encimera iluminada con exquisito gusto, una isla con una pila digna de un chef, dos hornos de convección y una cocina de gas Vulcan con extractor profesional. La nevera era una Sub-Zero de acero inoxidable. Dentro había varias botellas de rosado corso y una cuña de queso aromatizado con romero, lavanda y tomillo. Al parecer, el dueño de la casa aún se hallaba en periodo de adaptación.

Gabriel sacó una copa del armario y se sirvió un vino. Luego encendió las luces de la cocina y se llevó el vino arriba, al salón. Estaba amueblado con una sola silla, un diván y una televisión del tamaño de una valla publicitaria. Gabriel se acercó a la ventana y, entreabriendo las cortinas, se asomó a la calle, donde en ese instante un hombre vestido con un costoso abrigo se apeaba de un taxi. El hombre empezó a subir los peldaños de la casa, pero se detuvo de repente y lanzó una mirada hacia la ventana junto a la que se hallaba Gabriel. Luego giró bruscamente sobre sus talones y bajó el tramo de escalera que conducía a la entrada del sótano.

Unos segundos después, Gabriel oyó abrirse y cerrarse una puerta, el chasquido de un interruptor y un improperio mascullado en dialecto corso. Se debía al envoltorio de plástico de la botella de rosado. Gabriel lo había dejado a la vista, sobre la encimera. Un error de aficionado, pensó.

La luz de la cocina iluminaba suavemente la escalera, lo justo para que, un momento después, la silueta de un hombre apareciera recortada en la entrada del salón. Llevaba los brazos estirados y empuñaba una pistola. En el extremo de la habitación en el que se hallaba Gabriel, sin embargo, la oscuridad era absoluta. Gabriel vio que el recién llegado se volvía a derecha e izquierda con la agilidad de quien sabía cómo despejar una habitación llena de adversarios armados. Luego, el hombre avanzó despacio y, pulsando un interruptor, inundó de luz el salón. Se volvió una última vez y apuntó a Gabriel. Luego, bajó rápidamente el arma.

—Maldito idiota —dijo Christopher Keller—, tienes suerte de que no te haya matado.

—Sí —contestó Gabriel con una sonrisa—. De nuevo.

15

KENSINGTON, LONDRES

—Una Walter PPK —dijo Gabriel, admirando la pistola de Keller—. Cuánto te gusta Bond.

—Es fácil de esconder y tiene pegada. —Keller sonrió—. Como lanzar un ladrillo contra una ventana emplomada.

—Creía que los agentes del MI6 no tenían permitido llevar armas.

—Así es. —Keller se sirvió vino y le ofreció la botella a Gabriel—. ¿Quieres?

—Tengo que conducir.

Keller frunció el ceño y le llenó la copa hasta un centímetro del borde.

—¿Cómo has entrado?

—No echaste la llave.

—Tonterías.

Gabriel le dijo la verdad.

—Algún día vas a tener que enseñarme a hacer eso —dijo Keller.

Se quitó su abrigo Crombie y lo lanzó descuidadamente sobre la encimera. Su traje era gris oscuro; su corbata, del color de la plata deslucida. Tenía un aspecto casi respetable.

—¿Dónde estabas? —preguntó Gabriel—. ¿En un funeral?

—En una reunión con mi gestor de inversiones. Me ha llevado a comer a la Bolsa y me ha informado de que el valor de mi cartera de acciones ha bajado más de un millón de libras. Gracias al Brexit, últimamente no levanto cabeza.

—El mundo es un lugar peligroso e impredecible.

—Dímelo a mí —repuso Keller—. Tu país está empezando a parecer una isla de paz y tranquilidad, sobre todo ahora que eres tú quien dirige el cotarro. Siento no haber podido asistir a tu fiestecita de jura del cargo. Estaba liado y no pude escaparme.

—¿El curso de formación para espías?

Keller asintió.

—Tres meses de hastío incesante junto al mar.

—Pero triunfaste —dijo Gabriel—. Hiciste picadillo a los vigilantes del A4 y sacaste una nota récord en el examen final. Una lástima lo de Francia, en cambio. Esa no es forma de empezar una carrera.

—Mira quién habla. Tu carrera se compone de una serie de desastres con alguna que otra calamidad intercalada. Y mira dónde has llegado. Ahora eres el jefe.

—Shamron siempre me decía que una carrera que no levante controversia no es una carrera como dios manda.

—¿Qué tal está el viejo?

—Resistiendo —respondió Gabriel.

—Es como Israel, ¿no?

—¿Shamron? *Es* Israel.

Keller encendió un cigarrillo y expelió un chorro de humo hacia el techo.

—¿Mechero nuevo? —preguntó Gabriel.

—No se te pasa una.

Gabriel cogió el encendedor y leyó la inscripción.

—No se ha estrujado mucho las neuronas.

—Lo que cuenta es la intención —repuso Keller, y luego preguntó—: ¿Qué te ha dicho?

—Me ha dicho que te mandó a Francia a localizar al marroquí que consiguió los Kaláshnikov para el atentado de Londres y que conseguiste encontrarlo en cuestión de días a pesar de que la DGSI no sabía ni su nombre. Y me dio a entender que probablemente tu exjefe, el inigualable Don Anton Orsati, te había prestado una ayuda inestimable, aunque no entró en detalles.

—Con razón.

—Por lo visto te reuniste con el marroquí, cuyo nombre era Nouredine Zakaria, en un bar de Niza y le hiciste creer que eras un traficante de armas corso. Para demostrarlo, accediste a venderle diez Kaláshnikov y diez Heckler & Kock MP7 por sesenta mil euros, un precio muy razonable. Por desgracia el trato no salió conforme a lo previsto y te viste en la necesidad de matar a Zakaria y a sus dos socios, eliminando así el único lazo conocido entre la red de Saladino y el atentado de Londres. Teniendo en cuenta todas las circunstancias —añadió Gabriel—, yo diría que se te fue un poco la mano.

—Son cosas que pasan.

—Ya. Y ahora me toca a mí arreglar el desaguisado.

—Que conste —dijo Keller— que no fue idea mía mandarte a hablar con los franceses con la gorra en la mano.

—Debes de haberme confundido con otro.

—¿Con quién?

—Con alguien que se quita el sombrero cuando entra en una habitación.

—Entonces, ¿cómo piensas plantear el asunto?

—Primero, voy a pedirles todo lo que tengan sobre Nouredine Zakaria. Y luego —dijo Gabriel—, voy a invitarlos a cooperar en mi operación para encontrar a Saladino.

—¿*Tu* operación? Los franceses no pasarán por ahí. Y Graham tampoco.

—Graham me ha dado vía libre esta misma tarde. Y también ha accedido a cederte en préstamo. Ahora trabajas para mí.

—Cabrón. —Keller aplastó su cigarrillo—. Debí matarte cuando tuve ocasión.

* * *

108

Esa noche cenaron en un pequeño restaurante italiano cerca de Sloane Square donde nadie los conocía. Después, Gabriel se fue solo en un taxi a la embajada israelí, situada en un rincón tranquilo de Kensington, cerca de High Street. El embajador y el agregado del servicio secreto se alegraron enormemente de verle, al igual que sus escoltas. Abajo, en la sala de transmisiones seguras (o sanctasanctórum, en la jerga de la Oficina), llamó al número particular del hombre al que necesitaba ver en París. Le pilló en la cama, en su triste pisito de soltero de la *rue* Saint-Jacques, pero no se molestó en absoluto al oír la voz de Gabriel.

—Me estaba preguntando si mañana podrías dedicarme uno o dos minutos.

—Voy a estar reunido con el ministro toda la mañana.

—Te doy mi más sentido pésame. ¿Y por la tarde?

—Estoy libre a partir de las dos.

—¿Dónde?

—En la *rue* de Grenelle.

Acto seguido, Gabriel llamó a King Saul Boulevard para informar a Intendencia de que iba a prolongar su estancia en el extranjero al menos un día más. El Departamento de Viajes se encargó de los preparativos. Estuvo tentado de pasar la noche en el viejo piso franco de Bayswater Road, pero sus escoltas le convencieron de que se quedara en las dependencias de la embajada. Como en casi todas las delegaciones de la Oficina en el extranjero, había en ella un pequeño dormitorio para casos de emergencia. Gabriel se tendió en el incómodo catre, pero le costó conciliar el sueño. Le desveló el nerviosismo de una nueva operación, la leve ilusión de estar de nuevo en acción, a pesar de que esa «acción» tuviera de momento como escenario una embajada en uno de los barrios más exclusivos del mundo.

Por fin, en las horas previas al amanecer, el sueño se apoderó de él. Se levantó a las ocho, desayunó con los agentes de la delegación de Londres y a las nueve subió a la parte de atrás de un Jaguar del MI6 con destino al aeropuerto de Heathrow. Su vuelo era el 334 de British Airways. Embarcó en el último momento, acompañado por sus escoltas, y ocupó su asiento junto a la ventanilla, en primera clase. Mientras el avión se elevaba sobre el sureste de Inglaterra, miró los campos grises y verdes que iban quedando allá abajo. Mentalmente, en cambio, tenía la mirada fija en un hombre alto y corpulento, de aspecto árabe, que cruzaba cojeando el vestíbulo de un hotel en Washington. El pelo podía cortarse o teñirse, y las facciones podían alterarse mediante la cirugía plástica. Pero una cojera como aquella, se dijo Gabriel, era para siempre.

16

RUE DE GRENELLE, PARÍS

De Paul Rousseau se decía que había tramado más atentados que Osama Bin Laden. Él no lo negaba, aunque se apresuraba a puntualizar que ninguna de sus bombas estallaba de verdad. Rousseau era un especialista inveterado en el arte del engaño al que se había dado permiso para tomar «medidas activas» para retirar de la circulación a posibles terroristas antes de que ellos pudieran tomar medidas activas contra la República Francesa o su ciudadanía. Los ochenta y cuatro agentes del Grupo Alfa, la unidad de élite de Rousseau en la DGSI, no malgastaban valiosos recursos siguiendo a sospechosos de terrorismo, escuchando sus llamadas telefónicas o leyendo sus delirantes reflexiones en Internet. Ellos sacudían el árbol y esperaban a que la fruta emponzoñada les cayera en las manos. En otro país y en otra época, un neoliberal habría condenado sus métodos por rayar en lo delictivo. Y Paul Rousseau tampoco lo habría negado.

Durante sus primeros seis años de existencia, el Grupo Alfa había sido uno de los secretos oficiales mejor guardados de Francia y sus agentes habían operado con impunidad. Pero eso había cambiado tras el atentado del ISIS en Washington, cuando la prensa norteamericana reveló que Rousseau había resultado herido en el atentado contra el Centro Nacional de Lucha Antiterrorista, en una zona residencial del norte de Virginia. Las noticias subsiguientes, aparecidas principalmente en los medios franceses, habían sacado a la luz los métodos poco ortodoxos del Grupo Alfa. Se identificó a diversos agentes y se abortaron varias operaciones. El ministro del interior y el jefe de la DGSI reaccionaron negando categóricamente que existiera una unidad antiterrorista llamada Grupo Alfa. Pero era demasiado tarde: el daño ya estaba hecho. Instaron discretamente a Rousseau a abandonar su anónima sede en la *rue* de Grenelle y trasladarla tras los muros del cuartel general de la DGSI en Levallois-Perret. Rousseau, sin embargo, se negó. Nunca le había gustado el extrarradio de París y sus agentes e informantes no podrían llevar a cabo su cometido si se los veía entrar y salir de un complejo amurallado provisto de un cartel que rezaba *MINISTÈRE DE L'INTÉRIEUR*.

De modo que, a pesar del nivel de alerta, Paul Rousseau y el Grupo Alfa seguían librando su guerra silenciosa contra las fuerzas del islam radical desde un elegante edificio del siglo XIX del lujoso séptimo *arrondissement*. Una discreta placa de latón informaba de que el edificio era la sede de la llamada Sociedad Internacional para la Literatura Francesa, un toque este singularmente rousseauniano. Dentro, sin embargo, se acababan los subterfugios. El personal de apoyo técnico ocupaba el sótano; los vigilantes, la planta baja. En la primera se hallaba el rebosante registro del Grupo Alfa (Rousseau prefería los dosieres de papel a los archivos digitales), y la segunda y tercera plantas albergaban a los agentes en activo. La mayoría entraba y salía por la pesada verja negra de la *rue* de Grenelle, a pie o en coche. Otros, en cambio, entraban por un pasadizo secreto que comunicaba el edificio con la anodina tiendecita de antigüedades de la puerta de al lado, propiedad de un francés entrado en años que había trabajado para el servicio secreto durante la guerra de Argelia. Rousseau era el único miembro del Grupo Alfa al que se había permitido leer el escandaloso expediente del tendero.

La cuarta planta era sombría, deprimente y silenciosa, salvo por la música de Chopin que de vez en cuando se colaba por la puerta abierta del despacho de Rousseau. *Madame* Treville, su sufrida secretaria, ocupaba un imponente escritorio en la antesala y al otro lado de un estrecho pasillo se hallaba el despacho de Christian Bouchard, el joven y ambicioso ayudante de Rousseau. Dentro del servicio secreto francés se consideraba artículo de fe que Bouchard asumiría el mando del Grupo Alfa cuando Rousseau decidiera retirarse, en caso de que lo decidiera alguna vez. Ya lo había intentado una vez, tras la muerte de su amada Colette. El libro que confiaba en escribir —una biografía de Proust en varios volúmenes— había quedado reducido a un montón de notas manuscritas. Rousseau se había resignado ya al hecho de que la lucha contra el islamismo radical fuera su única obra. No era una guerra que Francia pudiera perder. Rousseau creía que la supervivencia misma de la República estaba en juego.

En Gabriel Allon había encontrado un camarada improbable, pero bien dispuesto. Su alianza se había forjado tras el estreno de Saladino en París: el mortífero atentado contra el Centro Isaac Weinberg para el Estudio del Antisemitismo en Francia. Saladino, que conocía los lazos secretos que unían a su directora con Gabriel, había escogido cuidadosamente su objetivo. Pero Paul Rousseau también conocía esos lazos, y juntos, Gabriel y él, habían logrado infiltrar a una agente en la corte de Saladino. La operación no había logrado impedir el atentado de Washington, pero había puesto fin a décadas de hostilidad y desconfianza entre la Oficina y los servicios de espionaje franceses. Una grata consecuencia de esa nueva relación era que ahora Gabriel era libre de viajar por Francia sin temor a ser detenido y puesto a disposición judicial. Su larga nómina de atropellos en territorio francés (los asesinatos, los daños colaterales) había caído oficialmente en el olvido. Ahora estaba tan limpio como podía estarlo un espía profesional.

Las nuevas y rigurosas medidas de seguridad del Grupo Alfa exigían que Gabriel dejara su coche oficial y su escolta junto a la Torre Eiffel y recorriera a pie, solo, el último trecho del camino. Normalmente entraba en el edificio por la verja de la *rue* de

Grenelle, pero a instancias de Rousseau esta vez entró por el pasadizo del anticuario. Rousseau le estaba esperando arriba, en la sala de reuniones insonorizada y con paredes de cristal de la cuarta planta. Vestía una arrugada chaqueta de *tweed* que Gabriel le había visto en muchas otras ocasiones y, como de costumbre, desoyendo las leyes francesas que prohibían fumar en el lugar de trabajo, estaba fumando en pipa. Para Gabriel, pese a ser enemigo acérrimo del tabaco, aquella íntima rebeldía de Rousseau tenía algo de reconfortante.

Sacó una fotografía de su maletín y la empujó sobre la mesa. Rousseau miró la cara del sujeto y levantó la vista bruscamente.

—¿Nouredine Zakaria?

—¿Le conoces?

—Solo de oídas. —Rousseau levantó la foto—. ¿De dónde has sacado esto?

—Eso no importa.

—Oh, claro que importa.

—Procede de los británicos —reconoció Gabriel.

—¿De qué rama?

—Del MI6.

—¿Y por qué el MI6 se interesa de pronto por Nouredine Zakaria?

—Porque fue él quien consiguió los Kaláshnikov para el atentado de Londres. Responde también al apodo de Escorpión.

Para un espía profesional, no hay cosa peor que un agente de otro servicio le revele algo que ya debería saber. Paul Rousseau encajó el golpe mientras recargaba parsimoniosamente su pipa.

—¿Qué sabéis de él? —preguntó Gabriel.

—Que trabaja para la mayor red de narcotráfico de Europa.

—¿A qué se dedica exactamente?

—Dicho con delicadeza, se encarga de la seguridad.

—¿Y sin delicadeza?

—Es un sicario y un torturador. La Police Nationale cree que ha matado personalmente a doce personas, como mínimo.

Aunque no tienen pruebas, claro —añadió Rousseau—. Nouredine es extremadamente cuidadoso. Igual que su jefe.

—¿Y quién es su jefe?

—Vayamos por partes. —Rousseau levantó otra vez la fotografía—. ¿De dónde has sacado esto?

—Ya te lo he dicho, de los británicos.

—Sí, ya te he oído. Pero ¿de dónde lo han sacado los británicos?

—Eso no importa.

—Oh, claro que importa —repitió Rousseau.

17

RUE DE GRENELLE, PARÍS

—¿De cuántas armas exactamente estamos hablando?

—Creo que eran veinte.

—¿Y de dónde sacó ese agente del servicio secreto británico veinte Kaláshnikov y HK?

La expresión que adoptó Gabriel reflejaba al mismo tiempo ignorancia e indiferencia, o algo intermedio.

—¿Y se hizo pasar por corso? —preguntó Rousseau—. ¿Estás seguro de eso?

—¿Eso tiene alguna relevancia?

—Podría ser. Verás, solo alguien que haya vivido muchos años en la isla puede imitar su acento.

Gabriel no dijo nada.

—¿Es amigo tuyo, ese agente británico?

—Somos simples conocidos.

—Debe de estar muy bien relacionado para haber tramado algo así. Además de tener mucho talento.

—Tiene mucho que aprender.

—¿Y qué interés tienes tú en este asunto tan chapucero? —preguntó Rousseau.

—Lo que me interesa —respondió Gabriel— es Saladino.

—Ya somos dos. Razón por la cual voy a contar hasta diez para refrenar mi enfado. Porque es muy posible que ese amigo británico tuyo se las haya arreglado para demostrar algo que sospechaba desde hace tiempo.

—¿Qué?

Pero Rousseau no contestó, al menos no directamente. Adoptando un aire profesoral, dio un rodeo remontándose en el tiempo hasta el esperanzador invierno de 2011, cuando los regímenes dictatoriales de Túnez y Egipto fueron barridos por una oleada repentina de indignación y resentimiento popular. El régimen libio fue el siguiente. En enero de ese año hubo manifestaciones dispersas para protestar contra la carestía y la corrupción política, protestas que pronto se convirtieron en un levantamiento de alcance nacional. Pronto se hizo evidente que Muamar el Gadafi, el tiránico gobernante de Libia, no estaba dispuesto a seguir el ejemplo de sus homólogos de Túnez y El Cairo y a retirarse sin hacer ruido, perdiéndose discretamente en la noche árabe. Llevaba más de cuatro décadas gobernando el país con mano de hierro, apropiándose de su riqueza petrolera y asesinando a sus opositores, a veces por puro entretenimiento. Hombre del desierto, conocía el destino que le aguardaba si era derrocado. Así pues, sumió a su depauperada nación en una guerra civil en toda regla. Temiendo un baño de sangre, Occidente intervino militarmente con Francia a la cabeza. En octubre, Gadafi estaba muerto y Libia era libre.

—¿Y qué hicimos nosotros? ¿Inundamos Libia con dinero y otras formas de ayuda humanitaria? ¿Llevamos al país de la mano mientras trataba de efectuar la transición entre una sociedad tribal y una democracia de cuño occidental? No —añadió Rousseau—. No hicimos ninguna de esas cosas. De hecho, no hicimos casi nada. ¿Y cuál fue el resultado de nuestra inacción? Que Libia se convirtió en otro estado malogrado y el ISIS se apresuró a llenar ese vacío.

El peligro de que el ISIS instalara una cabeza de puente en el Magreb —prosiguió Rousseau— era patente. Ello permitiría a los terroristas introducir combatientes y armas en Europa occidental y atacar prácticamente a su antojo. Pero a los pocos meses de la llegada del ISIS a Libia, los cuerpos policiales, desde Grecia hasta

España, notaron otra tendencia preocupante: la afluencia de narcóticos desde el Magreb, y especialmente de hachís marroquí, aumentó hasta alcanzar niveles inauditos. Es más: se produjo un cambio en las rutas tradicionales de contrabando. Mientras que anteriormente las bandas de narcotraficantes se contentaban con trasladar su mercancía cruzando el estrecho de Gibraltar en una lancha o una moto acuática (o por tierra hasta Egipto y luego hasta los Balcanes), ahora la droga llegaba por mar en grandes barcos mercantes.

—Piensa, por ejemplo, en el caso del Apollo, un buque cochambroso con bandera griega que la Marina italiana apresó frente a las costas de Sicilia poco después de que el ISIS asentara sus reales en la vecina Libia. Los italianos supieron, por un soplo de un confidente afincado en el Magreb, que el barco transportaba un enorme cargamento de hachís. Aun así, les sorprendió la cantidad que encontraron. Diecisiete toneladas métricas, un alijo récord.

Pero lo del Apollo —explicó Rousseau— solo fue el principio. A lo largo de los tres años siguientes, las autoridades policiales europeas se incautaron de varios alijos colosales. Todos los barcos tenían una cosa en común: habían recalado en puertos libios. Y todas las redadas se efectuaron gracias a soplos procedentes de confidentes magrebíes bien situados. En total, se retiraron del mercado más de trescientas toneladas de estupefacientes con un valor aproximado de tres mil millones de dólares. Después, los confidentes dejaron de hablar súbitamente y las incautaciones se redujeron a un lento goteo.

—Pero ¿por qué? ¿Por qué ese cambio repentino de ruta? ¿Por qué los productores inundaron de pronto el mercado con enormes cantidades de droga? ¿Y por qué —agregó Rousseau— callaron de pronto los confidentes? Aquí, en Francia, llegamos a la conclusión de que había aparecido en escena un nuevo actor, muy poderoso. Alguien con fuerza suficiente para controlar las rutas de contrabando. Alguien cuyos métodos amedrentaban a los soplones hasta el punto de hacerles guardar silencio. Alguien que estaba dispuesto a arriesgarse a perder toneladas de valiosa mercancía porque lo que le interesaba era ganar gran cantidad de dinero en el menor tiempo posible. Concluimos que solo había un grupo que encajara en ese perfil.

—El ISIS.

Rousseau asintió lentamente.

—La alianza entre hachís y terrorismo —dijo— es tan antigua como el mundo. Como sabes, el término «asesino» deriva del árabe *hashashin*, los sicarios de la Chía que actuaban bajo los efectos del hachís. Hezbolá, sus herederos en el Líbano, financian en parte sus operaciones mediante la venta de hachís, en gran medida a compradores de tu país. Y el ISIS se introdujo activamente en el mundo del narcotráfico casi desde su fundación, principalmente imponiendo tributos sobre la mercancía que cruza los territorios sometidos a su control. Actualmente, creemos que el Estado Islámico controla gran parte del tráfico ilegal de drogas en Europa. Y la mayoría de esas drogas afluyen a través de la organización que dirige un individuo concreto. El hombre para el que trabaja tu amigo —añadió tocando la fotografía de Nouredine Zakaria.

La pipa de Rousseau se había apagado. Para desconsuelo de Gabriel, el francés volvió a echar mano de su petaca.

—Mi mayor temor —prosiguió Rousseau— era que esa relación no fuera únicamente económica, que el ISIS se sirviera de la infraestructura de distribución de ese individuo para llevar a cabo atentados en Europa. Si tu amigo el inglés está en lo cierto, si Nouredine Zakaria proporcionó las armas que se utilizaron en Londres, es evidente que mis temores se han hecho realidad. La cuestión es si Nouredine actuaba por su cuenta o tenía permiso de su jefe.

—Tal vez deberíamos preguntárselo.

—¿Al jefe de Nouredine? Eso es fácil decirlo. Verás —explicó Rousseau—, se trata de un hombre muy popular aquí en Francia, sobre todo entre personas ricas y bien relacionadas. Cenan en sus restaurantes y beben y bailan en sus discotecas. Duermen en sus hoteles, compran en sus tiendas y se engalanan con collares y anillos procedentes de su exclusiva línea de joyería. Y, naturalmente, a veces también fuman, esnifan o se inyectan sus drogas. El actual presidente de la República se cuenta entre sus amigos personales, al igual que el ministro del Interior y muchos otros cargos importantes de las fuerzas de seguridad francesas. Ellos se aseguran de que nunca se hagan preguntas incómodas y de que las investigaciones nunca se acerquen en exceso a su emporio empresarial.

—¿Tiene nombre ese individuo?

—Jean-Luc Martel.

—¿JLM?

Rousseau pareció sinceramente sorprendido.

—¿Te suena el nombre?

—He pasado mucho tiempo en tu país a lo largo de los años. Es difícil que no te suene Jean-Luc Martel.

—Es toda una celebridad, te lo garantizo. Uno de nuestros empresarios más punteros. Por lo menos, eso dice la prensa. Pero es todo una pantomima. El verdadero negocio de Martel son las drogas. —Rousseau guardó silencio un momento—. Pero si dijera esto en el despacho del ministro, me despacharía riéndose en mi cara y después se iría corriendo a cenar al nuevo restaurante de Martel en el *boulevard* Saint-Germain. Hace furor.

—Eso he oído.

Rousseau sonrió con desgana.

—Quizá se pueda razonar con Martel —aventuró Gabriel—. Apelar a su patriotismo.

—¿Con Jean-Luc Martel? Imposible.

—Entonces supongo que habrá que convencerle al viejo estilo.

—¿Cómo?

—Eso déjamelo a mí.

Se hizo un silencio.

—¿Y si es posible? —preguntó Rousseau.

—Muy bien podría conducirnos a quien estamos buscando.

—Sí —dijo el francés—. En efecto, podría. Pero el ministro jamás dará su autorización.

—Ojos que no ven, corazón que no siente. También en el caso de tu ministro.

El francés esbozó una sonrisa maliciosa.

—¿Y las normas de partida?

—Las mismas que la última vez. Colaboración paritaria. Yo tengo autonomía en el extranjero y tú tienes derecho de veto sobre todo lo que suceda en territorio francés.

—¿Y los británicos?

—Solicitaré los servicios de ese que habla francés como un corso.

—¿Qué sé en realidad de lo que pasó con Nouredine Zakaria y esas armas?

—Más o menos un cincuenta por ciento.

—¿Me conviene saber el resto?

—No, en absoluto.

—En ese caso —repuso Rousseau—, trato hecho.

Rousseau telefoneó al Ministerio del Interior para pedir copias de dos expedientes: uno con el nombre de Nouredine Zakaria y otro con el de su jefe. Al director del Registro, un funcionario francés de pura cepa, le extrañó su solicitud. ¿Por qué Rousseau, cuyo campo de acción se limitaba al terrorismo yihadista, se interesaba de pronto por un delincuente marroquí de poca monta y por uno de los más célebres empresarios de Francia? Era, en su opinión, un extraño maridaje, como el vino tinto con ostras. Honra a Rousseau el hecho de que no le replicara que aquel símil le parecía infantil, en el mejor de los casos. Señaló, en cambio, que como jefe de una división de la DGSI (aunque fuese una división que no existía oficialmente) tenía derecho a consultar prácticamente cualquier archivo del registro. El funcionario capituló de inmediato, aunque dio a entender que el asunto se retrasaría varias horas, dado que los expedientes eran bastante voluminosos. Hacer perder a los demás su valioso tiempo —se dijo Rousseau— era la venganza última de un burócrata.

Al final, tardaron menos de una hora en localizar y copiar los archivos en cuestión. Un mensajero motorizado del Grupo Alfa recogió los documentos a las 16:52 y, por obra de algún milagro, los entregó en la *rue* de Grenelle a las 17:11. La hora no ofrecía dudas: el guardia de seguridad, de reciente incorporación, tomó nota de ella en su registro de entrada, como mandaban los nuevos protocolos del Grupo Alfa. Inspeccionó sucintamente los documentos (quinientas páginas sujetas con un par de clips metálicos) y con un gesto indicó al mensajero que entrara en el edificio. Para mantenerse en forma, el mensajero subió por las escaleras en vez de tomar el precario ascensor y a las cinco y trece minutos depositó los documentos sobre la mesa de *madame* Treville. De nuevo, no había duda respecto a la hora: la secretaria la anotó en su agenda, que sería recuperada posteriormente.

Fue en ese momento cuando Christian Bouchard, siempre atento al peligro y a la ocasión, asomó su bien peinada cabeza por la puerta de su guarida y, al ver el montón de hojas recién depositadas sobre el escritorio de *madame* Treville, se acercó a echar un vistazo.

—¿JLM? ¿Quién ha pedido esto?

—*Monsieur* Rousseau.

—¿Por qué?

—Tendrá que preguntárselo a él.

—¿Dónde está?

—En la sala de reuniones. —La secretaria bajó la voz y añadió—: Con el israelí.

—¿Con Allon?

Madame Treville asintió gravemente.

—¿Por qué no me han avisado?

—Estaba usted comiendo cuando ha llegado —repuso la secretaria en tono de censura—. *Monsieur* Rousseau me pidió que le llevara los expedientes en cuanto llegaran. Quizá quiera llevárselos usted mismo.

Bouchard cogió el mazo de papeles y recorrió el pasillo hasta la sala de reuniones, donde encontró a Gabriel y Rousseau tras una pared de cristal insonorizado, enfrascados en su conversación. Marcó el código en la cerradura de seguridad, entró y dejó caer los gruesos dosieres sobre la mesa como si fueran la prueba de una conspiración.

Fue entonces, en el instante en que las quinientas páginas cayeron sobre la mesa con un golpe sordo, cuando estalló la bomba. De hecho, la coincidencia fue tal que Gabriel pensó al principio que eran los documentos los que habían estallado. Por suerte, solo guardaría un vago recuerdo de lo que sucedió a continuación. Fue consciente de que caía entre un torbellino de cristales, cascotes y sangre y de que Paul Rousseau y Christian Bouchard caían con él. Cuando por fin quedó inmóvil, se sintió como si estuviera encerrado en su propio ataúd. Con un último hilo de conciencia, se imaginó su funeral, un grupo de allegados rodeando una fosa abierta en el Monte de los Olivos, dos niños pequeños: una niña que se llamaba Irene por su abuela y un niño que llevaba el nombre de un gran pintor. Sus hijos no guardarían recuerdo de él. Para ellos, no sería más que un hombre que iba y venía en la oscuridad. Y que a la oscuridad retornaba.

SEGUNDA PARTE

UNA CHICA COMO ESA

18

PARÍS – JERUSALÉN

Fueron los papeles (los dosieres, los informes de vigilancia, los mensajes de texto y correos electrónicos interceptados, los historiales) lo que sacó a la luz la verdadera índole del organismo secreto que tenía su sede en el elegante y vetusto edificio de la *rue* de Grenelle. Durante varias horas después del atentado, revolotearon por las calles del séptimo *arrondissement*, desde la Torre Eiffel a Los Inválidos, pasando por los jardines del Musée Rodin, llevados a la deriva por un viento caprichoso. Se vio a numerosos policías y agentes de paisano recogiendo frenéticamente los documentos mientras el personal de emergencias trataba de sacar a los aturdidos supervivientes de entre la montaña de cascotes. A primera hora de la tarde, no obstante, empezaron a aparecer en Twitter y otras redes sociales fotografías de documentos recuperados, con el membrete de la DGSI. *Le Monde* publicó la primicia, seguido poco después por el resto de los grandes medios franceses. Finalmente, el ministro del Interior no tuvo más remedio que confesar la verdad y confirmar lo evidente: que el objetivo del segundo mayor atentado acaecido en París en menos de un año no era una oscura asociación dedicada al fomento de la literatura francesa, sino una brigada de élite de la DGSI cuya existencia él mismo había negado recientemente. Acto seguido, pidió a los ciudadanos de la República que entregaran a las autoridades cualquier documento recuperado y que dejaran de publicarlos en Internet. Fueron muy pocos los que hicieron caso de esta petición.

Lamentablemente, el escándalo político subsiguiente y las muchas incógnitas que suscitaron las tácticas del Grupo Alfa eclipsaron la precisión, fríamente calculada, y la brutalidad del atentado. Tanto el objetivo como la colocación de la bomba —mediante una furgoneta Renault Trafic blanca, el mismo modelo utilizado en el atentado contra el Centro Isaac Weinberg para el Estudio del Antisemitismo en Francia— obedecían a una intención simbólica. La bomba, sin embargo, solo pesaba doscientos kilos; era, por tanto, mucho más pequeña que la que destruyó el Centro Weinberg. Aun así, la potencia explosiva de ambos artefactos era comparable, lo que llevó a los expertos a concluir que el individuo a quien Saladino encomendaba la fabricación de los explosivos, fuera quien fuese, había perfeccionado su técnica. La fuerza de la explosión dejó en ruinas la sede del Grupo Alfa y dañó edificios en un radio de varios centenares de metros a lo largo y ancho de la *rue* de Grenelle. Cuatro transeúntes que pasaban casualmente junto a la furgoneta cuando esta hizo explosión murieron en el acto, así como una madre y su hija de seis años, que estaban entrando en la farmacia de enfrente. El resto de las víctimas mortales formaba parte de las filas del Grupo Alfa.

De la furgoneta no quedó casi nada. Una puerta fue a parar a una *boucherie* de la *rue* Cler. Un trozo del techo, a un parque infantil del Champ de Mars. Más adelante quedó claro que el vehículo había sido robado tres semanas antes en un barrio del extrarradio de Bruselas y que había llegado a París desde el noroeste por la A13. Nunca pudo determinarse dónde se había montado la bomba, y las autoridades francesas tampoco pudieron identificar al hombre que estacionó la furgoneta justo bajo la ventana del despacho de Paul Rousseau en la cuarta planta. Fue visto por última vez subiendo a una moto que le habían dejado en la plaza de La Tour-Maubourg. La moto, al igual que su conductor, nunca fue localizada.

Por suerte, la mitad del personal del Grupo Alfa estaba de permiso o cumpliendo alguna misión fuera de la oficina cuando estalló la bomba. Los más afectados fueron los vigilantes y el personal técnico, que trabajaban en el sótano y la planta baja. Dos jóvenes empleadas del Registro fallecieron, al igual que nueve de los agentes más veteranos de la brigada. Paul Rousseau y Christian Bouchard sufrieron heridas de escasa consideración, debido en parte a que se hallaban en la sala de reuniones cuando estalló la bomba. Desgraciadamente, *madame* Treville aprovechó ese momento para ordenar un poco el atiborrado despacho de Rousseau y sufrió de lleno la explosión. La sacaron viva de los escombros, pero falleció esa misma noche mientras el resto de Francia se regodeaba en el escándalo político.

El escándalo, sin embargo, no acabaría ahí. Al día siguiente del atentado, los medios de comunicación comenzaron a preguntarse si los fallecidos en el interior del edificio eran únicamente agentes del Grupo Alfa. El origen de la polémica eran las declaraciones de varios testigos que aseguraban haber visto a dos hombres jóvenes, corpulentos y armados con pistolas rebuscando ansiosamente entre los cascotes tras la explosión, mientras gritaban insistentemente el mismo nombre: Gavriel, la variante hebrea del nombre del actual jefe del servicio secreto de inteligencia israelí. Ello dio lugar a especulaciones respecto a si el hombre en cuestión, que tenía un largo y sórdido historial en territorio francés, se hallaba dentro del edificio en el momento de la explosión. El ministro del Interior y el jefe de la DGSI negaron que se encontrara siquiera en Francia. Pero, dados sus antecedentes inmediatos, la declaración fue acogida con natural escepticismo.

A decir verdad, el hombre en cuestión se hallaba, en efecto, dentro de la sede del Grupo Alfa al producirse el atentado y había pasado cuarenta y cinco minutos largos sepultado entre los escombros, retorcido como un contorsionista, hasta que, finalmente, sus escoltas y un equipo de rescate francés habían logrado sacarle. Ensangrentado y cubierto de polvo, fue trasladado al cercano hospital militar de Val-de-Gráce, donde cosieron y curaron sus heridas y le trataron de varias costillas rotas, dos vértebras fracturadas en la zona lumbar y una conmoción cerebral severa. Los médicos recordarían más tarde que hablaba un francés fluido aunque con cierto acento extranjero, que se había mostrado extremadamente educado pese a estar un poco aturdido y que se había negado a que le administraran calmantes a pesar del agudo malestar que le causaban sus heridas. Posteriormente, sin embargo, tras recibir la visita de varios agentes del servicio secreto francés, los médicos y las enfermeras negaron haber mantenido cualquier contacto con él.

En realidad, permaneció tres días en el hospital, en una habitación contigua a la que ocupaban Paul Rousseau y Christian Bouchard, atendido por un equipo de médicos franco-israelí y vigilado en todo momento por un grupo de escoltas de ambas nacionalidades. Finalmente, después de que una ronda de radiografías y resonancias magnéticas confirmara que su traslado no entrañaba ningún riesgo, le vistieron con una camisa y un traje limpios y una ambulancia le condujo al aeropuerto Charles de Gaulle. Allí, tras negarse a recibir ayuda, subió por su propio pie la empinada escalerilla deteniéndose varias veces para descansar y recuperar el equilibrio, y entró en la cabina de primera clase del avión de la compañía El Al. Estaba vacío, salvo por la presencia de una bella mujer de alborotada cabellera negra. Se dejó caer en el asiento contiguo al de ella, apoyó la cabeza en su hombro y cerró los ojos. El cabello de la mujer olía a vainilla. Solo entonces se convenció de que estaba vivo.

A su regreso a Israel, Gabriel se fue derecho a Narkiss Street y permaneció allí, oculto a la vista del público, casi toda la semana siguiente. Al principio apenas se movía de la cama. Solo se levantaba para que le diera un rato el sol invernal que iluminaba por las tardes la terracita del piso. El dolor que le provocaban sus heridas, aunque soportable, era inmenso. Cada bocanada de aire era un calvario y cada vez que se movía, por poco que fuese, tenía la sensación de que le estaban clavando un hierro candente en la base de la columna vertebral. Estaban, además, los efectos residuales de la conmoción cerebral: la jaqueca crónica, la sensibilidad a la luz y el sonido, la incapacidad para concentrarse más allá de un minuto o dos. Como más cómodo se sentía era en una habitación a oscuras, con la puerta cerrada. Cuando estaba a solas, con sus atribulados pensamientos como única compañía, temía que su estado fuera irreversible, estar ya demasiado maltrecho, haber agotado definitivamente su capacidad de recuperación. Que ningún retoque, por intensivo que fuera, pudiera devolverle la salud. Que su cuerpo, en definitiva, fuera un lienzo imposible de restaurar.

El resto de Israel, sin embargo, ignoraba que el legendario director de su servicio de espionaje yacía incapacitado en su cama con cuatro costillas rotas, dos vértebras fracturadas y una jaqueca descomunal. Corrieron rumores, eso sí, alimentados principalmente por la prensa francesa y acallados mediante un vídeo de catorce segundos facilitado por la oficina del primer ministro y emitido por la televisión nacional israelí. En él, se mostraba una reunión en Kaplan Street. El primer ministro lucía una sonrisa satisfecha y una corbata azul; Gabriel vestía de gris y parecía estar en plena forma. El vídeo, grabado poco después de su acceso al cargo, había permanecido guardado a buen recaudo a la espera de una ocasión como aquella. Había también otros vídeos grabados con ropas distintas y diferentes condiciones lumínicas, por si acaso Gabriel se veía en la necesidad de pasar una temporada alejado de los focos. El propio Gabriel era consciente de que ese momento había llegado mucho antes de lo que imaginaba. El director de la Oficina había estado a punto de perecer en un atentado minuciosamente planeado contra el centro de operaciones de un amigo de confianza y aliado en la guerra contra el terror. No tenía, por tanto, más remedio que responder en la misma medida. Eran las reglas del vecindario. No delegaría la venganza en terceras personas, ni arremetería contra objetivos insignificantes en los desiertos de Siria e Irak. Su objetivo era un hombre concreto. Un hombre que había tejido una red de muerte y destrucción y puesto en estado de sitio a las grandes metrópolis del mundo civilizado. Un hombre que financiaba sus operaciones mediante el tráfico de drogas en Europa occidental. Iba a encontrar a ese hombre y a borrarle de la faz de la Tierra. Se acercaría a él meticulosamente, con toda cautela. Porque no había nada más peligroso —se dijo— que un hombre paciente.

Pero no podía librar la guerra contra su enemigo si no disponía de un cuerpo y un cerebro sanos. El dolor fue remitiendo poco a poco, como las aguas de una crecida, pero su mente seguía enmarañada. La operación estaba por ahí, en alguna parte, lo sabía, pero su trama y sus personajes principales se le escapaban, perdidos en la neblina de la conmoción cerebral. Llegó a la conclusión de que le convenía hacer ejercicio, no físico, sino mental. Recuperó los viejos juegos mnemotécnicos de Shamron y releyó de cabeza densas monografías sobre Ticiano, Bellini, Tintoretto y Veronés. Se fatigaba por el esfuerzo (a fin de cuentas, estaba haciendo ejercicio), pero poco a poco la operación fue recuperando su nitidez. Solo el desenlace se le escapaba. Veía a un hombre rico arruinado, expuesto al escarnio público y dispuesto a hacer lo que le ordenara. Pero ¿cómo pondría a ese hombre en tal situación? Poco a poco, se recordó. Cuidado con la furia de un hombre paciente.

El dolor le impedía descansar, al igual que las pesadillas en las que se sentía caer entre una avalancha de cascotes, cristales y sangre. Aun así, el cuarto día de su regreso se despertó temprano y descubrió que la migraña había desaparecido y tenía la cabeza despejada. Se levantó antes que Chiara y que los niños, entró en la cocina, preparó café y se lo tomó mientras veía las noticias en televisión. Después entró en el cuarto de baño sin hacer ruido y se miró al espejo. La imagen que le devolvió el cristal era preocupante, se mirara por donde se mirara. Tenía el lado izquierdo de la cara más o menos intacto. El derecho, en cambio, el lado que tenía vuelto hacia la explosión, era otro cantar. El ojo estaba hinchado y ennegrecido, y tenía numerosos cortes y abrasiones provocados por los cristales y cascotes. No era la cara de un alto funcionario del estado, se dijo. Era la cara de un vengador. Llenó el lavabo con agua caliente y, lenta y minuciosamente, se afeitó la barba que en el transcurso de una semana le había crecido en el mentón y las mejillas. Cada pasada de la cuchilla le producía un aguijonazo de dolor en la base de la columna, y un estornudo inesperado le dejó doblado de dolor durante unos segundos.

Se duchó y al volver al dormitorio descubrió que Chiara se había levantado. Se puso unos pantalones de tela de gabardina y una camisa de vestir sin apenas sentir molestias, pero el esfuerzo de atarse los cordones de los zapatos estuvo a punto de dejarle de nuevo postrado en la cama. Esbozando una tensa sonrisa para disimular su malestar, entró en la cocina, donde su mujer estaba preparando otra cafetera.

—¿Estás mejor? —Chiara le pasó una taza de café y le miró de arriba abajo—. Por favor, dime que no estás pensando en ir a King Saul Boulevard.

Lo cierto era que sí, pero el tono de Chiara le obligó a reconsiderar su idea.

—La verdad es —dijo— que me apetece pasar más tiempo con los niños, y quería parecer otra vez una persona normal, en vez de un paciente.

—Buen intento —dijo Chiara con escepticismo. Justo en ese momento se oyó una risa procedente del cuarto de los niños. Chiara sonrió y susurró—: Empieza el día.

Gabriel puso todo su empeño. Ayudó a Chiara a vestir a los niños (una tarea que le causó no pocos dolores) y se encargó de supervisar la caótica contienda alimentaria conocida por el nombre de desayuno. Pasó el resto de la mañana jugando, leyendo cuentos, viendo vídeos educativos y cambiando un sinfín de pañales sucios. Entre tanto, se preguntaba cómo se las arreglaba Chiara para cuidar de los niños ella sola, día tras día, sin desplomarse de cansancio o volverse loca. Dirigir uno de los servicios de inteligencia más formidables del mundo le parecía de pronto una tarea de poca monta comparada con aquella.

La hora de la siesta era un oasis. Gabriel también durmió y, cuando se despertó, se fue a la terraza a calentar su cuerpo cansado al sol de Jerusalén. Esta vez, sin embargo, se llevó un montón de material de lectura: los quinientos folios del expediente de Jean-Luc Martel, cuya copia había conseguido sacar de Francia.

Hacía más de una década que los servicios secretos franceses se interesaban, si bien intermitentemente, por Martel. Y sin embargo, exceptuando dos pequeños roces con la justicia relacionados con el pago de impuestos que se habían solventado lejos del escrutinio público, su reputación seguía siendo irreprochable. La investigación más reciente de su imperio empresarial había tenido lugar dos años antes. Se había puesto en marcha después de que un narcotraficante de relativa importancia se ofreciera a testificar contra él a cambio de una reducción de condena. Al final, el caso se había cerrado por falta de pruebas, aunque el principal responsable de su instrucción, hombre de carácter insobornable, se había jubilado antes de tiempo como protesta por su sobreseimiento. El narcotraficante cuya denuncia había dado origen a la investigación fue encontrado más tarde degollado en su celda, seguramente no por casualidad.

Las pesquisas policiales generaron cantidades ingentes de mensajes interceptados, algunos procaces y otros prosaicos, pero todos ellos insignificantes, y varios centenares de fotografías. Rousseau le envió un muestrario de las mejores. Allí estaba Jean-Luc Martel en el Festival de Cine de Cannes, en la Biennale de Venecia, en primera fila en la Semana de la Moda de Nueva York, navegando por el Mediterráneo en su yate de cuarenta y tres metros de eslora, en la *rue* de Rhône de Ginebra y en la fastuosa fiesta de inauguración de su nuevo restaurante parisino, que había sido un bombazo porque, según una estimación, se había gastado la friolera de cinco millones de euros en asegurarse de que asistieran todas las celebridades de Francia, además de una estrella de televisión americana de dudosa fama y un par de cantantes de *hip-hop* estadounidenses que se encargaron de despotricar contra el tratamiento que Francia dispensaba a las minorías raciales.

Martel no aparecía solo en ninguna fotografía. A su lado había siempre una mujer. Una mujer extraordinariamente alta y de largos miembros, ojos azules y cabello rubio nórdico que le caía, liso, sobre los hombros cuadrados. No era francesa, sino inglesa, lo cual resultaba curioso teniendo en cuenta que Martel se postulaba en público como un gran defensor de todo lo francés. A Gabriel su nombre no le decía nada, pero su cara impecable le resultaba vagamente familiar. Una búsqueda somera en Internet dio como resultado más de cuatro mil fotografías hechas por fotógrafos profesionales. Anuncios de ropa. De joyas. De una marca exclusiva de relojes. De perfume. De ropa de baño. De un coche deportivo italiano de dudosa fiabilidad. Pero todo eso pertenecía al pasado. Ahora era la propietaria nominal de una respetada galería de arte en la *place* de l'Ormeau, en Saint-Tropez, contra la que las autoridades francesas no tenían nada que objetar. Una búsqueda más exhaustiva de documentos de dominio público y noticias de prensa le llevó a concluir que era una pésima conductora, que la habían detenido dos veces por posesión de drogas y que había tenido una serie de cuestionables aventuras amorosas con futbolistas, actores, un miembro del Parlamento y una estrella de *rock* entrada en años que tenía por costumbre acostarse con todas las modelos británicas. No se había casado y tampoco tenía hijos, padres o hermanos. Estaba —se dijo Gabriel— sola en el mundo.

En la mayoría de las fotografías obtenidas por los agentes encargados de su vigilancia, tenía la cabeza agachada y miraba para otro lado. Pero en una en concreto, tomada en la Île Saint-Louis de París, la habían captado mirando directamente a la cámara. Fue esta fotografía la que Gabriel le enseñó a Uzi Navot esa noche, en la mesita de la cocina de su casa. Era casi medianoche. Navot, que llevaba casi una década a dieta, devoraba lentamente las sobras de la cena preparada por Chiara. Entre bocado y bocado, estudió la fotografía. Acostumbrado a reclutar y dirigir espías, tenía buen ojo para descubrir el talento ajeno.

—Es problemática —dijo—. Evítala.

—¿Crees que sabe de dónde saca de verdad el dinero su famoso novio?

—Una chica como esa... —Navot encogió sus gruesos hombros—. Lo sabe. Siempre lo saben.

—La galería está a su nombre.

—¿Estás pensando en ponerte duro con ella?

—No es mi primera opción, pero nunca hay que descartarla del todo.

—¿Cómo piensas plantear el asunto?

Gabriel se lo explicó mientras Navot se acababa la comida.

—Vas a necesitar un traficante de armas ruso —comentó Navot.

—Tengo uno.

—¿Está casado o va de flor en flor?

—Casado —contestó Gabriel—. Casadísimo.

—¿Con quién?

—Con una chica francesa encantadora.

—¿Alguien que yo conozca?

Gabriel no contestó. Navot se quedó mirando la foto de aquella bellísima mujer de largas piernas.

—Una chica como esa no sale barata —comentó—. Vas a necesitar dinero.

—Sé dónde conseguirlo, Uzi. —Gabriel sonrió—. Montones de dinero.

19

KING SAUL BOULEVARD, TEL AVIV

Pasarían otras setenta y dos horas antes de que Jean-Luc Martel, hotelero, restaurador, fabricante de ropa y joyas y traficante internacional de drogas, se convirtiera en blanco de la vigilancia intensiva de la Oficina, junto con Olivia Watson, su pareja. El retraso se debió a su paradero, y a la época del año. Se hallaban en la preciosa isla de San Bartolomé, en las Antillas francesas, en la que en esa época (finales de invierno), no quedaba una sola villa o habitación de hotel que pudiera alquilarse. Presionado por Gabriel, el Departamento de Viajes logró encontrar por fin una choza infestada de mosquitos desde la que se dominaban las marismas de Saline. Mordecai y Oded, un par de agentes todoterreno de la Oficina, se instalaron en ella poco después, acompañados por dos agentes femeninas que hablaban inglés americano. Los franceses no aportaron personal, pese a que, técnicamente, la operación iba a desarrollarse en su territorio. El Grupo Alfa de Paul Rousseau no se hallaba, de momento, en condiciones de actuar. Seguía llorando a sus muertos y buscando una nueva ubicación para su sede secreta en París. Y en lo que al resto de las autoridades galas concernía —los diversos ministros, jefes de los servicios secretos, mandos policiales y fiscales—, *no* había operación alguna.

El blanco de esta operación inexistente, en cambio, no tuvo problemas para encontrar acomodo en San Bartolomé. Poseía una gran mansión en las colinas que dominaban el pueblecito de

Saint-Jean, desde la que se divisaban su hotel de lujo, su tienda especializada en ropa de baño para mujer y su restaurante, el Chez Olivia. La primera remesa de fotografías fruto del dispositivo de vigilancia mostraba a Olivia tendida, desnuda, junto a la piscina de la mansión de Martel. En la segunda aparecía en diversos grados de desnudez. Gabriel aconsejó al equipo que dedicara sus energías a otra cosa: ya sabía qué aspecto tenía Olivia Watson. Lo que quería eran novedades, datos concretos a los que agarrarse. El equipo le recompensó con otra fotografía en la que aparecía Martel en flagrante delito con una de las dependientas de su tienda. Gabriel se guardó la fotografía por si era necesaria en un futuro, aunque dudaba de su utilidad. Cuando una mujer se metía en una relación con un francés, y especialmente con uno tan guapo como Jean-Luc Martel, la infidelidad formaba parte del trato. Gabriel se preguntaba, no obstante, si Olivia Watson se regía por las mismas normas.

Se quedaron en San Bartolomé diez días más, sin saber que, a varios miles de kilómetros de distancia, en un anónimo edificio de oficinas de Tel Aviv, sus vidas se hallaban sometidas a un escrutinio sigiloso, pero constante. Eli Lavon, un especialista en investigación financiera, se zambulló en los entresijos de JLM Enterprises, que, pese a su chovinismo, tenía su sede central justo al otro lado de la frontera, en la siempre secreta Ginebra. Ayudado por la Unidad 8200, el servicio ultrasecreto de transmisiones de Israel, Lavon examinó a su antojo los balances y declaraciones fiscales de JLM. La documentación dejó claro que la empresa de Martel era muy rentable. Sospechosamente rentable, en opinión de Lavon, que tenía buen ojo para el dinero sucio. Analizó a continuación la empresa rama por rama. Los restaurantes, los hoteles, las discotecas, las tiendas y joyerías. Todas daban beneficios, una singular racha de buena suerte en un periodo de estancamiento económico generalizado. Y lo mismo podía decirse de la Galería Olivia Watson de Saint-Tropez. En efecto, mientras que el resto del mundillo del arte se mantenía a flote a duras penas en el mercado posterior a la Gran

Recesión, la galería había vendido obras por valor de más de doscientos millones de dólares solo en los últimos dieciocho meses.

—Calder, Pollock, Rothko, Basquiat, tres obras de Roy Lichtenstein, tres más de Kooning, un par de *rauschengers* y tantos *warhols* que he perdido la cuenta.

—Impresionante —dijo Gabriel.

—Sobre todo teniendo en cuenta los precios que consigue. Los he comparado con los de varias casas de subastas de Londres y Nueva York.

—¿Y?

—Ni siquiera se le aproximan.

—Puede que se le dé bien regatear —comentó Gabriel.

—Una cosa está clara: es muy discreta. Casi todas las ventas se efectúan absolutamente en privado.

—¿Has podido encontrar los documentos de embarque?

—Pues a decir verdad sí.

—¿Y?

—Durante los últimos seis meses, ha enviado cuatro cuadros a la misma dirección de la Zona Franca de Ginebra.

En un principio, Lavon llevó a cabo sus indagaciones desde su despacho del último piso. Pero, en cuanto se ultimaron los preparativos, recogió sus archivos y se trasladó a la abarrotada cámara subterránea conocida como Sala 456C. Los demás miembros del antiguo equipo Barack tardaron poco en unírsele. Estaban Yossi Gavish, alto y de cabello escaso, con su hebreo con acento británico y su pinta de erudito, y Rimona Stern, la de cabello color arenisca, caderas de matrona y lengua viperina. Yaakov Rossman, el exagente de vigilancia con la cara picada de viruela que ahora dirigía Operaciones Especiales, recuperó su antiguo puesto en la mesa de reuniones, junto a la última pizarra negra de todo King Saul Boulevard. Dina Sarid, la base de datos viviente del terrorismo palestino e islámico, ocupó su sitio de siempre en el rincón del fondo. Sobre su mesa, en la pared desnuda, colgó una ampliación de la última fotografía conocida de Saladino, la tomada en el

Trifinio de Sudamérica. El mensaje era evidente: Jean-Luc Martel y Olivia Watson eran simples peldaños de una escalera. El objetivo último era Saladino.

Gabriel, con su espalda y sus costillas doloridas, no necesitaba que se lo recordaran. De vez en cuando asomaba la cabeza para ver cómo avanzaba el equipo, pero pasaba la mayor parte del tiempo en la última planta, manteniéndose en precario equilibrio sobre la cuerda floja de la burocracia: tan pronto ejercía de jefe, como de agente y planificador. Desde los tiempos de Ari Shamron, ningún director general había empuñado el timón de una operación con tanta firmeza. Con todo, los asuntos rutinarios de la Oficina (las innumerables operaciones menores, los posibles reclutamientos, el análisis y evaluación de las amenazas inmediatas) seguían su curso normal gracias a la presencia de Uzi Navot al otro lado del vestíbulo. Aquel estaba siendo el viaje inaugural de su nueva colaboración, y estaba yendo como la seda. Navot incluso acompañó a Gabriel a una reunión con el primer ministro, aunque, a diferencia de Gabriel, no pudo resistirse al pollo *kung pao*.

—Es por la sal —confesó cuando salieron de Kaplan Street—. Me comería hasta un zapato si estuviera frito en aceite y remojado en salsa de soja.

Mientras Eli Lavon buceaba en las profundidades del dudoso conglomerado hostelero conocido como JLM Enterprises, Yossi Gavish y Rimona Stern se centraron en Jean-Luc Martel en persona. La historia de sus orígenes humildes había sido relatada a menudo. Él no los ocultaba: eran, al igual que su espesa cabellera casi negra, parte de su atractivo. De niño había vivido en un pueblecito en las colinas de Provenza, uno de esos sitios —contaba él con frecuencia— por los que la gente guapa y rica pasaba camino de la playa. Su padre se dedicaba a poner suelos; su madre, a barrerlos y fregarlos. Ella era medio argelina, o al menos eso se rumoreaba en el pueblo. El padre la pegaba a menudo. Y también a Jean-Luc. Desapareció cuando él tenía diecisiete años. Su cuerpo fue descubierto unos meses más tarde en el cauce de un arroyo apartado, a escasos kilómetros del pueblo. Tenía el cráneo destrozado: se lo habían machacado, seguramente con un martillo. Dentro de las fuerzas de seguridad francesas, su muerte se consideraba, por lo general, el primer asesinato de Jean-Luc Martel.

En las entrevistas que concedía, Martel solía decir que había sido un estudiante poco aplicado y conflictivo. Como no podía ni pensar en ir a la universidad, a los dieciocho años se fue a Marsella, donde se puso a trabajar sirviendo mesas en un restaurante, cerca del Puerto Viejo. Estudió a fondo el negocio (o eso se contaba) y consiguió reunir dinero suficiente para abrir su propio local. Con el tiempo abrió otro y luego un tercero. Y así nació su imperio.

Los quinientos folios de su expediente daban, en cambio, una versión muy distinta de los comienzos de Jean-Luc Martel en Marsella. Era cierto que había trabajado una corta temporada de camarero, pero no en un restaurante cualquiera, sino en un local que servía para blanquear dinero a Philippe Renard, un personaje muy conocido en los bajos fondos franceses, especializado en la importación y distribución de drogas ilegales. Renard simpatizó de inmediato con aquel guapo joven de las colinas, sobre todo cuando descubrió que había matado a su propio padre, y le enseñó todo cuanto había que saber acerca del negocio. Le presentó a proveedores del Magreb y Turquía. Le aconsejó sobre cómo resolver rivalidades con otras bandas para evitar matanzas innecesarias y una publicidad poco conveniente. Y le instruyó acerca de cómo utilizar empresas aparentemente legales para lavar y ocultar los beneficios. Martel recompensó su confianza matándole del mismo modo que había matado a su padre, con un martillo, y haciéndose con el control de sus negocios.

De la noche a la mañana, Jean-Luc Martel se convirtió en uno de los mandamases del narcotráfico en Francia. Pero no se contentó con ser solo uno entre muchos: su objetivo era dominar por completo el mercado. Para ello, reunió un batallón de sicarios callejeros, principalmente marroquíes y argelinos, y se lo echó encima a sus rivales. Cuando por fin dejó de correr la sangre, solo Martel quedaba en pie. Su progresiva dominación del negocio del narcotráfico coincidió con su ascensión social. Las dos vertientes del negocio se alimentaban entre sí. JLM Enterprises era una empresa criminal de principio a fin, una gigantesca lavadora de carga frontal que producía cientos de millones de euros limpios cada año.

Martel había estado una vez, fugazmente, con una bella actriz que hacía pequeños papeles en películas mediocres. Durante el proceso de divorcio, ella amenazó con contarle a la policía todo lo que sabía sobre el verdadero origen de su riqueza. Una sobredosis de somníferos y alcohol acabó con ella. Posteriormente, Jean-Luc no se dejó ver en público con una mujer durante muchos meses, lo que a la prensa le pareció enternecedor. La policía, en cambio, no se dejó impresionar. Discretamente, trataron de relacionar a Martel con la muerte de su esposa. Pero la investigación no dio resultados.

Cuando finalmente salió de su Periodo Azul, lo hizo del brazo de Olivia Watson. Ella tenía treinta y tres años en ese momento y formaba parte de esa tribu perdida de expatriados ingleses que llegan por casualidad a Provenza y parecen incapaces de encontrar el camino de vuelta a casa. Demasiado mayor para seguir trabajando como modelo, dirigía una pequeña galería de arte que vendía obras menores («por decirlo piadosamente», apostilló Rimona Stern) a los turistas que llegaban en tromba cada verano. Con ayuda económica de Martel, abrió su propia galería y diseñó una línea de ropa de baño y una colección de cuadros de estilo provenzal. Al igual que la galería, ambos negocios llevaban su nombre.

—Por lo visto —añadió Rimona— está desarrollando una fragancia.

—¿Y a qué huele? —preguntó Gabriel.

—A hachís —contestó ella mordazmente.

Pero ¿tenía JLM Enterprises otra cara oculta, aparte de la hostelería y las drogas? El caso de Nouredine Zakaria así parecía indicarlo. El marroquí había logrado introducir al menos quince fusiles de asalto Kaláshnikov en el Reino Unido, una hazaña de contrabando y logística impresionante. Sin duda se había servido de parte de la red que llevaba las drogas de Martel a Gran Bretaña y el resto de Europa. Pero ¿era Nouredine una excepción o había otros como él? Por suerte, la Oficina tenía en su poder varios miles de documentos del espionaje francés cedidos por Paul Rousseau tras el atentado contra el Centro Weinberg de París. Con ayuda de una analista del Grupo Alfa en París, Dina Sarid cotejó los nombres de la base de datos con los de los integrantes, conocidos o sospechosos de serlo, del ejército de camellos y matones de Jean-Luc Martel, la mayoría de ellos de ascendencia magrebí. Seis nombres aparecían en ambas listas: tres marroquíes, dos argelinos y un tunecino. Cuatro habían cumplido condena en cárceles francesas por delitos de narcotráfico. De dos de ellos se sospechaba que habían pasado una temporada en Siria luchando para el ISIS. Pero cuando Dina amplió los parámetros de búsqueda para incluir vínculos más indirectos, de segundo y tercer grado, los resultados fueron aún más alarmantes.

—JLM Enterprises —concluyó— es un batallón del ISIS en ciernes.

Gabriel envió el informe de Dina a Paul Rousseau, a París, y Rousseau puso a los sujetos más peligrosos bajo vigilancia del Grupo Alfa. Esa misma noche llegó a Tel Aviv el último miembro del equipo Barak en un vuelo procedente de Zúrich, donde había pasado los días anteriores dedicado a una tarea sin ninguna relación con el caso. Al entrar en la Sala 456C, se detuvo un momento ante la fotografía ampliada de Saladino, le deseó una mala noche y se sentó ante su viejo escritorio, en el que Gabriel en persona había depositado dos enormes montones de expedientes. Abrió el primero y frunció el ceño.

—Ivan Kharkov —murmuró—. Cuánto tiempo sin verte, miserable hijo de puta.

* * *

Fue Ari Shamron quien en cierta ocasión describió a Mikhail Abramov como «un Gabriel sin conciencia». No era una descripción del todo justa, pero tampoco se alejaba mucho de la verdad. Nacido en Moscú, hijo de una pareja de eruditos soviéticos disidentes, Mikhail había servido en el Sayeret Matkal, la versión israelí del SAS británico, antes de ingresar en la Oficina. Pero su enorme talento no se limitaba al manejo de las armas; de ahí que Gabriel hubiera puesto dos montones de dosieres sobre su mesa.

Físicamente, era todo lo opuesto a Gabriel. Alto y desgarbado, con una palidez exangüe y unos ojos grises casi incoloros, era el príncipe de hielo. Gabriel, en cambio, lo era del fuego. Durante esos intensos días de preparación, ignoró casi por completo a Jean-Luc Martel y Olivia Watson. Eran luces en una costa lejana. O, como prefería decir Gabriel, al otro lado de una bahía en forma de herradura. Mikhail solo tenía una misión: prepararse para el papel que estaba a punto de desempeñar. No era casualidad que el personaje cuya vida iba a asumir temporalmente tuviera mucho en común con su presa. Al igual que Jean-Luc Martel, era un hombre con dos caras: la que mostraba al mundo y la que mantenía cuidadosamente escondida.

Mikhail no necesitó ayuda para llevar a cabo la mayor parte de sus pesquisas, puesto que atañían al armamento ruso, un tema que conocía bien. Gabriel, sin embargo, se encargó de supervisar personalmente el resto de su preparación, apartándose de nuevo de la tradición de la Oficina. La noche en que Martel y Olivia Watson se marcharon de San Bartolomé, convocó a Mikhail a un examen final en su despacho. Se situó de pie ante un monitor de vídeo, con un mando en la mano, mientras Mikhail se acomodaba en el sillón de piel con las largas piernas apoyadas en la mesa baja y los ojos entornados afectando, como tenía por costumbre, una expresión de hastío.

—Tintoretto —dijo.

Gabriel pulsó el mando y en la pantalla apareció otra imagen.

—Ticiano —dijo Mikhail, sofocando un bostezo teatral.

Cambió la imagen.

—Por el amor de Dios, Rembrandt. La siguiente. —Cuando apareció otra imagen, se llevó una mano a la frente como si se devanara las neuronas—. ¿Es un Parmigianino o un Perugino?

—¿Cuál de los dos? —preguntó Gabriel.

—Parmigianino.

—Otra vez bien.

—¿Por qué no me pones algo un poco más difícil?

—¿Qué tal esto?

En la pantalla apareció otra imagen. Esta vez no era un cuadro, sino un rostro de mujer.

—Natalie Mizrahi —dijo Mikhail.

—No es eso lo que te estoy preguntando.

—¿Que si está lista? ¿Eso es lo que quieres saber?

—Sí.

—¿Quieres que hable con ella?

Gabriel apagó el monitor y negó con la cabeza lentamente. Aquella no era una tarea idónea para un amante, se dijo. Solo un jefe podía preguntar tal cosa.

20

VALLE DE JEZREEL, ISRAEL

A primera hora de la tarde siguiente, tras despejar la bandeja de entrada de su correo y devolver las llamadas preceptivas, Gabriel subió a la parte de atrás de su todoterreno blindado y partió hacia el valle de su juventud. Más allá de la ventanilla, el paisaje amarilleaba como una fotografía antigua. Unas noches antes, un pirómano palestino había prendido fuego a la sierra de Monte Carmelo. Azotadas por los fuertes vientos, las llamas habían devastado mil doscientas hectáreas de pinos de Alepo extremadamente inflamables y avanzaban ahora hacia el extrarradio de Haifa. Los bomberos de Israel habían sido incapaces de atajar el incendio y el primer ministro no había tenido más remedio que pedir ayuda internacional. Grecia, pese a su marasmo económico, había enviado doscientos hombres. Rusia, por su parte, había accedido a enviar un avión contraincendios. Hasta el presidente de Siria, que luchaba por su supervivencia, se había ofrecido a acudir, aunque pareciera una broma, en ayuda de Israel. A Gabriel, esta muestra de impotencia de su país le parecía profundamente alarmante. El pueblo judío había drenado los pantanos infectados de malaria, irrigado los desiertos y vencido en tres conflictos existenciales contra un enemigo muy superior en número. Y sin embargo un solo palestino armado con una caja de cerillas podía paralizar el extremo noroeste del país y poner en peligro la tercera ciudad más grande del estado.

La autovía 6, la principal arteria de comunicación entre el norte y el sur de Israel, se hallaba cortada a la altura del llamado Nudo de Hierro. La comitiva de Gabriel se desvió hacia la carretera 65 en dirección este, hasta Megido, el altozano donde, según el Apocalipsis de San Juan, Cristo y Satanás librarían un duelo decisivo que precipitaría el fin del mundo. El venerable montículo presentaba un aspecto apacible pese a estar envuelto en un velo de humo de color sepia por culpa del lejano incendio de la sierra. Se dirigieron hacia el norte y entraron en el valle de Jezreel siguiendo carreteras secundarias para evitar el tráfico desviado de la autovía, hasta que por fin una valla de seguridad, metálica y rematada en puntas, les cortó el paso. Más allá se hallaba Nahalal, un asentamiento agrícola cooperativo o *moshav* fundado por judíos de Europa oriental en 1921, cuando Palestina se hallaba aún bajo dominio británico. No era el primer Nahalal, sino el segundo. El primer asentamiento judío fundado en esas tierras se había creado poco después de la conquista de Canaán. Como se relataba en el capítulo diecinueve del Libro de Josué, la colonia pertenecía a la tribu de Zabulón, una de las doce tribus del antiguo Israel.

Gabriel se asomó por la ventanilla, marcó el código y la puerta de seguridad se abrió lentamente. La calle que se abría ante ellos describiendo una suave curva estaba bordeada de adelfas y eucaliptos. El moderno asentamiento de Nahalal tenía planta circular. Los bungalós daban a la carretera y detrás de las casas se extendían, como pliegues de un abanico, los pastos y los campos de cultivo. Los niños que salían de la única escuela de la cooperativa apenas repararon en el aparatoso todoterreno negro de Gabriel. Varios vecinos de Nahalal trabajaban en los servicios de seguridad del estado o en el ejército. Moshe Dayan, posiblemente el general más famoso de Israel, estaba enterrado en su cementerio.

Al llegar al extremo sur del *moshav*, el todoterreno se desvió hacia el camino de entrada de una casa de aspecto moderno. Al instante apareció en el porche un guardia de seguridad con chaleco caqui y, al ver salir a Gabriel lentamente del vehículo, le saludó levantando la mano. Con la otra empuñaba la culata de un arma automática.

—Ha salido.

—¿Dónde ha ido?

El escolta inclinó la cabeza hacia los campos.

—¿Cuánto tiempo hace que se ha ido?

—Veinte minutos. Puede que media hora.

—Por favor, dígame que no está sola.

—Lo ha intentado, pero he mandado a un par de chicos con ella. Se han llevado un *quad*. No podemos mantenerle el paso.

Sonriendo, Gabriel entró en el bungaló. Con su mobiliario escaso y funcional, parecía más una oficina que una casa. Anteriormente colgaban de las paredes grandes fotografías en blanco y negro del sufrimiento palestino: la larga y polvorienta caminata hacia el exilio, los deplorables campos de refugiados, las caras apergaminadas de los viejos que soñaban con un paraíso perdido. Ahora, había cuadros. Algunos eran de Gabriel: obras de juventud poco originales. Los demás eran de su madre, cuadros de estilo cubista y expresionista abstracto, llenos de pasión y de dolor, obra de una artista en el apogeo de su potencia creativa. Uno de ellos representaba a una mujer de medio perfil, demacrada y exangüe, vestida con harapos. Gabriel recordaba la semana en que lo pintó su madre: fue la semana de la ejecución de Eichmann. El esfuerzo la dejó tan agotada que tuvo que meterse en cama. Muchos años después, Gabriel descubrió el testimonio grabado por su madre y guardado posteriormente en los archivos de Yad Vashem. Solo entonces comprendió que aquel cuadro cubista de una mujer esquelética y harapienta era un autorretrato.

Entró en el jardín. El humo se alzaba sobre la sierra de Monte Carmelo como el penacho de un volcán en erupción, pero por encima del valle el cielo estaba despejado y perfumado con el aroma de la tierra y el estiércol. Gabriel miró hacia atrás y vio que estaba solo: sus escoltas parecían haberse olvidado de él. Siguió una pista de tierra y, vigilado por la mirada miope de las vacas lecheras, dejó atrás los corrales del ganado. Ante él se extendía la cuña de campos de labor de la granja. Los más cercanos al bungaló estaban sembrados con algún cultivo (Gabriel fingía una ignorancia envidiosa respecto a cualquier tema agrícola). Los más alejados, en cambio, estaban arados y en barbecho, a la espera de que llegara el momento de sembrar. Más allá del perímetro del asentamiento se hallaba Ramat David, el kibutz en el que Gabriel había nacido y pasado sus primeros años. Fundado en 1926, unos años después que Nahalal, debía su nombre no al antiguo monarca judío, sino a David Lloyd George, el primer ministro británico cuyo gobierno apoyó el establecimiento de un hogar nacional judío en tierras de Palestina.

Los vecinos de Ramat David no procedían del este: eran principalmente judíos alemanes. La madre de Gabriel llegó en el otoño de 1948. Se llamaba Irene Frankel y al poco tiempo conoció a un hombre de Múnich, un escritor, un intelectual que había adoptado el nombre hebreo de Allon. Ella quería tener seis hijos, uno por cada millón de judíos muertos en el Holocausto, pero su vientre dio un solo fruto: un varón al que puso de nombre Gabriel, el mensajero de Dios, el defensor de Israel, el intérprete de las visiones de Daniel. Su hogar, como la mayoría de los que formaban Ramat David, era un reducto de tristeza: de velas encendidas en recuerdo de padres y hermanos que no habían sobrevivido, de gritos aterrados en plena noche, y Gabriel se pasaba el día vagando por el valle milenario de la tribu de Zabulón. De niño lo consideraba *su* valle. Y ahora le correspondía a él vigilarlo y protegerlo.

El sol se había puesto tras la sierra en llamas. La luz del día se replegaba. Justo entonces, Gabriel oyó a lo lejos lo que le pareció un grito de socorro. Eran las primeras notas de la llamada a la oración, que llegaban desde la aldea árabe encaramada a las faldas de los cerros, por el este. De pequeño, Gabriel había conocido a un chico de la aldea llamado Yusuf. Yusuf le llamaba Jibril, la variante árabe de su nombre, y le contaba historias de cómo era el valle antes del regreso de los judíos. Su amistad era un secreto muy bien guardado. Gabriel nunca fue a la aldea de Yusuf, ni Yusuf a la suya. Las separaba, entonces y ahora, una divisoria infranqueable.

La llamada del almuédano se fue difuminando poco a poco, junto con la última luz del día. Gabriel miró hacia el bungaló, por encima de los campos en sombras. ¿Dónde demonios estaban sus guardaespaldas? Agradecía, sin embargo, aquel paréntesis: no recordaba la última vez que había estado completamente solo. De repente oyó una voz de mujer que le llamaba. Por un instante pensó que era su madre. Luego, volviéndose, distinguió una figura esbelta que se acercaba corriendo por el camino, seguida por dos hombres montados en un *quad*. De pronto sintió una punzada de dolor a la altura de los riñones. ¿O era acaso su mala conciencia? «Es nuestro sino», se dijo para tranquilizarse mientras se frotaba los riñones. «Es nuestro castigo por haber sobrevivido en este país».

21

NAHALAL, ISRAEL

La doctora Natalie Mizrahi había tenido, al igual que Gabriel, el desagradable placer de conocer a Saladino en persona. Pero, mientras que Gabriel solo había coincidido con el monstruo fugazmente, ella se había visto obligada a pasar varios días en su compañía, en una casona con muchos patios y habitaciones cerca de la ciudad de Mosul, en el norte de Irak. Allí le había atendido de dos heridas graves que había sufrido como consecuencia de un ataque aéreo estadounidense: una en el pecho y otra en la pierna derecha. Lamentablemente, Natalie y Saladino habían vuelto a verse después de aquello en una minúscula cabaña rural de Virginia del Norte. En la galería de la memoria de Gabriel colgaba un cuadro que, pintado al estilo de Caravaggio, representaba los instantes previos a su rescate. Por más que lo intentaba, Gabriel era incapaz de eliminarlo. Otra cosa que tenían en común Natalie y él.

La historia de su viaje al negro corazón del califato islámico era una de las más notables en los anales de la Oficina. El propio Saladino, que solo la conocía en parte, había predicho que algún día se escribiría un libro al respecto. Pese a haber nacido y haberse educado en Francia, Natalie Mizrahi hablaba a la perfección el dialecto árabe argelino. Había emigrado a Israel con sus padres huyendo de la creciente oleada de antisemitismo que vivía su país natal y entrado a trabajar en urgencias en el Centro Médico Hadassah, en Jerusalén

Oeste. Los ojeadores de la Oficina no pasaron por alto su llegada a Israel. Y, cuando Gabriel estaba buscando un agente que se infiltrara en la red de Saladino, había recurrido a ella. En la pequeña granja de Nahalal, Gabriel la despojó de su identidad, capa a capa, para transformarla en Leila Hadawi, una mujer árabe de ascendencia palestina, una viuda negra dispuesta a cobrarse venganza. Después, con la ayuda de Paul Rousseau y el Grupo Alfa, la infiltró en el torrente de musulmanes franceses y de otras nacionalidades europeas que viajaban a Siria para luchar con el ISIS.

Natalie pasó casi un mes en el califato, primero en un piso cerca del parque Al-Rasheed, en el centro de Raqqa, después en un campo de entrenamiento en la antigua ciudad de Palmira y, finalmente, en la casona cercana a Mosul donde, amenazada de muerte, salvó la vida al mayor cerebro terrorista desde Osama Bin Laden. Durante su periodo de convalecencia, Saladino demostró una enorme simpatía por ella. La llamaba Maimónides, como el filósofo y estudioso del Talmud que ejerció como médico en la corte del auténtico Saladino de El Cairo, y le permitía estar en su presencia sin cubrirse el rostro. Ella no se apartó de su lado en ningún momento. Vigilaba sus constantes vitales, cambiaba sus vendajes y mitigaba su dolor con inyecciones de morfina. Muchas veces pensó en hacerle cruzar de un empujón las puertas de la muerte con una sobredosis. Pero, obligada por su juramento hipocrático y por su convicción de que era esencial que informara de lo que había presenciado, atendió a Saladino hasta que recuperó la salud, un rasgo de misericordia que él recompensó enviándola a Washington en misión suicida.

Habían pasado tres meses desde aquella noche, y sin embargo Gabriel distinguía aún vestigios de Leila Hadawi en el porte y los oscuros ojos de Natalie Mizrahi. Se había despojado del velo y de la ira de Leila, pero no de su serena devoción y su dignidad. Por lo demás, no había rastros visibles del calvario que había sufrido en el califato islámico ni en la cabaña de Virginia donde el propio Saladino la había sometido a un interrogatorio brutal. Tenía intención de ejecutarla a la manera preferida del ISIS, decapitándola, y su supuesta muerte inminente había surtido el efecto de aflojarle a él la lengua. Reconoció que había trabajado en el Mukhabarat iraquí en tiempos de Sadam Husein, que había suministrado apoyo logístico y material a terroristas palestinos como Abú Nidal y que se había unido a la insurgencia iraquí tras la invasión americana de 2003. Esos tres elementos de su *curriculum vitae* eran la suma total de lo que sabían de él los servicios de inteligencia occidentales. Hasta su verdadero nombre seguía siendo un misterio. Natalie, sin embargo, había tenido acceso a su círculo íntimo en un momento en que se hallaba postrado físicamente. Conocía cada palmo de su cuerpo alto y fornido, cada lunar y marca de nacimiento, cada cicatriz. Por ese motivo, entre otros, había acudido Gabriel a la granja de Nahalal, en el valle de su nacimiento.

La noche se enfrió rápidamente, como ocurría siempre en Galilea. Aun así, se sentaron fuera, en el jardín, a la misma mesa en la que diez meses antes Gabriel había llevado a cabo su reclutamiento. Ahora, como entonces, Natalie se sentó muy erguida, con las manos cruzadas pudorosamente sobre el regazo. Vestía chándal azul ajustado y zapatillas verde neón, cubiertas por el polvo de los caminos de la granja. Llevaba el cabello oscuro retirado de la cara y sujeto a la altura de la nuca con una goma. Su boca grande y sensual dibujaba una media sonrisa. Por primera vez desde hacía muchos meses, parecía feliz. Gabriel sintió otra repentina punzada de dolor. Esta vez, real.

—¿Sabes? —dijo Natalie, muy seria—, te recuperarías antes si tomaras algo.

—¿Tanto se me nota?

—Te inclinas hacia un lado para aliviar la presión sobre las fracturas.

Gabriel hizo una mueca y trató de ponerse recto, como ella.

—Y tienes la respiración agitada —añadió Natalie.

—Eso es porque me duele respirar. Y cada vez que toso o estornudo veo las estrellas.

—¿Duermes bien?

—Lo suficiente. —Luego se apresuró a preguntar—: ¿Y tú?

Natalie quitó el corcho a una botella de vino blanco de Galilea y sirvió dos copas. Bebió un sorbo de la suya y la dejó sobre la mesa. Durante los muchos meses que había vivido como una musulmana radical, se había abstenido de probar el alcohol. Pero tras su regreso a Israel había vuelto a su costumbre de tomar a diario un poco de vino blanco, su único vicio, según los ojeadores de la Oficina.

—¿Duermes bien? —insistió Gabriel.

—¿Dormir? Nunca he dormido muy bien, ni siquiera antes de la operación. Además —añadió lanzando una ojeada al bungaló—, en esta casa no hay secretos, ¿no es cierto? Todas las habitaciones están vigiladas y cada movimiento que hago es grabado y analizado por vuestros psiquiatras.

Gabriel no se molestó en negarlo. El interior del bungaló estaba, en efecto, vigilado mediante cámaras y micrófonos, y un equipo de médicos de la Oficina vigilaba cada faceta de la recuperación de Natalie. Sus evaluaciones pintaban el retrato de una mujer que aún luchaba por recobrarse de los efectos del síndrome de estrés postraumático. Padecía largos periodos de insomnio, terrores nocturnos y episodios de depresión severa. Sus salidas diarias a correr por el valle habían mejorado su estado de salud general y suavizado sus cambios de humor. Y lo mismo podía decirse de su relación amorosa con Mikhail, que visitaba con frecuencia Nahalal. Los médicos, y Mikhail, opinaban que, en conjunto, Natalie estaba preparada para volver al trabajo, si bien con ciertas limitaciones. No era sin embargo lo que Gabriel, con Saladino en el punto de mira, tenía planeado.

Se removió en la silla, incómodo. Natalie arrugó el entrecejo.

—Por lo menos puedes beber un poco de vino. Quizá te alivie algo.

Gabriel bebió. Pero el vino no mitigó el dolor.

—Él era igual —comentó Natalie.

—¿Quién?

—Saladino. No quería calmantes. Prácticamente tuve que torturarle para convencerle de que los necesitaba. Y cada vez que le ponía morfina en el gotero, luchaba por mantenerse consciente. Ojalá hubiera...

—Hiciste lo correcto.

—No sé si las víctimas de Londres estarían de acuerdo. O las de París —agregó ella—. Tienes suerte de estar vivo. Nada de eso habría pasado si le hubiera matado cuando tuve ocasión.

—Nosotros no somos así, Natalie. No hacemos misiones suicidas. Además —añadió Gabriel—, otro habría ocupado su lugar.

—No hay nadie como Saladino. Él es especial. Créeme, lo sé.

Natalie se calentó la mano arrimándola a la llama de la vela que ardía entre ellos. La dirección del viento cambió sutilmente, llevando consigo el olor acre del fuego. Gabriel lo prefería al olor del valle. Ya de niño lo odiaba.

Natalie apartó la mano de la vela.

—Empezaba a creer que te habías olvidado de mí.

—En absoluto. Y tampoco he olvidado por lo que pasaste.

—Ya somos dos.

Echó mano de su copa pero se detuvo. La sobriedad de Leila parecía dominarla de nuevo.

—Mikhail asegura que llegará el día en que ya no lo recuerde, que será como un sueño desagradable de la infancia, como aquella vez que me corté jugando con un cuchillo de mi madre. —Levantó la mano en la oscuridad—. Todavía tengo la cicatriz.

Se calmó el viento y la llama de la vela se enderezó.

—¿Te parece bien? —preguntó ella.

—¿Lo de Mikhail?

—Sí.

—Lo que yo opine no importa.

—Claro que importa. Eres el jefe.

Gabriel sonrió.

—Sí, Natalie, me parece bien. Me parece estupendo, de hecho.

—¿Y también te parecía bien lo de esa chica americana con la que estuvo? ¿La que trabajaba para la CIA? Ahora no me acuerdo de su nombre —añadió ella con frialdad.

—Se llamaba Sarah.

—Sarah Bancroft —dijo Natalie, recalcando la primera sílaba de aquel apellido de resonancias aristocráticas.

—Sí —repuso Gabriel—, Sarah Bancroft.

—No suena a judío, Bancroft.

—Lógicamente. Y no —dijo—, esa relación no me parecía bien. Por lo menos, en principio.

—¿Porque ella no era judía?

—Porque las relaciones amorosas entre espías son de por sí complicadas. Y las relaciones entre espías de distintos países, inauditas.

—Pero ella estaba vinculada a la Oficina.

—Mucho, sí.

—Y tú le tenías cariño.

—En efecto.

—¿Quién rompió?

—Desconozco los detalles.

—Por favor —dijo ella en tono de reproche.

—Creo que fue Mikhail —contestó Gabriel con cautela.

Natalie pareció sopesar cuidadosamente su respuesta. Gabriel confiaba en no haber hablado de más. Nunca se sabía lo que pasaba dentro de una pareja, sobre todo en cuestión de antiguas relaciones amorosas. Cabía la posibilidad de que Mikhail se hubiera retratado como la parte agraviada. No, se dijo, ese no era su estilo. Le adornaban muchas virtudes, pero tenía el corazón de hierro forjado.

—Imagino que se irá pronto —dijo ella.

—Todavía me quedan un par de piezas que encajar.

—¿Labores de zapa?

Gabriel sonrió.

—¿Y cuánto tiempo calculas que estará fuera?

—Es difícil saberlo.

—Tengo entendido que le estás convirtiendo en un traficante de armas.

—En uno muy rico, sí.

—Necesitará una chica. Si no, Jean-Luc Martel no se lo creerá.

—¿Sabes mucho de él?

—¿De JLM? —Natalie se encogió de hombros—. Solo lo que leía en la prensa.

—¿Crees que está metido en asuntos de drogas?

—Eso se rumoreaba. Me crie en Marsella, ¿sabes?

—Sí —contestó Gabriel inexpresivamente—. Creo que algo de eso leí en tu expediente.

—Y atendí muchos casos de sobredosis de heroína cuando trabajaba allí —prosiguió Natalie—. En la calle se decía que la heroína era de Martel. Pero imagino que no hay que hacer caso de todo lo que se dice.

—En algunos casos, sí.

Se hizo un breve silencio.

—¿Y quién es la afortunada? —preguntó Natalie por fin.

—¿La novia de Mikhail? Tengo a alguien en mente para ese papel —repuso Gabriel—, pero no estoy seguro de que le interese.

—¿Se lo has preguntado?

—Todavía no.

—¿A qué estás esperando?

—A que me perdone.

—¿Por qué?

En ese instante se levantó una racha de viento y se apagó la vela. Permanecieron sentados en la oscuridad, sin decir nada, viendo arder las montañas.

Natalie tardó apenas unos minutos en guardar sus pertenencias en una bolsa de viaje. Luego, todavía en chándal, se sentó en la parte de atrás del todoterreno de Gabriel y regresó con él a Tel

Aviv. El reglamento dictaba que se instalara en una «plataforma de salto», un piso franco en el que los agentes de la Oficina asumían las identidades requeridas para una misión. Gabriel, sin embargo, la dejó en el piso de Mikhail, cerca de HaYarkon Street. Sabía, no obstante, que no era del todo una infracción del protocolo. A fin de cuentas, iban a hacerse pasar por marido y mujer. Con un poco de suerte hasta se cogerían cierta tirria. Y entonces nadie dudaría de la autenticidad de su tapadera.

Eran casi las nueve cuando el todoterreno emprendió el largo ascenso por Bab al-Wad, hacia Jerusalén. Si no surgía ningún imprevisto, si no había ninguna alerta de seguridad, ni le llamaba el primer ministro, a las nueve y media, como muy tarde, estaría en Narkiss Street. Los niños estarían ya dormidos, seguramente, pero al menos podría cenar con Chiara tranquilamente. Sin embargo, cuando se acercaban al lado oeste de la ciudad, se iluminó su móvil: acababa de recibir un mensaje. Se quedó mirándolo un momento, preguntándose si podía fingir que el mensaje se había perdido inopinadamente en la transmisión. Por desgracia no podía. Estaba a punto de hacer su segundo viaje al extranjero en calidad de director. Pero esta vez su destino era Estados Unidos.

22

MONUMENTO A LINCOLN, WASHINGTON

Langley mandó un avión a recogerle, lo que nunca era buena señal. Era un Gulfstream G650 con interior de cuero y teca, una amplia selección de películas y cestas llenas de aperitivos nada saludables. En la popa había un camarote privado. Gabriel se tendió en la estrecha cama pero no consiguió acomodarse de manera que no le dolieran el torso y los miembros. Más allá de la ventanilla, el cielo no acababa de aclararse: le pisaba los talones a la noche, rumbo al oeste. Insomne, tenía poco que hacer salvo preguntarse por el motivo de aquel inesperado viaje a Washington. Dudaba de que fuera una visita de cortesía. Los nuevos ocupantes de la Casa Blanca no eran muy dados a la galantería.

El avión aterrizó en el aeropuerto de Dulles a las tres y media y se dirigió a un hangar privado en el que aguardaba una comitiva de tres Suburbans blindados cuyos tubos de escape humeaban suavemente en medio del aire frío y húmedo. Por una vez, había poco tráfico: a fin de cuentas, era de madrugada. Mientras cruzaban la carretera de circunvalación, Gabriel miró hacia Liberty Crossing, antigua sede de la Oficina del Director Nacional de Inteligencia y el Centro Nacional de Lucha Antiterrorista. Una arboleda impedía ver los escombros. El Congreso no había aprobado aún la partida presupuestaria de miles de millones de dólares necesaria para reconstruir el complejo que había servido de emblema a la caótica expansión de los cuerpos de seguridad del

159

estado tras el Once de Septiembre. Al igual que los integrantes del Grupo Alfa de Paul Rousseau, el personal de la ODNI y el NCTC se había visto obligado a buscar acomodo en otra parte. Aunque solo fuera eso, Saladino había conseguido dejar sin hogar a cientos de espías y analistas de inteligencia.

La comitiva de todoterrenos tomó la Ruta 123 y entró en McLean. Gabriel temía que fueran a conducirle al cuartel general de la CIA, que evitaba siempre que podía, pero pasaron frente a su entrada sin aminorar la marcha y se dirigieron a George Washington Memorial Parkway que, siguiendo la ribera del Potomac perteneciente a Virginia, los condujo hasta las torres de acero y cristal de Rosslyn. Al otro lado del río se alzaban los gráciles chapiteles de la Universidad de Georgetown. Gabriel se fijó, no obstante, en la fea losa rectangular del hotel Key Bridge Marriott, en una de cuyas habitaciones Natalie había pasado numerosas horas atrapada en compañía de una terrorista franco-argelina llamada Safia Bourihane. A través de una cámara oculta, Gabriel la había visto grabar un vídeo testimonial de su martirio y envolverse en un chaleco suicida. Solo posteriormente, en la cabaña de Virginia, descubrió Natalie que el chaleco no estaba cebado. Saladino la había engañado. Igual que a Gabriel.

Continuaron hacia el sur siguiendo el curso del río, bordearon el Cementerio Nacional de Arlington y enfilaron Memorial Bridge. En la otra orilla se hallaba el monumento a Lincoln, resplandeciendo como si estuviera iluminado por dentro. Normalmente, el tráfico que afluía de Virginia a Washington seguía la calle Veintitrés. Los tres todoterrenos de la comitiva de Gabriel, en cambio, frenaron suavemente en una mediana de cemento y estacionaron a continuación en la explanada del flanco sur del monumento. Un par de agentes uniformados de la Policía de Parques montaba guardia en la oscuridad, pero por lo demás el recinto estaba desierto. En ese momento, la recepción de un mensaje hizo vibrar el teléfono de Gabriel. Salió del todoterreno, se encaminó a la base de la escalinata del monumento y, llevándose una mano a los riñones, empezó a subir.

Extendida frente a la entrada había una gruesa lona que el viento agitaba suavemente. Gabriel pasó por la rendija apartando la lona con el hombro y entró, vacilante, en el recinto central del monumento. Lincoln miraba contemplativamente desde su trono de mármol, como apesadumbrado por la destrucción que le rodeaba. La base de la estatua se hallaba plagada de pequeños cráteres, igual que los murales de Jules Guérin y las columnas jónicas que separaban la zona central de las salas laterales, norte y sur. La base de una de las columnas había sufrido daños estructurales importantes. Había sido allí donde un integrante de la red de Saladino había dejado una mochila llena de explosivos y rodamientos de acero. La explosión había sido de tal magnitud que había hecho estremecerse la Casa Blanca. Veintiuna personas habían muerto dentro del monumento y otras siete en la escalinata, donde el terrorista abrió fuego con una pistola. Y eso había sido solo el principio.

Gabriel pasó entre un par de columnas dañadas por la explosión y entró en la sala norte, donde Adrian Carter, con la cara vuelta hacia arriba, leía las palabras del segundo discurso de investidura de Lincoln. Al bajar la mirada hacia Gabriel, arrugó el ceño.

—Parece que los rumores eran ciertos, a fin de cuentas —dijo.

—¿Qué rumores?

—Los que aseguraban que estabas en la sede del Grupo Alfa cuando estalló la bomba.

—Me falló el sentido de la oportunidad.

—En eso eres un experto.

Carter siguió leyendo el altísimo mural. Vestía una trenca marinera, chinos arrugados y zapatos que parecían diseñados para caminar por los bosques de Nueva Inglaterra. Su atuendo, unido a su cabello ralo y alborotado y a su anticuado bigote, le daba el aspecto de un profesor de universidad de segunda fila, de los que promovían causas nobles y daban constantemente la lata al decano. En realidad, Carter era el jefe del Directorio de Operaciones de la CIA, el más veterano en la historia de la Agencia. El hecho de que hubiera convocado a Gabriel suponía una infracción del protocolo: por lo general, el *ramsad* no se reunía con subalternos. Adrian Carter era un caso especial, sin embargo. Era un espía de pura casta, una leyenda que en los lóbregos días posteriores al Once de Septiembre había perfilado el plan de la Agencia para destruir a Al Qaeda y desmantelar sus redes internacionales. Las prisiones secretas, las extradiciones, los métodos de interrogatorio «mejorados»: todo ello llevaba su marchamo. Durante una década y media, Carter había podido decirse a sí mismo (y a quienes le criticaban) que, pese a sus muchas faltas, había logrado proteger el territorio nacional de un segundo paroxismo terrorista. Y en un abrir y cerrar de ojos Saladino había desmentido sus palabras.

—Mi padre me trajo aquí a ver a Martin Luther King en el sesenta y tres —comentó—. Estaba metido en el movimiento por los derechos civiles. Era ministro episcopaliano. —Miró a Gabriel—. ¿Te lo he contado alguna vez?

—Una o dos.

—Recuerdo que aquel día me sentí muy orgulloso de mi país —prosiguió el americano—. Sentí que todo era posible. Y también me sentí orgulloso cuando elegimos a nuestro primer presidente afroamericano, a pesar de las muchas cosas desagradables que dijo de la Agencia durante la campaña electoral. Tuvimos nuestros desacuerdos durante esos años, pero nunca olvidé lo que representaba. Su elección fue un milagro. Un milagro que no habría sucedido de no ser por las palabras que Martin Luther King pronunció aquí ese día. Este es nuestro espacio sagrado, nuestro santuario. Por eso nunca le perdonaré a Saladino lo que hizo.

Carter dio la espalda al mural y caminando sin prisa entró en la estancia central, donde se detuvo a los pies de Lincoln.

—Tú eres el experto. ¿Podrá restaurarse?

—El mármol no es mi medio —contestó Gabriel—. Pero sí, casi todo puede restaurarse.

—¿Y qué hay de mi país? —preguntó Carter de repente—. ¿Tiene arreglo?

—Vuestras disensiones son grietas casi invisibles comparadas con las nuestras. Estados Unidos encontrará su rumbo.

—¿Sí? Yo no estoy tan seguro. —Carter le agarró del brazo—. Ven conmigo. Quiero enseñarte algo.

23

GEORGETOWN, WASHINGTON

No es cosa fácil que el jefe de la Oficina y el subdirector de la CIA paseen juntos por Washington sin llamar la atención, ni siquiera al alba, pero hicieron lo que pudieron. Un solo escolta los siguió por el sendero que bordeaba el Potomac. Los demás se quedaron en la constelación de Suburbans negros que orbitaba a su alrededor. Carter caminaba despacio en consideración a su colega. Eso, al menos, se lo agradeció Gabriel. Le dolía la espalda a rabiar, y no podía ocultárselo a su viejo amigo.

—¿Es grave? —preguntó Carter.

—Por desgracia, dicen que voy a salir de esta.

—Espero que el vuelo no se te haya hecho muy duro.

—El Gulfstream lo hizo más llevadero.

—Es de un amigo mío, Bill Blackburn. Antes trabajaba en la División de Actividades Especiales. En sus tiempos era un auténtico gorila. Trabajó en Centroamérica, sobre todo. Y después del Once de Septiembre hizo una última ronda por Afganistán. Ahora es dueño de una empresa de espionaje privada. Black Ops, se llama.

—Qué listo.

—Pues sí, la verdad. Le va bastante bien por su cuenta. Recurro a él para trabajos que exigen discreción extra.

—Creía que para esos me tenías a mí.

—Bill y sus hombres son una panda de brutos —explicó Carter—. A ti te reservo para los trabajos que requieren una pizca de sutileza.

—Es agradable que aprecien el trabajo de uno.

Siguieron caminando en silencio unos instantes. En torno a ellos, la ciudad se desperezaba y gruñía.

—Bill lleva años dándome la lata para que me vaya con él —dijo Carter por fin—. Dice que me pagaría un sueldo de siete cifras el primer año. Por lo visto no tendría que hacer gran cosa. Quiere usarme como cebo para que sigan llegándole contratos millonarios. La guerra global contra el terrorismo ha sido muy lucrativa para mucha gente de por aquí. Yo soy el único idiota que no ha sacado tajada.

—Te lo has ganado, Adrian.

—¿Tú aceptarías un trabajo así?

—Ni en un millón de años.

—Yo tampoco. Además, tengo cosas más importantes que hacer antes de que me enseñen la puerta en Langley.

—¿Como qué, por ejemplo?

—Como coger al hombre que hizo *eso*.

Carter levantó los ojos hacia el Centro Kennedy. Unos minutos después del atentado en el monumento a Lincoln, un terrorista suicida hizo estallar una bomba en el Salón de las Naciones. Luego, tres terroristas más recorrieron metódicamente el complejo —el teatro Eisenhower, la ópera, el salón de conciertos— asesinando a todo aquel que se cruzaba en su camino.

—Conocía a dos de las víctimas —agregó Carter—. Una pareja joven que vivía en Herndon, a la vuelta de la esquina de mi casa. Él trabajaba en no sé qué empresa de tecnología y ella era asesora financiera. Tenían una vida estupenda. Buenos trabajos, una hipoteca, dos hijos preciosos. Ahora la casa está en venta y los críos viven con su tía en Baltimore. Es lo que pasa cuando la gente como nosotros comete errores. Que muere gente. Muchísima gente.

—Hicimos todo lo posible por impedir los atentados, Adrian.

—Mi nuevo jefe no lo ve así. Es un hueso duro de roer, un verdadero fanático. Personalmente, siempre me ha parecido que era peligroso mezclar la ideología con el espionaje —comentó Carter—. Te nubla el juicio y te hace ver solo lo que quieres ver. Mi nuevo jefe no es de la misma opinión. Y lo mismo puede decirse de los jóvenes aplicaditos que se ha traído a la Agencia. Me consideran un fracasado, que en su mundo es lo peor que puede ser uno. Cuando recomiendo prudencia, me acusan de debilidad. Y cuando aventuro un juicio que no coincide con su visión del mundo, me acusan de deslealtad.

—Las elecciones tienen consecuencias —repuso Gabriel.

—Igual que las tiene un atentado terrorista a gran escala en territorio estadounidense. Al parecer, es todo culpa mía, a pesar de que le dije a cualquiera que quisiera escucharme que el ISIS estaba preparando un golpe de los gordos. Corre el rumor de que van a cesarme.

—¿Cuánto tiempo te queda?

—Un par de semanas, puede que menos. A no ser —añadió Carter quedamente— que haga algo que cambie drásticamente el panorama.

Gabriel comprendió al instante por qué Adrian Carter le había llevado a Washington a bordo de un avión privado propiedad de un empresario del sector de la seguridad privada llamado Bill Blackburn.

—¿Tu jefe sabe que estoy aquí?

—Puede que se me haya olvidado mencionárselo —repuso Carter.

Habían llegado al Thompson Boat Center. Pasaron por un puentecillo que cruzaba el lecho de Rock Creek y, dejando atrás la embajada sueca, llegaron a Harbor Place. Era, quizá no por casualidad, el mismo itinerario que siguieron los tres pistoleros del ISIS aquella noche, tras abandonar el Centro Kennedy. Allí, su estela de destrucción seguía siendo visible. El restaurante Nick's Riverside Grill, un local frecuentado por turistas, estaba clausurado hasta nuevo aviso, igual que el Sequoia y el Fiola Mare, dos restaurantes más exclusivos.

—¿Qué tal tu espalda? —preguntó Carter mientras recorrían K Street por debajo de Whitehurst Freeway.

—Eso depende de cuánto tiempo más pienses hacerme caminar.

—Ya no queda mucho. Hay una cosa más que quiero enseñarte.

Torcieron hacia la Wisconsin Avenue y subieron por la ladera de la colina, hasta M Street. Una manzana más al norte quedaba Prospect Street. Doblaron la esquina y se detuvieron unos pasos más allá, frente a la entrada del Café Milano. Como los restaurantes de Harbor Place, estaba cerrado hasta nuevo aviso. Cuarenta y nueve personas habían muerto allí, una cifra que habría sido mucho más elevada si Mikhail Abramov no hubiera abatido a cuatro terroristas del ISIS. Pero el restaurante era también notable por otro motivo: era el único objetivo del atentado en el que Saladino había hecho acto de aparición.

—Un símbolo trágico de nuestra cooperación —comentó Carter—. Mikhail salvó muchas vidas aquella noche. Pero el atentado no habría tenido lugar si yo te hubiera hecho caso cuando me advertiste sobre ese tipo con el que te tropezaste en el vestíbulo del Four Seasons.

—Ya sabes lo que se dice, Adrian: agua pasada no mueve molino.

—Sí. Y siempre me ha parecido una excusa para no asumir responsabilidades.

Carter dio media vuelta sin decir palabra y condujo a Gabriel hacia el corazón del Georgetown residencial. El barrio empezaba a despertarse. Había luz en las ventanas de las cocinas y perros que tiraban de sus amos soñolientos por las aceras de ladrillo rojo. Por fin llegaron a la escalinata curva de una casona de estilo federal en N Street, el piso franco más lujoso de la CIA. El interior de la casa, antigua y señorial, era como una nevera, otra señal de que la visita de Gabriel a Washington era de carácter privado.

—¿Habéis olvidado pagar el recibo de la luz? —preguntó.

—Nueva normativa. La Agencia se está volviendo ecológica. Te ofrecería un café, pero...

—No pasa nada, Adrian. Tengo que irme, en serio.

—¿Tienes asuntos urgentes en casa?

—Un director nunca descansa.

—Me temo que en eso no tengo experiencia. —Carter se acercó al termostato y, achicando los ojos, observó el marcador con aire de perplejidad.

—Por favor, dime que no me has traído hasta Washington para rememorar una pesadilla, Adrian. Estuve aquí, ¿recuerdas? Tenía una agente dentro de la red de Saladino.

—Un trabajo excelente por vuestra parte —comentó el americano—. Pero no sirvió de nada. Al final, Saladino te derrotó. Y sé cuánto odias perder, sobre todo ante un canalla como ese.

—¿Adónde quieres ir a parar?

—Corre el rumor de que estás cociendo algo con los franceses, y no precisamente un *coq au vin*. Algo relacionado con Saladino. Quiero recordarte que fue mi país el que sufrió un atentado en noviembre pasado, no el tuyo. Y que si alguien va a cogerle, soy yo.

—¿Tienes alguna operación en marcha?

—Varias.

—¿Alguna de ellas está a punto de dar fruto?

—No, ninguna. ¿Y la tuya?

Gabriel se quedó callado.

—Nunca he tenido reparos en echar por tierra una operación ajena —dijo Carter—. Solo tendría que llamar por teléfono al jefe de la DGSI.

—Él no sabe nada de esto.

—Entonces es que se trata de algo gordo.

—Puede ser —reconoció Gabriel.

—Tal vez yo pueda contribuir.

—Y conservar de ese modo tu puesto en el Directorio de Operaciones.

—Desde luego.

—Agradezco tu sinceridad, Adrian. En nuestro oficio, resulta estimulante.

—A situaciones desesperadas... —dijo Carter.

—¿Qué necesitas para seguir en la brecha?

—En estos momentos, solo Saladino puede salvarme.

—En ese caso —repuso Gabriel—, tal vez pueda ayudarte.

Hablaron en el salón, arrebujados en sus abrigos y sin la distracción que habría supuesto un tentempié. Gabriel resumió sucintamente la operación, pero con la franqueza suficiente para no dejarse nada esencial en el tintero. Carter, siempre pragmático, no se inmutó al oír mencionar el nombre de Jean-Luc Martel. Ofreció el apoyo que podía brindar, sobre todo en cuestión de vigilancia electrónica y digital, el punto fuerte de los americanos. A cambio, Gabriel dio su permiso para que llevara la operación a la sexta planta de Langley y la presentara como una iniciativa conjunta entre la CIA y sus amigos de Tel Aviv. Desde su punto de vista, era un precio muy alto que pagar, y no exento de riesgos. Pero si gracias a eso Carter conservaba su puesto, valdría su peso en oro.

Salieron juntos del piso franco poco antes de las ocho y se trasladaron en coche a Dulles, donde el Gulfstream de Bill Blackburn esperaba con el depósito lleno, listo para despegar. Aunque la tripulación ya había presentado el plan de vuelo con destino al aeropuerto Ben Gurion, al subir a bordo Gabriel pidió que le llevaran a Londres. Tendido en la cama del camarote privado, cayó en un sueño profundo. Se sentía en paz por primera vez desde hacía semanas. Estaba a punto de hacer muy rico a un viejo amigo. Era, se dijo, lo menos que podía hacer.

24

MAYFAIR, LONDRES

Julian Isherwood era un hombre con muchos defectos, pero la tacañería no se contaba entre ellos. En efecto, tanto en sus asuntos de negocios como en su vida privada siempre había sido muy desprendido. Había adquirido gran cantidad de cuadros que no tenía por qué comprar (se decía que su colección, tanto la profesional como la personal, podía compararse con la de la propia reina) y era invariablemente su tarjeta de crédito la que acababa cada noche en el platillo de la cuenta, en el bar del Wilton's. No era de extrañar, por tanto, que sus finanzas se hallaran en perpetuo estado de inanición. Últimamente, las cosas habían empeorado. Su deprimente contable, que por algo se apellidaba Blunt[1], había sugerido una liquidación de bienes disponibles, junto con una reducción drástica de los gastos. Isherwood se había resistido. La mayor parte de su inventario tenía poco o ningún valor. Estaba muerto y requetemuerto, como se decía en el negocio. Achicharrado. Hecho cenizas. Y en cuanto a recortar sus gastos... En fin, eso estaba descartado. Uno tenía que disfrutar de la vida, sobre todo a su edad. Además, su forma de conducirse la noche del atentado le había insuflado una especie de optimismo personal. Si el granuja de Julian Isherwood era capaz de arriesgar la vida para salvar a otro, cualquier cosa era posible.

---

[1] *Blunt*: directo, grosero, obtuso. (N. de la T.)

Fue este convencimiento de que se aproximaban tiempos mejores lo que, esa tarde a última hora, le impulsó a abrir las puertas de su galería de Mason's Yard a Brady Boswell, el director de un pequeño pero respetado museo del Medio Oeste de Estados Unidos. Boswell tenía merecida fama de mirón, más que de comprador. Pasó casi dos horas manoseando el inventario de Isherwood, hasta que por fin le confesó que su presupuesto de adquisiciones estaba en peor estado que la cuenta corriente de Isherwood y que ni siquiera podía comprar moqueta nueva para su museo, y mucho menos un cuadro que colgar en sus paredes. Isherwood se sintió tentado de decirle que la próxima vez que quisiera ver Maestros Antiguos en Londres, probara a ir a la National Gallery. Pero aceptó la invitación del americano a cenar, aunque solo fuese porque no soportaba la idea de pasar otra velada escuchando al gordinflón de Oliver Dimbleby parlotear sobre su último ligue.

Boswell sugirió el Alain Ducasse del hotel Dorchester e Isherwood, al que no se le ocurrió una alternativa a bote pronto, estuvo de acuerdo. Cenaron buey de mar y lenguado y, entre uno y otro, se bebieron dos botellas de Chablis *gran cru* Domaine Billaud-Simon Les Clos. Boswell pasó gran parte de la velada lamentándose de la espantosa situación política de su país. Isherwood le escuchó atentamente. En el fondo, sin embargo, se preguntaba por qué los estadounidenses cultos sentían la necesidad de ponerse a despotricar contra su país en cuanto ponían un pie en la antigua metrópoli.

—Estoy pensando en marcharme —declaró Boswell indignado—. Todo el mundo lo está pensando.

—¿Todo el mundo?

—Bueno, todos no. Solo la gente como yo.

Solo los pesados impenitentes. Estados Unidos sería pronto —se dijo Isherwood— un lugar mucho más interesante.

—¿Y adónde irías?

—Puedo optar a la nacionalidad irlandesa.

—¿A Irlanda? ¡Santo Dios!

—O podría buscarme una casita aquí, en Inglaterra, hasta que las cosas vuelvan a su cauce.

—Nosotros también tenemos problemas. Más vale que te quedes donde estás.

Brady Boswell pareció anonadado ante la posibilidad de que la Inglaterra moderna quizá no fuera un oasis cultural. Era uno de esos americanos que se habían formado una idea sobre la vida en el Reino Unido viendo producciones teatrales de la BBC.

—Una pena, lo de los atentados terroristas —comentó.

—Sí —repuso Isherwood vagamente.

—Confiaba en ver alguna función en el West End mientras estoy aquí, pero no sé si será arriesgado.

—Qué tontería.

—¿Coñac?

—¿Por qué no?

Boswell pidió el más caro de la carta y, cuando llegó la cuenta, adoptó la pose favorita de Oliver Dimbleby: la de desorientado superviviente de una catástrofe natural.

—¿A quién vas a ver mañana? —preguntó Isherwood mientras deslizaba discretamente su tarjeta de crédito en el estuchito de piel, confiando en que no se autodestruyera automáticamente cuando la insertaran en el datáfono.

—Por la mañana tengo a Jeremy Crabbe y por la tarde a Roddy Hutchinson. Confío en que no les digas que tengo problemillas de financiación. No quiero que piensen que no estoy siendo sincero.

—Tu secreto está a salvo conmigo.

No lo estaba, en realidad. De hecho, pensaba telefonear a Roddy a primera hora de la mañana para avisarle de que debía caer víctima de un caso de malaria fulminante. De lo contrario, sería el siguiente en pagarle la cena a Brady Boswell.

Al salir del restaurante, le dio las gracias por la velada más aburrida que había pasado desde su hazaña en el Ivy, metió al americano en un taxi —se hospedaba en un hotelucho de Russell Square— y se despidió de él. Otro taxi le estaba esperando. Isherwood dio al taxista la dirección de su casa de Kensington y subió a la parte de atrás. Pero cuando el taxi entraba en Park Lane, sintió vibrar su móvil junto al corazón. Dedujo que sería el preceptivo mensaje de agradecimiento de Boswell y pensó un instante en no darse por enterado. Pero finalmente sacó el teléfono y miró la pantalla entornando los párpados. Era un mensaje escueto, una orden más que una petición, y no parecía tener remitente. De modo que solo podía proceder de una persona. Isherwood sonrió. La noche —se dijo— estaba a punto de ponerse mucho más interesante.

—Cambio de planes —informó al conductor—. Lléveme a Mason's Yard.

La galería de Isherwood ocupaba tres plantas de un desvencijado almacén victoriano que en tiempos había sido propiedad de Fortnum & Mason. A un lado tenía las oficinas de una pequeña empresa naviera griega y, al otro, un *pub* cuya clientela estaba compuesta principalmente por bonitas oficinistas aficionadas a moverse en vespa. La puerta, de cristal irrompible, estaba defendida por tres cerraduras de primera calidad. Aun así, cedió a un suave empujón de Isherwood.

—Maldita sea —musitó.

Lo reducido del espacio le había obligado a edificar su imperio en vertical: el almacén estaba en la planta baja; las oficinas, en la primera; y en la segunda había una magnífica sala de exposición inspirada en la famosa galería de Paul Rosenberg en París, en la que Isherwood había pasado muchas horas dichosas de niño. Al entrar, echó mano del interruptor de la luz.

—No —dijo una voz desde el otro lado de la sala—. Déjala apagada.

Isherwood avanzó cautelosamente sorteando un diván y se acercó al hombre que parecía estar contemplando un gran paisaje de Claude. El hombre, al igual que el cuadro, estaba envuelto en penumbra, pero, al clavarse en Isherwood, sus ojos verdes parecieron brillar como iluminados por una fuente de calor interna.

—Empezaba a preguntarme —dijo Gabriel— si no acabarías nunca de cenar.

—Igual que yo —contestó Isherwood sombríamente—. ¿Te importa decirme cómo has entrado aquí?

—Supongo que recordarás que fuimos nosotros quienes instalamos tu sistema de seguridad.

Isherwood lo recordaba, en efecto. Y también recordaba que el sistema de seguridad había sido reforzado tras una operación relacionada con un tal Ivan Kharkov, un traficante de armas ruso.

—Enhorabuena, Julian. Mis amigos de la inteligencia británica me han comentado que la otra noche te portaste como un héroe.

—Ah, eso. —Isherwood hizo un ademán desdeñoso con la mano.

—No seas modesto. En estos tiempos la valentía es un bien bastante escaso. Y pensar que nada de eso habría pasado si esa amiga tuya tan joven y guapa no te hubiera dado plantón...

—¿Fiona? ¿Cómo demonios te has enterado?

—Los británicos me pasaron una copia del mensaje de texto que te envió cuando estabas esperándola en el restaurante.

—¿Es que no hay nada sagrado?

—También me enseñaron un par de minutos de grabación de una cámara de seguridad —dijo Gabriel—. Estoy orgulloso de ti, Julian. Salvaste muchas vidas esa noche.

—Me imagino la pinta que debía de tener. Como don Quijote entrado en años arremetiendo contra molinos de viento.

Por encima de ellos, la lluvia tamborileaba en la claraboya del techo.

—Bueno, ¿qué te trae por aquí? —preguntó Isherwood—. ¿Vienes por negocios o por placer?

—Yo no viajo por placer, Julian. Ya no, por lo menos.

—Ya somos dos.

—¿Tan mal te van las cosas?

—Estoy atravesando un periodo de sequía, por decirlo suavemente.

—¿Es grave esa sequía?

—Sahariana —repuso Isherwood.

—Quizá yo pueda proporcionarte algo de lluvia.

—Espero que no sea nada peligroso. Ya no estoy para esos trotes.

—No, Julian, no es nada de eso. Solo necesito que asesores a un amigo mío que está interesado en crear una colección propia.

—¿Es israelí ese amigo tuyo?

—Ruso, en realidad.

—Ay, Dios. ¿Cómo se gana la vida?

—No le gusta mucho hablar de ese tema.

—Comprendo —dijo Isherwood—. Imagino que esto no tiene nada que ver con todas esas bombas que han estallado últimamente.

—Podría ser.

—¿Y si acepto convertirme en asesor de ese amigo tuyo?

—Se aplicarán las normas de rigor en tales transacciones.

—O sea, que podré cobrarle una comisión por cada cuadro que le ayude a comprar.

—De hecho —dijo Gabriel—, puedes desplumarle a tu antojo. No va a darse cuenta.

—¿Le gustan los Maestros Antiguos a tu amigo?

—Le encantan. Pero también le interesa el arte contemporáneo.

—No se lo tendré en cuenta. ¿Cuánto está dispuesto a gastar?

—Doscientos —respondió Gabriel—. Puede que trescientos.

Isherwood arrugó el ceño.

—Con eso no llegará muy lejos.

—*Millones*, Julian. Doscientos millones.

—Será una broma.

Gabriel dejó claro con su expresión que no lo era.

—Llegará a Londres dentro de un par de días. Llévale de paseo por las casas de subastas y las galerías. Compra con acierto, pero deprisa. Y arma jaleo, Julian. Quiero que la gente se fije en él.

—No podré hacerlo sirviéndome solo de mi encanto y mi buena planta —comentó Isherwood—. Necesitaré dinero contante y sonante.

—Descuida, Julian. El cheque viene de camino.

—¿Doscientos millones? —preguntó Isherwood.

—Puede que trescientos.

—Mejor trescientos que doscientos, sin duda alguna.

Gabriel se encogió de hombros.

—Entonces, que sean trescientos.

25

LONDRES – GINEBRA

Saladino volvió a atacar a las ocho y media de la mañana siguiente. El objetivo fue en esta ocasión la estación central de tren de Amberes: dos terroristas suicidas, dos pistoleros y sesenta y nueve víctimas mortales. Gabriel estaba en ese momento en St. Pancras, en Londres, esperando para embarcar en el Eurostar con destino a París. Su tren salió con cuarenta minutos de retraso, sin que se diera justificación alguna que explicara la tardanza. Al parecer, Saladino había conseguido crear una nueva normalidad en Europa occidental.

—Si sigue a este paso —comentó Christian Bouchard—, se va a quedar sin objetivos.

Bouchard había ido a esperar a Gabriel al vestíbulo de llegadas de la Gare du Nord. Ahora, sentado al volante de un Citroën del Grupo Alfa, circulaba a gran velocidad por el *boulevard* de la Chapelle en dirección este. No presentaba marcas visibles de las heridas que había sufrido en el atentado de la *rue* de Grenelle. Por el contrario, estaba más guapo que nunca.

—Por cierto —dijo—, le debo una disculpa por cómo me comporté antes del atentado. Me alegro de que no fuera la última impresión que se llevó de mí.

—Si le soy sincero, Christian, ni siquiera recuerdo haberle visto ese día.

Bouchard sonrió a su pesar.

—¿Adónde me lleva? —preguntó Gabriel.

—A un piso franco del distrito veinte.

—¿Ha habido suerte? ¿Han encontrado ya una nueva sede?

—Todavía no. Estamos un poco como los antiguos israelitas —repuso Bouchard—. Dispersos a los cuatro vientos.

El piso franco estaba situado en un moderno bloque de pisos, no muy lejos de un supermercado *kosher*. Paul Rousseau, sentado ante la mesa laminada de la cocina, no paró de fumar en pipa mientras Gabriel le ponía al corriente de las novedades. Tenía motivos sobrados para estar nervioso. Había autorizado a un servicio de espionaje extranjero para abalanzarse sobre un destacado empresario francés y aceptado el fruto de un árbol venenoso. En resumidas cuentas, pisaba terreno resbaladizo.

—Lo de los americanos no me gusta. Ahora mismo, solo parecen interesarse por fusiones y opas.

—Lo he hecho por un único motivo.

—Aun así. —Rousseau mordisqueó pensativamente el extremo de su pipa—. ¿Estás seguro de lo de la galería?

—Sabré algo más hoy a última hora.

—Porque si puedes demostrar que la galería no es trigo limpio...

—Esa es la idea, Paul.

—¿Cuándo crees que podrá empezar la operación?

—En cuanto tenga el capital necesario —respondió Gabriel.

—¿Necesitas algo más de nosotros?

—Una casa cerca de Saint-Tropez.

—Hay muchas en alquiler, sobre todo en esta época del año.

—La verdad es que no estaba pensando en un alquiler.

—¿Quieres comprar?

Gabriel asintió.

—De hecho —dijo—, ya tengo una pensada.

—¿Cuál?

Gabriel contestó y Rousseau acogió su respuesta con incredulidad.

—La que era de...

—Sí, esa.

—Está embargada.

—Pues libérala. Merecerá la pena, te lo aseguro. Los contribuyentes franceses te lo agradecerán.

—¿Cuánto piensas ofrecer?

Gabriel miró hacia el techo.

—Doce millones me parece un buen precio.

—Por lo que sabemos está bastante deteriorada.

—Pensamos reformarla.

—¿En Provenza? —Rousseau meneó la cabeza—. Te deseo buena suerte.

Cinco minutos después, tras resolver varios puntos de escaso interés, Gabriel se halló de nuevo en el asiento del copiloto del Citroën de Bouchard. Fueron del distrito veinte al doce y se detuvieron frente a la Gare de Lyon, en el *boulevard* Diderot. La estación parecía hallarse en estado de sitio. Y lo mismo podía decirse de todas las estaciones ferroviarias de Francia.

—¿Seguro que quiere entrar ahí? —preguntó Bouchard—. Puedo pedirle un coche si lo prefiere.

—Me las arreglaré.

Largas colas se extendían desde la entrada de la estación, donde policías armados hasta los dientes registraban bolsos y maletas e interrogaban a todo el mundo, especialmente a los jóvenes de aspecto árabe o similar. La nueva normalidad, se dijo Gabriel cuando le permitieron acceder al vestíbulo de salidas. El famoso reloj de la estación marcaba las tres y cinco de la tarde. Su tren salía de la vía D. «La vía Dalet»[2], pensó Gabriel. ¿Tenía que ser esa? ¿No podían haber elegido otra?

Avanzó por el andén, entró en uno los vagones de primera clase y ocupó su asiento. Solo cuando los recuerdos remitieron,

---

[2] Referencia a la novela *Prince of Fire*. *Dalet* es la cuarta letra del alfabeto hebreo (d). (N. de la T.)

sacó su móvil. Marcó un número de Berna. Contestó un hombre en alemán con acento suizo. Gabriel se dirigió a él en la misma lengua, con el acento berlinés aprendido de su madre.

—Voy camino de tu hermoso país y me preguntaba si podrías hacerme un favor.

Se hizo un breve silencio seguido por un largo suspiro.

—¿A qué hora llegas?

—A las seis y cuarto.

—¿Cómo?

—En el TGV de París.

—¿De qué se trata esta vez?

—De lo mismo que la última. Un vistazo rápido, nada más.

—No irá a estallar ninguna bomba, ¿verdad?

Gabriel cortó la comunicación y miró pasar el andén lentamente por su ventana. Los recuerdos volvieron a embargarle. Vio a una mujer cubierta de cicatrices y con el pelo prematuramente canoso sentada en una silla de ruedas, y a un hombre que corría como un loco hacia ella, pistola en mano. Cerró los ojos y se agarró al reposabrazos para evitar que le temblase la mano. «Lo conseguiré», se dijo.

El NDB era, como la propia Suiza, pequeño pero eficiente. Ubicado en un lóbrego edificio de oficinas de Berna, se encargaba de impedir que los muchos problemas que aquejaban a un mundo convulso cruzaran las fronteras de la Confederación Helvética. Espiaba a los espías que ejercían su oficio en territorio suizo, vigilaba a los extranjeros que escondían su dinero en bancos nacionales y procuraba mantenerse al tanto de las actividades de los musulmanes que, en número creciente, se afincaban en Suiza. De momento, el país se había librado de un gran ataque terrorista de Al Qaeda o el ISIS, y no por casualidad: Christoph Bittel, el jefe de la brigada antiterrorista del NDB, era muy bueno en lo suyo.

También era puntual como un reloj suizo. Alto y flaco, se hallaba apoyado en el capó de un coche alemán cuando Gabriel salió de la Gare de Cornavin de Ginebra a las seis y media de la tarde. El oficial de la policía secreta suiza tenía el ceño fruncido. En Suiza, las seis y cuarto eran las seis y cuarto.

—¿Tienes los datos de la cámara acorazada?

—Edificio tres, pasillo ocho, cámara diecinueve.

—¿Y el titular del alquiler?

—Una entidad llamada TXM Capital, aunque sospecho que el verdadero propietario es JLM.

—¿Jean-Luc Martel?

—El mismo.

Bittel juró por lo bajo.

—No quiero problemas con los franceses. Necesito que la DGSI proteja mi flanco oriental.

—No te preocupes por los franceses. Y en cuanto a tu flanco oriental, yo que tú me andaría con mucho ojo.

—¿Es cierto lo que dicen de Martel? ¿Que en realidad se dedica a las drogas?

—Lo sabremos dentro de unos minutos.

Cruzaron el Ródano y un momento después las aguas de color verde fango del Arve. Al sur se extendía un *quartier* de Ginebra en el que los turistas y diplomáticos rara vez osaban entrar. Era un territorio de pulcras naves industriales y chatos bloques de oficinas. También era la sede de la misteriosa Zona Franca de Ginebra, un depósito de alta seguridad libre de impuestos en el que los grandes magnates del mundo guardaban tesoros de todas clases: lingotes de oro, joyas, vinos añejos, automóviles y, cómo no, obras de arte, no para contemplarlas y admirarlas, sino como inversión, como garantía contra tiempos de incertidumbre económica.

—Esto ha cambiado desde la última vez que estuvimos aquí —comentó Bittel—. La gota que colmó el vaso fue ese escándalo del Modigliani, el que robaron los nazis. Muchos coleccionistas se marcharon después de aquello y trasladaron sus pertenencias a lugares como Delaware y Londres. Las autoridades del cantón han contratado a otro director. Fue ministro de Economía y le gusta cumplir la ley al pie de la letra.

—Quizás haya esperanza para tu país después de todo.

—Saltémonos esta parte de la conversación —repuso Bittel—. Me gusta más cuando estamos del mismo lado.

Una fila de naves blancas, sin apenas rasgos distintivos, aparecieron a su derecha, rodeadas por una valla verde opaca rematada con alambre de concertina y cámaras de seguridad. Podía haber pasado por una prisión de no ser por el cartel rojo y blanco que rezaba *PORTS FRANCS*. Bittel se desvió hacia la entrada y esperó a que se abriera la verja de seguridad. Luego avanzó unos metros y detuvo el coche.

—Edificio tres, pasillo ocho, cámara diecinueve.

—Muy bien —dijo Gabriel.

—No vamos a encontrar drogas ahí dentro, ¿verdad?

—No.

—¿Cómo puedes estar tan seguro?

—Porque los narcotraficantes no guardan su mercancía en un almacén de seguridad libre de impuestos. Se la venden a idiotas que se la fuman, la esnifan o se la meten por vena. Así es como ganan dinero.

Bittel entró en la oficina de recepción. A través de la persiana medio subida de la ventana, Gabriel le vio conversar con una mujer morena y atractiva. Saltaba a la vista que hablaban en francés y no en alemán suizo. Por fin, tras asentir un par de veces e intercambiar unas frases, un juego de llaves cambió de manos. Bittel regresó al coche y volvió a sentarse tras el volante.

—¿Seguro que no hay nada entre vosotros? —preguntó Gabriel.

—No empieces con eso otra vez.

—Quizá puedas presentármela. Te ahorraría la molestia de tener que venir desde Berna cada vez que tengo que echar un vistazo a la caja fuerte de algún mafioso.

—Prefiero el método actual.

Bittel aparcó frente al edificio tres y condujo dentro a Gabriel. De la entrada partía un pasillo aparentemente infinito, flanqueado por puertas. Subieron un tramo de escaleras hasta la primera planta y se dirigieron al pasillo ocho. La puerta de la cámara diecinueve era de metal gris. Bittel introdujo la llave en la cerradura y encendió la luz al entrar. La cámara estaba formada por dos salas, ambas llenas de cajones de madera rectangulares y planos, de los que se utilizaban para transportar cuadros valiosos. Eran todos del mismo tamaño: metro ochenta por metro veinte.

—Otra vez no —dijo Bittel.

—No —respondió Gabriel—. Otra vez no.

Examinó uno de los cajones. Tenía adherido un albarán a nombre de la Galerie Olivia Watson de Saint-Tropez. Gabriel tiró de la tapa, pero no consiguió moverla. Estaba firmemente clavada.

—Por casualidad no llevarás en el bolsillo un martillo de orejas, ¿verdad?

—Lo lamento, pero no.

—¿Y una palanca de hierro?

—Puede que tenga una en el maletero.

Gabriel observó los cajones restantes mientras Bittel bajaba en busca de la palanca. Había cuarenta y ocho, todos ellos a nombre de la Galerie Olivia Watson. TXM Capital era el destinatario de veintisiete. Los demás llevaban nombres igual de vagos: el tipo de nombres —se dijo Gabriel— que inventaban los abogados y banqueros listos.

Bittel regresó con la palanca. Gabriel la utilizó para abrir el primer cajón. Procedió despacio, cuidadosamente, para dejar la menor cantidad posible de marcas en la madera. Dentro encontró un lienzo envuelto en papel *glassine* y apoyado en un bastidor de poliuretano. Tenía todo un aspecto muy profesional, con una única excepción: el lienzo mismo.

—Qué contemporáneo —comentó Bittel.

—Sobre gustos no hay nada escrito —repuso Gabriel.

Abrió otro cajón. Contenía lo mismo que el anterior. Y lo mismo podía decirse del tercer cajón. Y del cuarto. Un lienzo envuelto en papel *glassine* y un bastidor protector de poliuretano. Todo muy profesional, con la salvedad de los cuadros.

Estaban todos en blanco.

—¿Te importa decirme qué significa esto? —preguntó Bittel.

—Significa que el verdadero negocio de Jean-Luc Martel son las drogas y que está utilizando la galería de su novia para blanquear parte de los beneficios.

—Justo lo que le hacía falta a la Zona Franca. Otro escándalo.

—Descuida, Christoph. Será nuestro secretillo.

26

TEL AVIV – SAINT-TROPEZ

De modo que solo quedaba pendiente el asunto del dinero. El dinero necesario para poner en escena la operación ideada por Gabriel. Doscientos o trescientos millones para adquirir una llamativa colección de arte. Otros doce para comprar una lujosa mansión en la Costa Azul y otros cinco, más o menos, para dejarla presentable. A lo que había que sumar los pequeños extras: los coches, las ropas, las joyas, los restaurantes, los viajes en avión privado y las fiestas suntuosas. Gabriel tenía una cifra en mente a la que añadió otros veinte millones para no quedarse corto. Las operaciones de espionaje, como la vida misma, siempre eran inciertas.

—Eso es mucho dinero —dijo el primer ministro.

—Quinientos millones ya no dan para tanto como antes.

—¿Dónde está el banco?

—Podemos elegir entre varios, pero el Banco Nacional de Panamá es la mejor opción. Es práctico —explicó Gabriel— y hay poco peligro de represalias después del escándalo de los Papeles de Panamá. Aun así, plantaremos un par de banderas falsas para borrar nuestras huellas.

—¿A quién vais a cargarle el muerto?

—A los norcoreanos.

—¿Por qué no a los iraníes?

—La próxima vez —prometió Gabriel.

Los fondos estaban repartidos en ocho cuentas distintas, todas ellas a nombre de la misma empresa fantasma. Formaban parte de la inmensa fortuna amasada por el presidente sirio y sus parientes y amigos íntimos. Poco antes de asumir la dirección de la Oficina, Gabriel había seguido la pista del dinero y se había apoderado de gran parte de él en un intento por moderar las tendencias asesinas del presidente en la guerra civil que asolaba siria. Pero se había visto obligado a devolver el dinero, más de ocho mil millones de dólares, a cambio de la vida de una sola persona. No se arrepentía de haber pagado el rescate: era —decía siempre— el mejor trato que había hecho nunca. Aun así, llevaba tiempo buscando una excusa, la que fuese, para revertir la situación. Y encontrar a Saladino era una excusa tan buena como otra cualquiera.

No había devuelto los ocho mil millones directamente al presidente sirio. Los había depositado, tal como le habían indicado, en el Gazprombank de Moscú, lo que equivalía a ponerlo en manos del zar, gran amigo y benefactor del presidente sirio. El zar se había quedado con la mitad del dinero en concepto de comisión de servicios y costes de transporte y tramitación. Los fondos restantes, poco más de cuatro mil millones de dólares, se hallaban depositados en una serie de cuentas secretas en Suiza, Luxemburgo, Liechtenstein, Dubái, Hong Kong y, naturalmente, el Banco Nacional de Panamá.

Gabriel lo sabía porque, con ayuda de una unidad de *hackers* de la Oficina que operaba en el más absoluto de los secretos, había vigilado cada movimiento del dinero. La unidad no tenía nombre oficial porque oficialmente no existía. Quienes estaban al tanto de su existencia la llamaban simplemente «el Minyan», porque estaba compuesta por diez agentes, todos ellos varones. Con apenas tocar unas teclas, podían dejar a oscuras una ciudad, desactivar una red de control de tráfico aéreo o hacer que las centrifugadoras de una planta de enriquecimiento de uranio en Irán giraran sin control. Dicho en pocas palabras, podían hacer que las máquinas se volvieran contra sus amos. Uzi Navot comentaba en privado que el

Minyan estaba formado por diez buenas razones para que nadie en su sano juicio usara jamás un ordenador o un teléfono móvil.

Trabajaban en una sala situada al final del pasillo, muy cerca del lugar donde el equipo de Gabriel estaba ultimando los preparativos de la operación. Su jefe nominal era un chaval llamado Ilan, el equivalente a Mozart en el mundo cibernético. Escribió su primer código a los cinco años, hackeó por primera vez a los ocho y participó en su primera operación secreta contra los iraníes a los veintiuno. Estaba flaco como un alfiler y tenía esa palidez macilenta de quien apenas sale a la calle.

—Lo único que tengo que hacer es pulsar un botón —aseguró con una sonrisa maliciosa— y ¡zas! El dinero se habrá esfumado.

—¿Sin dejar huellas?

—Solo huellas norcoreanas.

—¿Y no hay forma de que sigan su rastro desde el Banco de Panamá al HSBC de París?

—No, imposible.

—Recuérdame —dijo Gabriel— que guarde mis ahorros debajo del colchón.

—Guarda tus ahorros debajo del colchón.

—Era una petición retórica, Ilan. En realidad no quería que me lo recordaras.

—Ah.

—Tienes que salir al mundo real de vez en cuando.

—*Esto* es el mundo real.

Gabriel miró la pantalla del ordenador. Ilan hizo lo mismo.

—¿Y bien? —preguntó Gabriel.

—¿Y bien qué?

—¿A qué estás esperando?

—A tener autorización para robar quinientos millones de dólares.

—No es un robo.

—Dudo que los sirios sean de la misma opinión. O los panameños.

—Pulsa el botón, Ilan.

—Me sentiría mejor si lo hicieras tú.

—¿Cuál es?

Ilan le indicó la tecla de *enter*. Gabriel la pulsó una sola vez. Luego se alejó por el pasillo y fue a dar la noticia a su equipo. El capital necesario estaba en camino. La operación podía dar comienzo.

Se dejó ver por primera vez el miércoles de la semana siguiente saliendo de Bonhams, en New Bond Street, seguido de cerca por Julian Isherwood. Quiso la suerte, o puede que, echando la vista atrás, la suerte no tuviera nada que ver en ello, que Amelia March, de *ARTnews*, estuviera en ese momento en la acera matando el tiempo antes de su cita de las dos con el jefe del Departamento de Arte de Posguerra y Contemporáneo de Bonhams. Amelia era periodista; no periodista de verdad, sino periodista especializada en arte, pero tenía olfato para detectar una buena historia y vista para los detalles. *Alto, delgado, bastante rubio, más bien pálido y de ojos completamente incoloros. Su traje y su abrigo eran impecables y su colonia olía a dinero.* A Amelia le extrañó que fuera acompañado de un carcamal como Julian. Daba la impresión de preferir el arte moderno a los ángeles, santos y mártires. Isherwood los presentó apresuradamente y al instante subió junto a su acompañante a la parte de atrás de una limusina Jaguar que esperaba en la calle. Dmitri Nosecuántos. Cómo no.

Al entrar en Bonhams, Amelia se enteró de que Isherwood y su alto y pálido amigo habían pasado varias horas con Jeremy Crabbe, el encargado de Maestros Antiguos de la casa de subastas. Amelia, haciéndose la encontradiza, coincidió con Jeremy esa noche en el Wilton's. Conferenciaron como un par de espías en un café de Viena después de la guerra.

—Se apellida Antonov. Dmitri Antonov. Ruso, imagino, aunque no salió el tema durante la conversación. Está absolutamente *forrado*. Se dedica a algo relacionado con los recursos naturales. Igual que *todos*, ¿no? —dijo Jeremy con sorna—. Julian se ha pegado a él como un percebe al casco de un barco. Por lo visto le está haciendo de marchante y asesor. Una relación muy conveniente desde el punto de vista monetario. Al parecer Dmitri le ha comprado varios cuadros y ahora han salido de caza mayor. Pero eso no te lo he dicho yo. De hecho, yo no te he dicho nada en absoluto. Todo esto es extraoficial. Que quede estrictamente entre nosotros, querida.

Amelia accedió a no publicar la información, aunque Jeremy no se mostró tan discreto como pretendía. De hecho, se lo contó a todos los presentes, incluido Oliver Dimbleby. Al acabar la velada, en el bar no se hablaba de otra cosa.

A mediados de marzo se los vio tanto en Christie's como en Sotheby's. Se pasaron también por la galería de Oliver en Bury Street, donde, tras una hora de gratas negociaciones, se comprometieron a adquirir una marina del pintor holandés Jacob van Ruisdael, dos escenas venecianas de Francesco Guardi y un santo entierro de Zelotti. Roddy Hutchinson le vendió cinco lienzos en total, entre ellos un bodegón con frutas y lagartija de Ambrosius Bosschaert el Joven. Al día siguiente, Amelia March publicó un breve artículo sobre un joven comprador ruso que estaba causando sensación en el mercado londinense del arte. Julian Isherwood, su portavoz, se abstuvo de hacer declaraciones. *«Las compras que haya hecho mi cliente son de carácter privado»*, comentó, *«y deben seguir siéndolo».*

A principios de abril, Isherwood y su amigo ruso se hallaban al otro lado del Atlántico, en Nueva York, donde se los aguardaba con impaciencia. Recorrieron las casas de subastas y las galerías, cenaron en los restaurantes de rigor y hasta vieron un musical de Broadway. Un columnista de la sección de ecos de sociedad del *Post* informó de que habían comprado varias obras de Maestros Antiguos en la galería de Otto Naumann en la calle 18 Este, pero Isherwood se limitó de nuevo a farfullar algo acerca del deseo de su cliente de preservar su privacidad. Según se decía, la cosa no era para tanto: quienes conocieron a Antonov en persona tuvieron la impresión de que era un hombre al que le gustaba dejarse ver. Y lo mismo podía decirse de la bella joven que le acompañaba, al parecer era su esposa, aunque nunca se demostró a ciencia cierta. Era francesa, morena, esbelta y extremadamente antipática.

—No pierde ocasión de mirarse al espejo —comentó el encargado de una exclusiva joyería de la Quinta Avenida—. Es todo un personaje.

Pero ¿quién era aquel tal Dmitri Antonov? Y, lo que era quizá más importante, ¿de dónde sacaba el dinero? Pronto se convirtió en objeto de numerosos rumores a lo Gran Gatsby, algunos de ellos malintencionados; otros, certeros. Se decía que había matado a un hombre, que había matado a muchos y que había conseguido su fortuna por medios ilícitos, todo lo cual era, casualmente, cierto, lo cual no le hacía menos apetecible para quienes se ganaban la vida vendiendo obras de arte. Les traía sin cuidado cómo se hubiera hecho rico con tal de que el cheque llegase a tiempo y la transacción se efectuara sin tropiezos, lo que sucedía siempre. Tenía cuenta en el respetable HSBC de París pero curiosamente todas sus adquisiciones se enviaban a una cámara acorazada de la Zona Franca de Ginebra.

—Es uno de esos —comentó una mujer que trabajaba en la oficina de administración de Sotheby's. Uno de sus jefes le recordó discretamente que eran «esos» los que mantenían a flote sitios como Sotheby's.

La cámara acorazada de la Zona Franca era lo más parecido que tenía Antonov a un domicilio fijo. En Londres se alojaba en el Dorchester y en París en el Hôtel de Crillon. Y cuando tenía que viajar a Zúrich por negocios, solo le valía la *suite* Terrazza del Dolder Grand. Hasta Julian Isherwood, que se comunicaba con él por teléfono móvil y mensajes de texto, aseguraba ignorar dónde estaría Antonov al día siguiente. Corría no obstante el rumor —y de nuevo se trataba solo de rumores— de que había comprado un castillo en algún sitio de Francia.

—Está usando la Zona Franca como almacén temporal —le dijo Isherwood a Oliver Dimbleby en tono confidencial—. Está preparando algo gordo.

Acto seguido, Isherwood le pidió que guardara el secreto, asegurándose así de que la noticia se hubiera difundido a los cuatro vientos al día siguiente.

Pero ¿en qué sitio de Francia exactamente? Los mentideros del arte se pusieron de nuevo en funcionamiento. El mismo día en que el tal Dmitri Antonov se marchó de Nueva York, apareció un breve en el *Nice-Matin* relativo a una conocida finca cercana a Saint-Tropez. Conocida como Villa Soleil, la enorme mansión costera de la Baie de Cavalaire había pertenecido en tiempos a Ivan Kharkov, el oligarca ruso y traficante de armas muerto a tiros frente a un exclusivo restaurante de Saint-Tropez. La finca había pasado casi una década en manos del estado francés. Ahora, sin embargo, por razones desconocidas, la administración parecía tener prisa por deshacerse de Villa Soleil. Y al parecer había encontrado un comprador al que el *Nice-Matin*, pese a sus muchos esfuerzos, no había podido identificar.

Las obras de reforma comenzaron de inmediato. Al día siguiente de publicarse el artículo, un batallón de pintores, fontaneros, electricistas, canteros y paisajistas ocupó Villa Soleil y permaneció allí hasta que el gran palacio junto al mar estuvo habitable de nuevo. La eficacia y celeridad de la cuadrilla de trabajadores causó no pocas suspicacias entre los vecinos, muchos de los cuales eran veteranos de la construcción curtidos en mil batallas. Hasta Jean-Luc Martel, que vivía en una magnífica villa al otro lado de la bahía, quedó impresionado por la velocidad con que concluyeron las obras. Gabriel y su equipo lo sabían porque, con ayuda de la todopoderosa NSA, tenían acceso a las comunicaciones privadas de Martel, incluyendo el expeditivo *e-mail* que envió a su contratista preguntándole por qué la reforma de los vestuarios de su piscina iba con dos meses de retraso. *Si no está acabada a finales de abril*, escribió, *le despido y contrato a la empresa que ha reformado la antigua mansión de Ivan*.

La decoración interior de Villa Soleil, supervisada por una de las firmas más conocidas de la Costa Azul, se llevó a cabo con la misma prontitud —tan poco provenzal— que las obras de reparación. Hubo un único retraso: un par de sofás a juego procedentes de la tienda de diseño de Olivia Watson en Saint-Tropez. Debido a un pequeño error administrativo (intencionado, en realidad) el nombre del propietario de la casa figuraba en la orden de pedido. Olivia Watson le comunicó el nombre a Martel, quien a su vez se lo hizo llegar a un columnista del *Nice-Matin* que había escrito sobre él en el pasado en tono halagüeño. Gabriel y su equipo lo sabían porque así lo aseguraba la todopoderosa NSA americana.

De modo que ya solo quedaban los cuadros, los lienzos adquiridos gracias al criterio infalible de Julian Isherwood y almacenados en una cámara acorazada de la Zona Franca de Ginebra. A mediados de mayo fueron trasladados a Provenza en un convoy de furgonetas vigilado por guardias de una empresa de seguridad privada y varios agentes de una unidad secreta de la DGSI conocida como Grupo Alfa. Isherwood supervisó su colocación con ayuda de la esposa del dueño, una francesa. Luego volaron a París, donde el dueño se hospedaba en su *suite* de siempre del Crillon. Esa noche cenaron en el nuevo y próspero restaurante de Martel en el *boulevard* Saint-Germain, acompañados por un hombre de aspecto recio que hablaba francés con pronunciado acento corso. Martel también estaba allí, junto con su glamurosa novia inglesa. A Gabriel y su equipo, la presencia de su presa no los pilló desprevenidos: conocían los planes de Martel desde hacía varios días y habían reservado una mesa para cuatro a nombre de Dmitri Antonov. A los pocos minutos de su llegada, les llevaron una botella de champán con una nota manuscrita. El champán era un Dom Pérignon de 1998 y el autor de la nota Jean-Luc Martel. *Bienvenidos al vecindario. Nos vemos en Saint-Tropez.* Era, en definitiva, un comienzo prometedor.

27

COSTA AZUL, FRANCIA

—Creo que luego voy a ir al pueblo.

—¿Para qué?

—Es día de mercadillo. Y ya sabes cuánto me gusta.

—Ah, sí, estupendo.

—¿Puedes venir?

—Por desgracia, no. Tengo que hacer unas cuantas llamadas.

—Muy bien.

Hacía diez días que Mikhail y Natalie (conocidos como Dmitri y Sophie Antonov) se habían instalado en su nueva casa en la Baie de Cavalaire y ya parecían estar aburridos. El suyo no era un aburrimiento laboral, sino de índole conyugal. Gabriel había sentenciado que el matrimonio de los Antonov no fuera del todo feliz. Pocos matrimonios eran perfectos —argüía— y el del mafioso ruso y la francesa de dudoso origen tendría sus malas rachas. También había decretado que mantuvieran sus identidades falsas en todo momento, incluso cuando estuvieran tras las paredes de tres metros y pico de Villa Soleil. De ahí su gélida conversación a la hora del desayuno, efectuada en inglés puesto que el francés de Dmitri Antonov era deplorable y el ruso de su esposa inexistente. El personal de servicio (todos ellos agentes del Grupo Alfa de Paul Rousseau) se comunicaba únicamente con *madame* Sophie. A *monsieur* Antonov le evitaban siempre que podían. Les parecía grosero y áspero de trato, y él por su parte los consideraba —no sin razón— los peores empleados domésticos de toda Provenza. Gabriel, que compartía esta opinión, había instado discretamente a Rousseau a que se enmendaran de inmediato. Si no, cabía el riesgo de que su incompetencia hundiera toda la operación.

Sentados a la mesa, en la amplia terraza rodeada por columnas que dominaba la piscina, Mikhail y Natalie parecían personajes sacados de una película. Era allí donde habían desayunado los nueve días anteriores, porque así lo prefería *monsieur* Antonov. Mikhail, que había empezado el día con un vigoroso baño de media hora en la piscina, cubría su pálida piel con un albornoz blanco como la nieve. Natalie fijó los ojos en el arroyuelo de agua que corría por el lecho cincelado de sus abdominales, hasta la cinturilla del bañador. Apartó rápidamente la mirada. *Madame* Sophie —se recordó— estaba enfadada con *monsieur* Antonov. Y *monsieur* Antonov no podía congraciarse con ella mediante el simple expediente de exhibir su belleza física.

Natalie se sirvió una taza de café solo de la cafetera de plata y añadió una dosis generosa de leche caliente. Al hacerlo, el aspecto que presentaba era indudablemente francés. Luego sacó un cigarrillo de su paquete de Gitanes y lo encendió. El tabaco, al igual que los malos modales, formaba parte de su tapadera. En realidad, detestaba el tabaco; a fin de cuentas era médica: había visto los terribles efectos que surtía sobre el cuerpo humano. La primera calada le arañó la garganta, pero bebiendo un trago de café consiguió no ponerse a toser. El café era casi perfecto. Solo en el sur de Francia —pensó— sabía así. Hacía una mañana despejada y agradable, y un viento suave se colaba por entre la hilera de cipreses que marcaba la linde Villa Soleil y la finca vecina. Leves olas moteaban la Baie de Cavalaire, al otro lado de la cual Natalie alcanzaba a distinguir los tenues contornos de la mansión de Jean-Luc Martel, hotelero, restaurador, empresario de moda, joyero y narcotraficante internacional.

—¿Un cruasán? —preguntó.

—¿Cómo dices? —Mikhail estaba concentrado leyendo algo en una tableta y no se molestó en levantar la vista.

—Te he preguntado si quieres otro cruasán.

—No.

—¿Y si comemos juntos?

—¿Ahora?

—En Saint-Tropez. Podemos quedar allí.

—Lo intentaré. ¿A qué hora?

—A la *hora de la comida*, cariño. A la hora a la que suele comer la gente.

Él pasó un dedo por la superficie de la tableta pero no contestó. Natalie apagó su cigarrillo y se levantó bruscamente, al estilo de Sophie Antonov. Luego se inclinó y acercó la boca al oído de Mikhail.

—Me parece que estás disfrutando demasiado de esto —le susurró en hebreo—. Yo que tú no me acostumbraría.

Entró en la casa y cruzó descalza sus numerosos y extensos salones hasta llegar al pie de la gran escalinata central. Sus aposentos —se dijo— eran mucho mejores que los de su primera operación: el oscuro pisito en la *banlieu* parisina de Aubervilliers, su mísero cuartito en una residencia del ISIS en Raqqa, el campo de entrenamiento en el desierto, a las afueras de Palmira y, por último, la sala de la casa de Mosul en la que había atendido a Saladino hasta devolverle la salud.

«Eres mi Maimónides...».

En el dormitorio, las sábanas de raso estaban todavía revueltas. Evidentemente, las doncellas del Grupo Alfa no habían encontrado tiempo en su apretada agenda para poner en orden la habitación. Natalie sonrió, compungida. Aquella era la única habitación de la casa en la que Mikhail y ella no hacían intento de ocultar lo que sentían de verdad el uno por el otro. En rigor, su conducta de esa noche infringía el reglamento de la Oficina, que prohibía las relaciones íntimas entre agentes de servicio. Era, se sabía, una de las normas menos estrictas de la institución. De hecho, el actual director y su esposa la habían incumplido en numerosas ocasiones. Además —pensó Natalie mientras estiraba las sábanas—, el hecho de que hicieran el amor reforzaba su coartada. Ni siquiera las parejas mal avenidas son inmunes al oscuro influjo del deseo.

El vestidor estaba lleno a rebosar de ropa de diseño, zapatos y accesorios, todo ello pagado por el genocida que gobernaba Siria. Para *madame* Sophie, solo lo mejor. Sacó de un cajón unas mallas de licra y un sujetador deportivo. Sus zapatillas Nike estaban en el zapatero, junto a unos zapatos de Bruno Magli. Ya vestida, recorrió un fresco pasillo de mármol hasta el gimnasio y subió a la cinta andadora. Odiaba correr en interior, pero no tenía otro remedio. *Madame* Sophie tenía prohibido salir a correr. Tenía problemas de seguridad. Igual que Natalie Mizrahi.

Se puso unos auriculares y empezó a correr a ritmo suave, pero fue aumentando la velocidad de la cinta con cada kilómetro recorrido hasta avanzar a buen paso. Su respiración siguió siendo firme y pausada. Después de pasar tantas semanas en la granja de Nahalal, estaba en plena forma. Concluyó con un esprint y pasó media hora levantando pesas; luego regresó al dormitorio, se dio una ducha y se vistió. Pantalones tobilleros blancos, jersey ceñido que resaltaba sus pechos y su estrecha cintura, y sandalias doradas sin tacón. Al mirarse al espejo, pensó de nuevo en su primera operación, en el hiyab y las piadosas vestimentas de la doctora Leila Hadawi. Leila —se dijo— no habría visto con buenos ojos a Sophie Antonov. En eso, Natalie y ella estaban completamente de acuerdo.

Salió al balcón y miró hacia el patio. Echado en una tumbona, Mikhail exponía su piel incolora a los rayos matutinos del sol. En diez días, su palidez no había variado. Parecía incapaz de ponerse moreno.

—¿Seguro que no quieres venir conmigo? —preguntó ella alzando la voz.

—Estoy ocupado.

Natalie guardó su teléfono de la Oficina en el bolso y bajó a la glorieta delantera, junto a cuya fuente saltarina aguardaba el

Maybach negro de los Antonov, con un chófer del Grupo Alfa al volante. En la parte de atrás se sentaba otro agente del Grupo Alfa. Se llamaba Roland Girard. Durante la primera operación en la que había participado Natalie, había hecho el papel de director de la pequeña clínica de Aubervilliers en la que trabajaba la doctora Leila Hadawi. Ahora era el guardaespaldas favorito de *madame* Sophie. Corría el rumor de que mantenían una tórrida aventura, un rumor que había llegado a oídos de *monsieur* Antonov. Había intentado despedirle varias veces, pero *madame* Sophie se había negado terminantemente. Mientras el Maybach cruzaba la imponente verja de seguridad, ella encendió otro Gitanes y miró malhumorada por la ventana. Esta vez, no pudo refrenarse y se echó a toser.

—¿Sabes? —dijo Girard—, no hace falta que fumes esos horribles cigarrillos cuando estamos solos.

—Es la única manera de que me acostumbre a fumarlos.

—¿Qué planes tienes?

—Ir al mercado.

—¿Y luego?

—Confiaba en comer con mi marido, pero por lo visto no se le puede molestar.

Girard sonrió pero no dijo nada. En ese momento sonó el suave tintineo del móvil de Natalie; había recibido un mensaje. Tras leerlo, volvió a guardar el teléfono en el bolso y, tosiendo, apuró el Gitanes. Se acercaba la hora de que *madame* Sophie conociera a *madame* Olivia. Tenía que practicar.

28

SAINT-TROPEZ, FRANCIA

Al pasar por el desvío de la playa de Pampelonne, Natalie se sintió embargada por los recuerdos. Esta vez no eran recuerdos de Leila, sino suyos. Una mañana perfecta de finales de agosto. Natalie y sus padres han hecho el fatigoso viaje por carretera desde Marsella a Saint-Tropez porque no les servía ninguna otra playa de Francia (ni del mundo, a decir verdad). Corría el año 2011. Natalie ha terminado su formación médica y acaba de embarcarse en lo que promete ser una próspera carrera profesional en la sanidad pública francesa. Es una ciudadana modelo. No se imagina viviendo en otro lugar. Pero Francia está cambiando a velocidad de vértigo. Ya no es un país en el que un judío pueda sentirse seguro. Cada día parece traer la noticia de un nuevo acto de barbarie. Otro niño al que apalean o escupen, otro escaparate roto, otra sinagoga cubierta de pintadas, otra lápida volcada. De modo que este día de finales de agosto, en la playa de Pampelonne, Natalie y sus padres procuran ocultar que son judíos. No lo consiguen, y el día no transcurre sin que reciban miradas de desprecio y sin que el camarero que les sirve la comida de mala gana farfulle un insulto. Durante el viaje de regreso a Marsella, sus padres toman una decisión trascendental: dejarán Francia para instalarse en Israel. Piden a Natalie, su única hija, que los acompañe. Ella accede sin vacilar. Y ahora —pensó mirando por la ventanilla tintada del Mercedes Maybach—, allí estaba otra vez.

Más allá de las playas había viñedos recién plantados y pequeños chalés cobijados por la sombra de cipreses y pinos. Al llegar a las afueras de Saint-Tropez, sin embargo, las casas comenzaban a ocultarse tras altos muros cubiertos de enredaderas en flor. Eran las residencias de los ricos del montón, no de los supermillonarios como Dmitri Antonov o, antes que él, Ivan Kharkov. De niña, soñaba con vivir en una mansión rodeada de tapias. Gabriel le había concedido ese deseo. No, Gabriel, no, se dijo de repente. Había sido Saladino.

El chófer tomó la *avenue* Foch y la siguió hasta el *centre ville*. Era junio todavía, el verano no estaba aún en su apogeo y las multitudes se hacían por tanto llevaderas incluso en la *place* des Lices, sede del bullicioso mercadillo al aire libre de Saint-Tropez. Mientras recorría lentamente los puestos, la invadió una melancolía abrumadora. Aquel era *su* país —se dijo— y sin embargo su familia se había visto obligada a emigrar, empujada por el más antiguo de los odios. La presencia de Roland Girard la hizo centrarse en la tarea que tenía entre manos. Roland no caminaba a su lado, sino detrás de ella. No se le podía confundir con su marido. Estaba allí con un único cometido: proteger a *madame* Sophie Antonov, la nueva ocupante del célebre palacio de la Baie de la Cavalaire.

De pronto oyó que alguien la llamaba por su nombre desde un café del *boulevard* Vasserot.

—¡*Madame* Sophie! ¡*Madame* Sophie! Soy yo, Nicolas. ¡Aquí, *madame* Sophie!

Levantó la mirada y vio a Christopher Keller saludándola desde una mesa de Le Clemenceau. Cruzó la calle sonriendo, seguida de cerca por Roland Girard. Keller se levantó y le ofreció una silla. Cuando Natalie se sentó, Roland regresó a la *place* des Lices y se apostó a la sombra moteada de un plátano.

—Qué sorpresa tan agradable —dijo Keller cuando se quedaron solos.

—Sí, en efecto —repuso ella con frialdad, en el tono que adoptaba *madame* Sophie cuando hablaba con subalternos de su marido—. ¿Qué le trae por el pueblo?

—Un recado. ¿Y a usted?

—Quería comprar un poco. —Paseó la mirada por el merca-dillo—. ¿Hay alguien mirando?

—Claro que sí, *madame* Sophie. Ha causado usted sensación.

—De eso se trataba, ¿no?

Keller bebía un Campari.

—¿Ha tenido oportunidad de visitar alguna galería de arte? —preguntó.

—Todavía no.

—Pues hay una bastante buena cerca del Puerto Viejo. Me en-cantaría enseñársela. Está a cinco minutos andando, como mucho.

—¿La propietaria estará allí?

—Sí, yo diría que sí.

—¿Cómo quiere nuestro amigo que lo plantee?

—Parece creer que conviene empezar con un desaire.

Natalie sonrió.

—Me parece que para *madame* Sophie eso es pan comido.

Se dirigieron a pie al Puerto Viejo, pasando ante la hilera de tiendas que flanqueaban la *rue* Gambetta. Keller vestía pantalones blancos, mocasines negros y jersey negro ajustado. Muy moreno y con el pelo engominado, tenía un aspecto absolutamente diso-luto. Natalie, en su papel de *madame* Sophie, afectaba un pro-fundo aburrimiento. Se detuvo delante de varios escaparates, entre ellos una *boutique* que llevaba el nombre de Olivia Watson, mien-tras Roland Girard, su guardaespaldas predilecto, montaba guar-dia a su lado.

—¿Qué te parece ese? —preguntó señalando un vestido de gasa como un salto de cama que colgaba de un maniquí sin ca-beza—. ¿Crees que Dmitri se fijará en mí si me lo pongo? ¿O qué tal ese otro? Puede que en ese sí se fije.

Recibió en respuesta un silencio profesional y siguió ade-lante, balanceando su bolso como una niña mimada. Yossi Gavish y Rimona Stern caminaban hacia ellos por la estrecha callejuela, cogidos de la mano y riéndose de alguna broma que solo ellos conocían. Dina Sarid contemplaba unas sandalias en el escaparate de Minelli y, un poco más allá, Natalie vio a Eli Lavon, que entraba en una farmacia con la urgencia de un hombre cuyos intestinos se hallan en pie de guerra.

Por fin llegaron a la *place* de l'Ormeau. No era una auténtica plaza, como la *place* des Lices, sino un pequeño triángulo formado por el cruce de tres calles. En el centro había una vieja fuente a la que daba sombra un solo árbol. A un lado había una tienda de ropa; al otro, un café. Y junto al café se alzaba el bonito edificio de cuatro plantas —grande para los estándares de Saint-Tropez y de un gris claro en vez de ocre— que albergaba la Galerie Olivia Watson.

La gruesa puerta de madera estaba cerrada. Junto a ella había una placa de latón que informaba en inglés y francés de que los fondos de la galería solo podían verse mediante cita previa. En el escaparate se exhibían tres cuadros: un Lichtenstein, un Basquiat y una obra del pintor y escultor francés Jean Dubuffet. Natalie se acercó a mirar de cerca el Basquiat mientras Keller echaba un vistazo a su móvil. Pasado un momento, notó que había alguien a su espalda. Un embriagador perfume a lilas la convenció de que no se trataba de Roland Girard.

—Precioso, ¿verdad? —preguntó en francés una voz de mujer.

—¿El Basquiat?

—Sí.

—La verdad es que prefiero el Dubuffet —contestó Natalie sin darse la vuelta.

—Tiene buen gusto.

Natalie se volvió sin prisas y contempló la cuarta obra de arte que se exhibía a escasos centímetros de ella en la *place* de l'Ormeau. Era sorprendentemente alta, tanto que Natalie tuvo que levantar los ojos para mirarla a la cara. No era guapa: era profesionalmente guapa. Hasta ese instante, Natalie no se había dado cuenta de que no era lo mismo.

—¿Le apetece verlo más de cerca? —preguntó la desconocida.

—¿Cómo dice?

—El Dubuffet. Dispongo de unos minutos antes de mi próxima cita. —Sonrió y le tendió la mano—. Disculpe, debería haberme presentado. Soy Olivia. Olivia Watson —añadió—. La galería es mía.

Natalie aceptó la mano que le tendía. Era extremadamente larga, igual que el brazo desnudo, terso y dorado, al que estaba unida. Unos ojos azules y luminosos la observaban desde un rostro tan perfecto que casi parecía irreal. Tenía una expresión de leve curiosidad.

—Usted es Sophie Antonov, ¿verdad?

—¿Nos conocemos?

—No, pero Saint-Tropez es un pueblo pequeño.

—Muy pequeño —repuso Natalie con frialdad.

—Nosotros vivimos al otro lado de la bahía, frente a ustedes —explicó Olivia Watson—. De hecho, su casa se ve desde la nuestra. Quizá les apetezca pasarse alguna vez.

—Me temo que mi esposo está terriblemente ocupado.

—Igual que Jean-Luc.

—¿Jean-Luc es su marido?

—Mi pareja —puntualizó Olivia Watson—. Es Jean-Luc Martel. Quizás haya oído hablar de él. Su marido y usted cenaron en su nueva *brasserie* de París hace un par de semanas. Les mandó una botella de champán. —Miró a Keller, que parecía absorto leyendo algo en su móvil—. Él también estuvo.

—Trabaja para mi marido.

—¿Y ese? —Olivia Watson señaló con la cabeza a Roland Girard.

—Trabaja para mí.

Los luminosos ojos azules volvieron a posarse en Natalie. Había estudiado cientos de fotografías de Olivia Watson a fin de prepararse para su primer encuentro, y sin embargo su belleza la dejó anonadada. Ahora sonreía ligeramente. Era una sonrisa maliciosa, seductora, altanera. Era muy consciente del efecto que su físico surtía sobre otras mujeres.

—Su marido colecciona arte —dijo.

—Mi marido es un empresario que valora el arte —repuso Natalie con cautela.

—Quizá le apetezca visitar la galería.

—Prefiere los Maestros Antiguos al arte moderno.

—Sí, lo sé. Causó mucho revuelo en Londres y Nueva York esta primavera. —Hurgó en su bolso y sacó una tarjeta de visita, que le tendió a Natalie—. Mi número privado está al dorso. Tengo algunas piezas especiales que tal vez sean del interés de su marido. Y, por favor, vengan a comer a casa este fin de semana. Jean-Luc está deseando conocerlos.

—Ya tenemos planes para este fin de semana —contestó Natalie tajantemente—. Buenos días, *madame* Wilson. Ha sido un placer conocerla.

—Watson —dijo Olivia mientras Natalie se alejaba—. Me llamo Olivia Watson.

Sostenía aún entre los dedos su tarjeta de visita. Keller se acercó y se la quitó de la mano.

—*Madame* Sophie puede ser un poco brusca a veces. Descuide, yo hablaré con el jefe. —Le tendió la mano—. Soy Nicolas, por cierto. Nicolas Carnot.

Keller regresó con Natalie y Roland Girard a la *place* des Lices y los vio subir al Maybach, que abandonó el *centre ville* unos segundos después como un negro torbellino, observado con el mismo interés por turistas y lugareños. Al quedarse solo, Keller cruzó la plaza atajando por entre los puestos del mercadillo y subió a la motocicleta Peugeot Satelis que había dejado allí. Se dirigió hacia el oeste bordeando el Golfe de Saint-Tropez y luego hacia el sur por las colinas del Var, hasta que llegó al pueblecito de Ramatuelle. El pueblo se parecía mucho a la aldea de los Orsati en el interior de

Córcega: un cúmulo de casitas de color parduzco con techumbres de teja roja, posadas a la defensiva en lo alto de un otero. Ocultas en los llanos boscosos había grandes villas. Una de ellas se llamaba La Pastorale. Keller se cercioró de que nadie le seguía antes de presentarse ante la verja de seguridad. Estaba pintada de verde y resultaba imponente. Pulsó el intercomunicador y se volvió para mirar un camión de reparto que pasaba por la carretera.

—*Oui?* —preguntó una aguda voz metálica un segundo después.

—*C'est moi* —contestó Keller—. Abrid la puñetera puerta.

La avenida, sombreada de pinos y chopos, era larga y sinuosa. Terminaba en la glorieta de gravilla de una gran casona de piedra con contraventanas amarillas. Keller se dirigió al cuarto de estar, reconvertido en centro de operaciones. Gabriel y Paul Rousseau estaban inclinados sobre la pantalla de un ordenador portátil. Rousseau (que seguía desconfiando de aquel habilidoso agente del MI6 que hablaba francés como un corso y se hallaba a sus anchas entre criminales) le saludó con una escueta inclinación de cabeza. Gabriel, en cambio, sonrió de oreja a oreja.

—Bien hecho, *monsieur* Carnot. Coger la tarjeta de visita fue un toque bonito.

—Las primeras impresiones son importantes.

—Sí, en efecto. Escucha esto.

Gabriel tocó el teclado del portátil y unos segundos después se oyó la voz airada de una mujer. Hablaba a gritos, en un francés fluido y coloquial pero con un inconfundible acento británico.

—¿Con quién habla?

—Con Jean-Luc Martel, claro.

—¿Cómo se lo ha tomado él?

—Ahora verás.

Keller dio un respingo cuando la voz de Martel retumbó en los altavoces.

—Está claro —comentó Gabriel— que no está acostumbrado a que le digan que no.

—¿Cuál es el siguiente paso?

—Otro desaire. Varios, de hecho.

Los altavoces quedaron en silencio cuando Olivia Watson, tras soltar una última andanada de improperios, puso fin a la llamada. Keller se acercó a los monitores de vídeo y vio entrar un Mercedes Maybach en una villa palaciega junto al mar. Una mujer se apeó del coche y recorrió las cavernosas habitaciones de la casa, adornadas con cuadros de Maestros Antiguos, hasta llegar a una terraza que daba a una piscina del tamaño de una laguna. Un hombre sesteaba allí, con la piel pálida enrojecida por el asalto impenitente del sol. La mujer le dijo al oído algo que los micrófonos no captaron y le condujo arriba, a una habitación en la que no había cámaras. Keller sonrió cuando se cerró la puerta. Tal vez hubiera esperanzas para *madame* Sophie y *monsieur* Antonov, a fin de cuentas.

29

COSTA AZUL, FRANCIA

No era cierto que *madame* Sophie y *monsieur* Antonov tuvieran planes ese fin de semana. Pero de alguna forma, con ayuda de una mano oculta o quizá por arte de magia, esos planes se materializaron. De hecho, apenas se había puesto el sol una deliciosa tarde de viernes cuando los faros de los coches se extendieron por la ribera de la Baie de Cavalaire como una sarta de diamantes, camino de las puertas de Villa Soleil, que refulgía, centelleaba y palpitaba al ritmo de una música tan estruendosa que podía oírse desde el otro lado de la bahía, de lo cual, precisamente, se trataba. Los invitados eran de lo más variopinto. Había entre ellos actores, escritores, aristócratas venidos a menos y ladrones. Estaba el hijo de un fabricante de coches italiano que llegó acompañado por un séquito de mujeres semidesnudas, y una estrella del pop que no había vuelto a apuntarse un solo éxito desde que la música se pasó al formato digital. La mitad del mundillo del arte londinense estaba allí, junto con un contingente venido de Nueva York, que, según se rumoreaba, había llegado a bordo del *jet* privado del anfitrión. Había también muchos otros invitados que más tarde reconocerían que no habían recibido invitación alguna. Aquellos seres inferiores se habían enterado del sarao a través de los canales de costumbre (los mentideros de la Riviera y las redes sociales) y se habían presentado sin más ante las doradas puertas de *monsieur* Antonov.

Si estuvo presente esa noche, no se vio ni rastro de él. De hecho, ningún invitado pudo asegurar que le hubiera visto con sus propios ojos. Incluso Julian Isherwood, su asesor artístico, ignoraba su paradero. Isherwood se encargó de mostrar la impresionante colección de Maestros Antiguos de la casa a los escasos invitados que se interesaron por verla. Luego, como todos los demás, procedió a emborracharse de firme. A medianoche no quedaba nada del bufé y las mujeres se bañaban desnudas en la piscina y las fuentes. Hubo una pelea a puñetazos, se perpetró un acto sexual en público y alguien amenazó con poner una demanda. Afloraron viejas rivalidades, hubo matrimonios que se vinieron abajo y numerosos automóviles de primera clase sufrieron desperfectos. Todo el mundo convino en que se lo habían pasado en grande.

Pero la fiesta no concluyó esa noche: simplemente, sufrió un breve receso. A última hora de la mañana siguiente, los coches volvieron a atascar las carreteras y una flotilla de yates blancos ancló frente al muelle de Villa Soleil, atendido por el personal marítimo de *monsieur* Antonov. Los festejos de la segunda noche fueron peores que los de la primera, debido a que la mayoría de los invitados llegaron borrachos o aún no se habían sacudido la borrachera de la noche anterior. La nutrida cuadrilla de guardias de seguridad de *monsieur* Antonov vigilaba los cuadros, y se encargó de expulsar expeditivamente a algunos de los invitados más pendencieros. Aun así, no hubo nadie que estrechara la mano del anfitrión ni que le viera, aunque fuese de lejos. Hubo, eso sí, una divorciada estadounidense de mediana edad y piel del color del cuero curtido que aseguró haberle visto observando la fiesta, en plan Gatsby, desde una terraza privada de los confines superiores de su palacio, pero en ese momento estaba bastante bebida y nadie hizo caso de su relato. Contrariada, intentó ligar torpemente con un guapo y joven piloto de fórmula uno y, por último, tuvo que contentarse con la compañía de Oliver Dimbleby. Se los vio por última vez perdiéndose en la oscuridad mientras Oliver apoyaba la mano en su trasero.

El domingo hubo un *brunch* regado con champán, después de lo cual los últimos invitados se dispersaron. Los que aún podían caminar se dirigieron por su propio pie a la puerta, y los comatosos e impedidos partieron por otros medios. Acto seguido, un batallón de operarios se encargó de borrar todo rastro de los desmanes del fin de semana. Y el lunes por la mañana, *monsieur* Antonov y *madame* Sophie se hallaban de nuevo en su sitio de costumbre en la terraza con vistas a la piscina, él absorto en su tableta y ella enfrascada en sus pensamientos. A mediodía, *madame* Sophie se fue al pueblo acompañada por Roland Girard y comió con *monsieur* Carnot en un restaurante del Puerto Viejo cuyo propietario era Jean-Luc Martel. Olivia Watson almorzó con una amiga casi tan bella como ella unas mesas más allá. Al marcharse pasó junto a la mesa de *madame* Sophie sin dirigirle la palabra ni mirarla siquiera, aunque *monsieur* Carnot creyó oír una palabrota de tal calibre que ni siquiera él, que era un crápula, osaba pronunciar.

El fin de semana siguiente hubo otra fiesta, menos concurrida pero igual de obscena, y a la semana siguiente un sarao que marcó un hito histórico de quejas a los gendarmes en la Costa Azul, después de lo cual los Antonov declararon por fin un alto el fuego y la vida en la Baie de Cavalaire retornó a la normalidad. Los Antonov permanecían casi siempre enclaustrados en Villa Soleil, pero un par de veces por semana, tras correr un rato en la cinta andadora, *madame* Sophie montaba en su Maybach para ir a Saint-Tropez de compras o a comer. Normalmente comía con Roland Girard o *monsieur* Carnot, aunque en dos ocasiones se la vio también con un inglés alto y bronceado que había alquilado una villa para el verano cerca del pueblecito de Ramatuelle. Al parecer, *madame* Sophie adoraba a su esposa, una mujer voluptuosa y proclive al sarcasmo.

El británico y su esposa no eran los únicos ocupantes de la villa. Había además una mujer menuda de cabello oscuro que padecía una leve cojera y daba la impresión de haber enviudado tempranamente; un hombre esquivo y entrado en años que al parecer nunca se ponía dos veces la misma ropa; y un individuo de aspecto rudo, con la cara picada de viruela, que siempre parecía a punto de utilizar la violencia. Había, además, un francés con aspecto de catedrático que apestaba las habitaciones de la villa con su eterna pipa, y un hombre de sienes plateadas y ojos verdes que rogaba constantemente al francés que adoptara otro hábito, a ser posible menos dañino para la salud del prójimo.

Los moradores de la villa no parecían tener tiempo libre, ni dedicarse a entretenimientos frívolos. Estaban allí por motivos muy serios. El francés con aspecto de profesor y el hombre de los ojos verdes parecían hallarse en pie de igualdad, pero en la práctica el francés seguía casi siempre el consejo de su compañero. Ambos pasaban mucho tiempo fuera de la villa. El francés, por ejemplo, iba y venía entre París y Provenza, mientras que el hombre de los ojos verdes hizo varios viajes clandestinos a Tel Aviv. También viajó a Londres, donde negoció las condiciones de la siguiente fase de su plan, y a Washington, donde le reprocharon su lentitud. Él, sin embargo, perdonó el mal humor de su homólogo americano. Los estadounidenses estaban acostumbrados a resolverlo todo apretando un botón. La paciencia no se encontraba entre sus virtudes.

El hombre de los ojos verdes, en cambio, era la paciencia personificada, sobre todo cuando estaba en la villa de Ramatuelle. Las excentricidades de *monsieur* Antonov y *madame* Sophie le traían sin cuidado. Quien le obsesionaba era la bella inglesa propietaria de la galería de arte de la *place* de l'Ormeau. Con ayuda de otros inquilinos de la villa, la vigilaba día y noche. Y con ayuda de su amigo el americano, escuchaba cada una de sus conversaciones telefónicas y leía todos sus mensajes de texto y su correo electrónico.

Olivia Watson detestaba a la escandalosa pareja que se había instalado al otro lado de la Baie de Cavalaire, eso saltaba a la vista, pero al mismo tiempo se moría de ganas de conocerlos. No se explicaba, sobre todo, por qué toda la «gente guapa» del sur de Francia había sido invitada a la villa de los Antonov y ella no. Su célebre novio se preguntaba lo mismo. A fin de cuentas, él también era famoso. Famoso de verdad, no como uno de esos farsantes que se las ingeniaban para entrar en la dudosa órbita de los Antonov. Hizo discretas averiguaciones acerca de su nuevo vecino y del origen de su considerable riqueza y, cuanto más oía, más se convencía de que *monsieur* Dmitri Antonov y él eran almas gemelas. Pidió a su novia que les extendiera otra invitación. Ella contestó que prefería cortarse las venas a pasar un solo minuto en compañía de aquel mal bicho del otro lado de la bahía, o algo por el estilo.

Entre tanto, el hombre de ojos verdes aguardaba el momento oportuno. Vigilaba cada movimiento de Olivia Watson, escuchaba cada palabra suya y leía cada uno de sus mensajes electrónicos. Y se preguntaba si, a fin de cuentas, era merecedora de su obsesión. ¿Era la chica de sus sueños de espía o le rompería el corazón? ¿Se sometería voluntariamente o sería necesario emplear la fuerza? En caso de que así fuera, tenía fuerza en abundancia: por de pronto, los cuarenta y ocho lienzos en blanco que había encontrado en la Zona Franca de Ginebra. Confiaba, sin embargo, en no tener que llegar a ese extremo. Pensaba en ella como en un cuadro necesitado de restauración urgente. Le ofrecería sus servicios y, si era lo bastante necia para rechazarlos, tal vez las cosas se pusieran desagradables.

Al llegar la segunda semana de julio, ya había visto y oído suficiente. Se acercaba la festividad del 14 de julio, después de la cual comenzaría la recta final de la temporada veraniega. Pero ¿cómo solventar el cisma que él mismo había creado? La única forma de conseguirlo —concluyó— era una invitación formal. La escribió él mismo, con una letra tan precisa que parecía salida de una impresora láser, y se la dio a *monsieur* Carnot para que la entregara en la galería de la *place* de l'Ormeau, cosa que hizo a las once y cuarto de una idílica mañana provenzal. Al día siguiente, a mediodía, recibieron la respuesta que esperaban. Jean-Luc Martel, hotelero, restaurador, empresario de moda, joyero y narcotraficante internacional, iría a almorzar a Villa Soleil. Y Olivia Watson, la chica de los sueños de Gabriel, iría con él.

30

COSTA AZUL, FRANCIA

—¿Qué opinas, cariño? ¿Con pistola o sin ella?

Mikhail se estaba mirando al espejo de cuerpo entero del vestidor. Llevaba un traje de lino oscuro (demasiado oscuro para la ocasión y el calor que hacía, excesivo incluso para la Costa Azul) y una camisa blanca desabrochada a la altura del esternón. Solo sus zapatos, unos mocasines de mil quinientos euros que llevaba sin calcetines, eran del todo apropiados. Sus gemelos de oro conjuntaban con el reloj de pulsera que lucía en la muñcca, semejante a un barómetro colocado fuera de sitio. Se lo había hecho ex profeso su hombre en Ginebra y solo le había costado millón y medio: una ganga.

—Sin —contestó Natalie—. Podría dar lugar a equívocos.

De pie a su lado, su imagen se reflejaba en el mismo espejo. Llevaba un vestido blanco sin mangas y más joyas de las necesarias para un almuerzo en el jardín. Se había expuesto demasiado al sol y estaba muy morena, tanto que el color de su piel contrastaba con el de su cabello, que se había aclarado varios tonos antes de partir de Tel Aviv.

—¿Crees que alguna vez se volverá aburrido?

—¿El qué?

—Vivir así.

—Supongo que eso depende de cuál sea la alternativa.

En ese momento vibró el móvil de Natalie.

—¿Qué pasa?

—Martel y Olivia acaban de salir de su casa.

Mikhail miró su reloj con el ceño fruncido.

—Hace veinte minutos que tendrían que haber llegado.

—Hora JLM —repuso Natalie.

El móvil vibró de nuevo.

—¿Y ahora qué?

—Dicen que estamos muy guapos.

Natalie le besó en la mejilla y salió. Abajo, en la terraza en sombra, tres empleados domésticos del Grupo Alfa estaban poniendo la mesa con un esmero poco habitual en ellos. Al otro lado de la terraza, Christopher Keller bebía vino rosado. Natalie sacó un Marlboro del paquete de Keller y se dirigió a él en francés.

—¿Ni siquiera puedes fingir que estás un poco nervioso?

—La verdad es que me muero de ganas de conocerle al fin. Y aquí llega.

Natalie miró hacia el horizonte y vio que un par de Range Rovers negros se acercaban bordeando la bahía. En uno iban Martel y Olivia; en el otro, su escolta.

—Guardaespaldas para comer —comentó con el desdén propio de *madame* Sophie—. Qué palurdos.

Encendió el cigarrillo y fumó un momento sin toser.

—Se te da bastante bien.

—Es un hábito asqueroso.

—Mejor que otros. De hecho, se me ocurren unos cuantos mucho peores. —Keller dirigió una mirada a los Range Rovers—. En serio, tiene usted que relajarse, *madame* Sophie. A fin de cuentas, es una fiesta.

—Jean-Luc Martel y yo somos de la misma parte de Francia. Temo que en cuanto me vea se dé cuenta de que soy una judía de Marsella.

—Verá lo que tú quieras que vea. Además —dijo Keller—, si conseguiste convencer a Saladino de que eras palestina, puedes hacer cualquier cosa.

Natalie se esforzó por no toser y observó cómo los sirvientes del Grupo Alfa daban los últimos toques a la mesa.

—¿*Velas?* ¿Por qué? —murmuró—. Estamos perdidos.

Durante las últimas horas de preparación del esperado encuentro entre Jean-Luc Martel y *monsieur* Dmitri Antonov, Gabriel y Paul Rousseau habían mantenido una discusión singularmente acalorada acerca de lo que en principio parecía un detalle banal. Concretamente, si la imponente verja de Villa Soleil debía estar abierta cuando llegara Martel o cerrada, lo que equivaldría a colocar ante él, metafóricamente, un último escollo que salvar. Rousseau defendía una bienvenida cordial. Martel —razonaba Rousseau— ya había sufrido bastante. Gabriel, en cambio, se mostraba menos complaciente y, tras debatir unos minutos, su opinión prevaleció sobre la de Rousseau: dejarían la puerta cerrada.

—Y que llame al timbre como todo el mundo —remachó Gabriel—. En lo que a Dmitri Antonov se refiere, Martel es un don nadie. Es importante que le tratemos como tal.

Y así fue como, a la una y veinte de la tarde, el chófer de Martel tuvo que pulsar el botón del intercomunicador no una, sino dos veces antes de que la verja de Villa Soleil se abriera por fin con un chirrido poco hospitalario. Roland Girard, ataviado con traje oscuro y corbata, se asaba a fuego lento en la glorieta inundada de sol, con una radio pegada a la oreja. Fue, por tanto, la cara de un agente del Grupo Alfa y no la de su anfitrión la que vio Martel cuando salió de la parte trasera de su coche, con un traje de popelina blanco como un pastel de bodas y su característica mata de pelo agitada por los remolinos de aire caliente que giraban en torno a la fuente de agua danzarina e iban a morir en ella. Seis cámaras grabaron su llegada y el transmisor que llevaba Roland Girard captó una tensa conversación relativa al destino de sus guardaespaldas. Martel, por lo visto, quería que entraran con él en la villa, a lo que Girard se negó educadamente, pero con firmeza.

Martel, indignado, dio media vuelta y cruzó la explanada con la velocidad de un depredador y el aire de perdonavidas de un gánster o una estrella de *rock*. De Olivia ni siquiera pareció acordarse. Ella le siguió a unos pasos de distancia, como si preparara ya una disculpa para justificar su proceder.

Los Antonov se hallaban ya de pie a la sombra del pórtico, con la actitud de quien posa para una fotografía, como así era, en efecto. Se saludaron conforme a las convenciones de género: *madame* Sophie dio la bienvenida a Olivia Watson como si su gélido encuentro frente a la galería de arte no hubiera tenido lugar, y Martel y Dmitri Antonov se estrecharon la mano como rivales que se prepararan para machacarse mutuamente en el campo de juego. Con una tensa sonrisa, Martel aseguró que había oído hablar mucho de *monsieur* Antonov y que le alegraba conocerle por fin. Lo hizo en inglés, lo que daba a entender que sabía que *monsieur* Antonov no hablaba francés.

—Su villa es magnífica. Pero seguro que conoce usted su historia.

—Me han dicho que perteneció en tiempos a un miembro de la familia real británica.

—Yo me refería a Ivan Kharkov.

—En realidad, ese fue uno de los motivos por los que me animé a quitársela de las manos al estado francés.

—¿Conocía usted a *monsieur* Kharkov?

—Me temo que Ivan y yo nos movíamos en círculos muy distintos.

—Yo le conocía bastante bien —se jactó Martel mientras cruzaba junto a su anfitrión el vestíbulo principal de la casa, seguido por *madame* Sophie y Olivia, bajo la atenta mirada de los ojos sin párpado de las cámaras de vigilancia—. Los Kharkov frecuentaban mucho mis restaurantes de Saint-Tropez y París. Fue terrible cómo murió.

—Los israelíes andaban detrás de su muerte. Por lo menos, eso se rumoreaba.

—Era algo más que un rumor.

—Parece usted muy seguro.

—Pasan pocas cosas en la Costa Azul de las que yo no me entere.

Salieron a la terraza, entre cuyas columnas aguardaba el último invitado a la comida.

—Jean-Luc Martel, le presento a Nicolas Carnot. Nicolas es mi consejero y colaborador más cercano. Es de Córcega, pero no se lo tenga en cuenta.

En la villa de las afueras de Ramatuelle, Gabriel observaba atentamente la escena mientras Jean-Luc Martel aceptaba la mano que le tendía Keller. Siguieron unos segundos de tensión en tanto los dos hombres se calibraban el uno al otro como solo dos personas de origen, formación y aspiraciones parecidas podían hacerlo. Saltaba a la vista que Martel percibía cierta afinidad en aquel corso de aspecto implacable. Le presentó a Olivia, quien explicó que ya habían coincidido otras dos veces en la galería. Martel, sin embargo, no le prestó atención: estaba admirando la botella de Bandol rosado puesta a enfriar en el cubo de hielo. Que apreciara la elección de aquel vino no era casualidad: ocupaba un lugar destacado en la carta de sus bares y restaurantes, y Gabriel había pedido cajas suficientes como para mantener a flote un mercante cargado de hachís.

Se sentaron, por sugerencia de *madame* Sophie, en los sillones y sofás dispuestos en un extremo de la terraza. Ella se mostró fría y distante como si observara la escena desde lejos, igual que hacía Gabriel de pie ante los monitores de vídeo, con la cabeza ligeramente ladeada y una mano posada en la barbilla. Con la otra se apretaba los riñones doloridos. Eli Lavon se hallaba a su lado, y junto a Lavon estaba Paul Rousseau. Observaron con nerviosismo mientras un agente del Grupo Alfa ataviado con un impecable blusón blanco retiraba una botella de vino vacía del cubo de

215

hielo y la reemplazaba por otra. *Madame* Sophie le ordenó en voz baja que llevara los aperitivos. El agente consiguió hacerlo sin causar víctimas ni daños colaterales. Aliviado, Paul Rousseau cargó su pipa y expelió una nube de humo hacia las pantallas. *Madame* Sophie también parecía aliviada. Encendió un Gitanes y, sirviéndose del anular y el pulgar, se quitó discretamente una hebra de tabaco de la punta de la lengua.

La conversación transcurrió en tono amable aunque reservado, como pretendía Gabriel. Hablaron en inglés por cortesía hacia Dmitri Antonov, con alguna que otra ráfaga de francés que dejaba momentáneamente al ruso fuera de la conversación. Él, sin embargo, no se lo tomaba a mal. Por el contrario, parecía disfrutar del silencio, que le permitía descansar de las insistentes preguntas de Martel acerca de sus negocios. Explicó que había hecho mucho dinero comerciando con materias primas de origen ruso y que había logrado hacer efectivas sus ganancias antes de la Gran Recesión y la caída en picado de los precios del petróleo. Recientemente se había embarcado en diversos negocios con Asia y los países occidentales, algunos de los cuales —añadió— habían resultado muy lucrativos.

—Eso salta a la vista —comentó Martel echando un vistazo a su alrededor.

Monsieur Antonov se limitó a sonreír.

—¿En qué tipo de bienes invierte?

—En lo habitual —contestó ambiguamente—. Sobre todo, me he dedicado a satisfacer mi pasión por el arte.

—A Olivia y a mí nos encantaría ver su colección.

—Después de comer, quizá.

—Debería echar un vistazo a los fondos de la galería. Olivia tiene algunas piezas magníficas.

—Me encantaría.

—¿Cuándo le viene bien? —preguntó Martel.

—Mañana —contestó Gabriel dirigiéndose a las pantallas, y unos segundos después Dmitri Antonov respondió:

—Me pasaré por allí mañana, si les parece.

Dicho esto, se dirigieron a la mesa para almorzar. De nuevo, Gabriel no había escatimado en gastos ni había dejado nada al azar. De hecho, había contratado al chef de un conocido restaurante parisino, que había llegado a Provenza en avión privado expresamente para la ocasión. *Madame* Sophie había elegido el menú. Patatas glaseadas templadas con caviar, tapioca y hierbas aromáticas; cintas de atún claro con aguacate, rábano picante y salsa de jengibre; vieiras con coliflor caramelizada y emulsión de alcaparras; y lubina con costra de frutos secos y semillas y salsa agridulce. Martel, impresionado, pidió conocer al chef. *Madame* Sophie encendió otro Gitanes y rehusó presentárselo. El cocinero y su personal —explicó— tenían prohibido salir de la cocina.

Durante la sobremesa, la conversación derivó hacia cuestiones políticas. Las elecciones estadounidenses, la guerra siria, los atentados del ISIS en Europa. Al salir a relucir el islam, Martel pareció animarse de pronto. La Francia de antaño había desaparecido, se lamentó amargamente. Pronto no sería más que otra avanzadilla del islam magrebí. A Gabriel, su actuación le pareció bastante convincente. Olivia, por su parte, parecía pensar lo contrario. Aburrida, le preguntó a *madame* Sophie si podía coger un cigarrillo.

—Jean-Luc tiene unas opiniones muy contundentes respecto a la cuestión de las minorías en Francia —le dijo en tono confidencial—. A mí me gusta recordarle que, si no fuera por los árabes y los africanos, no habría nadie que fregara los platos en sus restaurantes o que cambiara las sábanas en sus hoteles.

La expresión que adoptó *madame* Sophie dejó claro que aquel tema no era de su agrado. Pidió a los criados del Grupo Alfa que sirvieran el café. Para entonces eran ya casi las cinco de la tarde. Convinieron en dejar la visita a la colección de arte de Antonov para otra ocasión, aunque vieron varios cuadros mientras cruzaban sin prisas los vastos salones y los pasillos pintados de rosa, observados por las cámaras de vigilancia.

—¿De verdad le interesa ir mañana a la galería? —preguntó Olivia al detenerse a contemplar los dos paisajes venecianos de Guardi.

—Desde luego —contestó Dmitri Antonov.

—Estoy libre a las once.

—Mejor por la tarde —dijo Gabriel dirigiéndose de nuevo a las pantallas, y Dmitri Antonov procedió a explicar que tenía que hacer varias llamadas importantes por la mañana y que prefería visitar la galería después de comer.

—Si le parece bien.

—Sí.

—*Monsieur* Carnot se encargará de todo. Creo que tiene su número.

Los Antonov se despidieron de sus invitados en el pórtico, que ya no estaba en sombras sino bañado por una delicada luz anaranjada. Un momento después se hallaban de nuevo en la terraza, viendo cómo los Range Rovers negros se alejaban hacia la villa del otro lado de la Baie de Cavalaire. El móvil de *madame* Sophie vibró un segundo después.

—¿Qué dice? —preguntó su marido.

—Dice que hemos estado perfectos.

—¿Se han divertido?

—Martel está convencido de que eres un traficante de armas que se hace pasar por un empresario irreprochable.

—¿Y Olivia?

—Está deseando que llegue mañana.

Con una sonrisa en los labios, Dmitri Antonov se quitó el traje y bajó a darse un baño en la piscina. Madame Sophie y *monsieur* Carnot le observaron desde la terraza mientras se acababan lo que quedaba del vino. El teléfono de ella vibró de nuevo. Había recibido otro mensaje.

—¿Qué pasa ahora? —preguntó *monsieur* Carnot.

—Por lo visto, Martel opina que parezco judía. —Encendió otro cigarrillo y sonrió—. Lo mismo dijo Saladino.

31

SAINT-TROPEZ, FRANCIA

A la mañana siguiente, a las diez, la *place* de l'Ormeau estaba desierta, con la única excepción de un hombre de edad madura que se lavaba las manos en el hilillo de agua que salía de la fuente. Olivia creía haberle visto una o dos veces por el pueblo, pero al mirarle más atentamente llegó a la conclusión de que se equivocaba. El calor de los adoquines acarició sus pies enfundados en sandalias cuando cruzó la plaza camino de la galería. Sacó sus llaves del bolso, abrió la puerta de madera y entró en el estrecho vestíbulo. Abrió a continuación la puerta de cristal blindado y, al cruzarla, desactivó la alarma. Cerró la puerta a su espalda y el mecanismo de cierre se activó automáticamente.

El interior de la galería, oscuro y fresco, ofrecía un agradable refugio en el que cobijarse del calor de fuera. En su despacho privado, Olivia pulsó el interruptor que abría las persianas y los cierres de seguridad. Luego, como tenía por costumbre, subió a la sala de exposición para asegurarse de que no faltaba nada. El Lichtenstein, el Basquiat y el Dubuffet del escaparate no eran más que una muestra de los fondos de la galería. Su sustanciosa colección incluía obras de Warhol, Twombly, De Kooning, Gerhard Richter y Pollock, además de cuadros de numerosos artistas franceses y españoles contemporáneos. Había comprado con acierto y se había granjeado una clientela fija entre los megarricos de la Costa Azul: como Dmitri Antonov, se dijo. Era un logro extraordinario para una mujer sin titulación universitaria ni formación artística alguna. Y pensar que unos años antes regía una diminuta galería que vendía garabatos de pintores locales a los turistas sudorosos que se bajaban de los cruceros y los autobuses... A veces se permitía el lujo de pensar que había llegado hasta donde estaba gracias a su tesón y a su perspicacia para los negocios, pero en el fondo sabía que no era así. Se lo debía todo a Jean-Luc. Ella había puesto nombre y cara a la galería, pero quien la había comprado y pagado era Jean-Luc Martel. Igual que la había comprado a ella.

Tras cerciorarse de que su colección había sobrevivido intacta a esa noche, bajó de nuevo las escaleras y en la planta de abajo encontró a Monique, la recepcionista, preparándose un café con leche en la cafetera automática. Era una chica de veinticuatro años, flaca y de pechos pequeños como una bailarina de Degas. Por las noches trabajaba como camarera en uno de los restaurantes de Jean-Luc. Daba la impresión de haberse acostado muy tarde, lo que, tratándose de ella, sucedía con mucha frecuencia.

—¿Quieres? —preguntó cuando la leche caliente de la máquina acabó de borbotear y salpicar su vaso.

—Sí, por favor.

Monique le pasó el café y preparó otro para ella.

—¿Hay alguna cita esta mañana?

—¿Eso no tendrías que decírmelo tú?

Monique hizo una mueca.

—¿Quién ha sido esta vez?

—Un americano. *Absolutamente* encantador. Es de Virginia o algo así. —Pronunciado por ella, aquel nombre sonaba como el del lugar más exótico y sensual del mundo—. Es criador de caballos.

—Creía que odiabas a los americanos.

—Claro que los odio. Pero este estaba forrado.

—¿Vas a volver a verle?

—A lo mejor esta noche.

«O a lo mejor no», pensó Olivia. Ella había sido en tiempos una chica como Monique. Tal vez todavía lo era.

—Si consultas la agenda —dijo—, estoy segura de que descubrirás que *herr* Müller viene a las once.

Monique arrugó el entrecejo.

—A *herr* Müller le gusta mirarme las tetas.

—A mí también me las mira.

De hecho, *herr* Müller parecía disfrutar más mirándola a ella que mirando sus cuadros. Y no era el único. Su físico era una ventaja en muchos aspectos, pero de vez en cuando también se le antojaba una distracción y una pérdida de tiempo. Había hombres ricos, y no tan ricos, que pedían cita en la galería con el solo objeto de pasar unos minutos en su presencia. Algunos tenían la desfachatez de hacerle proposiciones. Otros huían sin hacer explícitas sus verdaderas intenciones. Olivia había aprendido hacía mucho tiempo a dar la clara impresión de estar comprometida. Aunque técnicamente soltera, era la pareja de JLM. En Francia todo el mundo lo sabía. Era como si lo llevara estampado en la frente.

Monique se sentó tras la mesa de cristal de recepción, ocupada únicamente por un teléfono y una agenda. Olivia no le confiaba muchas más cosas. Se encargaba ella misma de todos los asuntos administrativos de la galería con ayuda de Jean-Luc. Monique no era más que otra obra de arte, un cuadro que, de querer hacerlo, podía contestar al teléfono. Había sido Jean-Luc y no Olivia quien le había dado trabajo en la galería. Olivia estaba convencida de que eran amantes, pero no le guardaba rencor a Monique. De hecho, le daba un poco de pena. La cosa acabaría mal. Siempre acababa mal.

Herr Müller llegó diez minutos tarde, cosa rara en él. Era gordo, colorado y olía al vino de la noche anterior. Su cara presentaba una expresión de perpetuo asombro, debido a un reciente encontronazo con un cirujano plástico de Zúrich. Estaba interesado en un cuadro del pintor estadounidense Philip Guston. Una obra parecida se había vendido recientemente por veinticinco millones en Estados Unidos. *Herr* Müller confiaba en que Olivia le vendiera el cuadro por quince. Pero Olivia le dijo que no.

—¡Pero necesito tener ese cuadro! —exclamó él mientras le miraba descaradamente la pechera dc la blusa.

—Entonces tendrá que buscar otros cinco millones.

—Deje que lo consulte con la almohada. Mientras tanto, no deje que nadie más lo vea.

—La verdad es que pienso enseñarlo esta misma tarde.

—¡Demonios! ¿Y a quién?

—Por favor, *herr* Müller, eso sería una indiscreción.

—¿No será a ese tal Antonov?

Olivia se quedó callada.

—Estuve en una fiesta en su casa hace poco. Sobreviví a duras penas. Otros no tuvieron tanta suerte. —Se mordisqueó el labio—. Dieciséis. Y es mi última oferta.

—Creo que prefiero arriesgarme con *monsieur* Antonov.

—¡Lo sabía!

A las doce y media, en plena canícula, Olivia logró desembarazarse de él. Cuando regresó a su mesa vio que tenía un mensaje de texto de Jean-Luc. Se disponía a subir a su helicóptero para ir a Niza, donde pasaría toda la tarde reunido. Olivia le envió otro mensaje, pero no recibió respuesta y supuso que ya habría despegado.

Dejó el teléfono sobre la mesa. Pasados unos segundos, se puso a sonar. Olivia no reconoció el número, pero aun así aceptó la llamada y se llevó el teléfono a la oreja.

—*Bonjour.*

—¿*Madame* Watson?

—Sí.

—Soy Nicolas Carnot. Comimos juntos ayer en...

—Sí, claro. ¿Qué tal?

—Quería saber si aún tiene tiempo para enseñarle su colección a *monsieur* Antonov.

—He despejado mi agenda —mintió—. ¿A qué hora podría venir?

—¿A las dos le parece bien?

—Perfecto.

—Yo tendré que pasarme un rato antes para echar un vistazo.

—¿Cómo dice?

—*Monsieur* Antonov es muy cuidadoso en lo que a su seguridad se refiere.

—Le garantizo que mi galería es muy segura.

Hubo un silencio.

—¿A qué hora le viene bien pasarse por aquí? —preguntó ella por fin, exasperada.

—Estoy libre ahora mismo, si tiene un momento.

—De acuerdo.

—Perfecto. Ah, y una cosa más, *madame* Watson.

—¿Sí?

—Su recepcionista.

—¿Monique? ¿Qué pasa con ella?

—Mándela a hacer algún recado, que pase un rato fuera. ¿Me haría ese favor, *madame* Watson?

Cinco minutos después, la recepcionista salió por fin de la galería. Se detuvo en la plaza, que a esas horas era un horno, y miró a izquierda y derecha. Luego pasó con aire indolente junto a la mesa que ocupaba Keller en la terraza del café contiguo, con los brazos colgando como flácidas flores de tallo largo. Keller escribió un breve mensaje con el móvil y lo envió al piso franco de Ramatuelle. La respuesta llegó al instante. El helicóptero de Martel se hallaba al este de Cannes. Todo iba conforme a lo previsto.

Keller, como todo buen espía, había pagado la cuenta por anticipado. Se levantó, se acercó a la galería y presionó el timbre con el pulgar. No hubo respuesta. «Lógico», se dijo. «Una pequeña revancha». Tocó el timbre por segunda vez. Los cerrojos se abrieron con un chasquido y Keller entró por fin.

* * *

Había cambiado, Olivia estaba segura de ello. Aparentemente seguía siendo el mismo ser indiferente y escurridizo con el que había comido en casa de los Antonov: un hombre de pocas palabras y cometido incierto. Su actitud, sin embargo, había cambiado. De pronto parecía muy seguro de sí mismo y de su misión en el mundo. Al cruzar la galería se quitó las gafas de sol y se las apoyó sobre la cabeza. Lucía una sonrisa cordial, pero sus ojos azules tenían una mirada tenaz y decidida. Se dirigió a ella sin tenderle la mano para saludarla.

—Me temo que ha habido un pequeño cambio de planes. Finalmente, *monsieur* Antonov no va a poder venir.

—¿Por qué?

—Un asuntillo del que tenía que ocuparse inmediatamente. Nada grave, que conste. No hay por qué alarmarse —contestó en francés con acento corso sin que aquella amable sonrisa se le despintara de los labios.

—Entonces, ¿por qué me ha llamado? ¿Y qué hace aquí? —preguntó Olivia.

—Porque unos amigos de *monsieur* Antonov se han interesado por su galería y quieren hablar con usted en privado.

—¿Que se han interesado por mi galería? ¿A qué se refiere?

—Se trata de varias transacciones que ha efectuado últimamente. Bastante lucrativas, pero poco ortodoxas.

—Las transacciones de esta galería —replicó ella con frialdad— son de carácter privado.

—No tanto como usted cree.

Olivia sintió que empezaba a arderle la cara. Se acercó lentamente a la mesa de Monique y levantó el teléfono. Le temblaba la mano cuando marcó.

—No se moleste en llamar a su marido, Olivia. No va a contestar.

Levantó la mirada bruscamente. Keller había pronunciado aquellas palabras no en francés, sino en inglés con acento británico.

—No es mi marido —se oyó decir.

—Ah, sí, lo olvidaba. Todavía está en el aire —añadió él—. En algún punto entre Cannes y Niza. Pero hemos tomado la precaución extra de bloquear todas sus llamadas entrantes.

—¿Hemos?

—El servicio secreto británico —contestó Keller con calma—. No se preocupe, Olivia, está usted en muy buenas manos.

Ella se acercó el teléfono al oído y oyó la grabación del buzón de voz de Jean-Luc.

—Deje el teléfono, Olivia, y respire hondo. No voy a hacerle ningún daño. Estoy aquí para ayudarla. Considéreme su última oportunidad. Yo la aprovecharía si estuviera en su lugar.

Olivia dejó el teléfono en su sitio.

—Buena chica —comentó Keller.

—¿Quién es usted?

—Me llamo Nicolas Carnot y trabajo para *monsieur* Antonov. Es importante que lo recuerde. Ahora coja su bolso, su móvil y las llaves de ese precioso Range Rover suyo. Y, por favor, dese prisa, Olivia. No tenemos mucho tiempo.

32

RAMATUELLE, PROVENZA

El Range Rover estaba en el lugar de costumbre: mal aparcado en un vado, frente al restaurante de Jean-Luc en el Puerto Viejo. Olivia se sentó al volante y, siguiendo instrucciones de Keller, se dirigió hacia el oeste siguiendo el Golfe de Saint-Tropez. Pidió en dos ocasiones que le explicara por qué se interesaba el servicio secreto británico por su galería y a qué venía aquella estratagema tan complicada. Keller se limitó en ambas ocasiones a hacer un comentario sobre el paisaje y el tiempo al estilo de Nicolas Carnot, el amigo de *monsieur* Dmitri Antonov.

—¿Cómo aprendió a hablar así?

—¿Cómo?

—Como un corso.

—Mi tía Beatrice era de Córcega. Cuidado, se va a pasar el desvío.

—¿Por dónde es?

Keller señaló el desvío de Gassin y Ramatuelle. Ella dio un volantazo a la izquierda y un momento después pusieron rumbo al sur y se internaron en el accidentado paisaje campestre que separaba el golfo de la Baie de Cavalaire.

—¿Adónde me lleva?

—A ver a unos amigos de *monsieur* Antonov, por supuesto.

Ella se dio por vencida y siguió conduciendo en silencio. No volvieron a hablar hasta pasado Ramatuelle. Keller le indicó que tomara una carretera secundaria y, pasado un rato, llegaron a la entrada de la villa. La verja estaba abierta para darles la bienvenida. Olivia aparcó en la glorieta y apagó el motor.

—No es tan bonita como Villa Soleil —comentó Keller—, pero creo que le resultará bastante cómoda.

De pronto apareció un hombre junto a la puerta del conductor. Olivia le reconoció: le había visto esa misma mañana en la *place* de l'Ormeau. La ayudó a salir del Range Rover y, con un ademán, la condujo hacia la entrada de la casa. El hombre al que ella conocía como Nicolas Carnot —el que hablaba francés como un corso e inglés como un pijo del West End— caminaba a su lado.

—¿También es del servicio secreto británico?

—¿Quién?

—El que me ha abierto la puerta del coche.

—Yo no he visto a nadie.

Olivia giró la cabeza, pero el hombre había desaparecido. Tal vez hubiera sido una alucinación. Era el calor, se dijo. Era tan agobiante que estaba a punto de desmayarse.

Al acercarse a la villa, se abrió la puerta y salió Dmitri Antonov.

—¡Olivia! —exclamó como si fueran grandes amigos—. Perdona las molestias, pero me temo que no quedaba otro remedio. Ven, pasa y ponte cómoda. Ya ha llegado todo el mundo. Están deseando conocerte por fin en persona.

Dijo todo esto en su inglés con acento ruso. Olivia ignoraba si aquel acento era auténtico o fingido. En ese momento no estaba segura de nada, ni siquiera del suelo que pisaba.

Siguió a Antonov por el vestíbulo y cruzó tras él un arco que daba al cuarto de estar, amueblado cómodamente y repleto de lienzos.

Todos ellos en blanco.

Olivia sintió que le flaqueaban las piernas. *Monsieur* Antonov la sujetó y la instó a seguir adelante.

Había otros tres hombres presentes. Uno era alto, guapo, de aspecto distinguido e indudablemente británico. Hablaba en francés, en voz baja, con un individuo vestido con una arrugada chaqueta de *tweed* que parecía recién salido de una librería de lance. Guardaron ambos silencio cuando Olivia hizo su entrada y volvieron la cara hacia ella como girasoles buscando el alba. El tercer hombre, en cambio, no pareció percatarse de su llegada. Con una mano apoyada en la barbilla y la cabeza ligeramente ladeada, miraba absorto uno de los lienzos en blanco. El lienzo era del mismo tamaño que los demás, pero estaba apoyado en un caballete. Olivia advirtió que el desconocido parecía sentirse a sus anchas frente al lienzo. Era de estatura y complexión medias y tenía el cabello muy corto y canoso en las sienes. Sus ojos, fijos en la tela, eran de un extraño tono de verde.

—Creo —dijo el hombre por fin— que este es mi favorito. La técnica de dibujo es extraordinaria y el uso del color y la luz, incomparables. Envidio su paleta.

Soltó todo esto en francés, de corrido, con un acento que Olivia no supo identificar. Era una mezcla singular, con una nota de alemán y una pincelada de italiano. El hombre seguía con la mirada fija en el lienzo. Su pose no se había alterado lo más mínimo.

—La primera vez que lo vi —continuó—, pensé que era único en su especie. Pero me equivocaba. Cuadros como este parecen ser la especialidad de su galería. De hecho, hasta donde yo sé, tiene usted copado el mercado de los lienzos en blanco. —Aquellos ojos verdes se posaron por fin en ella—. Enhorabuena, Olivia. Es todo un logro.

—¿Quién es usted?

—Un amigo de *monsieur* Antonov.

—¿También pertenece al servicio secreto británico?

—¡Santo cielo, no! Pero él sí —contestó el hombre señalando al británico de aspecto distinguido—. De hecho, es el jefe del Servicio Secreto de Inteligencia, al que a veces se denomina MI6. Antes, su nombre era un secreto de estado, pero los tiempos cambian. De vez en cuando concede una entrevista y hasta permite que le fotografíen. En otra época eso habría constituido una herejía, pero ya no.

—¿Y él? —Olivia señaló con la cabeza al hombre de la arrugada chaqueta de *tweed*.

—Francés —explicó el de los ojos verdes—. Dirige el llamado Grupo Alfa. Puede que haya oído hablar de él. Su sede sufrió un atentado hace poco y varios de sus agentes perdieron la vida. Como es lógico, está muy interesado en encontrar al responsable. Y le gustaría que usted le ayudara.

—¿Yo? —preguntó ella, incrédula—. ¿Cómo?

—Se lo explicaré dentro de un momento. En cuanto a mí —añadió él—, soy el tercero en discordia. Procedo de un país del que no nos gusta hablar.

En ese instante, Olivia identificó por fin su acento.

—Es israelí.

—Eso me temo. Pero volvamos al tema que nos ocupa —se apresuró a agregar él—, es decir, a usted y su galería. Aunque en realidad no es una galería, ¿verdad que no, Olivia? Vende usted algún que otro cuadro, claro, como ese Guston que esta mañana intentó endosarle al pobre *herr* Müller por veinte millones de euros, una cifra indecente. Pero principalmente sirve como lavadora para blanquear los beneficios del verdadero negocio de Jean-Luc Martel, o sea, el tráfico de drogas.

Un denso silencio cayó sobre la habitación.

—Ahora viene la parte en que usted —añadió el hombre de los ojos verdes— me asegura que su... —Se detuvo—. Disculpe, pero tengo mala cabeza para los detalles. ¿Cómo se refiere a Jean-Luc?

—Es mi compañero.

—¿Su compañero? Qué lástima.

—¿Por qué?

—Porque el término «compañero» sugiere la noción de trabajo en equipo.

—Creo que debería llamar a mi abogado.

—Si lo hace, perderá su única oportunidad de salvarse. —Se detuvo como si quisiera evaluar el impacto de sus palabras—. Su galería es pequeña, pero forma parte importante de una organización criminal de gran alcance. Su negocio son las drogas. Drogas que proceden sobre todo del norte de África. Y que pasan por las manos de un grupo terrorista que se hace llamar Estado Islámico. Jean-Luc Martel es quien se encarga de su distribución en Europa occidental. Hace negocios con el ISIS. Lo sepa o no, está ayudando a financiar sus operaciones. Y usted, por tanto, también.

—Les deseo suerte si intentan demostrar eso ante un tribunal francés.

Él sonrió por primera vez. La suya fue una sonrisa fría y fugaz.

—Un alarde de valentía —dijo con fingida admiración—, pero no niega usted que esa sea la dedicación de su marido.

—No es mi marido.

—Ah, sí —añadió él con desdén—, lo olvidaba.

Esas mismas palabras había dicho el hombre llamado Nicolas Carnot en la galería de arte.

—En cuanto a llamar a su abogado —continuó el israelí—, no será necesario. Por lo menos, aún. Verá, Olivia, en esta sala no hay ni un solo agente de policía. Pertenecemos a servicios de inteligencia. No tenemos nada en contra de la policía, ojo. Ellos tienen su trabajo y nosotros el nuestro. Ellos resuelven crímenes y efectúan detenciones, y nosotros nos dedicamos a reunir información. Y usted tiene información que necesitamos. Ahora le toca a usted mover ficha, Olivia. Es su única oportunidad. Si yo fuera su abogado, le aconsejaría que la aprovechase. Es el mejor trato que le van a ofrecer.

Se hizo otro silencio, más largo que el anterior.

—Lo siento —dijo ella por fin—, pero no puedo ayudarlos.

—¿No puede ayudarnos, Olivia, o no quiere?

—No sé nada sobre los negocios de Jean-Luc.

—Los cuarenta y ocho lienzos en blanco que he encontrado en la Zona Franca de Ginebra indican todo lo contrario. Fueron enviados allí desde la Galerie Olivia Watson. Lo que significa que será a usted a quien imputen, no a él. ¿Y qué cree que hará su *compañero* en ese caso? ¿Acudirá en su auxilio? —Meneó la cabeza lentamente—. No, Olivia, nada de eso. A juzgar por lo que sé de Jean-Luc Martel, no es de esas personas.

Ella no respondió.

—Así que, ¿qué me dice, Olivia? ¿Va a ayudarnos?

Ella negó con la cabeza.

—¿Por qué no?

—Porque, si los ayudo —dijo rotundamente—, Jean-Luc me matará.

Él sonrió de nuevo. Esta vez, su sonrisa parecía sincera.

—¿He dicho algo gracioso? —preguntó Olivia.

—No, Olivia, me ha dicho la verdad. —Sus ojos verdes se apartaron de su cara y fueron a posarse de nuevo en el lienzo en blanco—. ¿Qué ve usted cuando lo mira?

—Veo algo que Jean-Luc me obligó a hacer para poder conservar mi galería.

—Una interpretación interesante. ¿Sabe qué veo yo?

—¿Qué?

—La veo a usted sin Jean-Luc.

—¿Y qué aspecto tengo?

—Venga aquí, Olivia. —Se apartó del lienzo—. Véalo usted misma.

33

RAMATUELLE, PROVENZA

Quitaron los lienzos en blanco de las paredes y el caballete y una mujer morena de unos treinta y cinco años les sirvió bebidas frías. Olivia fue invitada a sentarse. A su debido tiempo, el elegante británico y su desaliñado homólogo francés le fueron convenientemente presentados. Sus nombres le sonaban vagamente. Igual que la angulosa cara del israelí de ojos verdes. Estaba segura de haberla visto en alguna parte, aunque no acertaba a descubrir dónde. Se presentó únicamente como Gideon y se puso a pasear por el perímetro de la habitación mientras los demás se sentaban, sudorosos, en medio de aquel calor sofocante. En un rincón giraba en vano, monótonamente, un ventilador, y enormes moscas entraban y salían como gavilanes por las puertas abiertas de la terraza. De pronto, el israelí se detuvo y, a la velocidad del rayo, atrapó una al vuelo con la mano izquierda.

—¿Le gustaba? —preguntó.

—¿El qué?

—Ver su cara en revistas y vallas publicitarias.

—No es tan fácil como parece.

—¿No es glamuroso?

—No siempre.

—¿Y qué me dice de las fiestas y los desfiles de moda?

—Para mí, los desfiles de moda eran trabajo. Y las fiestas —respondió— se volvían aburridas después de un tiempo.

Él arrojó el cadáver de la mosca al jardín inundado de sol y, dándose la vuelta, miró a Olivia detenidamente.

—Entonces, ¿por qué eligió ese camino?

—Yo no lo elegí. Me eligió él a mí.

—¿La descubrieron?

—Podría decirse así.

—Tenía usted dieciséis años, ¿verdad?

—Está claro que se ha informado sobre mí.

—Con gran interés —reconoció él—. Hizo una prueba para hacer de figurante en una película de época que iba a rodarse en la costa de Norfolk. No le dieron el papel, pero alguien del personal de producción le sugirió que se hiciera modelo. Y usted decidió abandonar sus estudios e irse a Nueva York para abrirse paso en el mundo de la moda. A los dieciocho años, era una de las modelos más solicitadas de Europa. —Hizo una pausa y luego añadió—: ¿Me he dejado algo en el tintero?

—Muchas cosas, en realidad.

—¿Qué, por ejemplo?

—Nueva York.

—Entonces, ¿por qué no continúa usted la historia en ese punto? —propuso él—. En Nueva York.

Fue un infierno, explicó Olivia. Tras firmar con una agencia muy conocida, la alojaron en un apartamento del West Side de Manhattan con otras ocho chicas. Dormían por turnos, en literas. De día la mandaban a ver a posibles clientes y fotógrafos jóvenes que trataban de hacerse un hueco en el negocio. Si tenía suerte, el fotógrafo accedía a hacerle unas fotos de prueba que podía añadir a su *book*. Si no, acababa con las manos vacías y regresaba al abarrotado apartamento repleto de hormigas y cucarachas. Por las noches, trabajaban en discotecas para ganar algún dinero. Sufrió dos agresiones sexuales. La segunda la dejó con un ojo morado que le impidió trabajar durante casi un mes.

—Pero perseveró —dijo el israelí.

—Supongo que sí.

—¿Qué sucedió después de Nueva York?

—Freddie, eso sucedió.

Freddie —explicó— era Freddie Mansur, el agente más conocido del mundillo de la moda y uno de sus más notorios depredadores. La llevó a París, y a su cama. También le dio drogas: marihuana, cocaína, barbitúricos para ayudarla a dormir. Su ingesta de calorías alcanzó niveles rayanos en la inanición y su peso cayó en picado. Pronto se quedó en los huesos. Cuando tenía hambre, se fumaba un cigarro o esnifaba una raya. Coca y tabaco: la dieta de la modelo, la llamaba Freddie.

—Y lo curioso es que funcionaba. Cuanto más flaca estaba, más guapa parecía. Por dentro me estaba muriendo lentamente, pero la cámara me adoraba. Y también los anunciantes.

—¿Era una supermodelo?

—No, ni de lejos, pero me fue bastante bien. Y a Freddie también. Se llevaba un tercio de mis ganancias. Y del salario de todas las chicas a las que llevaba en ese momento.

—¿También se acostaba con las demás?

—Digamos que nuestra relación no era monógama.

A los veintiséis años, el *look* cadavérico y trasnochado con el que se la asociaba pasó de moda y su estrella comenzó a perder brillo. Continuó trabajando en la pasarela, donde su elevada estatura y sus largos miembros seguían estando en boga. Su trigésimo cumpleaños, sin embargo, marcó un punto de inflexión. Había un antes y un después de los treinta —explicó—, y pasado ese límite el trabajo prácticamente dejó de llegar. Aguantó tres años más, hasta que el propio Freddie le aconsejó que lo dejara. Al principio se lo dijo suavemente, pero cuando ella opuso resistencia cortó todo lazo profesional y personal con ella y la puso de patitas en la calle. Tenía treinta y tres años, carecía de formación, estaba en paro y arruinada.

—Pero era usted rica —dijo el israelí.

—No, qué va.

—¿Y todo el dinero que había ganado?

—El dinero viene y se va.

—¿Drogas?

—Y otras cosas.

—¿Le gustaban las drogas?

—Las necesitaba, que es distinto. Me temo que Freddie me inculcó hábitos muy caros.

—¿Qué hizo, entonces?

—Lo que habría hecho cualquier mujer en mi situación. Hice las maletas y me fui a Saint-Tropez.

Con el dinero que le quedaba, alquiló una villa en las colinas. «Una casucha, en realidad, no muy lejos de aquí» y compró una vespa de segunda mano. Se pasaba los días en la playa de Pampelonne y las noches en las discotecas y locales nocturnos del pueblo. Como era lógico, conoció a muchos hombres: árabes, rusos, ricachones europeos entrados en años. Se acostó con unos cuantos a cambio de dinero y regalos, lo que la hacía sentirse como una prostituta. Buscaba, sobre todo, un novio conveniente, alguien que pudiera mantenerla en el tren de vida al que estaba acostumbrada. Alguien que no le diera mucho asco. Al poco tiempo llegó a la conclusión de que se había equivocado de sitio y, como apenas le quedaba dinero, se puso a trabajar en una pequeña galería de arte propiedad de una expatriada británica. Y entonces, por casualidad, conoció al hombre que cambiaría su vida.

—¿Jean-Luc Martel?

Ella sonrió a regañadientes.

—¿Dónde le conoció?

—En una fiesta, ¿dónde si no? Jean-Luc siempre estaba de fiesta. Él *era* la fiesta.

En realidad —añadió—, no era la primera vez que coincidían. La primera fue en la Semana de la Moda de Milán, pero en aquel entonces Jean-Luc estaba con su esposa y apenas se fijó en ella cuando los presentaron. La segunda vez que se encontraron, en cambio, ya había enviudado y el cuerpo le pedía marcha. Y ella, Olivia, se enamoró perdidamente de él.

—Yo era Rosemary y él era Dick. Me enamoré como una loca.

—¿Rosemary y Dick?

—Rosemary Hoyt y Dick Diver. Son personajes de...

—Sé quiénes son, Olivia. Y es una comparación muy halagüeña para usted.

Sus palabras fueron como una bofetada. Las mejillas de Olivia se tiñeron de rojo.

—¿Él también le daba dinero y regalos, como los otros?

—Jean-Luc no tenía que pagar a sus chicas. Era increíblemente guapo y tenía un éxito fabuloso. Era... Jean-Luc.

—¿Y qué cree que vio en usted?

—Yo solía preguntarle lo mismo.

—¿Y qué contestaba él?

—Que creía que formábamos un buen equipo.

—Entonces ¿fueron pareja desde el principio?

—Más o menos.

—¿Alguna vez hablaron de casarse?

—Yo sí, pero a Jean-Luc no le apetecía. Teníamos unas discusiones espantosas por ese tema. Yo le decía que no iba a perder los mejores años de mi vida siendo su concubina, que quería que nos casáramos y tuviéramos hijos. Al final, llegamos a un acuerdo.

—¿Qué clase de acuerdo?

—Me ofreció otra cosa, en vez de matrimonio e hijos.

—¿Qué?

—La Galerie Olivia Watson.

34

RAMATUELLE, PROVENZA

Estaba acostumbrada a que los hombres la miraran. A que se les agitara la respiración. A que jadearan. A que la observaran con ojos húmedos y libidinosos. A que estuvieran dispuestos a hacer cualquier cosa, a pagar casi cualquier precio, por acostarse con ella. Los tres hombres situados ante ella —el espía británico, el francés y el israelí que no le había dicho su nombre pero cuyo rostro le sonaba vagamente— también la miraban con fijeza, pero por motivos bien distintos. Parecían inmunes al hechizo de su belleza. Para ellos, no era un objeto a admirar: era un medio para alcanzar un fin. Un fin que aún no habían tenido a bien revelarle. No estaba del todo segura de gustarles. Aun así, para ella fue un alivio comprobar que aún existían hombres así. Tras su carrera como modelo y los diez años que llevaba viviendo en el mundo ilusorio de Saint-Tropez, su opinión sobre el género humano había caído a niveles ínfimos.

La Galerie Olivia Watson...

El nombre —les dijo— había sido idea de Jean-Luc, no suya. Ella hubiera preferido colgar sobre la puerta de la galería el famoso anagrama, JLM, pero él se empeñó en que llevara su nombre. Le dio el dinero necesario para adquirir el viejo edificio de la *place* de l'Ormeau y a continuación financió la compra de una magnífica colección de arte contemporáneo. Ella prefería ir comprando los fondos de la galería poco a poco y modestamente, poniendo especial énfasis en artistas mediterráneos. Pero Jean-Luc no quiso ni oír hablar del asunto. Hacer las cosas paso a paso y con discreción no era lo suyo, les explicó Olivia. Él lo hacía todo a lo grande, y a bombo y platillo. La inauguración se llevó a cabo con el brillo y el glamur que solo él podía aportar. Después, sin embargo, se quedó al margen y le dio plena libertad artística y financiera.

—Aunque solo hasta cierto punto —concluyó.

—¿Qué quiere decir? —preguntó el israelí—. O se tiene plena libertad o no se tiene. No hay término medio.

—Tratándose de Jean-Luc, sí lo hay.

El israelí la instó a explicarse.

—Jean-Luc se ocupó desde el principio de la contabilidad de la galería.

—¿Y a usted no le extrañó que lo hiciera?

—La verdad es que para mí fue un alivio. Yo era una exmodelo y él un empresario extremadamente rico.

—¿Cuánto tiempo tardó en descubrir que había gato encerrado?

—Dos años. Puede que un poco más.

—¿Qué ocurrió?

—Que empecé a echar un vistazo a los libros de cuentas sin que lo supiera Jean-Luc.

—¿Y qué descubrió?

—Que estaba comprando y vendiendo más obras de las que podía imaginar.

—¿La galería estaba ganando dinero?

—Eso es quedarse muy corto. De hecho, solo en su segundo año de existencia obtuvo más de trescientos millones de euros de beneficios. Las ventas eran en su mayoría de carácter totalmente privado e incluían cuadros que yo no había visto nunca.

—¿Qué hizo?

—Se lo dije a Jean-Luc.

—¿Y cómo reaccionó él?

—Me dijo que me ocupara de mis asuntos. —Hizo una pausa y añadió—: Sin una pizca de ironía.

—¿Y usted obedeció?

Olivia vaciló un instante. Luego asintió lentamente.

—¿Por qué? —Al ver que no contestaba, el israelí ofreció una explicación—: Porque tenía una vida ideal y no quería que nada la turbase.

—Todos transigimos con cosas en esta vida.

—Pero no todos buscamos refugio en brazos de un narcotraficante. —Hizo una breve pausa para que sus palabras hirientes hicieran mella en Olivia—. Usted sabía que en realidad Jean-Luc se dedicaba al narcotráfico, ¿verdad?

—No lo sabía y sigo sin saberlo.

El israelí acogió su respuesta con lógico desdén.

—No disponemos de mucho tiempo, Olivia. No conviene perderlo negando lo obvio.

Hubo un silencio. En ese momento entró aquel inglés que se hacía llamar Nicolas Carnot. Se acercó a la librería y, torciendo el cuello hacia un lado, sacó un libro con las tapas deterioradas. Era *El cielo protector*, del novelista estadounidense Paul Bowles. Se lo metió bajo el brazo y, lanzándole una mirada a Olivia, volvió a salir de la habitación. Ella miró al israelí, que le sostuvo la mirada, impasible.

—Estaba a punto de contarme —dijo por fin— cuándo cobró conciencia de que su compañero y socio era un traficante de drogas.

—Oía rumores, como todo el mundo.

—Pero, a diferencia de los demás, usted estaba en una situación única para saber si esos rumores eran o no ciertos. A fin de cuentas, era la propietaria nominal de una galería de arte que se había convertido en una de sus herramientas más eficaces para blanquear dinero.

Ella sonrió.

—Qué ingenuo es usted.

—¿Por qué?

—Porque a Jean-Luc se le da muy bien guardar secretos. —Luego añadió—: Casi tan bien como a usted y sus amigos.

—Nosotros somos profesionales.

—Igual que Jean-Luc —repuso ella hoscamente.

—¿Alguna vez se lo ha preguntado?

—¿Si trafica con drogas?

—Sí.

—Solo una. Se rio. Y luego me dijo que no volviera a preguntarle por sus negocios.

—¿Volvió a hacerlo?

—No, nunca.

—¿Por qué?

—Porque también oía otros rumores —contestó—. Rumores sobre lo que les ocurría a quienes se enfrentaban a él.

— Y sin embargo siguió a su lado —señaló el israelí.

—Sí, *seguí a su lado* —repuso ella—, porque me daba miedo marcharme.

—¿Le daba miedo marcharse o perder su galería?

—Ambas cosas —reconoció Olivia.

Una leve sonrisa se dibujó en los labios del israelí y se disipó al instante.

—Admiro su franqueza, Olivia.

—Aunque solo eso, ¿quiere decir?

—Al igual que Nicolas Carnot, prefiero reservarme mi juicio. Sobre todo, cuando hay en juego información importante.

—¿Qué clase de información?

—Sobre la organización que dirige Jean-Luc, por ejemplo. Habrá reunido usted gran cantidad de información acerca de cómo está organizada la empresa. Es bastante opaca, por decir algo. Estudiándola desde fuera, he conseguido identificar a algunas figuras prominentes. Cada rama del negocio tiene su jefe: los restaurantes, los hoteles, las tiendas minoristas... Pero, por más que lo intentamos, no logramos identificar al jefe de la división de estupefacientes de JLM.

—Debe de estar bromeando.

—Solo a medias. ¿Es una sola persona o son dos? ¿Es el propio Jean-Luc?

Ella no dijo nada.

—Tiempo, Olivia. No tenemos mucho tiempo. Necesitamos saber cómo dirige Jean-Luc su negocio. Cómo transmite sus órdenes. Cómo se aísla para que la policía no pueda tocarle. No es algo que suceda por ósmosis o telequinesis. En algún lugar hay una persona de confianza que vela por sus intereses. Alguien que puede entrar y salir de su órbita sin levantar sospechas. Alguien con el que solo se comunica en persona, en voz baja y en una sala sin teléfonos. No me cabe duda de que sabe usted quién es esa persona, Olivia. Puede que incluso se hayan conocido. Puede que sean amigos.

—Amigos, no —repuso ella al cabo de un momento—. Pero sé quién es. Y sé lo que sería de mí si les dijera su nombre. Me mataría. Y ni el propio Jean-Luc podría impedírselo.

—Nadie va a hacerle daño, Olivia.

Le miró con escepticismo. Él se fingió ofendido.

—Piense en las muchas molestias que nos hemos tomado para traerla aquí hoy. ¿No le hemos demostrado que somos profesionales serios? ¿Que merecemos su confianza?

—Y cuando ustedes se marchen, ¿quién me protegerá entonces?

—No necesitará protección —respondió él—, porque usted también se marchará.

—¿Adónde?

—Eso depende de usted y de su compatriota. —Señaló con la cabeza al jefe del servicio secreto británico—. Supongo que yo podría ofrecerle un bonito piso con vistas al mar en Tel Aviv, pero sospecho que estará más a gusto en Inglaterra.

—¿Y cómo me ganaré la vida?

—Regentando una galería de arte, por supuesto.

—¿Cuál?

—La Galerie Olivia Watson. —El israelí sonrió—. Aunque sus fondos hayan sido adquiridos con dinero procedente del narcotráfico, estamos dispuestos a permitir que se los quede. Con dos únicas salvedades —puntualizó.

—¿Cuáles?

—El Guston y el Basquiat. *Monsieur* Antonov desea extenderle un cheque por valor de cincuenta millones a cambio de ambos cuadros. De ese modo se disipará cualquier duda que pueda tener Jean-Luc acerca de cómo ha invertido la tarde. Y descuide —añadió—: el dinero es auténtico, no como *monsieur* Antonov.

—Qué generoso por su parte —comentó ella—. Pero aún no me ha dicho de qué va todo esto.

—Se trata de París —respondió él—. Y de Londres. Y de Amberes. Ámsterdam. Stuttgart. Y Washington. Y de cerca de un centenar de atentados más de los que sin duda usted nunca ha oído hablar.

—Jean-Luc no es ningún angelito, pero tampoco es un terrorista.

—Cierto. Pero creemos que hace negocios con alguien que sí lo es, lo que significa que está ayudando a financiar esos atentados. Pero me temo que eso es lo único que puedo decirle al respecto. Cuanto menos sepa, mejor. Así es como funciona nuestro oficio. Lo único que necesita saber es que se le ha brindado una oportunidad única. La oportunidad de empezar de cero. Considérelo un lienzo en blanco sobre el que puede pintar lo que le plazca. Y ello a cambio de un solo nombre. —Sonrió y preguntó—: ¿Tenemos un trato, señorita Wilson?

—Watson. Me llamo Olivia Watson. Y sí —contestó transcurridos unos segundos—, creo que tenemos un trato.

Estuvieron hablando hasta bien entrada la tarde, mientras amainaba el calor y las sombras se alargaban en el jardín y el plateado olivar que trepaba por la falda de la colina. Hablaron de las condiciones de su repatriación al Reino Unido. De cómo debía comportarse en presencia de Jean-Luc durante los días siguientes. Del protocolo que debía seguir en caso de imprevisto. El israelí de ojos verdes lo llamaba «el Plan Rompa el Cristal» y advirtió a Olivia de que solo debía recurrir a él en caso de extremo peligro, porque equivaldría a anular de un plumazo todo el tiempo, el esfuerzo y los muchos millones que habían invertido en la operación.

Solo entonces preguntó a Olivia por el nombre que quería oír. El nombre del individuo en el que Jean-Luc delegaba la gestión de su multimillonario cártel. El lado oscuro de JLM Enterprises, como lo llamaba el israelí. La vertiente del negocio que hacía posible todo lo demás: los restaurantes, los hoteles, las tiendas y *boutiques*, y la galería de arte de la *place* de l'Ormeau. La primera vez que Olivia pronunció ese nombre, lo hizo en voz baja, como si una mano atenazara su garganta. El israelí le pidió que lo repitiera y, al oírlo con claridad, cruzó una larga y calculadora mirada con Paul Rousseau. Por fin, Rousseau asintió lentamente y siguió contemplando su pipa apagada mientras, al otro lado de la sala, Nicolas Carnot devolvía el libro de Bowles a su sitio en la estantería.

Después de aquello, no volvió a hablarse de drogas ni terrorismo, ni tampoco del verdadero motivo por el que Olivia había sido conducida a la modesta villa de las afueras de Ramatuelle. *Monsieur* Antonov volvió a hacer acto de aparición derrochando sonrisas y campechanería con acento ruso, y juntos acordaron la transferencia de cincuenta millones de euros de sus cuentas a las de la galería. Celebraron la venta abriendo una botella de champán. Olivia no bebió de la copa que le pusieron en la mano. El israelí tampoco tocó la suya. Aquel hombre —se dijo Olivia— demostraba una disciplina admirable.

Poco después de las seis, Nicolas Carnot le devolvió su teléfono móvil. Olivia ignoraba cuándo se lo había sustraído. Dedujo que lo había robado de su bolso durante el trayecto desde Saint-Tropez. Al mirar la pantalla, vio que había recibido varios mensajes durante su interrogatorio. El último era de Jean-Luc. Había llegado hacía un momento. Decía que estaba a punto de subir a bordo de su helicóptero y que tardaría menos de una hora en llegar a casa.

Olivia levantó la vista, alarmada.

—¿Qué le digo?

—¿Qué le diría normalmente? —preguntó el israelí.

—Que tenga buen viaje.

—Entonces hágalo, se lo ruego. Y quizá de paso pueda mencionarle también que tiene una sorpresa de cincuenta millones de dólares para él. Eso le pondrá de buen humor. Pero no le dé demasiadas pistas. No queremos estropear la sorpresa.

Olivia escribió la respuesta y le mostró el teléfono para que la leyera.

—Muy bien hecho.

Ella lanzó el mensaje al éter.

—Es hora de que se vaya —dijo el israelí—. No conviene que su carroza se convierta en calabaza, ¿verdad?

Fuera, unas cuantas nubes surcaban velozmente el cielo de la tarde empujadas por el viento. Nicolas Carnot solo le habló en francés durante el viaje hacia el sur, camino de la Baie de Cavalaire, y solo hizo referencia a *monsieur* Carnot y los cuadros, que debían ser trasladados a Villa Soleil en cuanto se hiciera efectiva la transferencia. *Madame* Sophie —dijo—, ya había elegido el sitio que ocuparían.

—Me detesta —comentó Olivia.

—No es tan mala cuando se la conoce mejor.

—¿Es francesa?

—¿Qué iba a ser, si no?

Los Antonov vivían en el lado oeste de la bahía; Jean-Luc y Olivia, en el este. Al acercarse al pequeño supermercado Spar de la esquina del *boulevard* Saint-Michel, *monsieur* Carnot le ordenó que se detuviera. Le apretó la mano con fuerza y le aseguró en inglés que no tenía nada que temer, que estaba haciendo lo correcto. Luego le deseó buenas tardes y, sonriendo como si no hubiera pasado nada fuera de lo corriente, salió del coche. Olivia le vio alejarse por el retrovisor, montado en una pequeña motocicleta. «Huyendo de la escena del crimen», pensó.

Siguió hacia el este bordeando la bahía y unos minutos después entró en la lujosa mansión que compartía con el hombre al que acababa de traicionar. Se sirvió una copa de rosado en la cocina y salió a la terraza. Por entre el relumbrar del sol poniente, distinguió los contornos difusos de la gigantesca villa de *monsieur* Antonov. En ese momento vibró su móvil. Echó un vistazo a la pantalla. *DENTRO DE CINCO MINUTOS ESTOY EN CASA. ¿CUÁL ES LA SORPRESA?*

—La sorpresa —dijo en voz alta— es que tu amigo el rudo y la zorra de su mujer acaban de extenderme un cheque por valor de cincuenta millones de euros.

Lo repitió una y otra vez, hasta que llegó a creerse que era cierto.

35

MARSELLA, FRANCIA

A la mañana siguiente, a las doce menos cuarto, aparecieron cincuenta millones de euros en la cuenta de la Galerie Olivia Watson, sita en el número nueve de la *place* de l'Ormeau, Saint-Tropez, Francia. El dinero no tuvo que viajar muy lejos, dado que tanto el remitente como el beneficiario utilizaban los servicios del banco HSBC con sede en el *boulevard* Haussmann de París. Poco después del mediodía, el dinero descansaba cómodamente en un conocido banco suizo de Ginebra, en una cuenta controlada por JLM Enterprises. Y a las cinco de la tarde, una furgoneta sin distintivos llevó a Villa Soleil dos cuadros: uno de Guston y el otro de Basquiat. Olivia Watson siguió a la furgoneta en su Range Rover negro. En el vestíbulo de entrada se cruzó con Christopher Keller, que salía en ese momento. El inglés la besó efusivamente en las mejillas, hizo un comentario halagüeño acerca de su aspecto, que era deslumbrante, y acto seguido subió a su moto Peugeot Satelis. Un momento después circulaba velozmente hacia el oeste por la costa del Mediterráneo.

Estaba casi oscureciendo cuando llegó a las afueras de Marsella. En las *banlieus* del norte de la ciudad prosperaban las bandas violentas de narcotraficantes, especialmente en las barriadas de Bassens y Paternelle. Keller, sin embargo, se adentró en la ciudad por los barrios residenciales, más apacibles, de la zona este. El túnel Prado-Carénage le depositó en el Puerto Viejo, desde donde se dirigió a la *rue* Grignan. Estrecha y recta como una regla, la calle estaba flanqueada por tiendas como Boss, Vuitton y Armani. Incluso había una joyería JLM. A Keller le pareció detectar el olor acre del hachís al pasar frente a ella.

Siguió cruzando el centro de la ciudad y, al internarse en el *quartier* conocido como Le Camas, las calles se volvieron sucias y míseras. Allí, las tiendas y bares atendían a una clientela formada principalmente por inmigrantes y franceses de clase obrera. Uno de esos establecimientos, situado en la planta baja de un edificio cubierto de pintadas que daba a la *place* Jean Jaurès, vendía aparatos electrónicos y teléfonos móviles a buen precio a vecinos del barrio, de origen marroquí y argelino en su mayor parte. Devereaux regentaba otros pequeños establecimientos en Marsella, todos ellos de venta al por menor (algunos, pertenecientes a la laxa categoría del «entretenimiento adulto»), pero la tienda de electrónica era su centro de operaciones. Tenía su despacho en la primera planta del edificio. La habitación carecía de teléfono y de toda clase de dispositivos electrónicos, lo que no dejaba de resultar curioso tratándose de un hombre que, en apariencia, se ganaba la vida vendiendo cacharros tecnológicos. René Devereaux, al parecer, no era partidario de usar el teléfono, y se decía que jamás había enviado un correo electrónico o un mensaje de texto. Solo se comunicaba con sus socios y subordinados cara a cara, a menudo en la plaza mugrienta o sentado a una mesa de la terraza del Au Petit Nice, un bar relativamente agradable situado a escasos metros de su tienda.

Keller sabía todo esto porque René Devereaux era una figura destacada del mundo en el que había morado antaño. En el submundo francés de la delincuencia, todo el mundo sabía que el verdadero negocio de Devereaux era el tráfico de drogas. Y no únicamente el trapicheo callejero, sino el tráfico a escala continental. Seguramente la policía francesa también estaba al corriente, pero, a diferencia de sus rivales, Devereaux no había pasado ni un solo día entre rejas. Era un capo, un intocable. «Hasta esta noche», pensó Keller. Porque era el nombre de René Devereaux el que había pronunciado Olivia Watson en el piso franco de las afueras de Ramatuelle. Era él quien hacía que los trenes llegaran a su hora, quien movía el hachís entre los puertos del sur de Europa y las calles de París, Ámsterdam y Bruselas. El que conocía —se dijo Keller— todos los secretos de Jean-Luc Martel. Solo tendrían una oportunidad de cogerle limpiamente. Por suerte, tenían a su disposición a algunos de los mejores agentes en activo del espionaje mundial.

Keller dejó la moto junto al bordillo de la *place* Jean Jaurès y se acercó andando a la tienda de Devereaux. Fingiendo que miraba el género expuesto en el abarrotado escaparate, vio a dos hombres, ambos franceses en apariencia, que le observaban desde detrás del mostrador. Había una luz encendida en la primera planta, tras los postigos de la puerta que daba al desvencijado balcón.

Keller dio media vuelta y avanzó unos cincuenta metros por la calle, hasta llegar a una furgoneta aparcada; allí se detuvo. Giancomo, el recadero de Don Orsati, estaba sentado detrás del volante. Otros dos empleados del don estaban agazapados en la zona de carga, fumando, nerviosos. Giancomo, en cambio, parecía tranquilo. Keller sospechaba que trataba de causarle buena impresión.

—¿A qué hora le has visto por última vez?

—Hará unos veinte minutos. Salió al balcón a fumar un cigarrillo.

—¿Seguro que sigue ahí dentro?

—Tenemos a un hombre vigilando la salida trasera.

—¿Dónde están los demás?

El joven corso indicó con la cabeza hacia la *place* Jean Jaurès. La plaza estaba repleta de vecinos del *quartier*, muchos de ellos ataviados con vestimentas tradicionales árabes o africanas. Ni siquiera Keller alcanzó a distinguir a los hombres del don.

Miró a Giancomo.

—Nada de errores, ¿me oyes? Si no, es muy posible que estalle una guerra. Y ya sabes lo que opina el don de las guerras.

—Son buenas para el negocio.

—No, si él es uno de los contendientes.

—Descuida, ya no soy un crío. Además, tengo esto. —Giancomo se tiró del amuleto que llevaba al cuello. Era idéntico al de Keller—. Te manda recuerdos, por cierto.

—¿Ha dicho algo más?

—Algo de una mujer.

—¿Qué?

Giancomo se encogió de hombros.

—Ya sabes cómo es la *signadora*. Habla con adivinanzas.

Keller se fumó un cigarrillo mientras caminaba hacia el Au Petit Nice. El local estaba de bote en bote —el Marsella jugaba contra el Lyon—, pero fuera aún había algunas mesas libres. Junto a una de ellas estaba sentado un hombre de complexión media, espeso cabello canoso y gruesas gafas negras. En una mesa contigua, dos hombres de ojos oscuros y veintitantos años observaban con extraña intensidad a los peatones que pasaban por la acera. Keller se acercó al hombre de cabello canoso y se sentó a la mesa sin que mediara invitación. Sobre la mesa había una botella de pastís y un solo vaso. Keller llamó al camarero con una seña y pidió otro.

—¿Sabes? —dijo en francés—, sería conveniente que bebieras un poco.

—Sabe a gasolina mezclada con regaliz —contestó Gabriel. Observó a dos hombres vestidos con chilaba que caminaban por la calle cogidos del brazo—. No me puedo creer que estemos otra vez aquí.

—¿En el Au Petit Nice?

—En Marsella —repuso Gabriel.

—Era inevitable. Cuando uno intenta infiltrarse en un cártel europeo, todos los caminos conducen a Marsella. —Keller también

249

observó a los viandantes—. ¿Crees que Rousseau habrá cumplido su palabra?

—¿Por qué iba a incumplirla?

—Porque es un espía. Lo que significa que miente por rutina.

—Tú también eres un espía.

—Pero hasta hace no mucho tiempo trabajaba al servicio de Don Anton Orsati. El mismo Anton Orsati —añadió Keller— que está a punto de ayudarnos a llevar a cabo cierto trabajillo sucio. Y si da la casualidad de que Rousseau y sus amigos del Grupo Alfa están ojo avizor, el don, bendito sea, se verá en una posición complicada.

—Rousseau no quiere saber nada de lo que está a punto de pasar aquí. Y en cuanto al don —prosiguió Gabriel—, ayudarnos a llevar a cabo este trabajillo sucio, como tú lo llamas demostrando muy poca sensibilidad, es la mejor decisión que ha tomado desde que te contrató.

—¿Y eso por qué?

—Porque después de lo de esta noche nadie podrá ponerle un dedo encima. Será intocable.

—Piensas como un mafioso.

—En nuestro oficio, no queda otro remedio.

El camarero les llevó el segundo vaso. Keller lo llenó de pastís mientras Gabriel consultaba su móvil.

—¿Algún problema?

—*Madame* Sophie y *monsieur* Antonov están discutiendo sobre dónde colgar los cuadros.

—Con lo bien que les iba...

—Sí —dijo Gabriel ambiguamente mientras se guardaba el teléfono en el bolsillo de la chaqueta.

—¿Crees que saldrán adelante?

—Tengo mis dudas.

Keller bebió un trago de pastís.

—Bueno, ¿qué piensas hacer con todos esos cuadros cuando acabe la operación?

—Tengo la sensación de que *monsieur* Antonov descubrirá de repente sus raíces hebreas y hará una generosa y sonada donación al museo de Israel.

—¿Y los cincuenta millones de euros que le has dado a Olivia?

—Yo no le he *dado* nada. He comprado dos cuadros en su galería.

—Eso —dijo Keller— es un distingo carente de significado.

—Es un precio muy pequeño si nos conduce hasta Saladino.

—*Si* nos conduce hasta él —repuso Keller.

—¿Son imaginaciones mías —dijo Gabriel— o hay algo entre tú y...?

—Son imaginaciones tuyas.

—Es una chica muy guapa. Y cuando acabe todo esto estará muy bien situada.

—Procuro mantenerme alejado de chicas a las que les van los narcotraficantes franceses supermillonarios.

—¿Has olvidado cómo solías ganarte la vida?

Keller arrugó el ceño y bebió más pastís.

—Entonces, ¿*monsieur* Antonov es judío?

—Eso parece.

—Nunca lo habría adivinado.

Gabriel se encogió de hombros con indiferencia.

—Yo soy un poco judío. ¿Te lo he dicho alguna vez?

—Es posible.

Se hizo el silencio entre ellos. Gabriel contempló la calle con expresión indolente.

—No puedo creer que estemos otra vez aquí.

—No será por mucho tiempo.

Keller vio que dos hombres salían de la parte de atrás de la furgoneta y entraban en la tienda de René Devereaux. Luego miró su reloj.

—Unos cinco minutos. Puede que menos.

* * *

Desde su mesa en la terraza del Au Petit Nice, Keller y Gabriel solo alcanzaron a ver a medias lo que ocurría. Unos segundos después de que los dos hombres entraran en la tienda, se vieron varios destellos por el escaparate que daba a la calle. Fueron muy tenues, de hecho, podrían haberse confundido con la luz de un televisor, y no se oyó ningún ruido. Al menos, ninguno que llegara hasta el bullicioso café. Después, la tienda quedó completamente a oscuras, salvo por el pequeño luminoso de neón de la puerta, en el que se leía *FERMÉ*. Los peatones siguieron pasando por la acera como si no ocurriera nada fuera de lo corriente.

Keller volvió a fijar los ojos en la furgoneta, de cuyo compartimento trasero Giancomo estaba sacando una gran caja de cartón rectangular. Tenía una forma extraña: había sido fabricada siguiendo las estrictas instrucciones de Don Orsati por una fábrica de papel de Córcega. Saltaba a la vista que estaba vacía, pues a Giancomo no le costó ningún trabajo transportarla hasta el otro lado de la calle y cruzar con ella la puerta de la tienda. Unos minutos después, sin embargo, cuando reapareció de nuevo, la transportaban los dos hombres que habían entrado primero en la tienda y Giancomo sostenía uno de sus lados con el hombro como si portara un féretro. Los dos hombres metieron la caja en la parte de atrás de la furgoneta y subieron a ella mientras Giancomo volvía a sentarse tras el volante. Acto seguido, la furgoneta se apartó del bordillo, dobló la esquina y se perdió de vista. Dentro de Au Petit Nice se oyeron gritos de júbilo. El Marsella acababa de meterle un gol al Lyon.

—No ha estado mal —comentó Gabriel.

Keller consultó el reloj.

—Cuatro minutos, doce segundos.

—Inaceptable conforme a los criterios de la Oficina, pero más que suficiente para esta noche.

—¿Seguro que no quieres unirte a la fiesta?

—No, gracias, ya he tenido más que suficiente. Pero dale recuerdos al don de mi parte —repuso Gabriel—. Y dile que el cheque va de camino.

Keller se marchó enseguida. Un momento después, montado en su Peugeot Satelis, pasó como una exhalación junto al Au Petit Nice, en cuya terraza un hombre de espeso cabello canoso y gruesas gafas negras, sentado a solas, se preguntaba cuánto tiempo tardaría Jean-Luc Martel en descubrir que el jefe de su división de narcóticos había desaparecido.

36

MAR MEDITERRÁNEO

El Celine era un Baia Atlantica 78 con tres camarotes, motor diésel MTV capaz de alcanzar una velocidad de cuarenta y cuatro nudos y una proa larga y esbelta en la que había sitio para un pequeño helicóptero. Keller, sin embargo, llegó al barco por medios menos conspicuos: a bordo de una Zodiac que le esperaba en un muelle apartado del estuario del Ródano, cerca de la localidad de Saintes-Maries-de-la-Mer. Amarró la barca a la plataforma de popa y subió al salón principal, donde encontró a Don Orsati viendo el partido Marsella-Lyon en la televisión por satélite. Tal y como iba vestido, con su sencilla ropa de campesino corso y sus sandalias polvorientas, desentonaba con el lujoso mobiliario de cuero y madera. Giancomo estaba en el puente con el piloto.

—El Marsella ha vuelto a marcar —dijo el don, apesadumbrado. Apuntó con el mando a distancia hacia la pantalla, que se apagó al instante.

Keller paseó la mirada por el salón.

—Esperaba algo un poco más modesto.

—Soy demasiado viejo para moverme por el Mediterráneo en la bodega de un pesquero. Además, esta noche te alegrarás de tener bajo tus pies veinticuatro metros de navío. Dicen que va a haber tormenta.

—¿De quién es el barco?

—Del amigo de un amigo.

—¿Y el piloto?

—Es mío.

Keller bajó la mirada y advirtió que había varias gotas de sangre seca en el suelo.

—Tenía una pistola sobre la mesa cuando entraron —explicó el don—. Tiene un tiro en el hombro.

—¿Sobrevivirá?

—Eso me temo.

—¿Le ha visto la cara?

—Todavía no.

—¿Ha traído un martillo?

—Uno muy bueno —contestó el don.

—¿Dónde está Devereaux?

—En la habitación individual. No quería que pusiera perdida una de las camas de matrimonio.

Keller volvió a mirar el suelo.

—Alguien debería limpiar esto.

—No seré yo —repuso el don—. No soporto ver sangre.

Uno de los hombres del don montaba guardia frente a la puerta de la habitación individual. No se oía ruido dentro.

—¿Está consciente? —preguntó Keller.

—Míralo tú mismo.

Keller entró y cerró la puerta. La habitación estaba a oscuras. Olía a sudor, a miedo y un poco a sangre. Encendió la lámpara de lectura empotrada en la pared y la apuntó hacia la figura que permanecía tendida, inmóvil, en la cama. Tenía los ojos y la boca tapados con cinta aislante. Le habían atado las manos y se las habían sujetado al torso, y llevaba los tobillos y las piernas amarrados. Keller examinó la herida de su hombro derecho. Había perdido bastante sangre, pero la hemorragia se había detenido de momento. Aun así, las sábanas estaban empapadas. «El amigo de un amigo», pensó Keller, «va a necesitar un colchón nuevo cuando esto acabe».

Arrancó la cinta que le cubría los ojos. René Devereaux parpadeó varias veces, rápidamente. Luego, cuando Keller se inclinó hacia la luz para mostrarle su cara, el narcotraficante se encogió, asustado. Se conocían el uno al otro.

—*Bonsoir*, René. Gracias por venir. ¿Qué tal el hombro?

Devereaux entornó los párpados. Su miedo parecía haberse evaporado. Intentaba hacerle comprender algo al inglés de Córcega: que a él no podían dispararle, secuestrarle y atarle como si fuera un faisán. Keller le quitó la cinta de la boca para que pudiera dar voz a sus sentimientos.

—Eres hombres muerto. Tú y ese corso gordinflón para el que trabajas.

—¿Te refieres a Don Orsati?

—Que le den a Don Orsati.

—Eres muy imprudente al decir eso. Me pregunto si serías capaz de decírselo a la cara.

—Yo me cago en el don. Y en su familia.

—¿Ah, sí? No me digas.

Keller salió de la habitación y le dijo al corso que vigilaba la puerta:

—Pídele a su santidad que baje aquí un momento.

—Está viendo el partido.

—Estoy seguro de que podrá dejarlo un rato —dijo Keller—. Y tráeme el martillo.

El corso subió por la escalerilla y un momento después, no sin cierta dificultad, bajó Don Orsati. Keller le hizo entrar en el camarote y le situó frente a René Devereaux. El don sonrió al advertir el evidente malestar de Devereaux.

—*Monsieur* Devereaux quiere decirle algo —dijo Keller—. Adelante, René. Por favor, dile a Don Orsati lo que me has dicho hace un momento.

Al ver que el marsellés no contestaba, Keller hizo salir al don. Luego se irguió, amenazador, frente al narcotraficante.

—Huelga decir que no tienes muchas opciones. O me dices

lo que quiero saber o le cuento al don lo que has dicho sobre él y su amada familia. Y entonces... —Levantó las manos para indicar lo incierto que sería el destino de Devereaux si se daban esas circunstancias tan poco propicias.

—¿Desde cuándo te interesa la información? —preguntó Devereaux.

—Desde que cambié de ocupación. Ahora trabajo para el servicio secreto británico. ¿No te habías enterado, René?

—¿Tú, un espía británico? No me lo creo.

—Yo a veces tampoco. Pero da la casualidad de que es cierto. Y tú vas a ayudarme. Vas a convertirte en mi confidente y yo en tu agente de control.

—Debe de ser una broma.

—Piensa en tus actuales circunstancias. Son muy serias. Igual que nuestra misión. Vas a ayudarme a encontrar al hombre que ha organizado todos esos atentados terroristas aquí, en Europa, y en Norteamérica.

—¿Y cómo voy a hacer eso? Por amor de Dios, yo trafico con drogas.

—Me alegro de que despejemos esa incógnita. Pero no eres un traficante cualquiera, ¿verdad? El término «camello» se te queda muy pequeño. Diriges toda una red mundial desde ese tugurio de la *place* Jean Jaurès. Y tu jefe es Jean-Luc Martel —concluyó Keller.

—¿Quién? —preguntó Devereaux.

—Jean-Luc Martel. El de los restaurantes, los hoteles y el pelucón.

—No te olvides de esa novia inglesa suya, tan guapa —dijo Devereaux.

—Así que le conoces.

—Claro que le conozco. Solía ir al primer restaurante que abrió en Marsella. En aquel entonces era un don nadie. Ahora es toda una estrella.

—Gracias a las drogas —comentó Keller—. Más concretamente, al hachís. Hachís procedente de Marruecos que tú te encargas de distribuir por toda Europa. El imperio de Martel se vendría abajo si no fuera por el hachís. Pero a ti jamás se te ocurriría eliminarle, porque entonces tendrías que encontrar un nuevo método de blanquear entre cinco mil y diez mil millones de beneficios al año procedentes del narcotráfico. Puede que al fisco francés tu presunta empresa le parezca más o menos respetable, pero no pasarían por alto los beneficios de una red mundial de narcotráfico. Por eso necesitas un auténtico conglomerado empresarial. Un conglomerado que ingresa cientos de millones de dólares al año en pagos en efectivo. Un conglomerado capaz de comprar gran cantidad de terrenos para urbanizarlos.

—Y que compra y vende cuadros. —Tras unos instantes de silencio, Devereaux añadió—: Sabía que nos traería problemas en cuanto la vi.

—¿A quién?

—A esa puta inglesa.

Keller cerró el puño derecho y le golpeó con todas sus fuerzas en el hombro empapado de sangre.

—Volviendo al tema que nos ocupa —dijo mientras el francés se retorcía de dolor en la cama—, vas a contarme todo lo que sabes sobre Jean-Luc Martel. Los nombres de vuestros suministradores en Marruecos. Las rutas que usáis para traer la droga a Europa. Vuestros métodos para introducir el dinero en el flujo financiero de JLM Enterprises. Todo, René.

—¿Y si lo hago?

—Haremos un vídeo —dijo Keller.

—¿Y si no?

—Recibirás el tratamiento JLM. Y no me refiero a una buena cena o una estancia de una noche en un hotel de lujo.

Devereaux consiguió sonreír. Después, se sacó de la garganta una flema densa y gelatinosa y la lanzó de un escupitajo a la cara de Keller. El inglés se limpió tranquilamente con un pico de la sábana y acto seguido fue a pedirle el martillo al corso. Golpeó a Devereaux varias veces con él en el hombro derecho, evitando la cabeza y la cara. Luego subió al salón, donde Don Orsati seguía viendo el partido de fútbol.

—¿Ha sido algo que ha dicho o que no ha dicho?

—Algo que ha dicho —contestó Keller.

—¿Ha habido sangre?

—Un poco.

—Me alegro de que hayas esperado a que me marchara. No soporto ver sangre.

De la televisión surgió un estruendoso grito de júbilo.

—Esto va de mal en peor —comentó el don, apesadumbrado.

—Sí —respondió Keller—. Pero no perdamos la esperanza.

37

MAR MEDITERRÁNEO

Christopher Keller visitó tres veces más el pequeño camarote del Celine: una a las once, otra poco después de medianoche y una última, más prolongada, a la una y media. Al término de esta última, René Devereaux, el curtido criminal marsellés con las manos manchadas de sangre, lloraba incontrolablemente y suplicaba piedad. Keller se la concedió, pero con una condición: que se lo contara todo ante la cámara. Si no, le rompería todos los huesos del cuerpo, uno por uno, lentamente, con esmero y premeditación, dejándole descansar entre uno y otro para que se espabilara y tuviera tiempo de reflexionar.

Ya había hecho grandes progresos en ese aspecto. El hombro derecho de Devereaux, en el que seguía alojada la bala, sufría múltiples fracturas. También tenía el codo derecho roto, igual que el izquierdo. Sus manos se hallaban en un estado deplorable y la herida de su rodilla derecha, en caso de que curara debidamente, le dejaría una cojera perpetua semejante a la de Saladino.

Trasladarle al salón, donde estaba montada la cámara, resultó dificultoso. Giancomo tiró de él escalera arriba mientras Keller le empujaba desde atrás, sirviendo de apoyo a la pierna destrozada. Le dieron coñac, además de un potente analgésico que en Francia se vendía sin receta y que era capaz de hacerle olvidar a uno que acababan de amputarle un miembro. Keller le ayudó a ponerse una chaqueta amarilla clara y le peinó el pelo lacio y ralo. Luego encendió la cámara y, tras comprobar cuidadosamente el encuadre, formuló su primera pregunta.

—¿Cuál es su nombre?

—René Devereaux.

—¿A qué se dedica?

—Tengo una tienda de electrónica en la *place* Jean Jaurès.

—¿Cuál es su verdadera fuente de ingresos?

—La droga.

—¿Dónde conoció a Jean-Luc Martel?

—En un restaurante de Marsella.

—¿De quién era el restaurante?

—De Philippe Renard.

—¿Cuál era el verdadero negocio de Renard?

—La droga.

—¿Dónde está Philippe Renard en estos momentos?

—Está muerto.

—¿Quién le mató?

—Jean-Luc Martel.

—¿Cómo le mató?

—Con un martillo.

—¿A qué se dedica Jean-Luc Martel en la actualidad?

—Es dueño de varios restaurantes, hoteles y tiendas.

—¿Cuál es su verdadera fuente de ingresos?

—La droga —respondió René Devereaux.

Atracaron en el puerto de Ajaccio a las nueve y media. Desde allí podía llegarse al aeropuerto dando un agradable paseo a pie por la sinuosa línea de la costa del golfo. El siguiente vuelo a Marsella salía a mediodía. Keller llegó a las once y cuarto, tras pararse a tomar un desayuno tardío y a comprar algo de ropa para cambiarse. Se vistió en los aseos del aeropuerto y cruzó el control de seguridad sin más efectos personales que su cartera, un pasaporte británico y su móvil del MI6. El teléfono contenía, comprimido y cifrado, un vídeo del interrogatorio de René Devereaux, una grabación que en esos momentos era posiblemente la pieza de información clave en la guerra global contra el terrorismo.

Keller apagó el teléfono antes de que despegara el avión y no volvió a encenderlo hasta que cruzó la terminal de Marsella. Mikhail le esperaba fuera, en el asiento trasero del Maybach de Dmitri Antonov. Yaakov Rossman estaba sentado al volante. Escucharon el interrogatorio a través del excelente sistema de audio del coche mientras se dirigían hacia el este por la *autoroute*.

—Te has equivocado de profesión —comentó Mikhail—. Deberías haber sido entrevistador de televisión. O gran inquisidor.

—Arrepiéntete, hijo mío.

—¿Crees que se dará por vencido?

—¿Quién, Martel? No sin luchar.

—No tiene escapatoria después de este vídeo. Ya es nuestro.

—Eso habrá que verlo —repuso Keller.

Eran casi las cuatro de la tarde cuando el Maybach cruzó la verja del piso franco de Ramatuelle. Nada más entrar, Keller transfirió el archivo de vídeo a la red informática principal. Un momento después, la cara de René Devereaux apareció en los monitores.

—*¿Dónde está Philippe Renard en estos momentos?*

—*Está muerto.*

—*¿Quién le mató?*

—*Jean-Luc Martel.*

—*¿Cómo le mató?*

—*Con un martillo.*

Y así seguía durante casi dos horas. Nombres, fechas, lugares, rutas, métodos, *dinero*... Todo se reducía al dinero. Sometido al interrogatorio implacable de Keller (y bajo la amenaza, invisible en el vídeo, del martillo), René Devereaux confesaba los secretos más preciados de la organización mafiosa. Cómo se recaudaba el dinero de los camellos callejeros. Cómo se cargaba en la lavadora de JLM Enterprises. Y cómo se dispersaba una vez lavado y planchado. Todo ello con un detallismo exquisito, de alta resolución. En efecto, no había escapatoria. Tenían a Jean-Luc Martel a tiro. Pero ¿quién sería el encargado de ofrecerle una salida? Paul Rousseau se ofreció a hacerlo. A fin de cuentas —dijo—, Martel era problema de Francia. Y era Francia quien tenía que ponerle remedio.

Así fue como, con ayuda de Gabriel, Rousseau preparó un vídeo editado del interrogatorio de treinta y tres segundos de duración. Un *teaser* para abrir boca. Una «carantoña», como la llamaba Gabriel. Martel se hallaba en el bar de su restaurante del Puerto Viejo cuando el vídeo llegó a su móvil a través de un mensaje anónimo. El teléfono estaba intervenido, de modo que Gabriel, Rousseau y el resto del equipo pudieron observar la alarma creciente de Martel y sus diversos matices mientras veía la grabación. Unos segundos después le llegó otro vídeo, de propina. Mostraba un breve encuentro sexual entre Martel y Monique, la recepcionista de la galería de Olivia. Había sido grabado con el mismo teléfono que Martel tenía en la mano y que, desde la perspectiva del equipo, parecía temblar incontrolablemente.

En ese instante, Rousseau marcó el número personal de Martel. Como era de esperar, no contestó y Rousseau no tuvo más remedio que dejarle un mensaje de voz explicándole sus condiciones, equivalentes a una rendición incondicional. Jean-Luc Martel debía personarse de inmediato en Villa Soleil, solo y sin escolta. Cualquier intento de escapar —le advertía Rousseau— quedaría frustrado. Sus aviones y helicópteros no levantarían el vuelo; su yate de cuarenta metros de eslora no saldría del puerto.

—Evidentemente —concluía Rousseau—, estamos vigilando sus movimientos y comunicaciones. Tiene una única oportunidad de evitar la detención y la ruina económica. Le aconsejo que la aproveche.

Diciendo esto, Rousseau puso fin a la llamada. Transcurrieron cinco minutos antes de que Martel escuchara el mensaje. Desde ese instante comenzó la espera. Gabriel permaneció de pie frente a los monitores, con una mano en la barbilla y la cabeza levemente ladeada, mientras en el jardín Christopher Keller destrozaba su teléfono del MI6 a martillazos. Rousseau observaba la escena desde las puertas de la terraza. Daría a Martel una sola oportunidad de salvarse. Confiaba en que tuviera la sensatez de aceptarla.

38

COSTA AZUL, FRANCIA

Esta vez le dejaron la verja abierta de par en par, aunque por sugerencia de Gabriel cortaron la carretera más allá de Villa Soleil, no fuera a cambiar de idea y a tratar de escapar hacia el oeste siguiendo la Costa Azul. Llegó solo a las nueve y cuarto de esa misma noche, tras una serie de tensas conversaciones telefónicas con Paul Rousseau. El hecho de que se personara en la villa —dijo— no equivalía en modo alguno a una admisión de culpabilidad. No conocía al hombre de la grabación, cuyas acusaciones eran risibles y absurdas. Él se dedicaba a la hostelería y la venta de productos de lujo, no de drogas, y cualquiera que asegurara lo contrario tendría que afrontar las consecuencias legales de su atrevimiento. Rousseau respondió aclarándole que no se trataba de una cuestión legal, sino de un asunto que concernía a la seguridad nacional de Francia. Durante su última y crispada conversación telefónica, Martel se mostró intrigado. Exigió llevar consigo un abogado.

—Nada de abogados —dijo Rousseau—. Lo único que hacen es estorbar.

De nuevo era Roland Girard, del Grupo Alfa, quien le aguardaba en la glorieta de la villa. Esta vez, sin embargo, le recibió con menos cordialidad.

—¿Va armado?

—No sea ridículo.

—Suba los brazos.

Martel obedeció de mala gana. Girard le cacheó metódicamente, empezando por la nuca y acabando por los tobillos. Al incorporarse, el agente del Grupo Alfa se encontró con la mirada furiosa de Martel.

—¿Desea decirme algo, Jean-Luc?

Martel se quedó callado, cosa rara en él.

—Por aquí —dijo Girard.

Agarrándole por el codo, le condujo al interior de la villa. Christopher Keller le esperaba en el vestíbulo.

—¡Jean-Luc! Lamento mucho que la invitación se haya dado en estas circunstancias, pero necesitábamos llamar tu atención —dijo en francés. Después añadió en inglés con acento británico—: Verás, hay vidas en juego y no disponemos de mucho tiempo. Por aquí, por favor.

Martel permaneció clavado en el sitio.

—¿Ocurre algo, Jean-Luc?

—Eres...

—No soy francés —le interrumpió Keller—. Y tampoco soy de Córcega. Todo ha sido un montaje hecho especialmente para ti. Me temo que has sido víctima de un complot muy elaborado.

Anonadado, Martel le siguió hasta el salón más grande de Villa Soleil, donde las largas cortinas blancas ondeaban como las velas de un navío empujadas por el aire nocturno. Natalie estaba sentada en un extremo del sofá, vestida con chándal y deportivas verde neón. Mikhail se había acomodado frente a ella, con vaqueros y un jersey de algodón de cuello de pico. Paul Rousseau estaba contemplando un cuadro. Y desde el rincón del fondo del salón, a solas en su isla particular, Gabriel escudriñaba a Jean-Luc Martel.

Fue Rousseau quien, volviéndose, habló primero.

—Me gustaría poder decir que es un placer conocerle, pero no lo es. Cuando le miramos, nos preguntamos por qué nos dedicamos a este oficio. Por qué hacemos tantos sacrificios. Por qué asumimos tantos riesgos. Francamente, su vida no merece protección. Pero eso no viene al caso. Necesitamos su ayuda, de modo que no nos queda más remedio que acogerle en nuestro seno, aunque sea a regañadientes.

Los ojos de Martel fueron saltando de cara en cara, la del hombre al que conocía como *monsieur* Carnot, las de los Antonov, la de la silenciosa figura que le observaba desde su puesto solitario en el rincón, antes de posarse de nuevo en la de Rousseau.

—¿Quién es usted? —preguntó.

—Mi nombre carece de importancia —repuso Rousseau—. En realidad, en nuestro oficio los nombres no importan gran cosa, como sin duda ya sabe.

—¿Para quién trabaja?

—Para un departamento del Ministerio del Interior.

—¿La DGSI?

—Eso es irrelevante. De hecho —añadió Rousseau—, lo único que debe importarle del puesto que ocupo es que *no* soy un funcionario de policía.

—¿Y los demás? —preguntó Martel paseando la mirada por la habitación.

—Son colaboradores míos.

Martel miró a Gabriel.

—¿Y él?

—Considérelo un observador.

Martel arrugó el entrecejo.

—¿Por qué estoy aquí? ¿De qué va todo esto?

—De drogas —respondió Rousseau.

—Ya se lo he dicho, yo no estoy metido en ese negocio.

Rousseau exhaló un largo suspiro.

—Saltémonos esta parte, ¿le parece? Usted sabe cómo se gana la vida y nosotros también. En un mundo perfecto, ahora mismo estaría usted esposado. Pero ni que decir tiene que este mundo nuestro dista mucho de ser perfecto. Es caótico y peligroso, un desastre. Sin embargo, su *trabajo* —añadió Rousseau en tono desdeñoso— le ha situado en una posición privilegiada para hacer algo al respecto. Estamos dispuestos a mostrarnos generosos si nos ayuda. E implacables si se niega.

Martel cuadró los hombros y se irguió en toda su estatura.

—Ese vídeo —dijo— no demuestra nada.

—Solo ha visto una pequeña parte de la grabación. El vídeo entero dura casi dos horas y es extraordinariamente detallado. Dicho en pocas palabras, desvela todos sus sucios secretillos. Si ese documento cayera en manos de la policía, no me cabe duda de que pasaría usted el resto de su vida entre rejas. Que es donde le correspondería estar —añadió Rousseau con énfasis—. Y si la grabación llegara a manos de algún periodista emprendedor que nunca se haya tragado el cuento de hadas que rodea su vida, las consecuencias para su emporio empresarial serían catastróficas. Sus poderosos amigos, todos esos a los que soborna con comida, bebida y habitaciones de lujo, le abandonarían como ratas huyendo de un barco que se hunde. No tendría a nadie para protegerle.

Martel abrió la boca para contestar, pero Rousseau siguió hablando:

—Y luego está la cuestión de la Galerie Olivia Watson. Hemos tenido ocasión de examinar varias de sus transacciones. Son cuestionables, por decirlo de alguna manera. Sobre todo, esos cuarenta y ocho lienzos en blanco que fueron enviados a la Zona Franca de Ginebra. Ha puesto usted a la señora Watson en una situación insostenible. Su galería es una empresa delictiva, al igual que el resto de su imperio. Supongo que es posible que usted se libre de la soga, pero su esposa...

—No es mi esposa.

—Ah, sí, discúlpeme —dijo Rousseau—. ¿Cómo debo referirme a ella?

Martel ignoró la pregunta.

—¿La han metido en esto?

—*Madame* Watson no sabe nada, y preferimos que siga siendo así. No hay razón para meterla en este asunto. Por lo menos, aún.

—Rousseau hizo una pausa. Luego preguntó—: ¿Qué le ha dicho para justificar su venida?

—Le he dicho que tenía una reunión de negocios.

—¿Y le ha creído?

—¿Por qué no iba a creerme?

—Por sus antecedentes. —Rousseau esbozó una sonrisa maliciosa—. Pero lo que haga usted en su tiempo libre no es de mi incumbencia. Somos franceses, usted y yo. Hombres de mundo. Lo que quiero decir es que para nosotros no supondría un problema que *madame* Watson tuviera la impresión de que ha estado usted con otra mujer esta noche.

—Para ustedes no supondría ningún problema, pero para mí... —dijo Martel.

—No me cabe duda de que se le ocurrirá algo que decirle. Siempre se le ocurre. Pero volviendo al asunto que nos ocupa —dijo Rousseau—, a estas alturas ya debería ser evidente que ha sido usted objeto de una operación cuidadosamente planeada. Y ha llegado el momento de pasar a la siguiente fase.

—¿La siguiente fase?

—El premio —dijo Rousseau—. Va ayudarnos usted a encontrarlo. Y, si no, me encargaré personalmente de arruinarle la vida. La suya y la de *madame* Watson. —Tras una pausa, Rousseau añadió—: Aunque cabe la posibilidad de que no le importe lo más mínimo que *madame* Watson sufra las consecuencias de sus crímenes. Puede que tales sentimientos le parezcan anticuados. O que no sea usted ese tipo de hombre.

Martel le sostuvo la mirada sin inmutarse, pero al fijar de nuevo la mirada en Gabriel su aplomo pareció tambalearse.

—En todo caso —prosiguió Rousseau—, puede que haya llegado el momento de seguir escuchando la confesión de René Devereaux. No del todo, claro, eso nos llevaría demasiado tiempo. Solo las partes más relevantes.

Miró a Mikhail, que tocó una tecla de un ordenador portátil. Al instante, las voces de dos hombres que hablaban en francés llenó la habitación: una, con claro acento corso; la otra, transida de dolor.

—*¿De dónde proceden las drogas?*

—*De muchos sitios. Turquía, Líbano, Afganistán... De todas partes.*

—*¿Y el hachís?*

—*El hachís viene de Marruecos.*

—*¿Quién es vuestro proveedor?*

—*Antes teníamos varios. Ahora solo trabajamos con uno. Es el mayor productor del país.*

—*¿Su nombre?*

—*Mohammad.*

—*¿Mohammad qué más?*

—*Bakkar.*

Mikhail detuvo la grabación. Rousseau miró a Jean-Luc Martel y sonrió.

—¿Qué le parece si empezamos por ahí? —dijo—. Por Mohammad Bakkar.

39

COSTA AZUL, FRANCIA

Hay muchos motivos por los que una persona puede acceder a trabajar para un servicio de inteligencia, pero solo unos pocos son dignos de admiración. Algunos lo hacen por avaricia; otros, por amor o convicciones políticas. Y otros lo hacen por aburrimiento, por desencanto o porque, resentidos por quedarse atrás mientras sus compañeros de trabajo (a los que invariablemente consideran inferiores) ascienden en el escalafón, buscan la manera de tomarse la revancha. Con una pizca de adulación y un buen puñado de dinero, se puede persuadir a esos espíritus mezquinos para que desvelen los secretos que pasan por sus manos o a través de las redes informáticas que se encargan de custodiar. Los espías profesionales están más que dispuestos a sacar provecho de tales individuos, aunque en el fondo los desprecien casi tanto como desprecian a quienes traicionan a su país por motivos de conciencia. Esos son los tontos útiles del oficio. Para un espía profesional, no hay criatura más vil.

Los profesionales, sin embargo, no se fían de quienes ofrecen voluntariamente sus servicios, porque con frecuencia resulta difícil dilucidar cuáles son sus verdaderas motivaciones. Prefieren identificar a un posible candidato y, a continuación, tomar la iniciativa. Normalmente, le ofrecen dádivas, pero de vez en cuando es necesario recurrir a métodos más contundentes. De ahí que el profesional esté siempre a la busca de posibles deslices y flaquezas: una relación extramatrimonial, cierta predilección por la pornografía, algún resbalón financiero. Esas son las llaves maestras del oficio, capaces de abrir cualquier puerta. La coacción es, además, un modo infalible de clarificar intenciones. Ilumina los rincones oscuros del alma humana. El hombre que espía porque no tiene elección resulta menos misterioso que el que entra en una embajada con un maletín lleno de documentos robados. Aun así, nunca puede confiarse del todo en un colaborador sometido a coacción. Inevitablemente intentará encontrar una forma de reparar la injusticia de la que se considera objeto, y solo se le puede controlar en tanto su pecado original siga constituyendo una amenaza para él. Por tanto, el colaborador y el agente que se ocupa de controlarle se encuentran inevitablemente unidos en una relación amorosa abocada al fracaso.

Jean-Luc Martel, hotelero, restaurador, empresario del mundo de la moda, joyero y narcotraficante internacional, entraba en esta categoría. No había ofrecido sus servicios, ni había sido invitado a unirse al festín recurriendo a la persuasión. Había sido identificado, evaluado y convertido en objeto de una compleja y costosa operación. Habían abierto una brecha en su relación con Olivia Watson, golpeado implacablemente a su socio con un martillo y le habían amenazado con la cárcel y la ruina. Aun así, su reclutamiento no había concluido. La coacción podía abrir una puerta, pero para cerrar un trato hacían falta destreza y capacidad de seducción. Habría que llegar a un compromiso. Era inevitable. Necesitaban a Jean-Luc Martel tanto como él los necesitaba a ellos. Narcotraficantes los había a patadas. Saladino, solo había uno.

No aceptó de buen grado su suerte, como era de esperar: un hombre capaz de matar a su padre y a su mentor no se asusta fácilmente. Jugó al despiste, contraatacó, profirió amenazas. Rousseau, sin embargo, no picó el anzuelo. Era su perfecto contrapunto: sereno en apariencia, paciente en extremo y lento a la hora de encolerizarse. Martel puso a prueba su paciencia a menudo, como cuando le exigió una garantía por escrito, en papel timbrado del Ministerio del Interior, concediéndole inmunidad ahora y por siempre, amén. Pero no correspondía a Rousseau concederle esa gracia, dado que actuaba sin permiso, incluso sin conocimiento, de sus superiores de la DGSI. Así pues, acogió con una sonrisa las exigencias de Martel y, haciéndole una discreta seña a Mikhail, puso otro fragmento del interrogatorio marítimo de René Devereaux.

—Está mintiendo —aseguró Martel cuando dejó de oírse la grabación—. Es todo una fantasía.

Fue en ese punto —como más tarde recordaría Gabriel y confirmarían las cámaras ocultas— cuando Martel se quedó sin fuelle. Se sentó, curiosamente, junto a Mikhail y fijó la mirada en Natalie, que a su vez clavó la vista en el suelo. Siguió un silencio lo bastante largo para que Rousseau considerara oportuno volver a poner el fragmento clave de la grabación: el que hacía referencia a un tal Mohammad Bakkar, uno de los mayores productores de hachís de Marruecos (según algunos, el mayor), un hombre que gustaba de hacerse llamar «el rey de las montañas del Rif», la región del país donde se cultiva y procesa el hachís para exportarlo a Europa y más allá. La persona que, según René Devereaux, era el único proveedor de Martel.

—Deduzco —dijo Rousseau tranquilamente— que conoce usted ese nombre.

Martel confirmó que así era con una levísima inclinación de cabeza. Luego, sus ojos se trasladaron de Natalie a Keller, que se había situado tras ella como si quisiera protegerla. Keller le había engañado, le había traicionado. Y sin embargo en ese momento Martel parecía mirarle como si fuera su único amigo en aquella sala.

—¿Por qué no nos pone un poco en antecedentes? —sugirió Rousseau—. A fin de cuentas, somos simples aficionados. Al menos, en lo tocante al negocio de los estupefacientes. Ayúdenos a entender cómo funciona. Ilústrenos acerca de los entresijos de su mundo.

La petición de Rousseau no era tan inocente como parecía. René Devereaux ya le había contado a Keller con todo lujo de detalles cuáles eran los vínculos de Bakkar con la red. Pero Rousseau quería que Martel hablase; de ese modo, podrían poner a prueba la veracidad de sus palabras. Era de esperar que intentara engañarlos hasta cierto punto. Rousseau exigiría la verdad absoluta solo cuando fuera imprescindible.

—Hablemos un poco de ese tal Mohammad Bakkar —dijo—. ¿Es alto o bajo? ¿Delgado o gordo como yo? ¿Tiene pelo o es calvo? ¿Tiene una esposa o dos? ¿Fuma? ¿Bebe? ¿Es religioso?

—Es bajo —contestó Martel pasado un momento—. Y no, no bebe. Mohammad es un hombre religioso. Muy religioso, de hecho.

—¿Y eso le sorprende? —preguntó Rousseau de inmediato, aprovechando que Martel había contestado por fin a una pregunta—. ¿Que un productor de hachís sea también un hombre devoto?

—Yo no he dicho que Mohammad Bakkar sea productor de hachís. Lo suyo son las naranjas.

—¿Las naranjas?

—Sí, las naranjas. Así que no, no me sorprende que sea un hombre devoto. En el Rif, es muy normal dedicarse a las naranjas. El rey lleva años tratando de convencer a los agricultores para que planten otros cultivos, pero las naranjas son más lucrativas que la soja o los rábanos. Mucho más —añadió con una sonrisa.

—Puede que el rey tenga que poner más empeño.

—En mi opinión, el rey prefiere dejar las cosas como están.

—¿Y eso por qué?

—Porque gracias a las naranjas entran anualmente varios miles de millones de dólares en el país. Las naranjas ayudan a mantener la paz. —Bajó la voz y añadió—: Mohammad Bakkar no es el único hombre religioso que hay en Marruecos.

—¿Hay muchos extremistas en Marruecos?

—Eso lo sabrá usted mejor que yo —replicó Martel.

—¿Tiene muchas células el ISIS en Marruecos?

—Eso he oído decir. Pero al rey no le gusta hablar de esas cosas —añadió Martel—. El ISIS no es bueno para el turismo.

—Usted tiene negocios en Marruecos, ¿verdad? Un hotel en Marrakech, si no me equivoco.

—Dos —repuso Martel en tono jactancioso.

—¿Qué tal va el negocio?

—Últimamente, no muy bien.

—Vaya, lo lamento.

—Saldremos adelante.

—No me cabe duda de que así será. ¿Y a qué atribuye usted esa mala racha? —preguntó Rousseau—. ¿Al ISIS?

—Los atentados en los hoteles de Túnez nos hicieron mucho daño. A la gente le da miedo que Marruecos sea el siguiente.

—¿Es un país seguro para los turistas?

—Lo es —dijo Martel— hasta que deje de serlo.

Rousseau se permitió sonreír ante la astucia de aquella observación. Luego señaló que los intereses empresariales de Martel le permitían entrar y salir de Marruecos, un país notorio por su producción de sustancias estupefacientes, sin levantar sospechas. Martel no lo negó; se limitó a encogerse de hombros.

—¿Mohammad Bakkar visita a menudo su hotel de Marrakech?

—No, nunca.

—¿Por qué?

—No le gusta Marrakech. O en lo que se ha convertido Marrakech, mejor dicho.

—¿Demasiados extranjeros?

—Y demasiados homosexuales —añadió Martel.

—¿Le desagradan los homosexuales debido a sus creencias religiosas?

—Supongo que sí.

—¿Dónde suele encontrarse con él?

—En Casa —dijo Martel, empleando el apócope local de Casablanca—. O en Fez. Tiene una *riad* en el centro de la medina. Y varias casas en el Rif y en el Atlas Medio.

—¿Cambia mucho de sitio?

—El de las naranjas es un negocio peligroso.

Rousseau sonrió de nuevo. Ni siquiera él era inmune al inmenso encanto de Martel.

—Y cuando se reúne con *monsieur* Bakkar, ¿de qué hablan?

—Del Brexit. Del nuevo presidente de Estados Unidos. De las perspectivas de paz en Oriente Medio. De lo normal.

—Evidentemente —dijo Rousseau—, está usted bromeando.

—En absoluto. Mohammad es un hombre bastante inteligente y se interesa por lo que sucede más allá del Rif.

—¿Cómo describiría usted su postura política?

—No es admirador de Occidente y está especialmente resentido con Francia y Estados Unidos. Y, por norma, procuro no mencionar el nombre de Israel en su presencia.

—¿Por qué? ¿Acaso se enfada?

—Podría decirse así.

—Y sin embargo hace usted negocios con ese hombre.

—Sus naranjas son excelentes —repuso Martel.

—¿Y cuando no hablan del estado del mundo? ¿De qué hablan entonces?

—De los precios, de las previsiones de producción, de las fechas de entrega... Esa clase de cosas.

—¿Fluctúan los precios?

—La oferta y la demanda, ya se sabe —explicó Martel.

—Hace un par de años —prosiguió Rousseau—, notamos un cambio clarísimo en la forma en que salían las naranjas del norte de África. En lugar de cruzar el Mediterráneo en pequeños barcos, de uno en uno o de dos en dos, empezaron a aparecer toneladas de naranjas en grandes buques mercantes, todos ellos procedentes de Libia. ¿Hubo un exceso repentino de producción? ¿O hay algún otro motivo que explique ese cambio logístico?

—Más bien esto último —contestó Martel.

—¿Y cuál es ese motivo?

—Que Mohammad decidió aceptar un socio.

—¿Una persona física?

—Sí.

—Supongo que se trataría de un hombre, dado que alguien como Mohammad Bakkar jamás haría negocios con una mujer.

Martel asintió con una inclinación de cabeza.

—¿Y ese socio quería adoptar una estrategia de mercado más agresiva?

—Mucho más agresiva.

—¿Por qué motivo?

—Porque quería maximizar los beneficios rápidamente.

—¿Coincidió usted con él alguna vez?

—Dos veces.

—¿Su nombre?

—Khalil.

—¿Khalil qué más?

—Eso es todo, Khalil a secas.

—¿Era marroquí?

—No, rotundamente *no*.

—¿De dónde era?

—No me lo dijo.

—¿Y si tuviera que aventurar una hipótesis?

Jean-Luc Martel se encogió de hombros.

—Yo diría que era iraquí.

40

COSTA AZUL, FRANCIA

A todos los presentes se les hizo evidente —y de nuevo así lo confirmaron las cámaras ocultas— que Jean-Luc Martel no comprendía la trascendencia de las palabras que acababa de pronunciar. «Yo diría que era iraquí...». Un iraquí que se hacía llamar Khalil. Sin apellido, ni patronímico, ni gentilicio ancestral. Khalil a secas. Khalil, que se había asociado con Mohammad Bakkar, un productor de hachís de profundas convicciones islámicas que odiaba a Estados Unidos y a Occidente y montaba en cólera con solo oír hablar de Israel. Khalil, que quería maximizar beneficios introduciendo más género en el mercado europeo. Gabriel, que observaba en silencio el drama que él mismo había ideado y producido, se dijo que no debía llegar a conclusiones prematuras. Cabía la posibilidad de que el hombre que se hacía llamar Khalil no fuera la persona que estaban buscando; que fuera un delincuente común al que solo le interesaba ganar dinero; que aquella fuera una pista falsa que les hiciera perder tiempo y recursos preciosos. Aun así, incluso a él le costó controlar el martilleo de su corazón. Había tirado del cabo suelto, había unido los puntos y el rastro le había conducido hasta allí, al antiguo hogar de un enemigo derrotado. Los otros miembros del equipo, sin embargo, acogieron la revelación de Martel con aparente indiferencia. Natalie, Mikhail y Christopher Keller parecían absortos en sus pensamientos, y Paul Rousseau había aprovechado aquel momento para cargar su primera pipa. Un momento después prendió su encendedor y una nube de humo pasó flotando por delante de las dos escenas venecianas de Guardi. Gabriel, el restaurador, dio un respingo involuntario.

Si Rousseau sintió la más mínima curiosidad por aquel iraquí llamado Khalil, no dio muestras de ello. Khalil era un nombre más; Khalil carecía de importancia. A Rousseau le interesaban más (o eso aparentaba) los entresijos de la relación de Martel con Mohammad Bakkar. ¿Quién manejaba el cotarro? Eso era lo que quería saber. ¿Quién tenía la sartén por el mango? ¿Quién se encargaba de la distribución: Martel o Bakkar, el productor marroquí?

—No sabe mucho sobre el negocio, ¿verdad?

—Solo desde un punto de vista teórico —se disculpó Rousseau.

—Se trata de una negociación —explicó Martel—. Pero, al final, es el productor quien manda.

—¿Porque puede prescindir del distribuidor en cualquier momento?

—Exacto.

—¿No podría encontrar otro suministrador de drogas?

—De naranjas —puntualizó Martel.

—Ah, sí, de naranjas —convino Rousseau.

—No es tan fácil.

—¿Por la calidad de las naranjas de Mohammad Bakkar?

—Porque Mohammad Bakkar es un hombre con poder e influencia considerables.

—¿Disuadiría a otros productores de venderle su género?

—Absolutamente.

—¿Qué pasó cuando Mohammad Bakkar le dijo que quería aumentar drásticamente la cantidad de naranjas que exportaba a Europa?

—Le aconsejé que no lo hiciera.

—¿Por qué?

—Por varios motivos.

—¿Cuáles, por ejemplo?

—Que los cargamentos grandes son intrínsecamente peligrosos.

—¿Porque es más fácil que las autoridades los detecten?

—Evidentemente.

—¿Qué más?

—Me preocupaba que saturase el mercado?

—¿Y que por tanto bajaran los precios de las naranjas en Europa occidental?

—La oferta y la demanda —repitió Martel con un encogimiento de hombros.

—¿Y cuando le habló usted de esos inconvenientes?

—Me dio a elegir entre dos opciones muy sencillas.

—¿Lo tomas o lo dejas?

—En efecto.

—Y usted aceptó —concluyó Rousseau.

Martel se quedó callado. Rousseau cambió bruscamente de tema.

—El transporte —dijo—. ¿Quién se encarga del transporte?

—Mohammad. Echa el paquete al correo y nosotros lo recogemos al otro lado.

—Imagino que les dice cuándo pueden esperarlo.

—Por supuesto.

—¿Qué métodos prefiere?

—Antes utilizaba embarcaciones pequeñas para trasladar la mercancía por el Mediterráneo, de Marruecos a España. Luego, los españoles blindaron la costa y empezó a mover el género a través del norte de África, hasta los Balcanes. Era un viaje largo y costoso. Se perdían muchas naranjas por el camino. Sobre todo, cuando llegaban al Líbano y a los Balcanes.

—¿Las robaban las bandas delictivas de la zona?

—Las mafias serbias y búlgaras son muy aficionadas a los cítricos —dijo Martel—. Mohammad pasó años tratando de idear una manera de llevar sus naranjas a Europa sin tener que atravesar su territorio. Y entonces llegó la solución como caída del cielo.

—La solución —dijo Rousseau— era Libia.

Martel asintió lentamente con la cabeza.

—Era un sueño hecho realidad, un sueño que hicieron posible el presidente francés y sus amigos de Londres y Washington cuando declararon que Gadafi tenía que marcharse. En cuanto cayó el régimen, Libia se convirtió en territorio expedito. Era el Salvaje Oeste. Sin gobierno central, sin policía, sin autoridades de ninguna clase excepto las milicias y los psicópatas de los islamistas. Pero había un problema.

—¿Cuál?

—Las milicias y los psicópatas de los islamistas —repuso Martel.

—¿No les gustaban las naranjas?

—No. Querían su parte del pastel. De lo contrario, no dejarían que las naranjas llegaran a los puertos libios. Mohammad necesitaba un socio local, alguien que pudiera mantener a raya a las milicias y a los yihadistas. Alguien que pudiera garantizar que las naranjas llegaran a las bodegas de los mercantes.

—¿Alguien como Khalil? —preguntó Rousseau.

Martel no contestó.

—¿Se acuerda de un barco llamado Apollo? —preguntó Rousseau—. Los italianos lo apresaron frente a las costas de Sicilia con diecisiete toneladas métricas de naranjas en las bodegas.

—El nombre me suena —dijo Martel con un deje de sorna.

—Deduzco que el cargamento era suyo.

Martel confirmó que así era con una mirada inexpresiva.

—¿Hubo otros barcos antes del Apollo? ¿Barcos que no fueron interceptados?

—Varios.

—Recuérdeme —dijo Rousseau fingiéndose despistado— quién corre con los gastos cuando se pierde el cargamento. ¿El productor o el distribuidor?

—Yo no puedo vender las naranjas si no las recibo.

—Entonces, ¿está diciendo...? Y, por favor, discúlpeme, *monsieur* Martel, no es mi intención ahondar en el asunto. ¿Está diciendo que Mohammad Bakkar perdió millones de euros cuando apresaron el Apollo?

—Así es.

—Debió de ponerse furioso.

—Más que furioso —repuso Martel—. Me hizo ir a Marruecos y me acusó de haber filtrado la información a los italianos.

—¿Por qué haría usted tal cosa?

—Porque me opuse desde el principio a los cargamentos a gran escala. Y el mejor modo de detenerlos era perder uno o dos barcos.

—¿Fue usted quien dio el soplo a los italianos?

—Desde luego que no. Le dije a Mohammad rotundamente que el problema lo tenía él, en su cancha.

—En el Magreb, quiere decir —dijo Rousseau.

—En Libia —señaló Martel.

—¿Y cuando continuaron los apresamientos de barcos?

—Khalil eliminó las goteras y las naranjas empezaron a llegar sanas y salvas otra vez.

Helo allí otra vez, el nombre del nuevo y agresivo socio de Mohammad Bakkar, cuyo nombre Paul Rousseau había evitado mencionar. Tras una larga pausa para cebar y encender otra pipa, preguntó cuándo había conocido Jean-Luc Martel a aquel iraquí que se hacía llamar Khalil. Sin apellido. Sin patronímico ni topónimo ancestral. Khalil a secas. Martel contestó que había sido en 2012. En primavera, creía. A finales de marzo, quizá, aunque no estaba del todo seguro. Rousseau, sin embargo, no le creyó. Martel era el dueño y señor de un vasto imperio delictivo cuyo funcionamiento conocía al dedillo. Sin duda —insistió Rousseau— recordaría la fecha de un encuentro tan memorable.

—Fue el veintinueve de marzo.

—¿Y las circunstancias? ¿Le convocaron a una reunión urgente o fue un encuentro acordado de antemano?

Martel contestó que solicitaron su presencia.

—¿Y cómo suelen hacerlo, por lo general? Es un detalle nimio, lo sé, pero tengo curiosidad.

—Me dejan un mensaje en mi hotel de Marrakech.

—¿Un mensaje de voz?

—Sí.

—¿Y la primera reunión a la que asistió Khalil?

—Fue en Casa. Yo llegué en mi avión y me fui al hotel. Un par de horas después me dijeron dónde tenía que ir.

—¿Le llamo Mohammad personalmente?

—Uno de sus hombres. A Mohammad no le gusta usar el teléfono para asuntos de negocios.

—¿Y el hotel? ¿Cuál era, por favor?

—El Sofitel.

—¿Fue usted solo?

—Olivia vino conmigo.

Rousseau arrugó el ceño, pensativo.

—¿Siempre le acompaña?

—Siempre que es posible.

—¿Por qué?

—Es importante guardar las apariencias.

—¿Ella asistió a la reunión?

—No. Se quedó en el hotel cuando me fui a Anfa.

—¿Anfa?

Se trataba de una zona acomodada situado en una loma al oeste del centro, explicó Martel, un barrio de avenidas jalonadas por palmeras, mansiones amuralladas y precios por metro cuadrado comparables a los de París y Londres. Mohammad Bakkar tenía casa allí. Como de costumbre, Martel tuvo que someterse a un cacheo minucioso para que le permitieran entrar. El registro —recordaba ahora— fue más invasivo de lo normal. Esperaba encontrar solo a Bakkar, como era habitual en sus reuniones, pero había otro hombre presente.

—Descríbalo, si es tan amable.

—Alto, hombros anchos, cara y manos grandes.

—¿Color de piel?

—Oscuro, pero no mucho.

—¿Cómo vestía?

—A la occidental. Traje oscuro, camisa blanca sin corbata.

—¿Cicatrices o algún otro rasgo distintivo?

—No.

—¿Tatuajes?

—Solo pude verle las manos.

—¿Y?

Martel hizo un gesto negativo con la cabeza.

—¿Los presentaron?

—Sucintamente.

—¿Dijo algo?

—A mí, no. Solo habló con Mohammad.

—En árabe, imagino.

—Sí.

—Mohammad Bakkar habla árabe magrebí.

—Dariya —puntualizó Martel.

—¿Y el otro? ¿También hablaba dariya?

Martel negó con la cabeza.

—¿Nota usted la diferencia?

—Aprendí un poco de árabe de pequeño. De mi madre —añadió—. Así que sí, noto la diferencia. Hablaba como un iraquí.

—¿Y no se interesó por su nacionalidad, teniendo en cuenta que el ISIS había ocupado gran parte de Irak y Siria y establecido una base de operaciones en Libia? O tal vez no quería saberlo —agregó Rousseau con una nota de desdén—. Puede que en una situación así sea preferible no hacer demasiadas preguntas.

—Por regla general —repuso Martel—, hacer demasiadas preguntas puede ser perjudicial para el negocio.

—Sobre todo si está implicado el ISIS o gentes de su ralea. —Rousseau refrenó su ira—. ¿Y el segundo encuentro? ¿Cuándo fue?

—En diciembre pasado.

—¿Después de los atentados de Washington?

—Sí, sin duda.

—La fecha exacta, por favor.

—Creo que fue el diecinueve.

—¿Y el contexto?

—Fue nuestra reunión anual de invierno.

—¿Dónde se efectuó?

—Mohammad cambió varias veces el lugar de encuentro. Finalmente nos reunimos en un pueblecito del Rif.

—¿Cuál era el orden del día?

—Los precios y las fechas de entregas aproximadas del año entrante. Mohammad y el iraquí querían introducir aún más género en el mercado. En enormes cantidades. Y de inmediato.

—¿Cómo vestía el iraquí en esa ocasión?

—Como un marroquí.

—¿Es decir?

—Llevaba chilaba.

—Una túnica tradicional marroquí con capucha.

Martel asintió.

—Y tenía la cara más delgada y afilada.

—¿Había perdido peso?

—Se había hecho la cirugía estética.

—¿Notó alguna otra diferencia en él?

—Sí —respondió Martel—. Que cojeaba.

41

COSTA AZUL, FRANCIA

A Paul Rousseau le repugnaba en parte el trato que sin duda habría que hacer: no tenía estómago para esas cosas. Jean-Luc Martel —diría más adelante— era la prueba palmaria de que ·Francia había cometido un error al prescindir de la guillotina. Valía, sin embargo, la pena pagar ese precio por atrapar a Khalil el iraquí. Khalil, el que se había operado la cara y cojeaba. Para conseguir que Martel cruzara la línea de meta, no bastaría con emplear la coacción. Habría que transformarle en un agente hecho y derecho del Grupo Alfa —en «un miembro del espionaje francés, que Dios nos asista», se lamentó Rousseau— y únicamente la promesa de la inmunidad total serviría para garantizar su cooperación. Rousseau no tenía autoridad para hacer semejante promesa. Solo el ministro tenía esa potestad, lo que planteaba otro dilema a Rousseau, puesto que el ministro seguía sin saber nada de la operación. Era de todos conocido que al ministro no le gustaban las sorpresas, pero tal vez en este caso estuviera dispuesto a hacer una excepción.

De momento, Rousseau hizo de tripas corazón y apretó las tuercas a Martel. Lo repasaron todo de nuevo, lenta y meticulosamente, de adelante atrás y de atrás adelante, transversalmente y de todas las formas que se le ocurrieron a Rousseau, que buscaba cualquier indicio de incoherencia, cualquier motivo, por nimio que fuese, para poner en duda la veracidad de su confidente.

Prestó especial atención al orden del día de la reunión de invierno a la que asistió Khalil el iraquí; sobre todo, a la agenda de futuras entregas de mercancía. Había tres grandes cargamentos previstos para los siguientes diez días. Irían los tres ocultos dentro de cargueros procedentes de Libia. Dos llegarían a puertos franceses, Marsella y la cercana Toulon. El tercero, en cambio, atracaría en el puerto italiano de Génova.

—Si esas drogas se pierden —dijo Martel—, se armará una muy gorda.

—Naranjas —puntualizó Rousseau—. Naranjas.

Fue en este punto cuando Gabriel intervino por vez primera en el procedimiento. Lo hizo precedido por una brevísima presentación y pertrechado con varias hojas de papel en blanco, un lápiz y un sacapuntas. Permaneció casi una hora sentado junto al hombre cuya vida había puesto patas arriba y con su ayuda elaboró sendos retratos robots de las dos versiones de Khalil el iraquí: la de 2012 con ropa occidental, y la que apareció en Marruecos tras los atentados de Washington, con chilaba y una visible cojera. Se sabía que Martel tenía buen ojo para los detalles (él mismo lo había asegurado en infinidad de ocasiones en entrevistas de prensa) y aseguraba no olvidar nunca una cara. Era, además, muy exigente, rasgo este que se puso de manifiesto cuando Gabriel no acertó a dibujar con exactitud la barbilla de la versión retocada de Khalil. Hubo que hacer tres borradores hasta que Martel dio por fin su aprobación con inusitado entusiasmo.

—Ese es. Es el hombre que vi en diciembre pasado.

—¿Está seguro? —insistió Gabriel—. No hay prisa. Podemos hacer otro borrador si quiere.

—No hace falta. Era exactamente así.

—¿Y la cojera? —preguntó Gabriel—. No nos ha dicho de qué pierna cojeaba.

—De la derecha.

—¿Está seguro?

—Sin duda.

287

—¿Le dio alguna explicación?

—Dijo que había tenido un accidente de tráfico. No dijo dónde.

Gabriel observó unos instantes los retratos acabados; luego los levantó para que los viera Natalie. Ella agrandó los ojos involuntariamente. Después, recobrando la compostura, apartó la vista y asintió con parsimonia. Gabriel dejó a un lado el primer retrato y contempló largamente el segundo. Era la nueva cara del terror. La cara de Saladino.

Le hicieron subir a la habitación de *madame* Sophie, le mancharon un lado del cuello con el carmín rojo sangre de la señora de la casa y le rociaron con tanto perfume que dejó tras de sí una estela de vapor cuando, vapuleado y exhausto, regresó en coche a su villa al otro lado de la Baie de Cavalaire con las primeras luces del día. No iba solo. Nicolas Carnot, conocido también como Christopher Keller, ocupaba el asiento del copiloto con el móvil de Martel en una mano y una pistola en la otra. Tras ellos, en otro vehículo, viajaban cuatro agentes del Grupo Alfa que previamente habían trabajado para Dmitri Antonov en Villa Soleil. Ahora, en cambio, trabajaban para Martel, igual que Nicolas Carnot. Las circunstancias exactas que rodeaban su decisión de cambiar de amo eran borrosas, pero esas cosas eran normales en Saint-Tropez en pleno verano.

Eran las cinco y doce de la mañana cuando los dos vehículos enfilaron la avenida de la mansión de Martel. Olivia Watson lo sabía porque había pasado toda la noche despierta y corrió a la ventana de su cuarto al oír abrirse y cerrarse las puertas de los coches en la glorieta. En cambio, cuando el colchón se hundió ligeramente bajo el peso de su díscolo amante, se fingió dormida. Luego se volvió y sus ojos se encontraron en la media luz del amanecer.

—¿Dónde has estado, Jean-Luc?

—Trabajando —murmuró—. Vuelve a dormirte.

—¿Hay algún problema?

—Ya no.

—He intentado llamarte, pero mi teléfono no funciona. Tampoco tenemos Internet, y el teléfono fijo no tiene línea.

—Habrá alguna avería. —Cerró los ojos.

—¿Qué hace Nicolas abajo? ¿Y quiénes son esos hombres?

—Te lo explicaré todo por la mañana.

—*Ya* es por la mañana, Jean-Luc.

Se quedó callado. Olivia se arrimó a él.

—Hueles a otra mujer.

—Olivia, por favor.

—¿Quién es, Jean-Luc? ¿Dónde has estado?

42

PARÍS

La conversación que tanto temía Paul Rousseau tuvo lugar esa tarde a primera hora en el Ministerio del Interior, en París. Al igual que Jean-Luc Martel, no tuvo que afrontar solo su destino: Gabriel le acompañó. Cruzaron el patio hombro con hombro y subieron juntos la gran escalinata hasta el imponente despacho del ministro, donde Rousseau, que nunca había sido partidario de la charla intrascendente, confesó de inmediato su pecado. El servicio secreto británico —dijo— había seguido la pista de los fusiles de asalto utilizados en los atentados de Londres y el rastro los había llevado hasta un francés de origen marroquí llamado Nouredine Zakaria, un delincuente profesional vinculado a una de las mayores redes de narcotráfico del país. Sin autorización de su superior inmediato ni del ministro del Interior, Rousseau y el Grupo Alfa habían colaborado con dos servicios de inteligencia aliados —el británico y, obviamente, el israelí— a fin de infiltrarse en la mencionada red y convertir a su jefe en agente de espionaje. La operación —añadió— había tenido éxito. Gracias a los datos proporcionados por el confidente, el Grupo Alfa y sus homólogos extranjeros podían afirmar con moderada rotundidad que el ISIS controlaba una parte significativa del tráfico de hachís en el norte de África y que Saladino, el misterioso cerebro de la división de asuntos exteriores del grupo, se ocultaba probablemente en el exprotectorado francés de Marruecos.

El ministro reaccionó como cabía esperar; o sea, no muy bien. Siguió un sermón, en su mayor parte de contenido profano. Rousseau ofreció su dimisión; había escrito una carta de su puño y letra durante el viaje al norte desde Provenza, y durante unos instantes pareció que el ministro iba a aceptarla. Por fin, metió la carta en el triturador de papel. La responsabilidad última de proteger el territorio francés de un ataque terrorista, islámico o de cualquier otra índole, descansaba sobre sus estrechos hombros. No podía prescindir de un hombre como Paul Rousseau.

—¿Dónde está Nouredine Zakaria en estos momentos?

—Desaparecido —respondió Rousseau.

—¿Ha ido al califato?

Rousseau dudó antes de responder. Estaba dispuesto a servirse de evasivas, pero de ningún modo a mentir. Nouredine Zakaria —dijo con calma— estaba muerto.

—¿Muerto? ¿Cómo? —preguntó el ministro.

—Creo que ocurrió durante una transacción comercial.

El ministro miró a Gabriel.

—Deduzco que usted tiene algo que ver en esto.

—El fallecimiento de Zakaria data de una fecha anterior a nuestra intervención en este asunto —respondió Gabriel con precisión de leguleyo.

El ministro no pareció convencido.

—¿Y el jefe de la red? ¿Su nuevo colaborador?

—Se llama Jean-Luc Martel —contestó Rousseau.

El ministro bajó la mirada y recolocó los papeles de su mesa.

—Eso explica que se interesara por el expediente de Martel el día del atentado contra la sede de su brigada.

—En efecto —repuso Rousseau, imperturbable.

—Jean-Luc ha sido objeto de numerosas investigaciones. Y todas han llegado a la misma conclusión: que no se dedica al narcotráfico.

—Esa conclusión —afirmó Rousseau con cautela— es errónea.

—¿Cómo lo sabe?

—Me lo ha dicho una fuente fidedigna.

—¿Quién?

—Jean-Luc Martel.

El ministro soltó un bufido desdeñoso.

—¿Por qué iba a decirle tal cosa?

—No le quedó otro remedio.

—¿Por qué?

—René Devereaux.

—El nombre me suena.

—Lógicamente —repuso Rousseau.

—¿Dónde está Devereaux?

—En el mismo sitio que Nouredine Zakaria.

—*Merde* —dijo el ministro en voz baja.

Se hizo un silencio. El polvo flotaba en el chorro de luz solar que entraba por la ventana como peces en un acuario. Rousseau carraspeó suavemente, señal de que estaba a punto de adentrarse en terreno peligroso.

—Sé que Martel y usted son amigos —dijo por fin.

—Nos conocemos —replicó el ministro de inmediato—, pero no somos amigos.

—A Martel le sorprendería oírle decir eso. De hecho, sacó su nombre a colación varias veces, hasta que por fin accedió a cooperar.

El ministro no logró disimular su ira contra Rousseau por airear aquellos trapos sucios delante de un extranjero; delante de un israelí, nada menos.

—¿Adónde quiere ir a parar? —preguntó.

—Lo que quiero decir —contestó Rousseau— es que voy a necesitar la cooperación constante de Martel, y para ello es necesario que se le conceda la inmunidad. Se trata de un asunto delicado, dada su relación personal, pero de otro modo la operación no podrá seguir adelante.

—¿Cuál es su objetivo?

—Eliminar a Saladino, naturalmente.

—¿Y piensan utilizar a Martel como una especie de agente en activo?

—No tenemos otra alternativa.

El ministro fingió reflexionar.

—Tiene razón, concederle la inmunidad sería difícil. Pero si la solicitara *usted*...

—Tendrá la documentación antes de que acabe el día —le interrumpió Rousseau—. Si le soy sincero, seguramente es lo mejor. Usted no es el único miembro del actual gabinete que *conoce* a Martel.

El ministro se puso otra vez a revolver papeles.

—Le dimos manga ancha cuando creamos el Grupo Alfa, pero no es necesario que le diga que ha sobrepasado usted los límites de su autoridad.

Rousseau encajó la reprimenda en silencio, compungidamente.

—No quiero que se me vuelva a dejar al margen. ¿Está claro?

—Sí, señor ministro.

—¿Cómo piensa proceder?

—En los próximos diez días, el proveedor marroquí de Martel, un tal Mohammad Bakkar, mandará varios cargamentos de hachís en barcos mercantes desde Libia. Es esencial que los interceptemos.

—¿Conoce el nombre de esos barcos?

Rousseau asintió con un gesto.

—Bakkar y Saladino sospecharán que hay un topo en sus filas.

—En efecto.

—Se pondrán furiosos.

Rousseau sonrió.

—Eso esperamos, señor ministro.

Faltaban aún cuatro días para que el primer barco, un ataúd flotante con bandera maltesa llamado Mediterranean Dream, zarpara de Libia. Su punto de partida era Khoms, un pequeño puerto comercial al este de Trípoli. Tras hacer una breve escala en Túnez, donde estaba previsto que embarcara un cargamento de verduras, pondría rumbo a Génova. Los otros dos barcos, uno con bandera de las Bahamas y otro con bandera panameña, debían partir de Sirte siete días después, lo que planteaba un pequeño inconveniente. Gabriel y Rousseau estuvieron de acuerdo en que apresar el Mediterranean Dream mientras los otros dos navíos se hallaran aún en puerto sería un error de cálculo, pues daría a Mohammad Bakkar y Saladino la oportunidad de rectificar la ruta que seguiría la mercancía. Esperarían, en cambio, a que los tres buques se hallaran en aguas internacionales para dar el primer paso.

El retraso les pesó a ambos, sobre todo a Gabriel, que había visto emerger la cara retocada de Saladino de los trazos de su lápiz. Llevaba siempre consigo el retrato, incluso en su dormitorio de Jerusalén, donde pasó cuatro noches de insomnio tumbado junto a su esposa. En King Saul Boulevard asistió a reuniones interminables acerca de asuntos que había dejado en las hábiles manos de Uzi Navot, pero todo el mundo notaba que tenía la cabeza en otra parte. Durante una reunión del gabinete de gobierno, se abstrajo mientras los ministros discutían incesantemente y dibujó una cara en su cuaderno. Una cara oculta en parte por la capucha de una chilaba.

A la mañana siguiente, Rousseau le despertó temprano para informarlo de que el Mediterranean Dream había zarpado de Túnez esa misma noche y se hallaba ya en aguas internacionales. Pero ¿contenía acaso un cargamento oculto de hachís marroquí? Así lo afirmaba una única fuente: el hombre que vivía enfrente de Dmitri y Sophie Antonov, al otro lado de la Baie de Cavalaire. El hombre cuyos muchos pecados habían recibido el perdón oficial y que se hallaba ahora bajo dominio absoluto de una coalición formada por tres servicios de inteligencia.

Para un observador poco avezado, sin embargo, no pareció obrarse ningún cambio aparente en su conducta, fuera de la presencia constante de Christopher Keller, que le acompañaba a todas partes. En efecto, allá donde iba Martel, iba también Keller. A Mónaco y a Madrid para asistir a un par de reuniones de negocios fijadas previamente. A Ginebra, para mantener una reveladora conversación con un banquero suizo de dudosa moralidad. Y por último a Marsella, donde el jefe de la división de narcóticos de Martel había desaparecido misteriosamente de su tienda de electrónica de la *place* Jean Jaurès, dejando tras de sí dos guardaespaldas muertos. La policía local tenía la impresión de que René Devereaux había sido asesinado por una banda rival. Sus socios, incluido un tal Henri Villard, eran de la misma opinión. Durante una reunión con Martel y Keller en un piso franco situado en las inmediaciones de la Gare Saint-Charles, Villard se mostró muy nervioso respecto a la suerte que podían correr los cargamentos que se hallaban en ruta. Temía, con razón, que se hubiera producido una filtración. Martel le tranquilizó y le ordenó recoger la mercancía de la manera habitual. El examen de la grabación hecha con el teléfono que Keller guardaba en el bolsillo (así como de los movimientos y comunicaciones de Villard tras la reunión) sugería que Martel no había tratado de enviar una advertencia velada a sus antiguos colaboradores. El hachís iba de camino y el pago estaba a punto de efectuarse. Tanto para los narcotraficantes como para los espías, todo parecía marchar sobre ruedas.

El mensaje que puso en marcha el siguiente acto del drama siguió los canales de costumbre, de ministro del Interior a ministro del Interior, sin ninguna urgencia aparente. Un confidente perteneciente a uno de los carteles más importantes de Francia aseguraba que al día siguiente arribaría a Génova un gran cargamento de hachís norteafricano a bordo del Mediterranean Dream, un buque de bandera maltesa. Tal vez, si no tenían nada que hacer, los italianos quisieran echarle un vistazo, como así fue, en efecto. De hecho, varias unidades de la Guardia di Finanza, el organismo policial italiano encargado de combatir el narcotráfico, abordaron el buque a los pocos minutos de su llegada y comenzaron a abrir contenedores. El registro sacó a la luz cuatro toneladas de hachís marroquí, un alijo notable, aunque no marcara ningún récord. Posteriormente, el ministro italiano telefoneó a su homólogo francés para darle las gracias por la información. El francés contestó que se alegraba de haber podido serles de ayuda.

Aunque en Italia fue una noticia sonada, el alijo apenas levantó revuelo en Francia, y menos aún en el antiguo pueblecito pesquero de Saint-Tropez. Pero cuando al día siguiente la policía de aduanas francesa apresó dos barcos (el Africa Star, con destino a Toulon, y el Caribbean Endeavor, rumbo a Marsella), incluso Saint-Tropez, pese a su indolencia, pareció impresionado. El Africa Star transportaba tres toneladas métricas de hachís. El Caribbean Endeavor, solo dos, pero contenía también algo que pilló por sorpresa a Gabriel y Paul Rousseau: un cilindro de plomo de cuarenta centímetros de altura y veinte de diámetro, escondido dentro de una bobina de cable eléctrico fabricado por una empresa sita en una zona industrial de Trípoli.

El cilindro no presentaba distintivos de ninguna clase. Aun así, la policía de aduanas francesa, ducha en el manejo de material potencialmente peligroso, decidió no abrirlo. Se hicieron diversas llamadas telefónicas, sonaron distintas alarmas y a primera hora de la noche el recipiente fue trasladado por vía segura a un laboratorio estatal ubicado a las afueras de París, cuyos técnicos analizaron el polvillo semejante a talco que encontraron dentro. Tardaron poco en determinar que se trataba de cesio 137, o cloruro de cesio, una sustancia altamente radioactiva. Paul Rousseau y el ministro del Interior francés fueron informados del hallazgo a las ocho de esa misma noche y a las ocho y veinte, seguidos de cerca por Gabriel, cruzaron las puertas del Palacio del Elíseo para darle la noticia al presidente de la República. Saladino iba de nuevo a por ellos. Esta vez, con una bomba sucia.

TERCERA PARTE

EL RINCÓN MÁS OSCURO

43

SURREY, INGLATERRA

Nunca se sabría a satisfacción de todos, y menos aún de los franceses, por qué medios llegó a conocimiento de los americanos que se habían incautado de un cargamento de cesio. Fue uno de esos misterios que persistían mucho después de que se asentara la polvareda levantada por una operación. Fuera como fuese *llegó* a sus oídos, esa misma noche, de hecho, y, antes de que saliera el sol, exigieron que todas las partes implicadas comparecieran en Washington para celebrar una cumbre de emergencia. Graham Seymour y Amanda Wallace, los hermanos de sangre, declinaron cortésmente la invitación. Ante la posibilidad de que la red de Saladino tuviera en sus manos una bomba de dispersión radiológica, no podían permitir que se les viera recurrir a sus antiguas colonias en busca de auxilio urgente. Eran partidarios decididos de la cooperación transatlántica —de hecho, dependían peligrosamente de ella—, pero para ellos se trataba de una simple cuestión de orgullo patrio. Y cuando Gabriel y Paul Rousseau también pusieron objeciones, los americanos capitularon de inmediato. Gabriel, que tenía una idea bastante clara de lo que se proponían, confiaba en que así fuera. Querían la cabeza de Saladino en una pica y el único modo de conseguirla era tomar el control de la operación. Convenía, por tanto, no concederles la ventaja de ser el equipo anfitrión. Tan solo la diferencia horaria, cinco horas, nada menos, bastaría para desequilibrar la balanza.

Como era de prever, la delegación que mandaron no era precisamente modesta. Llegaron en un Boeing con el escudo oficial de Estados Unidos estampado en el fuselaje y se desplazaron a la sede de la conferencia —un antiguo centro de entrenamiento del MI6 ubicado en una laberíntica casa solariega victoriana, en Surrey— formando una larga y ruidosa comitiva que surcó la campiña como si estuvieran esquivando explosivos en el Triángulo Suní del Irak ocupado. De uno de los vehículos salió Morris Payne, el nuevo director de la CIA. Educado en West Point, Payne había estudiado Derecho en una universidad de la Liga de la Hiedra y, tras pasar por la empresa privada, había defendido su ideario ultraconservador en el Congreso como representante de una de las dos Dakotas. Era grandullón y campechano, con la cara de una estatua de la isla de Pascua y una voz de barítono que retumbó en el artesonado del vestíbulo de la vieja casona. Saludó primero a Graham Seymour y Amanda Wallace, a fin de cuentas eran los anfitriones, además de parientes lejanos, y a continuación dirigió toda la fuerza de su personalidad, arrolladora como un cañón de agua, hacia Gabriel.

—¡Gabriel Allon! ¡Cuánto me alegro de conocerle por fin! Es usted uno de los grandes. Verdaderamente una leyenda. Deberíamos habernos reunido mucho antes. Adrian me ha dicho que hizo una visita relámpago a la ciudad y no vino a verme. Pero no se lo tendré en cuenta. Sé que Adrian y usted colaboran desde hace mucho tiempo. Han hecho un gran trabajo juntos. Confío en continuar esa tradición.

Gabriel consiguió por fin desasir su mano de la de Payne y miró a los hombres que rodeaban al nuevo director del servicio de inteligencia más poderoso del mundo. Eran jóvenes, enjutos y duros, exmilitares como su jefe y avezados en el peligroso arte del combate burocrático. El contraste respecto a la administración anterior no podía resultar más chocante. La ventaja, si es que había alguna, era que aquellos hombres mostraban una razonable simpatía hacia Israel. Quizá excesiva, pensó Gabriel. Eran la prueba palmaria de que convenía tener mucho cuidado con lo que se deseaba.

Adrian Carter no se hallaba entre la guardia pretoriana de Payne, lo que resultaba revelador. En esos momentos se estaba apeando de un todoterreno, junto con el resto de los altos funcionarios que acompañaban al director. Gabriel no conocía a la mayoría de aquellos hombres, pero sí reconoció a uno. Era Kyle Taylor, el jefe del Centro Antiterrorista de la CIA. Su presencia era un indicador preocupante de cuáles eran las intenciones de Langley: se decía de él que era capaz de ponerle un dron espía a su propia madre con tal de hacerse con el puesto de Carter y con su despacho de la sexta planta. Ostentaba su ambición implacable como una corbata cuidadosamente anudada. Carter, en cambio, daba la impresión de haberse levantado de la siesta un momento antes. Pasó junto a Gabriel saludándole con una levísima inclinación de cabeza.

—No te acerques demasiado —le susurró—. Lo mío es contagioso.

—¿Qué tienes?

—La lepra.

Morris Payne estaba estrechando la mano a Paul Rousseau con tanto ímpetu como si quisiera ganarse su voto. A instancias de Graham Seymour, entraron en el imponente comedor de la casa solariega, convertido desde hacía mucho tiempo en sala insonorizada. A la entrada había una cesta para los teléfonos móviles y, encima del aparador victoriano, un surtido de refrigerios que nadie probó. Morris Payne se sentó a la larga mesa rectangular, flanqueado por su asistente más joven y por Kyle Taylor, señor de drones. Adrian Carter quedó relegado al extremo más alejado, un sitio —pensó Gabriel— en el que podía garabatear a su antojo y fantasear con un empleo en el sector privado.

Gabriel ocupó el asiento que tenía asignado y de inmediato dio la vuelta a la plaquita con su nombre que algún industrioso funcionario del MI6 había colocado allí. Graham Seymour se hallaba sentado a su izquierda, justo enfrente de Morris Payne. Y a la izquierda de Seymour se sentaba Amanda Wallace, que, dada su expresión, parecía temer que le salpicara la sangre. La fama de Morris Payne le precedía. Durante los escasos meses que llevaba en el cargo, se las había ingeniado para transformar la CIA de servicio de inteligencia en organización paramilitar. La jerga del espionaje le aburría. Él era un hombre de acción.

—Sé que se hallan todos en estado de máxima alerta —comenzó a decir Payne—, de modo que no les haré perder el tiempo. Quiero felicitarlos. Han impedido una atrocidad. O al menos la han retrasado —puntualizó—. Pero la Casa Blanca insiste y, francamente, nosotros estamos de acuerdo, en que Langley tiene que tomar las riendas de este asunto y en que hay que trasladar el centro de operaciones a Estados Unidos. Con el debido respeto, es lo más lógico. Tenemos capacidad para ello, alcance operativo y tecnología suficientes.

—Pero nosotros tenemos al confidente —respondió Gabriel—. Y ni toda su capacidad operativa ni toda la tecnología del mundo podrían reemplazarle. Fuimos nosotros quienes le encontramos y quienes preparamos el terreno para su reclutamiento. Es nuestro.

—Y ahora van a entregárnoslo —dijo Payne.

—Lo siento, Morris, pero eso no puede ser.

Gabriel miró hacia el extremo de la mesa y vio que Adrian Carter trataba de disimular una sonrisa. La reunión no había empezado con buen pie. Lamentablemente, a partir de ahí fue de mal en peor.

Levantaron la voz, aporrearon la mesa y profirieron amenazas. Amenazaron con tomar represalias. Con suspender la cooperación y retirarles el apoyo imprescindible. Poco tiempo atrás, Gabriel se habría permitido el lujo de acusar al director de la CIA de ir de farol. Ahora debía proceder con más cautela. Los británicos no eran los únicos que dependían del poder tecnológico de Langley. Israel necesitaba aún más a los americanos, y Gabriel no podía permitirse bajo ningún concepto suscitar las iras de su socio más valioso. Además, pese a su fanfarronería y su petulancia, Morris Payne era un aliado con el que compartía, a grandes rasgos, una misma visión del mundo. Su predecesor en el cargo, que hablaba árabe con fluidez, había llegado al extremo de referirse a Jerusalén con el nombre de Al Quds. Sí, decididamente, la cosa podía haber sido mucho peor.

Por sugerencia de Graham Seymour, hicieron un alto para comer y beber algo. Después estaban mucho más relajados. Morris Payne reconoció que había aprovechado el vuelo transatlántico para echar un vistazo al dosier que la Agencia tenía sobre Gabriel Allon.

—Debo decir que es apabullante.

—Y tan grueso que me sorprende que haya podido meterlo en el avión.

Payne esbozó una sonrisa sincera.

—Los dos nos criamos en una granja —dijo—. La nuestra estaba en un rincón remoto de Dakota del Sur, y la suya en el Valle de Jezreel.

—Junto a una aldea árabe.

—Nosotros no teníamos árabes. Solo osos y lobos.

Ahora fue Gabriel quien sonrió. Payne pellizcó el borde de un sándwich reseco.

—Usted ha actuado en el norte de África en otras ocasiones. Personalmente, quiero decir. Participó en la operación contra Abú Yihad en Túnez en el ochenta y ocho. Aterrizó en la playa junto con su equipo y se abrió paso a tiros hasta su casa. Le mató en su despacho, delante de uno de sus hijos. Estaba viendo vídeos de la Intifada.

—Eso no es verdad —repuso Gabriel al cabo de un momento.

—¿Qué parte?

—No maté a Abú Yihad delante de su familia. Su hija entró en el despacho cuando ya estaba muerto.

—¿Qué hizo entonces?

—Le dije que fuera a atender a su madre. Y me marché.

Se hizo un silencio en la habitación. Fue Payne quien lo rompió.

—¿Cree que podrá hacerlo otra vez? ¿En Marruecos?

—¿Me está preguntando si tenemos capacidad para llevar a cabo la operación?

—Contésteme, hágame ese favor —dijo Payne.

La Oficina, respondió Gabriel, tenía capacidad de sobra para operar en Marruecos.

—Pero sus relaciones con el rey no son malas —señaló Payne—. Y podrían correr peligro si algo sale mal.

—Igual que en su caso —repuso Gabriel.

—¿Piensa colaborar con los servicios secretos marroquíes?

—¿Colaboraron ustedes con los paquistaníes cuando iban tras Bin Laden?

—Me tomaré eso por un no.

—Es muy probable —añadió Gabriel— que las circunstancias en las que vive Saladino sean muy parecidas a las de Bin Laden cuando vivía escondido en Abbottabad. Además, goza de la protección de un señor de la droga que sin duda tiene amigos en las altas esferas. Hablarles a los marroquíes de la operación sería como contárselo al propio Saladino.

—¿Hasta qué punto están seguros de que se encuentra allí?

Gabriel puso los dos retratos robots sobre la mesa. Tocó el primero, en el que aparecía Saladino tal y como era en la primavera de 2012, poco después de que el ISIS recalara en Libia.

—Se parece una barbaridad al hombre al que vi en el vestíbulo del Four Seasons de Georgetown antes del atentado. Eche un vistazo a las grabaciones de seguridad. No me cabe duda de que llegará a la misma conclusión. —Tocó el otro dibujo—. Y este es el aspecto que tiene ahora.

—Según un narcotraficante llamado Jean-Luc Martel.

—No siempre puede uno elegir a sus colaboradores, Morris. A veces son ellos quienes nos eligen a nosotros.

—¿Confía en él?

—En absoluto.

—¿Está dispuesto a entrar en batalla teniéndole en sus filas?

—¿Se le ocurre una idea mejor?

Evidentemente, no.

—¿Y si Saladino no pica el anzuelo?

—Acaba de perder cien millones de euros en hachís. Además del cesio.

El estadounidense miró a Paul Rousseau.

—¿Ha averiguado su gente la procedencia del cesio?

—La explicación más plausible —contestó Rousseau— es que proceda de Rusia o de alguna otra exrepública soviética, o bien de sus estados satélites. Los soviéticos empleaban el cesio indiscriminadamente y dejaron recipientes llenos dispersos por todo el campo. También cabe la posibilidad de que proceda de Libia. Los insurgentes y las milicias se apoderaron de las instalaciones nucleares del país cuando cayó el régimen. La IAEA estaba especialmente preocupada por la planta de investigación de Tajoura. Puede que haya oído hablar de ella.

Payne asintió.

—¿Cuándo piensa su gobierno hacerlo público?

—¿El qué?

—¡Lo del cesio! —le espetó Payne.

—No vamos a hacerlo público.

El estadounidense pareció incrédulo. Fue Gabriel quien se lo explicó.

—Hacerlo público alarmaría innecesariamente a la población. Y lo que es más importante, alertaría a Saladino y a su red de que hemos descubierto su material radioactivo.

—¿Y si consiguen pasar otro cargamento de cesio? ¿Qué pasará si estalla una bomba sucia en el centro de París? ¿O en Londres? ¿O en Manhattan, ya que estamos?

—Hacerlo público no reducirá las probabilidades de que eso suceda. Guardarlo en secreto, en cambio, tiene sus ventajas. —Gabriel puso la mano en el hombro de Graham Seymour—. ¿Ha tenido ocasión de leer *su* expediente, señor director? El padre de Graham trabajó para el espionaje británico durante la Segunda Guerra Mundial. El Comité de la Doble Equis. Cuando detenían a un espía enemigo en el Reino Unido, no se lo notificaban a los alemanes. Mantenían vivos a los espías detenidos en la mente de sus superiores y los utilizaban para trasladar información engañosa a Hitler y sus generales. Y los alemanes no trataban de reemplazar a los espías capturados porque creían que seguían haciendo su trabajo.

—Entonces, si Saladino cree que el material ha llegado a su destino, no tratará de mandar más. ¿Es a eso a lo que se refiere?

Gabriel se quedó callado.

—No está mal —comentó el americano con una sonrisa.

—Este no es nuestro primer rodeo.

—¿Había rodeos en el Valle de Jezreel?

—No —contestó Gabriel—, no los había.

Después de aquello, solo quedó un último punto por resolver. No era algo de lo que pudiera hablar delante de una sala llena de espías. Era un asunto bilateral que debía tratarse al más alto nivel, de director a director. Una salita tranquila no bastaría. Solo el jardín amurallado, con sus fuentes medio derruidas y sus senderos cubiertos de hierbajos, les brindaría el grado de privacidad necesario.

A pesar de que era pleno verano, hacía un día fresco y gris, y los descuidados setos goteaban aún, empapados por un aguacero reciente. Gabriel y Morris Payne caminaban codo con codo, sin prisa, meditabundos, separados por un par de centímetros, como máximo. Vistos desde las ventanas emplomadas de la antigua casona, formaban una extraña pareja: el corpulento y carnoso estadounidense de las Dakotas y el pequeño israelí del milenario valle de Jezreel. Morris Payne, que no llevaba chaqueta, gesticulaba expresivamente al hablar. Gabriel escuchaba, se frotaba los riñones y, cuando era necesario, asentía con la cabeza.

Cuando llevaban cinco minutos conversando, hicieron un alto y se giraron para mirarse de frente como si fueran a enfrentarse. Morris Payne clavó su grueso dedo índice en el pecho de Gabriel, lo que no podía ser buena señal, pero Gabriel se limitó a sonreír y a imitar su gesto. Luego levantó la mano izquierda por encima de su cabeza y la movió en círculo mientras mantenía la derecha suspendida a la altura de la cadera con la palma hacia abajo. Esta vez, fue Morris Payne quien asintió. Quienes los observaban desde la casa comprendieron la importancia de aquel instante. Acababan de llegar a un acuerdo de actuación. Los americanos se encargarían del cielo y del ciberespacio y los israelíes dirigirían las operaciones en tierra y, si se les presentaba la oportunidad, mandarían a Saladino al otro barrio de la manera más discreta posible.

Hecho esto, se volvieron y emprendieron el camino de regreso a la casa. Quienes observaban desde el interior adivinaron que Gabriel estaba diciendo algo que desagradaba sobremanera a Morris Payne. Hicieron otro alto en el camino y volvieron a apuntarse con los dedos al pecho. Luego, Payne levantó su carota de la isla de Pascua hacia el cielo gris y, resignándose, dejó escapar un suspiro. Al cruzar la sala de reuniones, recogió su chaqueta del respaldo de la silla que había ocupado y salió, seguido por sus ayudantes, con el semblante muy serio. Detrás, a unos pasos de distancia, iban Adrian Carter y Kyle Taylor. Gabriel y Graham Seymour les dijeron adiós con la mano desde el porche como si despidieran a una visita poco grata.

—¿Has conseguido todo lo que querías? —preguntó Seymour sin desdibujar su gélida sonrisa.

—Lo veremos dentro de un minuto.

El grupo de los estadounidenses comenzó a disgregarse en grupúsculos más pequeños, cada uno de los cuales se dirigió a un todoterreno. Morris Payne se paró de repente y pidió a Carter que le acompañara. Carter se separó de los demás y, observado con envidia por Kyle Taylor, subió al todoterreno del director.

—¿Cómo has conseguido eso? —preguntó Seymour cuando la comitiva arrancó por fin.

—Se lo he pedido amablemente.

—¿Cuánto tiempo crees que sobrevivirá?

—Eso —dijo Gabriel— depende absolutamente de Saladino.

44

KING SAUL BOULEVARD, TEL AVIV

A la mañana siguiente, todo King Saul Boulevard se aprestó para entrar en batalla. Incluso Uzi Navot, que durante las prolongadas ausencias de Gabriel se había ocupado de otras operaciones, se vio arrastrado por los intensos preparativos. Tuvieron que arrimar todos el hombro, como suele decirse. La Oficina había luchado por conservar el control de la operación y lo había conseguido. Pero ese triunfo llevaba aparejada la enorme responsabilidad de hacer las cosas bien. Desde el asalto norteamericano al complejo de Osama Bin Laden en Abbottabad, no se daba una operación de ese calibre cuyo objetivo fuera un asesinato selectivo. Saladino controlaba los resortes de una red terrorista global capaz de atacar prácticamente a voluntad, una red que había logrado hacerse con material radioactivo para fabricar bombas sucias y llevarlo hasta las mismísimas puertas de Europa occidental. La apuesta —se recordaban a cada paso— no podía ser más alta. La seguridad del mundo civilizado estaba literalmente en juego. Igual que la carrera de Gabriel. El éxito solo añadiría lustre a su reputación. El fracaso, en cambio, invalidaría todo lo anterior y añadiría su nombre a la lista de directores caídos en desgracia que habían pretendido abarcar más de la cuenta y perecido en el intento.

Si le preocupaban los posibles daños que podía sufrir su legado personal como consecuencia de un fracaso, no lo demostraba, ni siquiera delante de Uzi Navot, quien, a fuerza de ir y venir constantemente entre su puerta y el despacho que poco antes había sido el suyo, había abierto un surco en la moqueta. Se rumoreaba que Navot había intentado disuadir a Gabriel, que había aconsejado a su antiguo rival que dejara a Jean-Luc Martel y a Saladino en manos de los americanos y se centrara en asuntos que tocaban más de cerca a sus fronteras, como los iraníes. Los riesgos de la operación eran, según Navot, demasiado grandes y sus recompensas demasiado pequeñas. Al menos esa era la versión que circulaba por los pasillos y las salas de acceso restringido de King Saul Boulevard. Gabriel, sin embargo, según dicho relato, se había negado a ceder el control de la operación. «¿Y por qué iba a hacerlo?», preguntó sagazmente un miembro del Departamento de Viajes. Saladino había burlado a Gabriel aquella noche espantosa, en Washington. Y luego estaba, claro, lo de Hannah Weinberg, la amiga y antigua cómplice de Gabriel a la que Saladino había matado en París. No, concluyó el sagaz comentarista, Gabriel no iba a dejar a Saladino en manos de sus amigos de Washington. Iba a meterle en un hoyo, bajo tierra. De hecho, si tenía la oportunidad, posiblemente le mataría con sus propias manos. Para él ya no se trataba de un asunto profesional, sino de algo estrictamente personal.

En ocasiones, sin embargo, resultaba peligroso tomarse una operación como una revancha personal. Nadie lo sabía mejor que el propio Gabriel. Su carrera lo demostraba. Así pues, dejó que Uzi Navot y los otros miembros de su personal se encargaran de ultimar todos los detalles. Organizativamente, fue Yaakov Rossman, el jefe de Operaciones Especiales, quien se ocupó de planificar y llevar a efecto la misión. Supervisado por Gabriel, colocó rápidamente cada pieza en su lugar. Marruecos no era Líbano ni Siria, pero no por ello dejaba de ser territorio hostil. Tenía más de veinte veces el tamaño de Israel y era un país vasto y de geografía variada, con llanuras agrícolas, abruptas montañas, desiertos de arena y grandes ciudades como Casablanca, Rabat, Tánger, Fez y Marrakech. Encontrar a Saladino, incluso contando con la ayuda de Jean-Luc Martel, sería una ardua tarea. Matarle sin causar víctimas colaterales y salir del país con ciertas garantías de seguridad sería una de las pruebas más difíciles que había afrontado la Oficina a lo largo de su historia.

El trazado de la costa les favorecía, al igual que en Túnez en abril de 1988. Aquella noche, Gabriel y un equipo de veintiséis miembros del Sayeret Matkal habían tocado tierra montados en lanchas neumáticas a escasa distancia de la casa de Abú Yihad y, tras completar su misión, se habían marchado de la misma manera. Durante las semanas anteriores a la intervención, ensayaron incontables veces el desembarco en una playa de Israel. Incluso construyeron en pleno Negev un decorado semejante al chalé de Abú Yihad para que Gabriel ensayara la forma de llegar desde la puerta de entrada al despacho del piso de arriba donde el lugarteniente de la OLP solía pasar las tardes. Tales preparativos, sin embargo, eran imposibles en el caso de Saladino puesto que ignoraban en qué lugar de Marruecos se ocultaba. A decir verdad, ni siquiera estaban seguros de que se hallara en el país. Lo único que sabían era que un hombre que encajaba con su descripción había sido visto en Marruecos unos meses antes, tras el atentado de Washington. Disponían, por tanto, de mucha menos información que los estadounidenses antes de su intervención en Abbottabad. Y tenían mucho más que perder.

De ahí que tuvieran que estar preparados para cualquier eventualidad, o al menos para tantas como pudieran prever razonablemente. Haría falta un equipo muy numeroso, mayor que en operaciones pasadas, y todos sus miembros necesitarían un pasaporte. El Departamento de Identidad, la sección de la Oficina que se encargaba de proveer de documentación a los agentes, agotó rápidamente sus recursos y Gabriel tuvo que pedir a sus socios —los franceses, los británicos y los norteamericanos— que suplieran esa carencia. Inicialmente, la petición fue acogida con reticencia, pero gracias a la insistencia de Gabriel todos acabaron por ceder. Los estadounidenses incluso accedieron a reactivar un viejo pasaporte a nombre de Jonathan Albright con una fotografía que recordaba vagamente a Gabriel.

—No estarás pensando de verdad en ir —dijo Adrian Carter durante una videoconferencia segura.

—¿En verano? Ah, no —contestó Gabriel—. Ni se me ocurriría. En esa época del año hace demasiado calor en Marruecos.

Tenían que alquilar coches y motocicletas, reservar billetes de avión sin fecha fija de regreso y buscar alojamientos. La mayoría del equipo se alojaría en hoteles en los que se hallarían expuestos a la vigilancia del servicio de seguridad interior de Marruecos, la Direction de la Surveillance du Territoire o DST. Pero para instalar el puesto de mando, Gabriel necesitaba un piso franco en condiciones. Fue Ari Shamron, desde su casa-fortaleza en Tiberíades, quien dio con la solución. Tenía un amigo, un empresario judío marroquí bien situado que había huido del país en 1967 tras el cataclismo de la Guerra de los Seis Días, que aún poseía una casona en el antiguo barrio colonial de Casablanca. La casa se hallaba vacía en esos momentos, excepto por la pareja de guardeses que vivía en una casa de invitados, dentro de la finca. Shamron recomendó que compraran el inmueble en lugar de alquilarlo para un plazo breve y Gabriel estuvo de acuerdo. Por suerte, el dinero no era un impedimento: Dmitri Antonov, pese a sus dispendios más recientes, seguía nadando en él. Extendió un cheque por el valor total de la compra y envió a Casablanca a un abogado francés —que en realidad era un agente del Grupo Alfa— para que recogiera la escritura. Al acabar aquel día, la Oficina se hallaba en posesión de una base operativa en el centro mismo de la ciudad. Ya solo faltaba Saladino.

Su red no dio muestras de actividad durante aquellos largos días de planificación. No hubo atentados, ni coordinados, ni solitarios, pero los muchos canales del ISIS en las redes sociales eran un hervidero de rumores. Se estaba preparando algo muy gordo —decían—, algo que eclipsaría los atentados de Washington y Londres, lo que contribuyó a aumentar la presión dentro de King Saul Boulevard, en Langley y en Vauxhall Cross. Había que retirar a Saladino de la circulación cuanto antes.

Pero ¿acaso su muerte pondría fin a la masacre? ¿Moriría su red con él?

—Es improbable —aseguraba Dina Sarid.

De hecho, su mayor temor era que Saladino hubiera creado dentro de la red terrorista una especie de interruptor de emergencia: un mecanismo que desencadenaría automáticamente una serie de golpes homicidas en caso de que él muriera. Por otra parte, el ISIS ya había demostrado una notable capacidad de adaptación. Si perdía físicamente el califato en Irak y Siria —afirmaba Dina—, levantaría en su lugar un califato virtual. Un «cibercalifato», como lo llamaba ella, en el que las viejas normas no tendrían aplicación. Los futuros mártires se radicalizarían en rincones recónditos de la Internet oscura y serían conducidos hacia sus objetivos por cerebros criminales a los que no conocían en persona. Tal era el mundo feliz surgido de Internet, las redes sociales y los mensajes cifrados.

Había, no obstante, una preocupación más inmediata: los trescientos gramos de cloruro de cesio depositados en un laboratorio estatal, a las afueras de París. El cloruro de cesio que, en lo que respectaba a Saladino, seguía a bordo de un carguero apresado en el puerto de Toulon. Pero ¿había enviado el alijo completo en un solo barco o parte de él se hallaba ya en poder de una célula terrorista dispuesta a atentar? ¿Contendría un núcleo radioactivo la siguiente bomba que estallara en una ciudad europea? A medida que pasaban los días sin que hubiera noticias del proveedor marroquí de Jean-Luc Martel, Paul Rousseau y el ministro francés comenzaron a preguntarse si no sería hora de advertir a sus homólogos europeos de que cabía esa posibilidad. Ayudado por Graham Seymour y los americanos, Gabriel los convenció de que guardaran silencio. Una advertencia, aunque estuviera envuelta en lenguaje rutinario, implicaba el riesgo de poner al descubierto la operación. Habría filtraciones; era inevitable. Y si la noticia se filtraba, Saladino llegaría a la conclusión de que existía un vínculo entre el apresamiento de sus cargamentos de hachís y la incautación del polvo radioactivo oculto dentro de una bobina de cable.

—Puede que ya haya llegado a esa conclusión —comentó Rousseau, pesaroso—. Puede que haya vuelto a darnos esquinazo.

Gabriel también lo temía, íntimamente. Y lo mismo podía decirse de los americanos, que, durante una acalorada videoconferencia celebrada el segundo viernes de agosto, le exigieron de nuevo que dejara en sus manos a Jean-Luc Martel y cediera el control de la operación a Langley. Gabriel se opuso y, cuando los estadounidenses insistieron, hizo lo único que podía hacer: les deseó un buen fin de semana y a continuación llamó a Chiara para informarla de que ese Sabbat irían a cenar a Tiberíades.

45

TIBERÍADES, ISRAEL

Tiberíades, una de las cuatro ciudades santas del judaísmo, se halla situada en la ribera occidental de esa masa de agua a la que los israelíes llaman lago Kinneret y el resto del mundo conoce como mar de Galilea. Algo más allá de sus arrabales se encuentra el pequeño *moshav* de Kfar Hittim, que se alza en el lugar en el que, una abrasadora tarde de verano de 1187, el verdadero Saladino derrotó a los ejércitos cruzados enloquecidos por la sed en una batalla decisiva que devolvió el control de Jerusalén a los musulmanes. Saladino no mostró piedad alguna por sus enemigos pese a haberlos derrotado. Cortó personalmente el brazo a Reinaldo de Châtillon en su tienda cuando el francés se negó a convertirse al islam y al resto de los supervivientes los condenó a morir decapitados, como era preceptivo en el caso de los infieles.

Más o menos a un kilómetro al norte de Kfar Hittim había un promontorio rocoso desde el que se dominaba el lago y la abrasada llanura donde se libró la antigua batalla. Ese y no otro era el lugar elegido por Ari Shamron para instalar su hogar. Afirmaba que, cuando el viento soplaba en la dirección adecuada, podía oír el entrechocar de las espadas y los lamentos de los moribundos. Le recordaban —decía— la transitoriedad del poder político y militar en aquel turbulento rincón del Mediterráneo oriental. Cananeos, hititas, amalequitas, moabitas, griegos, romanos, persas, árabes, turcos, británicos... Todos ellos habían llegado a aquellas tierras y se habían marchado. Los judíos, pese a tener todas las probabilidades en contra, habían logrado representar el que sin duda era el segundo acto más impresionante de la historia: dos milenios después de la caída del Segundo Templo, habían regresado a escena. Pero, de hacer caso a lo que enseñaba la propia historia, sus días en aquella región estaban contados.

Hay pocas personas que puedan afirmar que han ayudado a levantar un país. Y menos aún un servicio secreto. Ari Shamron, sin embargo, había logrado hacer ambas cosas. Nacido en el este de Polonia, emigró al protectorado británico de Palestina en 1937, cuando la calamidad se cernía sobre los judíos de toda Europa, y combatió en la guerra que se desencadenó tras la fundación del estado de Israel en 1948. Después de la conflagración, mientras el mundo árabe se conjuraba para estrangular al nuevo estado judío cuando todavía se hallaba en la cuna, Shamron ingresó en un pequeño organismo al que sus miembros llamaban simplemente «la Oficina». Entre sus primeras misiones estuvo la de identificar y eliminar a varios científicos nazis que estaban ayudando al mandatario egipcio Gamal Abdel Nasser a construir una bomba atómica. Pero la hazaña que coronó su carrera como agente en activo no tuvo como escenario Oriente Medio, sino la esquina de una calle del barrio industrial de San Fernando, en Buenos Aires. Allí, una noche lluviosa de mayo de 1940, Shamron introdujo por la fuerza a Adolf Eichmann, el factótum de la Solución Final, en la parte de atrás de un coche, en la que fue la primera escala de un viaje que, para Eichmann, concluiría en un patíbulo israelí.

Para Shamron, en cambio, aquello fue solo el principio. Pocos años después le encomendaron la dirección del servicio de inteligencia a cuya creación había asistido y, por ende, la defensa de la nación. Desde su guarida en King Saul Boulevard, con sus cajoneras de metal gris y su permanente hedor a tabaco turco, Shamron infiltró a sus agentes en las cortes de los monarcas, robó sus secretos a los tiranos y eliminó a innumerables enemigos. Se mantuvo en el cargo mucho más tiempo que sus predecesores y, a finales de los años noventa, tras una serie de fracasos operativos, abandonó felizmente su retiro para enderezar el rumbo de la nave y devolver a la Oficina su antiguo esplendor. Encontró un cómplice en un agente que se había encerrado a llorar su tragedia en una casita de campo a orillas de Helford Passage, en Cornualles. Ahora, por fin, aquel agente dirigía la Oficina. Y la carga de preservar las dos creaciones de Shamron —su país y el servicio de inteligencia nacional— recaía sobre sus hombros.

A Shamron le eligieron para apresar a Eichmann debido a sus manos, anormalmente grandes y fuertes para un hombre de tan baja estatura. Cuando Gabriel entró en la casa llevando a uno de sus hijos en cada brazo, aquellas manos se hallaban posadas sobre la empuñadura de un bastón de madera de olivo. Gabriel confió a los niños al cuidado de Shamron y regresó a su todoterreno blindado en busca de tres fuentes de comida que Chiara había preparado esa misma tarde. Gilah, la sufrida esposa de Shamron, encendió las velas del Sabbat al ponerse el sol mientras su marido recitaba las bendiciones del pan y el vino con el acento *yiddish* de su infancia en Polonia. Por un instante, Gabriel tuvo la impresión de que no existían ni la operación ni Saladino, sino solo su familia y su fe.

Pero fue una sensación efímera. En efecto, durante la cena, mientras los demás charlaban acerca de política y lamentaban el *matsav*, la situación, Gabriel se distraía y miraba de tanto en tanto su teléfono. Shamron, que le vigilaba desde la cabecera de la mesa, sonrió. No le ofreció palabras tranquilizadoras para aliviar su evidente malestar. Para Shamron, las operaciones de espionaje eran como el oxígeno: hasta una mala operación era mejor que ninguna.

Cuando acabaron de cenar, Gabriel le siguió a la habitación de la planta baja que le servía de despacho y taller. Las piezas de una radio antigua se hallaban esparcidas por su banco de trabajo como los escombros de un bombardeo. Shamron tomó asiento y, con un chasquido de su viejo encendedor Zippo, prendió uno de sus dichosos cigarrillos turcos. Gabriel apartó el humo y contempló los recuerdos pulcramente dispuestos en las estanterías. Se fijó al instante en una fotografía enmarcada de Shamron y Golda Meir tomada el día en que ella le ordenó «mandar a los chicos» a vengar la muerte de los once entrenadores y deportistas israelíes asesinados en los Juegos Olímpicos de Múnich. Cerca de la fotografía había un estuche de cristal del tamaño aproximado de una caja de puros. Dentro, colocados sobre un paño negro, descansaban once casquillos del calibre 22.

—Te los estoy guardando —comentó Shamron.

—No los quiero.

—¿Y eso por qué?

—Son macabros.

—Fuiste tú quien descubrió cómo meter once balas en un cargador de diez, no yo.

—Puede que me dé miedo que algún día alguien tenga una caja como esa en su estantería, con mi nombre encima.

—Eso ya puedes darlo por descontado, hijo mío. —Shamron encendió su lámpara de trabajo provista de una lupa.

—Te veo muy comedido.

—¿Qué quieres decir?

—No me has preguntado ni una sola vez por la operación.

—¿Por qué iba a hacerlo?

—Porque eres patológicamente incapaz de no meterte en asuntos ajenos.

—Razón por la cual soy espía. —Shamron ajustó la lupa para examinar un trozo de circuito muy desgastado.

—¿Qué tipo de radio es?

—Una RCA, un modelo *art déco* con carcasa de polímero Catalin tornasolada. Onda corta y normal. Fue fabricada en 1946. Imagínate —añadió Shamron señalando la pegatina de papel original adosada en la base de la radio—, en algún lugar de Norteamérica, en 1946, alguien estaba montando esta radio mientras personas como tus padres trataban de recomponer sus vidas.

—Es una radio, Ari. No tiene nada que ver con la Shoah.

—Solo era un comentario. —Shamron sonrió—. Pareces tenso. ¿Hay algo que te preocupe?

—No, nada.

Guardaron silencio mientras Shamron seguía manejando sus herramientas. Reparar radios antiguas era su única afición, aparte de entrometerse en la vida de Gabriel.

—Uzi me ha dicho que estás pensando en ir a Marruecos —dijo por fin.

—¿Por qué te ha dicho eso?

—Porque no ha podido disuadirte y ha pensado que yo tal vez podría.

—Todavía no he tomado una decisión.

—Pero les has pedido a los americanos que te renueven el pasaporte.

—Que lo reactiven —puntualizó Gabriel.

—Renovar, reactivar... ¿qué más da? No debiste aceptarlo en su momento. Estaría mejor en un pequeño ataúd de cristal, igual que esos casquillos.

—Me ha sido de ayuda en numerosas ocasiones.

—Azul y blanco —repuso Shamron—. Vamos a lo nuestro y no ayudamos a los demás a resolver problemas que ellos mismos han creado.

—Puede que antes fuera así —respondió Gabriel—, pero ya no, no podemos seguir operando de ese modo. Necesitamos aliados.

—Los aliados siempre se las arreglan para decepcionarte. Y ese pasaporte no te servirá de nada si algo sale mal en Marruecos.

Gabriel cogió el estuchito con los casquillos del calibre 22 usados.

—Si no me falla la memoria, y seguro que no me falla, tú estabas en el asiento trasero de un coche aparcado en la Piazza Annibaliano mientras yo me ocupaba de Zwaiter en aquel bloque de pisos.

—En aquel entonces era el jefe de Operaciones Especiales. Tenía que estar allí, era mi obligación. Un ejemplo más adecuado

—continuó Shamron— sería el de Abú Yihad. Entonces era ya director, y me quedé a bordo del barco mientras tú y el resto del equipo os ibais a tierra.

—Con el ministro de Defensa, si no recuerdo mal.

—Aquella fue una operación importante. Casi tan importante —dijo Shamron en voz baja— como la que estás a punto de llevar a cabo. Es hora de que Saladino salga de escena, sin saludar al público ni hacer más bises. Pero procura asegurarte de que no consiga lo que busca de verdad.

—¿El qué?

—A ti.

Gabriel devolvió el estuche a la estantería.

—¿Me permites que te haga una o dos preguntas? —dijo Shamron.

—Si eso te hace feliz...

—¿Vías de escape?

Gabriel le explicó que habría dos: una corbeta israelí y un carguero de bandera liberiana, el Neptune, que era en realidad una estación de radar y escucha operada por el AMAN, el servicio de espionaje del ejército israelí. El Neptune estaría anclado frente a Agadir, en la costa atlántica de Marruecos.

—¿Y la corbeta? —preguntó Shamron.

—En un pequeño puerto del Mediterráneo llamado El Jebha.

—Imagino que es ahí donde desembarcará el equipo del Sayeret.

—Solo si lo considero necesario. A fin de cuentas —explicó Gabriel—, dispongo de un exagente del Sayeret y de un veterano del Servicio Aéreo Especial británico.

—Los cuales tendrán suficiente tarea con mantener bajo control a ese tal Jean-Luc Martel. —Shamron sacudió la cabeza lentamente—. A veces, lo peor de reclutar a un colaborador es que luego no puedes quitártelo de encima. Hagas lo que hagas, no te fíes de él.

—Ni se me pasaría por la cabeza.

El cigarrillo de Shamron se había apagado. Encendió otro y siguió trabajando en la radio mientras Gabriel contemplaba la fotografía del estante tratando de reconciliar la imagen en blanco y negro de un espía en la flor de la edad con el anciano que tenía ante sí. Había sucedido tan deprisa... Pronto —pensó— le pasaría lo mismo a él. Ni siquiera Raphael e Irene podían impedir lo inevitable.

—¿No vas a cogerlo? —preguntó Shamron de repente.

—¿Coger qué?

—El teléfono. Me está distrayendo.

Gabriel bajó la mirada. Estaba tan ensimismado que no había visto el mensaje enviado desde el piso franco de Ramatuelle.

—¿Y bien? —preguntó Shamron.

—Por lo visto, Mohammad Bakkar quiere hablar con Jean-Luc Martel sobre esas drogas que se han perdido. Pregunta si puede ir a Marruecos a principios de la semana que viene.

—¿Estará libre?

—¿Martel? Creo que encontraremos un hueco en su agenda.

Sonriendo, Shamron enchufó la radio al ladrón de su banco de trabajo y la encendió. Un momento después, tras unas vueltas de dial, se oyó una melodía.

—No la reconozco —dijo Gabriel.

—Claro, eres demasiado joven. Es Artie Shaw. La primera vez que oí este tema... —Shamron dejó la frase en suspenso.

—¿Cómo se titula? —preguntó Gabriel.

—*You're a lucky guy*: eres un tipo con suerte. —En ese momento se apagó la radio y cesó la música. Shamron arrugó el ceño—. O tal vez no.

46

CASABLANCA, MARRUECOS

La carretera que enlazaba el Aeropuerto Internacional Mohammed V de Casablanca con el centro de la mayor ciudad y principal centro financiero de Marruecos estaba formada por cuatro carriles de terso asfalto negro como el carbón por los que Dina Sarid —conductora temeraria por naturaleza y nacionalidad— conducía con extraordinario cuidado.

—¿Qué es lo que te preocupa tanto? —preguntó Gabriel.

—Tú —contestó Dina.

—¿Qué he hecho ahora?

—Nada. Pero es la primera vez que hago de chófer del jefe.

—Bueno —repuso él mirando por la ventanilla—, para todo tiene que haber una primera vez.

La bolsa de viaje de Gabriel descansaba sobre el asiento trasero. El maletín, en cambio, lo llevaba apoyado sobre las rodillas. Dentro llevaba el pasaporte estadounidense que le había permitido cruzar sin contratiempos el control fronterizo y de aduanas marroquí. En Washington podían haber cambiado las cosas, pero ser estadounidense seguía siendo una ventaja en gran parte del mundo.

El tráfico se detuvo de pronto.

—Un control de carreteras —explicó Dina—. Están por todas partes.

—¿Qué crees que están buscando?

—Puede que al jefe del servicio secreto israelí.

Una fila de conos naranjas desviaba el tráfico hacia el arcén, donde un par de gendarmes inspeccionaban los vehículos y a sus ocupantes, vigilados por un funcionario de la DST vestido de paisano y con gafas de sol. Mientras bajaba la ventanilla, Dina dirigió unas palabras a Gabriel en alemán, el idioma correspondiente a su identidad fecticia y su pasaporte falso. Los aburridos gendarmes le hicieron señas de que siguiera adelante como si espantaran moscas. El hombre de la DST parecía distraído.

Dina volvió a subir rápidamente la ventanilla para impedir que entrara el denso e implacable calor de fuera y subió al máximo el aire acondicionado. Pasaron frente a un extenso acuartelamiento militar. Luego aparecieron de nuevo los campos de labor, pequeñas parcelas de tierra fértil y oscura, cultivadas principalmente por los vecinos de las poblaciones cercanas. A Gabriel, los sotos de eucaliptos le recordaron a casa.

Por fin llegaron a las desflecadas afueras de Casablanca, la segunda ciudad más poblada del norte de África, eclipsada únicamente por la megalópolis de El Cairo. Los sembrados no desaparecieron por completo: aún se veían algunos entre los elegantes bloques de apartamentos recién construidos y los poblados de chabolas hechas con bloques de cemento y uralita que albergaban a cientos de miles de desheredados.

—Los llaman *bidonvilles* —comentó Dina señalando uno de aquellos poblados—. Supongo que suena mejor que «suburbios». La gente que vive ahí no tiene nada. Ni agua corriente, ni apenas qué llevarse a la boca. Cada cierto tiempo las autoridades tratan de eliminarlas tirando de buldóceres, pero la gente vuelve a construir sus chabolas. ¿Qué remedio les queda? No tienen otro sitio donde ir.

Pasaron junto a una franja de hierba marrón y agostada en la que dos niños descalzos vigilaban un rebaño de cabras esqueléticas.

—Una cosa que sí abunda en las *bidonvilles* es el islam —prosiguió Dina—. Cada vez más radicalizado, gracias a los predicadores wahabíes y salafistas. ¿Recuerdas los atentados de 2003? Todos esos chavales que se inmolaron procedían de las *bidonvilles* de Sidi Moumen.

Gabriel recordaba los atentados, desde luego, aunque en gran parte de Occidente hubieran caído en el olvido: catorce bombas contra objetivos occidentales y judíos, cuarenta y cinco muertos, más de un centenar de heridos. Fueron obra de una filial de Al Qaeda conocida como Salafia Jihadia que a su vez estaba vinculada al Grupo Islámico Combatiente Marroquí. A pesar de toda su belleza natural y del turismo occidental que visitaba el país, Marruecos seguía siendo un semillero de islamistas radicales en el que el ISIS había echado profundas raíces y creado numerosas células. Más de mil trescientos marroquíes habían viajado al califato para luchar en sus filas (junto con varios centenares de ciudadanos franceses, belgas y holandeses de origen marroquí), y los marroquíes habían desempeñado un papel crucial en la reciente campaña terrorista del ISIS en Europa occidental. Y luego estaba Mohammed Bouyeri, el marroquí holandés que había disparado y apuñalado al cineasta y escritor Theo van Gogh en una calle de Ámsterdam. Su asesinato no fue el acto espontáneo de un perturbado: Bouyeri formaba parte de una célula de musulmanes magrebíes radicalizados con base en La Haya conocida como Red Hofstad. Los servicios de seguridad marroquíes habían logrado desarticular las actividades de sus extremistas en el extranjero, pero dentro de sus fronteras seguían abundando las tramas terroristas. El ministro del Interior se había jactado hacía poco tiempo de que habían desmontado más de trescientas, entre ellas una que incluía el uso de gas mostaza. En opinión de Gabriel, había ciertas cosas sobre las que era preferible guardar silencio.

Subieron una loma y el Atlántico de color azul pálido se abrió ante ellos. El Morocco Mall, con sus cines futuristas y sus tiendas occidentales, ocupaba una franja de tierra recién urbanizada a lo largo de la costa. Dina siguió la Corniche hacia el centro urbano pasando frente a bares, restaurantes y mansiones de un blanco resplandeciente. Una de ellas tenía el tamaño de un edificio de oficinas.

—Pertenece a un príncipe saudí. Y allí —dijo Dina— está el Four Seasons.

Aminoró la marcha para que Gabriel echara un vistazo. En la verja que daba acceso a los jardines del hotel, dos guardias de seguridad vestidos de traje oscuro revisaban los bajos de un coche que acababa de llegar, en busca de explosivos. Únicamente si pasaba la inspección se le permitiría acceder a la avenida que conducía al aparcamiento cubierto del hotel.

—Hay un magnetómetro al otro lado de la puerta —le informó Dina—. Se revisa el equipaje de todos los huéspedes sin excepción. Tendremos que traer las armas desde la playa. No será problema.

—¿Crees que los chicos de Salafia Jihadia también lo saben?

—Espero que no —contestó Dina con una de sus raras sonrisas.

Siguieron avanzando por la Corniche dejando atrás la imponente mezquita Hasán II, las murallas exteriores de la antigua medina y el extenso puerto. Entraron finalmente en el antiguo barrio colonial francés, con sus anchos y sinuosos bulevares y su mezcla única de arquitectura musulmana, *art nouveau* y *art déco*. Los vecinos más cosmopolitas de Casablanca se paseaban antaño por sus elegantes columnatas ataviados con la última moda parisina y cenaban allí en algunos de los mejores restaurantes del mundo. Ahora, el barrio era un monumento a la decadencia y la inseguridad ciudadana. Las flores de estuco de las fachadas estaban cubiertas de hollín y el óxido pudría las barandas de hierro forjado. La clase acomodada procuraba no aventurarse más allá de los modernos *quartiers* de Gauthier y Maarif, y el casco viejo se había convertido en dominio de aquellos que vestían velo o chilaba y de vendedores callejeros que ofrecían fruta pasada y casetes económicas con sermones y versículos del Corán.

El único signo de progreso era el flamante tranvía que serpenteaba por el bulevar Mohammed V, frente a tiendas clausuradas y soportales en los que dormitaban indigentes sobre lechos de cartón. Dina siguió a un tranvía a lo largo de varias manzanas, torció después hacia una estrecha bocacalle y aparcó. A un lado había un edificio de viviendas de ocho plantas que parecía a punto de derrumbarse bajo el peso de las antenas parabólicas que brotaban como setas de sus balcones. Al otro se alzaba una pared ruinosa y cubierta de enredaderas, con una puerta de cedro que en algún momento había estado labrada. Un perro jadeante y de aspecto feroz montaba guardia frente a ella.

—¿Por qué nos paramos? —preguntó Gabriel.

—Porque ya hemos llegado.

—¿Adónde?

—Al puesto de mando.

—Será una broma.

—No.

Gabriel miró al can con desconfianza.

—¿Y él?

—Es inofensivo. Lo preocupante son las ratas.

En ese momento, una rata se escabulló por la acera. Tenía el tamaño de un mapache. El perro se encogió, asustado. Y lo mismo hizo Gabriel.

—Quizá deberíamos volver al Four Seasons.

—No es seguro.

—Tampoco lo es este lugar.

—No está tan mal cuando te acostumbras.

—¿Cómo es por dentro?

Dina apagó el motor.

—Hay fantasmas. Pero por lo demás es bastante agradable.

Pasaron junto al perro jadeante y, al cruzar la puerta de cedro, penetraron en un paraíso escondido. Había una piscina de color azul oscuro, una pista de tenis de tierra batida y un jardín aparentemente infinito cuajado de buganvillas, hibiscos, palmeras y bananos. La casa, inmensa, era de estilo tradicional marroquí, con patios interiores alicatados en los que el murmullo incesante de Casablanca se disolvía en silencio. Las habitaciones laberínticas parecían congeladas en el tiempo. Podría haber sido 1967, el año en que el propietario guardó unos pocos efectos personales en una bolsa de viaje y huyó a Israel. O quizá —se dijo Gabriel— una época más amable. Un periodo en el que en aquel barrio todo el mundo hablaba francés y se preguntaba cuánto tardarían los alemanes en desfilar por los Campos Elíseos.

Los guardeses se llamaban Tarek y Hamid. Habían comprado el puesto a sus predecesores, demasiado ancianos para seguir cuidando de la finca. Evitaban el interior de la casa y limitaban sus actividades al jardín y a la casita de invitados. Sus esposas, hijos y nietos vivían en una *bidonville* cercana.

—Somos los nuevos propietarios —dijo Gabriel—. ¿Por qué no podemos despedirlos sin más?

—No sería buena idea —respondió Yaakov Rossman.

Antes de ser transferido a la Oficina, Rossman había trabajado para el Shabak, el servicio de seguridad interior de Israel, dirigiendo a agentes que operaban en la Franja de Gaza y Cisjordania. Hablaba árabe con fluidez y era un experto en cultura árabe e islámica.

—Si intentamos librarnos de ellos, habrá jaleo. Y eso podría erosionar nuestra tapadera.

—Pues les daremos una indemnización generosa.

—Sería aún peor, porque vendrían parientes de todos los rincones del país a llamar a nuestra puerta en busca de dinero. —Yaakov sacudió la cabeza con aire reproche—. No sabes mucho de esta gente, ¿no?

—Entonces, nos quedamos con los guardeses —dijo Gabriel—. Pero ¿qué es esa bobada de que hay fantasmas en la casa?

Se hallaban rodeados por el fresco silencio del patio principal de la casa. Yaakov miró a Dina con nerviosismo, y ella a su vez miró a Eli Lavon. Fue Lavon, el amigo más antiguo de Gabriel, quien por fin respondió:

—Se llama Aisha.

—¿La mujer de Mahoma?

—No, esa no. Otra Aisha.

—¿Cómo que otra?

—Es un *jinn*.

—¿Un qué?

—Una especie de demonio.

Gabriel miró a Yaakov buscando una explicación.

—Los musulmanes creen que Alá hizo al hombre de arcilla. A los *jinns*, en cambio, los hizo de fuego.

—¿Y eso es malo?

—Mucho. De día, los *jinns* viven entre nosotros dentro de objetos inanimados y llevan una vida muy parecida a la nuestra. Pero por las noches salen adoptando la forma que se les antoja.

—Así que son mutantes —dijo Gabriel, escéptico.

—Y malvados —añadió Yaakov asintiendo gravemente—. Nada les gusta más que hacer daño a los humanos. La creencia en los *jinns* está especialmente arraigada aquí, en Marruecos. Seguramente es un vestigio de las creencias bereberes anteriores a la llegada del islam.

—Pero el hecho de que los marroquíes crean en ellos no significa que sean reales.

—Lo dice el Corán —repuso Yaakov a la defensiva.

—Eso tampoco los hace reales.

Hubo otro cruce de miradas nerviosas entre los tres veteranos agentes de la Oficina. Gabriel frunció el entrecejo.

—No os creeréis de verdad esas paparruchas, ¿verdad?

—Anoche oímos un montón de ruidos raros dentro de la casa —dijo Dina.

—Seguramente está infestada de ratas.

—O de *jinns* —dijo Yaakov—. A veces se presentan en forma de ratas.

—Creía que solo había uno.

—Aisha es la líder. Por lo visto, hay muchos más.

—¿Quién lo dice?

—Hamid. Es un experto.

—No me digas. ¿Y qué sugiere Hamid que hagamos al respecto?

—Un exorcismo. La ceremonia dura un par de días e incluye el sacrificio de una cabra.

—Podría obstaculizar la operación —repuso Gabriel tras sopesar debidamente la idea.

—Sí, podría —convino Yaakov.

—¿No hay otras medidas que podamos adoptar, aparte de un exorcismo en toda regla?

—Lo único que podemos hacer es intentar que no se enfade.

—¿Quién? ¿Aisha?

—¿Quién va a ser, si no?

—¿Y por qué cosas se enfada?

—No podemos abrir las ventanas, ni cantar, ni reír. Y tampoco se nos permite levantar la voz.

—¿Eso es todo?

—Hamid ha rociado con sal, sangre y leche todos los rincones de las habitaciones.

—Qué alivio.

—También nos ha dicho que no nos duchemos por la noche, ni usemos el váter.

—¿Por qué no?

—Porque los *jinns* viven bajo el agua. Si los molestamos...

—¿Qué?

—Hamid dice que nos sobrevendrá una gran tragedia.

—Eso suena fatal. —Gabriel recorrió con la mirada el hermoso patio—. ¿Tiene nombre este sitio?

—No, y si lo tiene nadie lo recuerda —respondió Dina.

—Entonces, ¿cómo vamos a llamarlo?

—Dar al Jinns —propuso Lavon con aire sombrío.

—A lo mejor Aisha se enfada —dijo Gabriel—. Proponed otro.

—¿Qué tal Dar al Jawasis? —preguntó Yaakov.

Sí, eso estaba mejor, pensó Gabriel. Dar al Jawasis. La Casa de los Espías.

Quedaron en que las esposas y las hijas mayores de Tarek y Hamid irían a prepararles una comida tradicional marroquí. Llegaron poco después: dos mujeres orondas, cubiertas con velo, y cuatro muchachas guapas, cargadas con cestos de mimbre rebosantes de carne y verduras compradas en los zocos de la medina vieja. Pasaron toda la tarde cocinando en la enorme cocina mientras charlaban en dariya, quedamente, para no molestar a los *jinns*. Al poco rato la casa entera olía a comino, a jengibre, a cilantro y a cayena.

Gabriel se asomó a la cocina a eso de las siete de la tarde y vio innumerables fuentes de ensaladas y aperitivos y enormes cazuelas de barro llenas de cuscús y tayín. Había suficiente comida para alimentar a una aldea, y animadas por Gabriel las mujeres invitaron al resto de sus familiares del poblado donde vivían para que compartieran el festín. Comieron todos juntos en el patio grande, los marroquíes pobres y los cuatro forasteros que, según creían ellos, eran europeos, bajo un dosel de estrellas blancas como diamantes. Para ocultar que dominaban el árabe, Gabriel y los demás hablaron únicamente en francés. Conversaron sobre los *jinns*, sobre las promesas fallidas de la Primavera Árabe y sobre esa banda de asesinos que se hacía llamar Estado Islámico. Tarek afirmó que varios jóvenes de su *bidonville*, entre ellos el hijo de un primo lejano, habían estado en el califato. De vez en cuando, la DST hacía una redada en el poblado y trasladaba a los salafistas a la prisión de Temara para interrogarlos mediante torturas.

—Han impedido muchos atentados —dijo—, pero no tardando mucho habrá otro de los gordos, como el de 2003. Solo es cuestión de tiempo.

Con ese mal augurio concluyó la cena. Las mujeres y sus familiares regresaron al poblado de chabolas, llevándose las sobras de la comida, y Tarek y Hamid salieron al jardín a vigilar a los *jinns*. Gabriel, Yaakov, Dina y Eli Lavon se dieron las buenas noches y se retiraron a sus habitaciones. La de Gabriel tenía vistas al mar. Uno de los guardeses había trazado un círculo con carbón alrededor de la cama para protegerla de los demonios, y en los cuatro rincones había gotas de sangre mezclada con leche y sal. Agotado, Gabriel cayó de inmediato en un sueño profundo, del que despertó poco antes del alba con la necesidad imperiosa de aliviar la vejiga. Pasó largo rato tumbado en la cama pensando qué debía hacer, hasta que por fin miró la hora en su móvil. Pasaban pocos minutos de las cinco de la madrugada. Amanecía a las 6:49. Cerró los ojos. No convenía tentar al destino, se dijo. Mejor no molestar a Aisha y sus amigos.

47

CASABLANCA, MARRUECOS

Esa misma mañana, Jean-Luc Martel, hotelero, restaurador, fabricante de ropa, joyero, narcotraficante internacional y colaborador del espionaje francés e israelí, subió a bordo de su avión privado Gulfstream, el JLM Deux, en el aeropuerto Côte d'Azur de Niza con destino a Casablanca. Le acompañaban su pareja y sus presuntos amigos, los que vivían en la colosal villa del otro lado de la bahía, así como un espía británico que hasta hacía poco se ganaba la vida como sicario profesional. En los anales de la guerra global contra el terrorismo, ninguna operación había tenido tal comienzo. Era —todo el mundo estaba de acuerdo— la primera vez. Y contra toda esperanza y sin justificación alguna, confiaban en que fuera también la última.

Martel había ordenado que un par de limusinas Mercedes trasladaran a su séquito desde el aeropuerto al Four Seasons. Pasaron rugiendo frente a los flamantes bloques de apartamentos y las mugrientas *bidonvilles* y enfilaron a continuación la Corniche, avanzando a velocidad de comitiva oficial hasta la entrada fortificada del hotel. Su llegada había sido anunciada con antelación, de modo que, tras una inspección somera de los vehículos, se les permitió acceder al aparcamiento, donde un pequeño batallón de botones aguardaba para recibirlos. Se abrieron las puertas y los botones cargaron en sus carritos una montaña de juegos de maletas. Acto seguido, el equipaje y sus propietarios cruzaron el arco del magnetómetro. Fueron todos admitidos de inmediato, excepto Christopher Keller, que hizo saltar la alarma dos veces. El jefe de seguridad del hotel, tras no encontrar ningún objeto sospechoso en posesión de Keller, comentó en broma que debía estar hecho de metal. La sonrisa tensa y hostil del británico no contribuyó a disipar sus sospechas.

Un silencio monástico pendía sobre el frescor del vestíbulo climatizado. Era pleno verano en Marruecos, temporada baja, por tanto, para los hoteles de la playa. Seguidos por su caravana de maletas, JLM y sus acompañantes se encaminaron a recepción: Martel y Olivia Watson vestidos de blanco deslumbrante, Mikhail y Natalie fingiéndose aburridos, y Keller molesto aún por el trato que le habían dispensado en la puerta. El director del hotel les entregó las llaves de sus habitaciones (*monsieur* Martel gozaba, como de costumbre, del privilegio de registrarse con antelación) y les dedicó unas untuosas palabras de bienvenida.

—¿Cenarán esta noche en el hotel? —preguntó.

—Sí —contestó Keller inmediatamente—. Mesa para cinco, por favor.

Era un hotel dispuesto al revés: el vestíbulo ocupaba el último piso, por encima de las plantas en las que se alojaban los huéspedes. Las habitaciones de JLM y su comitiva se hallaban en la cuarta planta. Martel y Olivia ocupaban una sola *suite*, flanqueada por la de Mikhail y Natalie, a un lado, y la de Keller al otro. Cuando les llevaron el equipaje y despacharon al botones tras darle una propina, Mikhail y Keller abrieron las puertas que comunicaban las tres habitaciones convirtiéndolas en una sola.

—Mucho mejor así —dijo Keller—. ¿A quién le apetece comer?

El mensaje llegó a la Casa de los Espías poco después de mediodía, cuando Hamid y Tarek se hallaban encaramados al váter del cuarto de baño de Gabriel recitando versos del Corán para ahuyentar a los *jinns*. Informaba de que JLM y sus acompañantes habían llegado sin novedad al Four Seasons, que no habían recibido comunicación alguna de Mohammad Bakkar o sus acólitos y que en esos momentos se hallaban almorzando en la terraza del restaurante del hotel. Gabriel envió el mensaje por vía segura al Centro de Operaciones de King Saul Boulevard, que a su vez lo remitió a Langley, Vauxhall Cross y la sede de la DGSI en Levallois-Perret, donde fue recibido con una expectación que superaba con creces su importancia operativa.

Los rezos de la taza del váter concluyeron pocos minutos después de la una y la comida se sirvió a la una y media. Dina y Yaakov Rossman salieron de la Casa de los Espías minutos más tarde, en uno de sus coches alquilados. Dina vestía pantalones de algodón holgados y blusa blanca y llevaba colgado del hombro un bolso con el nombre de un exclusivo diseñador francés. Yaakov, por su parte, vestía como si se dispusiera a hacer una incursión nocturna en Gaza. A las dos de la tarde, se encontraban reclinados en una tumbona con dosel del Tahiti Beach Club de la Corniche. Gabriel les ordenó quedarse allí hasta nuevo aviso. Luego, subió el volumen de los micrófonos instalados en las tres habitaciones contiguas del Four Seasons.

—Alguien tiene que llevar la bolsa al hotel —comentó Eli Lavon.

—Gracias, Eli —repuso Gabriel—. A mí nunca se me habría ocurrido.

—Solo intentaba ayudar.

—Perdóname, son los *jinns*, que hablan por mí.

Lavon sonrió.

—¿En quién habías pensado?

—Mikhail es el candidato más obvio.

—Hasta yo sospecharía de él.

—Entonces quizá convenga que se encargue una mujer.

—O dos —sugirió Lavon—. Además, ya va siendo hora de que hagan las paces, ¿no crees?

—Empezaron con mal pie, nada más.

Lavon se encogió de hombros.

—Podría haberle pasado a cualquiera.

Había un guardia de seguridad en la puerta que comunicaba la parte de atrás del recinto amurallado del hotel con la *plage* Lalla Meriem, la principal playa pública de Casablanca. Vestido con traje oscuro pese al calor de media tarde, observó cómo las mujeres, la inglesa alta a la que había visto varias veces con anterioridad y una francesa de talante antipático, cruzaban la arena oscura y lisa hacia la orilla del mar. La inglesa vestía un vaporoso pareo de flores anudado a la estrecha cintura y una camiseta traslúcida. La francesa, en cambio, lucía un vestido de algodón algo más recatado. Los chicos de la playa se les acercaron de inmediato. Colocaron dos tumbonas en la línea de la marea y abrieron dos sombrillas para protegerlas del sol que caía a plomo. La inglesa pidió algo de beber y, cuando les llevaron las copas, dio una propina excesiva a los camareros. A pesar de sus frecuentes visitas a Marruecos, ignoraba el valor del dinero marroquí. Por ese motivo, y por otros, los chicos rivalizaban por el privilegio de servirla.

El guardia de seguridad retomó el juego al que estaba jugando en su teléfono móvil; los chavales de la playa regresaron a la sombra de su choza. Natalie se quitó el vestido y lo colocó sobre su bolsa de playa Vuitton. Olivia se desanudó el pareo y se quitó la camiseta. Luego tendió su largo cuerpo en la tumbona y volvió su cara perfecta al sol.

—No te caigo muy bien, ¿verdad?

—Solo estaba representando un papel.

—Pues lo hacías muy bien.

Natalie adoptó la misma postura que Olivia y cerró los ojos al sol.

—La verdad es —dijo pasado un momento— que no te mereces ese trato. Eras simplemente un medio para alcanzar un fin.

—¿Jean-Luc?

—Él también es un medio para alcanzar un fin. Y por si acaso te lo estás preguntando, él me cae peor que tú.

—Entonces, ¿yo te caigo bien? —preguntó Olivia en tono divertido.

—Un poco —reconoció Natalie.

Dos musculosos marroquíes de veintitantos años pasaron por delante de ellas, hundidos en el agua hasta los tobillos, conversando en dariya. Al escucharlos, Natalie sonrió.

—Están hablando de ti —dijo.

—¿Cómo lo sabes?

Natalie abrió los ojos y la miró inexpresivamente.

—¿Hablas marroquí?

—El marroquí no es un idioma, Olivia. De hecho, aquí se hablan tres lenguas distintas. Francés, bereber y...

—Puede que esto haya sido un error —la atajó Olivia.

Natalie sonrió.

—¿Cómo es que hablas árabe?

—Mis padres son argelinos.

—Entonces, ¿eres árabe?

—No —contestó Natalie—. No lo soy.

—Así que, al final, Jean-Luc tenía razón. Cuando salimos de vuestra villa aquella tarde dijo que...

—Que parecía una judía de Marsella.

—¿Cómo lo sabes?

—¿Tú qué crees?

—¿Estabais escuchando?

—Siempre estamos escuchando.

Olivia se frotó los hombros con aceite.

—¿Qué decían de mí esos marroquíes?

—Es difícil traducirlo.

—Ya me lo imagino.

—Supongo que estarás acostumbrada.

—Igual que tú. Eres muy guapa.

—Para ser una judía de Marsella.

—¿Lo eres?

—Lo era hace tiempo —repuso Natalie—. Ya no.

—¿Tan malo era?

—¿Ser judío en Francia? Sí, tan malo era.

—¿Por eso te convertiste en espía?

—Yo no soy espía. Soy Sophie Antonov, tu amiga del otro lado de la bahía. Mi marido tiene negocios con tu novio. Tienen entre manos algún asunto aquí, en Casablanca, del que prefieren no hablar.

—Mi *pareja* —puntualizó Olivia—. A Jean-Luc no le gusta que digan que es mi novio.

—¿Por qué? ¿Hay algún problema?

—¿Entre Jean-Luc y yo?

Natalie hizo un gesto afirmativo.

—Creía que estabais siempre escuchando.

—Y así es. Pero tú le conoces mejor que nadie.

—No estoy muy segura de eso. Pero no —respondió Olivia—, no parece sospechar que fui yo quien le traicionó.

—No le *traicionaste*.

—¿Cómo lo describirías tú, entonces?

—Hiciste lo correcto.

—Para variar —concluyó Olivia.

Los dos fornidos marroquíes habían vuelto. Uno de ellos miró a Olivia con descaro.

—¿Piensas decirme qué hacemos aquí? —preguntó ella.

—Cuanto menos sepas —contestó Natalie—, mejor.

—¿Es así como funcionan las cosas en tu oficio?

—Sí.

—¿Estoy en peligro?

—Eso depende de si te quitas más ropa o no.

—Tengo derecho a saberlo.

Natalie no respondió.

—Imagino que tiene algo que ver con esos cargamentos de hachís que confiscó la policía.

—¿Qué hachís?

—No importa.

—Exacto —repuso Natalie—. Cualquier cosa que te diga, hará más difícil que cumplas tu papel.

—¿Y cuál es mi papel?

—El de pareja amorosa de Jean-Luc Martel que ignora de dónde procede su dinero.

—Procede de sus hoteles y restaurantes.

—Y de su galería de arte —señaló Natalie.

—La galería es mía. Ahí viene uno de tus amigos —dijo Olivia en tono soñoliento.

Natalie levantó la vista y vio que Dina caminaba parsimoniosamente hacia ellas por la orilla.

—Qué triste parece —comentó Olivia.

—Tiene motivos para estarlo.

—¿Qué le pasó en la pierna?

—Eso no importa.

—¿Quieres decir que no es asunto mío?

—Intentaba ser amable.

—Qué novedad. —Olivia se llevó una mano a la frente para protegerse del resol—. Tiene gracia: parece que lleva el mismo bolso que tú.

—¿En serio? —Natalie sonrió—. Qué coincidencia, ¿verdad?

El guardia de seguridad se encargaba de vigilar a cualquier transeúnte que pasara por la playa, no fuera a repetirse el trágico incidente acaecido en Túnez en 2015, cuando un terrorista salafista sacó un fusil de asalto de su sombrilla y mató a treinta y ocho huéspedes de un hotel de cinco estrellas, en su mayoría súbditos británicos. Poco podía hacer el guardia, no obstante, en caso de que se dieran las mismas circunstancias. No iba armado; portaba únicamente una radio. En caso de atentado, debía dar la voz de alarma y hacer «todo lo que estuviera en su mano» por neutralizar al atacante o atacantes. Es decir, que con toda probabilidad perdería la vida tratando de proteger a un grupo de acaudalados occidentales semidesnudos. No era así como deseaba morir. Pero en Casablanca escaseaba el trabajo, sobre todo para los hijos de las *bidonvilles*. Y era preferible montar guardia en la playa que vender fruta con un carrito en la medina. Lo sabía por experiencia.

La tarde había sido tranquila incluso para estar en agosto y el guardia concentró toda su atención en la mujer que se acercaba desde el oeste, donde se hallaban el Tahiti y los otros clubes de la playa. Era bajita y de cabello oscuro y, a diferencia de la mayoría de las occidentales que visitaban la playa, iba pudorosamente vestida. Tenía cierto aire de melancolía, como si hubiera enviudado hacía poco. Llevaba colgado del hombro derecho un bolso de playa. Louis Vuitton, un modelo muy de moda ese verano. El guardia se preguntó si era consciente de que aquel bolso costaba más dinero del que verían muchos marroquíes en toda su vida.

Justo en ese momento, una de las mujeres tumbadas cerca de la orilla, la francesa antipática, la saludó levantando el brazo. La mujer de aspecto melancólico se acercó y se sentó al borde de su tumbona. Los chicos de la playa se ofrecieron a llevarle otra tumbona, pero ella dijo que no. Evidentemente, no pensaba quedarse mucho tiempo. La inglesa alta y guapa parecía molesta por la interrupción. Aburrida, miraba desmayadamente el mar mientras la francesa y la recién llegada hablaban con aire de confianza y fumaban unos cigarrillos que la francesa había sacado de su bolso, también un Louis Vuitton; el mismo modelo, de hecho.

Pasado un rato, la mujer de aspecto triste se levantó para marcharse. La francesa, que había vuelto a ponerse su vestido, la acompañó unos cien metros por la orilla del mar. Luego se abrazaron y cada una siguió su camino: la mujer melancólica regresó hacia los clubes de la playa y la francesa regresó a su tumbona. Cambió unas palabras con la inglesa alta y bella. Luego, la inglesa se levantó y se anudó el pareo a la cintura. Para deleite del guardia, no se molestó en ponerse la camiseta traslúcida. La visión de su cuerpo perfecto le distrajo hasta tal punto que solo echó una ojeada a sus bolsos de playa cuando, un momento después, pasaron por la puerta y regresaron al recinto del hotel.

Juntas montaron en el ascensor y subieron a la cuarta planta, donde se les franqueó la entrada a las tres habitaciones convertidas en una sola. La alta y bella inglesa entró en la *suite* que compartía con *monsieur* Martel. De inmediato, él la atrajo hacia sí y le susurró algo al oído que la francesa no alcanzó a oír. Pero poco importaba: en la Casa de los Espías estarían escuchando. Siempre estaban escuchando.

48

CASABLANCA, MARRUECOS

Esa noche no se recibió mensaje alguno de Mohammad Bakkar o de sus subordinados, ni tampoco a la mañana siguiente. En King Saul Boulevard y Langley, y en todos los puntos intermedios, se ensombrecieron los ánimos. Incluso Paul Rousseau, desde su guarida en lo más hondo de la sede de la DGSI en Levallois-Perret, comenzó a tener sus dudas. Temía que hubiera habido alguna filtración y que la operación estuviera haciendo agua. El culpable era, sin duda, su extraño colaborador: el agente al que había chantajeado y reclutado sin permiso de su jefe ni del ministro. El agente al que había otorgado total inmunidad. Los jóvenes y aguerridos colaboradores de Morris Payne, el director de la CIA, compartían el pesimismo de Rousseau. Pero, a diferencia del francés, no estaban dispuestos a esperar indefinidamente a que sonara el teléfono. Eran militares de carrera, más que espías, y preferían abrir fuego directamente contra el enemigo. Payne, al parecer, era de la misma opinión. Convocó a Adrian Carter a una reunión en su despacho y le expuso claramente su punto de vista. Carter se encargó de transmitir el mensaje a Gabriel mediante una videoconferencia segura desde el Centro Antiterrorista de la CIA. Gabriel, por su parte, se hallaba en el centro de operaciones montado en la Casa de los Espías.

—Nada de aspavientos —dijo.

—¿Qué quieres decir?

—Mohammad Bakkar es la estrella del espectáculo. Y la estrella del espectáculo es quien marca la hora y el lugar del encuentro.

—Hasta una estrella necesita un buen consejo de vez en cuando.

—Eso no se correspondería con cómo ha funcionado la relación hasta ahora. Si ordeno a Martel que tome la iniciativa, Bakkar se olerá que pasa algo raro.

—Puede que ya se lo huela.

—Llamarle no cambiará eso.

—Los de arriba opinan que podría resolver la situación en un sentido o en otro.

—¿Ah, sí?

—Y la Casa Blanca...

—¿Desde cuándo está metida la Casa Blanca en esto?

—Desde el principio. Según parece, el presidente está muy pendiente del asunto.

—Cuán reconfortante. Y exactamente, ¿cuántas personas lo saben en Washington, Adrian?

—Es difícil saberlo. —Carter arrugó el ceño—. ¿Qué es ese ruido?

—No es nada.

—Suena como si alguien estuviera rezando.

—Y eso hacen, en efecto.

—¿Quiénes?

—Tarek y Hamid. Intentan ahuyentar a los *jinns*.

—¿A los qué?

—A los *jinns* —repitió Gabriel.

—Yo prefiero el *gin* con lima y un chorro de tónica.

Gabriel le preguntó por los dos drones que Morris Payne había asignado a la operación. Uno era un dron de vigilancia Sentinel. El otro, un Predator. Carter le explicó que el Sentinel ya se hallaba en la zona y podía sobrevolar Marruecos en cuanto Gabriel tuviera un objetivo claro. El Predator, armado con dos mortíferos misiles Hellfire, se hallaba en una base cercana, listo para entrar en acción. La CIA carecía de autoridad para lanzar un ataque en Marruecos. Solo el presidente podía dar esa orden, e incluso en ese caso —afirmó Carter— sería el último recurso.

—Los marroquíes se pondrán hechos una furia —dijo.

—¿Cuánto tiempo tardará el Predator en estar en situación de disparar?

—Depende de la localización del objetivo. Dos horas, como mínimo.

—Dos horas es demasiado.

—No son los felinos más veloces de la selva. Pero todo esto carece de sentido —dijo Carter—, mientras Mohammad Bakkar no convoque a tu chico a una reunión.

—Ya llamará —afirmó Gabriel, y cortó la conexión.

En el fondo, sin embargo, no estaba tan seguro. Y cuando pasó el mediodía sin que hubiera noticias, sucumbió momentáneamente al pesimismo que se había apoderado de sus colegas de París y Washington. Se distrajo manejando a sus personajes: a los Antonov y a sus amigos, Jean-Luc Martel y Olivia Watson. Mandó a Martel y a Mikhail a las afueras de Casablanca en busca de posibles ubicaciones para un nuevo hotel que JLM Enterprises no tenían intención de construir y despachó a Natalie y Olivia al gigantesco Morocco Mall, donde, provistas de las tarjetas de crédito de Martel, saquearon varias tiendas exclusivas. Comieron después con Christopher Keller en el *quartier* Gauthier. El británico no vio indicios de vigilancia, ni de la DST marroquí ni de ningún otro tipo. Eli Lavon, que siguió a Martel y Mikhail durante su salida en busca de presuntos terrenos para edificar, informó que tampoco había detectado señal alguna de que los estuvieran vigilando.

A media tarde, mientras el pesimismo de Gabriel se agudizaba, hubo otra crisis relativa a los *jinns*. Hamid había encontrado abierta la ventana de un dormitorio (el de Dina, en concreto) y temía que varios demonios nuevos se hubieran colado en la casa. Apoyado por Yaakov, planteó de nuevo la posibilidad de un exorcismo. Conocía a un hombre de su *bidonville* que se encargaría de ello por un precio módico, con sacrificio de cabra incluido. Gabriel se negó: seguirían encomendándose a la sal, la sangre y la leche con la esperanza de que todo se arreglara. Hamid, evidentemente, lo dudaba.

—Como guste —dijo, muy serio—. Pero me temo que esto acabará mal. Para todos.

A las cinco de la tarde, hasta Gabriel estaba convencido de que la Casa de los Espías estaba embrujada y de que Aisha y sus feroces amigos conspiraban contra él. Mandó a Natalie y Olivia a la playa a tomar el sol y salió a dar un paseo solo, sin escoltas ni armas, por los sucios soportales del casco viejo. Vagó sin rumbo un rato, cruzando plazas atestadas de gente y bulevares congestionados por el tráfico vespertino, hasta que encontró un café cuyos clientes vestían en su mayoría ropa occidental. Sentados a una mesa en el rincón más oscuro del local había tres americanos: dos chicos y una chica.

Pidió en francés un *café noir*. Entonces se dio cuenta de que no llevaba dinero marroquí. Pero no importaba: el camarero aceptó encantado sus euros. Fuera, el estrépito de la calle era agobiante. Ahogaba el sonido de la televisión que había encima de la barra y la apacible conversación de los tres estadounidenses, igual que, a las seis y doce minutos, ahogó la vibración del móvil de Gabriel. Leyó el mensaje un momento después y sonrió. Al parecer, Mohammad Bakkar quería hablar con Jean-Luc Martel en Fez la tarde siguiente.

Antes de volver a guardarse el teléfono en el bolsillo, envió un breve mensaje a Adrian Carter a Langley. Pidió luego otro café y se lo bebió como si dispusiera de todo el tiempo del mundo.

49

FEZ, MARRUECOS

Al día siguiente, minutos antes del mediodía, Christopher Keller se hallaba ante la entrada del hotel, vigilando cómo cargaban los porteros el equipaje en los coches. Martel salió un momento después, seguido por Mikhail, Natalie y Olivia. Llevaba en la mano la factura del hotel, que entregó a Keller.

—Désela a sus jefes. Y dígales que espero que la reembolsen hasta el último céntimo.

—Ahora mismo me pongo con ello.

Keller tiró la factura a la papelera y subió a la parte de atrás del primer Mercedes. Martel se reunió con él mientras los demás subían al otro coche. Siguieron la costa y, al llegar a Rabat, viraron hacia el interior atravesando plantaciones de alcornoques hasta llegar a las estribaciones del Atlas Medio. En primavera, los montes estarían verdecidos por las lluvias y el deshielo, pero en pleno verano se veían marrones y resecos. Las laderas estaban pobladas de olivares, y por las llanuras se extendían campos de regadío. Martel miraba hoscamente por la ventanilla mientras Keller monitorizaba el flujo de correos electrónicos, mensajes de texto y llamadas del teléfono del francés. Con ayuda de Martel, despachó los asuntos que requerían atención urgente. Los demás, los ignoró. Incluso Jean-Luc Martel —se dijo— necesitaba un día libre de vez en cuando.

Siguiendo instrucciones de Gabriel, pararon a comer en Mequinez, la más pequeña de las cuatro antiguas ciudades imperiales de Marruecos. Allí, Eli Lavon llegó a la conclusión de que los estaba vigilando un individuo de treinta y tantos años, de aspecto marroquí, provisto de gafas de sol y gorra de béisbol americana. Después de comer, el mismo individuo los siguió hasta las ruinas romanas de Volubilis, que recorrieron bajo el sol abrasador de la tarde. Lavon hizo una foto del hombre mientras fingía admirar el arco triunfal y se la envió a Gabriel al piso franco de Casablanca. Gabriel, a su vez, se la reenvió a Christopher Keller, que se la enseñó a Martel cuando volvieron al coche.

—¿Le reconoce?

—Tal vez.

—¿Qué quiere decir con eso?

—Quiero decir que tal vez le haya visto con anterioridad.

—¿Dónde?

—En el encuentro del Rif, en diciembre pasado. Después de los atentados de Washington.

—¿Con quién estaba? ¿Con Bakkar?

—No. Estaba con Khalil.

Eran cerca de las seis cuando llegaron a la Ville Nouvelle de Fez, la parte moderna de la ciudad, donde preferían vivir la mayoría de sus habitantes. Su hotel, el Palais Faraj, lindaba con la antigua medina. Era un laberinto de coloridas baldosas y frescos y umbríos pasadizos. El propietario ascendió automáticamente a Martel y Olivia a la *suite* real. Keller se alojaría en la habitación contigua, de dimensiones más modestas, y Mikhail y Natalie un poco más allá, en el mismo pasillo. Llevaron a Olivia a dar un paseo por los zocos de la medina mientras Martel y Keller esperaban a que sonara el teléfono sentados en la terraza privada de la *suite* real. El aire estaba caliente y quieto. De las curtidurías cercanas les llegaba un ligero tufo a orín y a humo de leña.

—¿Cuánto tiempo va a hacernos esperar? —preguntó Keller.

—Depende.

—¿De qué?

—De su humor, supongo. A veces llama enseguida. Y a veces...

—¿Qué?

—Cambia de idea.

—¿Sabe que estamos aquí?

—Mohammad Bakkar —afirmó Martel— lo sabe todo.

Pasados veinte minutos sin que recibieran una llamada o un mensaje, el francés se levantó bruscamente.

—Necesito una copa.

—Pida algo al servicio de habitaciones.

—Hay un bar arriba —dijo Martel y, antes de que Keller pudiera oponerse, se dirigió a la puerta.

Fuera, en el vestíbulo, pulsó el botón del ascensor y, como este no apareció al instante, subió por las escaleras. El bar, pequeño y oscuro, estaba en la última planta y desde él se dominaban las azoteas de la medina. Martel pidió la botella de Chablis más cara de la carta de vinos. Keller, un café solo.

—¿Seguro que no quiere un poco? —preguntó Martel mientras admiraba una copa de vino a la luz del sol.

Keller contestó que prefería el café.

—¿No bebe cuando está de servicio?

—Algo así.

—No sé cómo lo hace. Lleva días sin dormir. Imagino que uno acaba por acostumbrarse si se dedica a su oficio —añadió el francés pensativamente—. Al espionaje, quiero decir.

Keller lanzó una ojeada al barman. No había nadie más en el local.

—¿Siempre ha sido espía? —insistió Martel.

—¿Y usted? ¿Siempre ha sido narcotraficante?

—Yo *nunca* he sido narcotraficante.

—Ah, sí —repuso Keller—. Naranjas.

Martel lo observó atentamente por encima del borde de la copa de vino.

—Tengo la impresión de que ha pasado una buena temporada en el ejército.

—No tengo madera de militar. Nunca me ha gustado cumplir órdenes. Y no se me da bien trabajar en equipo.

—Entonces puede que sea un militar especial. Del SAS, por ejemplo. ¿O debería decir del Regimiento? ¿No es así como lo llaman sus camaradas?

—Lo ignoro.

—Qué gilipollez —replicó Martel tajantemente.

Sonriendo a beneficio del barman marroquí, Keller miró por la ventana. La oscuridad empezaba a aposentarse sobre la medina, pero en los picos más altos de las montañas aún quedaba un asomo de luz rosada.

—Debería andarse con más cuidado, Jean-Luc. El chico de la barra podría ofenderse.

—Conozco a los marroquíes mejor que usted. Y reconozco a un exmiembro del SAS cuando lo veo. Todas las noches llega algún inglés rico a uno de mis hoteles o restaurantes acompañado por su escolta privada. Y siempre son veteranos del SAS. Supongo que es mejor dedicarse al espionaje que ser el correveidile de algún financiero británico con ganas de darse aires.

En ese momento entraron en el bar Yossi Gavish y Rimona Stern y se sentaron a una mesa, al otro lado del local.

—Sus amigos de Saint-Tropez —comentó Martel—. ¿Los invitamos a unirse a nosotros?

—Volvamos abajo con la botella.

—Todavía no —respondió Martel—. Siempre me han gustado estas vistas al atardecer. Este sitio es Patrimonio de la Humanidad, ¿lo sabía? Y sin embargo gran parte de la gente que vive ahí abajo vendería de buena gana su ruinosa *riad* o su *dar* a algún occidental para comprarse un bonito y limpio pisito en la Ville Nouvelle. Es una pena, la verdad. No saben lo que tienen. A veces lo viejo es mucho mejor que lo nuevo.

—Ahórrese la filosofía de café —repuso Keller con aire hastiado.

Rimona se estaba riendo de algo que había dicho Yossi. Keller echó un vistazo a los últimos mensajes y correos electrónicos que había recibido Martel mientras este seguía contemplando el ocaso en la medina.

—Habla muy bien francés —comentó Martel al cabo de un momento.

—No sabe cuánto significa eso para mí, Jean-Luc.

—¿Dónde lo aprendió?

—Mi madre era francesa. Pasé mucho tiempo en Francia de niño.

—¿Dónde?

—En Normandía, sobre todo, pero también en París y en el sur.

—En todas partes, menos en Córcega.

Hubo un silencio. Fue Martel quien lo rompió.

—Hace muchos años, cuando todavía vivía en Marsella, corría el rumor de que había un inglés que trabajaba como sicario para el clan de los Orsati. Había pertenecido al SAS, o eso se decía. Por lo visto, era un desertor. —Martel hizo una pausa y luego añadió—: Un cobarde.

—Parece el argumento de una novela de espías.

—La realidad es a veces más extraña que la ficción. —Martel le sostuvo la mirada—. ¿Cómo sabían lo de René Devereaux?

—A Devereaux le conoce todo el mundo.

—La voz de esa grabación era la suya.

—¿Ah, sí?

—No puedo ni imaginar las cosas que tuvo que hacerle para conseguir que hablara. Pero deben de tener también otra fuente —añadió el francés—. Alguien que conocía mis vínculos con René. Alguien muy cercano a mí.

—No necesitábamos ninguna fuente. Escuchábamos sus llamadas telefónicas y leíamos sus *e-mails*.

—No hubo ninguna llamada telefónica ni ningún *e-mail*. —Martel sonrió con frialdad—. Imagino que solo hizo falta un poco de dinero. Así fue como la conseguí yo también. A Olivia le encanta el dinero.

—Olivia no tiene nada que ver con esto.

El escepticismo de Martel era evidente.

—¿Podrá quedárselos?

—¿A qué se refiere?

—A los cincuenta millones que le dieron por esos cuadros. A los cincuenta millones que le pagaron para que me traicionase.

—Bébase su vino, Jean-Luc. Disfrute del panorama.

—Cincuenta millones es mucho dinero —prosiguió Martel—. Debe de ser todo un pez gordo ese iraquí que se hace llamar Khalil.

—Lo es.

—¿Y si asoma la cara? ¿Qué pasará entonces?

—Lo mismo que le pasará a usted si le toca un solo pelo a Olivia —replicó Keller con voz calmosa.

La amenaza no pareció afectar al francés.

—Quizá alguien debería contestar —dijo.

Keller miró el teléfono, que vibraba sobre la mesa baja, entre ellos dos. Echó un vistazo al número entrante y le pasó el móvil a Martel. La conversación, muy breve, transcurrió en una mezcla de francés y árabe marroquí. Luego, Martel cortó la llamada y entregó el teléfono.

—¿Y bien? —preguntó Keller.

—Mohammad ha cambiado de planes.

—¿Cuándo van a verse?

—Mañana por la noche. Y no solo quiere verme a mí —dijo Martel—. Estamos todos invitados.

50

CASABLANCA, MARRUECOS

Christopher Keller no era el único que vigilaba el teléfono de Jean-Luc Martel. En el piso franco de Casablanca, Gabriel tampoco lo perdía de vista. Escuchó el flujo constante de llamadas entrantes que hubo a lo largo de esa tarde y leyó los numerosos mensajes y correos electrónicos que recibió el francés. Y a las siete y cuarto oyó la escueta conversación entre Martel y un hombre que no se molestó en presentarse. Escuchó la grabación otras tres veces de principio a fin y acto seguido buscó el minuto 19:16:13 y pulsó el icono de *play*.

—*A Mohammad y a su socio le gustaría conocer a sus amigos. A uno de ellos en concreto.*

—*¿A cuál?*

—*Al alto. Al que está casado con esa francesa tan guapa y tiene dinero a montones. Es ruso, ¿no? ¿Traficante de armas?*

—*¿De dónde ha sacado esa información?*

—*Eso no importa.*

—*¿Por qué quieren conocerle?*

—*Para proponerle un negocio. ¿Cree que su amigo puede estar interesado? Dígale que merece la pena.*

Gabriel pulsó la pausa y miró a Yaakov Rossman.

—¿Cómo crees que han averiguado Mohammad Bakkar y su socio a qué se dedica en realidad Dmitri Antonov?

—Puede que haya oído los mismos rumores que oyó Jean-Luc

351

Martel. Los que esparcimos como miguitas de pan entre Londres y Nueva York, pasando por el sur de Francia.

—¿Y ese negocio que quieren proponerle?

—Dudo que esté relacionado con el hachís.

—O con las naranjas —agregó Gabriel. Luego dijo—: Tengo la sensación de que quien de verdad quiere conocer a Dmitri Antonov es el socio de Mohammad. Pero ¿para qué?

—¿Podemos dar por sentado que el presunto socio de Mohammad es Saladino?

—De acuerdo.

—Puede que quiera comprar armas. O quizá quiera hacerse con material radiológico de origen ruso para sustituir el alijo que perdió cuando apresaron el barco.

—O puede que quiera matarle. —Gabriel hizo una pausa y añadió—: A él y a su esposa, esa francesa tan guapa.

Pulsó el *play*.

—*¿Dónde?*

—*Vayan en coche hacia el sur, hasta Erfoud y...*

—*¿Erfoud? Eso está...*

—*A siete horas en esta época del año, puede que menos. Mohammad les ha preparado un par de todoterrenos. Esos Mercedes suyos no les servirán de nada donde van.*

—*¿Y dónde es eso?*

—*A un campamento en el Sahara. Bastante lujoso. Llegarán en torno a la puesta de sol. El personal les preparará la cena. Es un sitio muy marroquí, muy tradicional. Muy agradable. Mohammad llegará cuando haya anochecido.*

Gabriel detuvo la grabación.

—Un campamento al borde del Sahara. Muy tradicional, muy agradable.

—Y muy aislado —comentó Yaakov.

—Puede que eso sea lo que quiere Saladino.

—¿Crees que nos han traicionado?

—A mí me pagan por preocuparme, Yaakov.

—¿Algún sospechoso?

—Solo uno.

Gabriel abrió otro archivo de audio en su ordenador y tras ajustar el tiempo pulsó el *play*.

—*Habla muy bien francés.*

—*No sabe cuánto significa eso para mí, Jean-Luc.*

—*¿Dónde lo aprendió?*

—*Mi madre era francesa. Pasé mucho tiempo en Francia de niño.*

—*¿Dónde?*

—*En Normandía, sobre todo, pero también en París y en el sur.*

—*En todas partes, menos en Córcega.*

Gabriel pulsó la pausa.

—En algún momento tenía que darse cuenta —dijo Yaakov—. Proceden del mismo mundo. Son dos caras de la misma moneda.

—Keller nunca ha estado metido en el narcotráfico.

—No —repuso Yaakov con socarronería—. Solo se ganaba la vida matando gente.

—Yo creo en la redención.

—No me sorprende.

Gabriel arrugó el ceño y pulsó de nuevo el *play*.

—*Pero deben de tener también otra fuente. Alguien que conocía mis vínculos con René. Alguien muy cercano a mí.*

—*No necesitábamos ninguna fuente. Escuchábamos sus llamadas telefónicas y leíamos sus e-mails.*

—*No hubo ninguna llamada telefónica ni ningún e-mail.* —Martel *sonrió con frialdad*—. *Imagino que solo hizo falta un poco de dinero. Así fue como la conseguí yo también. A Olivia le encanta el dinero.*

Gabriel detuvo la grabación.

—También era lógico que se diera cuenta de eso en algún momento —comentó Yaakov.

En la Casa de los Espías se hizo el silencio. Los ocupantes de la *suite* real del Palais Faraj, en cambio, discutían sobre si debían cenar en el hotel o en un restaurante de la medina. Hablaban de ello al estilo de los millonarios aburridos. Tan convincente era su actuación que incluso Gabriel, que había creado sus personajes, no supo si se trataba de una discusión auténtica o fingida para despistar a la DST marroquí, que sin duda también estaba escuchándolos.

—Puede que hayamos perdido a Martel —dijo Gabriel por fin—. ¿Quién sabe? Es posible que no le hayamos tenido nunca en nuestro poder.

—¿Son otra vez los *jinns* los que hablan por tu boca?

Gabriel no dijo nada.

—Ha estado bajo nuestro control desde el momento en que le tendimos la trampa. Vigilancia absoluta. Física, electrónica y virtual. Keller prácticamente ha dormido en su habitación. Es nuestro en cuerpo y alma.

—Puede que hayamos pasado algo por alto.

—¿Qué, por ejemplo?

—Una secuencia concreta de pitidos del teléfono o algún código impersonal al que no hemos dado importancia.

—¿Con periódico o sin él? ¿Con paraguas o sin?

—Exacto.

—Ya nadie lee los periódicos, y en Marruecos no llueve en esta época del año. Además —agregó Yaakov—, si Mohammad Bakkar creyera que Martel se ha pasado al otro bando, no habría pedido verle.

En Fez, la discusión acerca de dónde cenar había adquirido tintes verdaderamente agrios. Exasperado, Gabriel zanjó la cuestión enviando un mensaje de texto a Mikhail. JLM y sus acompañantes cenarían en el hotel esa noche.

—Buena idea —comentó Yaakov—. Conviene que esta noche se vayan temprano a la cama. Mañana será un día muy largo.

Gabriel se quedó callado.

—No estarás pensando en abortar la operación, ¿verdad?

—Por supuesto que sí.

—Hemos ido demasiado lejos —objetó Yaakov—. Mándalos al campamento, que se reúnan con ellos. Identifica a Saladino, da el aviso. Y cuando se vaya, deja que los americanos lancen un misil y le conviertan en una nubecilla de humo.

—Dicho así parece muy sencillo.

—Lo es. Los americanos lo hacen a diario.

Gabriel guardó silencio de nuevo.

—¿Qué vas a hacer? —preguntó Yaakov.

Gabriel pulsó el *play*.

Llegarán en torno a la puesta de sol. El personal les preparará la cena. Es un sitio muy marroquí, muy tradicional. Muy agradable. Mohammad llegará cuando haya anochecido...

51

FEZ, MARRUECOS

Natalie despertó con las sábanas empapadas en sudor, cegada por el sol. Entornando los párpados, contempló la franja de cielo que se veía desde su ventana y por un instante no supo dónde estaba. ¿Se encontraba en Fez, en Casablanca o en Saint-Tropez? ¿O estaba de nuevo en aquella casona repleta de patios y habitaciones, cerca de Mosul? «Eres mi Maimónides...». Se dio la vuelta y estiró la mano hacia el cordón de la persiana, pero no lo alcanzó. La mitad de la cama que ocupaba Mikhail estaba aún en sombras. Él dormía apaciblemente, con el torso descubierto.

Natalie cerró los ojos con fuerza para escapar a la luz del sol y trató de reunir los fragmentos de su último sueño de esa mañana. Iba caminando por un jardín poblado de ruinas: ruinas romanas, estaba segura de ello. No eran las ruinas de Volubilis que habían visitado la víspera, sino las de Palmira, en Siria. También de eso estaba segura. Era una de las pocas occidentales que habían visitado Palmira después de su captura por parte del Estado Islámico, y había visto con sus propios ojos los destrozos que los combatientes sagrados del ISIS habían causado en sus ruinas. Las había recorrido a la luz de la luna, acompañada por un yihadista egipcio llamado Ismail que estaba recibiendo entrenamiento en el mismo campo que ella. Pero en el sueño era otro hombre el que iba a su lado. Un hombre alto y corpulento que caminaba con una leve cojera. Un objeto indefinido, grotesco y chorreante, colgaba de su mano derecha. Solo ahora, en medio de la cálida neblina de la mañana, comprendió Natalie que aquella cosa era su cabeza.

Se sentó despacio en la cama para no despertar a Mikhail y apoyó los pies en el suelo desnudo. Las baldosas parecían recién salidas del horno. Al instante sintió náuseas. Dedujo que el sueño la había puesto enferma. O quizá fuera algo que había comido, algún manjar marroquí que no le había sentado bien.

Fuera como fuese, corrió al cuarto de baño a vomitar. Después, comenzó a sentir los primeros envites de una fuerte migraña. Precisamente hoy, se dijo. Se tomó dos pastillas de analgésico con un trago de agua del grifo y pasó unos minutos bajo el chorro de agua fresca de la ducha. Luego, envuelta en un fino albornoz, entró en el cuartito de estar y se preparó una taza de café bien cargado en la cafetera Nespresso. El tabaco de *madame* Sophie parecía llamarla desde la mesa. Fumó un cigarrillo únicamente por mantener su tapadera, o eso se dijo. No consiguió aliviarle el dolor de cabeza.

«Eres muy valiente, Maimónides. Más valiente de lo que te conviene...».

Ojalá fuese cierto, pensó. ¿Cuántas personas seguirían con vida si hubiera tenido el valor de dejarle morir? Washington, Londres, París, Ámsterdam, Amberes, y todas las demás ciudades. Sí, los americanos querían atraparle. Pero ella también.

Entró en el vestidor. La ropa que iba a ponerse ese día estaba doblada en un estante. Por lo demás, sus maletas estaban hechas. Igual que las de Mikhail. Las etiquetas denotaban una fabricación lujosa, pero el equipaje, al igual que el propio Dmitri Antonov, era un señuelo. La maleta más pequeña tenía un falso fondo. Dentro del compartimento oculto había una Beretta 92FS, dos cargadores llenos de proyectiles de nueve milímetros y un silenciador.

Después de que aceptara trabajar para la Oficina, Mikhail le había enseñado cómo cargar y descargar un arma. Ahora, agachada en el suelo del vestidor, colocó rápidamente el silenciador en el extremo del cañón, introdujo uno de los cargadores en la culata y cargó la primera bala. Levantó luego el arma sujetándola con las dos manos como le había enseñado Mikhail y apuntó al hombre que sostenía su cabeza en la mano.

«Adelante, Maimónides, déjame por embustero...».

—¿Qué haces? —preguntó una voz tras ella.

Natalie se giró sobresaltada y apuntó al pecho de Mikhail. Tenía la respiración agitada y la culata de la Beretta se había humedecido entre sus manos temblorosas. Mikhail se acercó y lenta y suavemente bajó el cañón de la pistola hacia el suelo. Natalie aflojó las manos y observó cómo devolvía la pistola a su estado original y la depositaba en el compartimento secreto de la maleta.

Incorporándose, Mikhail le puso un dedo sobre los labios y señaló el techo para indicarle que podía haber micrófonos de la DST. Luego la condujo fuera, a la terraza, y la abrazó.

—¿Quién eres? —le susurró al oído en inglés con acento ruso.

—Soy Sophie Antonov —contestó ella mansamente.

—¿Qué haces en Marruecos?

—Mi marido está haciendo negocios con Jean-Luc Martel.

—¿A qué se dedica tu marido?

—Antes, a los minerales. Ahora, a las inversiones.

—¿Y Jean-Luc Martel?

Natalie no respondió. De pronto tenía frío.

—¿Quieres explicarme qué ha pasado?

—Pesadillas.

—¿Qué clase de pesadillas?

Natalie se lo contó.

—Era solo un sueño.

—Estuvo a punto de ocurrir, una vez.

—No volverá a pasar.

—Eso no puedes saberlo —dijo ella—. No sabes lo listo que es.

—Nosotros lo somos más.

—¿De veras?

Se hizo un silencio.

—Manda un mensaje al puesto de mando —le susurró Natalie por fin—. Diles que no puedo ir. Que no puedo acercarme a él. Me da miedo echar por tierra toda la operación.

—No —contestó Mikhail—. No voy a mandar ningún mensaje.

—¿Por qué?

—Porque tú eres la única que puede identificarle.

—Tú también le viste. En el restaurante de Georgetown.

—La verdad —repuso Mikhail— es que procuré no mirarle. Apenas recuerdo su cara.

—¿Y la grabación de las cámaras de seguridad del Four Seasons?

—No es muy buena.

—No puedo estar en su presencia —dijo Natalie pasado un momento—. Me reconocerá. ¿Por qué no iba a reconocerme? Fui yo quien salvó la vida a ese miserable.

—Sí —dijo Mikhail—. Y ahora vas a ayudarnos a matarle.

Volvió a llevarla a la cama e hizo cuanto pudo por ayudarla a olvidar la pesadilla. Después, se ducharon juntos y se vistieron. Natalie pasó largo rato peinándose ante el espejo.

—¿Qué parezco? —preguntó.

—Una judía de Marsella —contestó Mikhail con una sonrisa.

Arriba, el personal del hotel estaba recogiendo el bufé del desayuno. Mientras tomaban café y pan, Mikhail leyó los periódicos de la mañana en su tableta mientras Natalie, afectando un aburrimiento que no sentía, contemplaba el decrépito caos de la medina. Por fin, poco antes de las once, bajaron al vestíbulo, donde Martel y Christopher Keller estaban pagando la cuenta. Olivia estaba fuera, viendo cómo los porteros introducían el equipaje en los coches.

—¿Has dormido bien? —preguntó.

—Mejor que nunca —contestó Natalie.

Se metió en la parte de atrás del segundo coche y ocupó su lugar junto a la ventanilla. Una cara que no reconocía le devolvía la mirada desde el cristal.

«Maimónides... Qué alegría volver a verte...».

52

LANGLEY, VIRGINIA

El CTC, el Centro Antiterrorista de la CIA, había estado en tiempos ubicado en una sola sala del pasillo F de la quinta planta del cuartel general de la Agencia. Con sus pantallas de televisión, sus ruidosos teléfonos y sus dosieres amontonados, se asemejaba a la redacción de un diario de poca monta. Sus miembros trabajaban en pequeños grupos dedicados a objetivos específicos: la Fracción del Ejército Rojo, el Ejército Republicano Irlandés, la Organización para la Liberación de Palestina, Abú Nidal, Hezbolá... Había además una unidad, formada en 1996, que centraba sus esfuerzos en un extremista saudí poco conocido, llamado Osama Bin Laden, y su pujante red de terrorismo islamista.

Como era de esperar, el CTC había aumentado considerablemente de tamaño desde los atentados del Once de Septiembre y ahora ocupaba unos dos mil metros cuadrados de la planta baja de la nueva sede de la CIA, con su propio vestíbulo y sus torniquetes de acceso. Por motivos de seguridad, el verdadero nombre del jefe del CTC había dejado de ser de dominio público. Para el mundo exterior (y para el resto de Langley) era simplemente «Roger». A Kyle Taylor le gustaba aquel apodo. Un tipo llamado Kyle no le daba miedo a nadie. Roger, en cambio, era un nombre que imponía respeto, sobre todo si comandaba una flota de drones armados y tenía el poder de pulverizar a un individuo por el simple hecho de estar en un lugar concreto en el momento equivocado.

Uzi Navot había coincidido con él por primera vez hacía ya una década, cuando Taylor trabajaba en la delegación de la CIA en Londres. Habían sentido entonces una antipatía instantánea el uno por el otro. Navot veía a Taylor, que no hablaba más idioma que el inglés y resultaba, por tanto, inservible para el trabajo de campo, poco más que como un espía de salón o un soldado de sala de juntas. Y Taylor, que abrigaba el consabido resentimiento de la CIA contra la Oficina e Israel (agudizado, posiblemente, en su caso particular) consideraba a Navot un tipo calculador y traicionero. Por lo demás, se llevaban a las mil maravillas.

—¿Es la primera vez que visitas el Centro? —preguntó Taylor tras ahorrar a Navot el engorroso paso por el control de seguridad.

—No, pero hacía mucho tiempo que no venía por aquí.

—Seguramente hemos crecido desde la última vez que viniste. No nos ha quedado otro remedio. Todos los días llevamos a cabo operaciones en Afganistán, Pakistán, Yemen, Siria, Somalia y Libia.

Parecía un agente de ventas ufanándose de la expansión sin precedentes de su empresa.

—Y ahora también en Marruecos —agregó Navot en voz baja, invitándole a seguir hablando.

—La verdad es que, teniendo en cuenta lo delicado que es el asunto desde un punto de vista político, muy pocas personas están al tanto, incluso aquí, en el Centro —añadió Taylor—. El acceso es muy restringido. Estamos usando una de nuestras salas de operaciones más pequeñas. Completamente opaca.

Condujo a Navot por un pasillo flanqueado por puertas numeradas detrás de las cuales analistas y operadores sin rostro ni nombre rastreaban a terroristas y conspiradores por todo el globo terráqueo. Al fondo del pasillo había un corto tramo de escaleras metálicas y otro puesto de control por el que Taylor y Navot pasaron sin detenerse. Más allá había un vestíbulo poco iluminado y una puerta que solo se abría mediante un código de seguridad. Taylor marcó rápidamente el código en el panel y fijó la mirada en la lente del lector biométrico. Segundos después, la puerta se abrió con un chasquido.

—Bienvenido al Agujero Negro —comentó al hacer pasar a Navot—. Los demás ya están aquí.

Taylor le presentó a Graham Seymour, olvidando quizá, o quizá no, que se conocían desde hacía mucho tiempo y a continuación a Paul Rousseau.

—A Adrian doy por sentado que ya le conoces.

—Y muy bien, además —repuso Navot, aceptando la mano que le tendía Carter—. Adrian y yo hemos superado juntos varias guerras, y tenemos cicatrices que lo demuestran.

Sus ojos tardaron unos instantes en acostumbrarse por completo a la penumbra. Fuera despuntaba lo que prometía ser un bochornoso día de verano, pero allí, en aquella sala de operaciones de acceso restringido, en lo más profundo de Langley, reinaba una noche eterna. Sentados ante varias mesas, bordeando la sala, había unos cuantos técnicos cuyos rostros juveniles iluminaba el resplandor de las pantallas de ordenador. Dos de ellos vestían mono de aviador: eran los encargados de pilotar los dos drones que en esos momentos sobrevolaban la parte oriental de Marruecos sin conocimiento del gobierno marroquí. Las imágenes que enviaban las cámaras de alta resolución de los dos aparatos parpadeaban en las pantallas, en la parte frontal de la sala. El Predator, con sus dos misiles Hellfire, se hallaba ya sobre Erfoud. El Sentinel, en cambio, seguía al sureste de Fez, desde donde su cámara enfocaba claramente el hotel Palais Faraj. Navot vio a Christopher Keller y Jean-Luc Martel salir al patio delantero del hotel. Unos segundos después, dos Mercedes pasaron bajo una arcada y pusieron rumbo al sur, hacia las montañas.

Navot se sentó junto a Graham Seymour. Kyle Taylor se había llevado a Adrian Carter a un rincón de la sala para consultarle algo en privado. La tensión que había entre ellos saltaba a la vista.

—¿Alguna idea de quién dirige la función? —preguntó Navot.

—De momento —contestó Graham Seymour—, yo diría que es Gabriel quien tiene la sartén por el mango.

—¿Hasta cuándo?

—Hasta que aparezca Saladino. Si eso llega a suceder —añadió Seymour—, puede pasar cualquier cosa.

El tráfico en la Ville Nouvelle era una pesadilla. Ni siquiera en el casco antiguo de Fez parecía haber forma de esquivarlo. Pasado un tiempo, los edificios comerciales fueron quedando atrás y comenzaron a aparecer pequeñas parcelas cultivadas y edificios de pisos de construcción reciente. Eran bloques de tres plantas, envejecidos antes de tiempo, con garajes en la planta baja. La mayoría de los garajes habían sido convertidos en minúsculas tiendas o restaurantes, o servían como chiqueros para guardar animales. Las ovejas y las cabras ramoneaban entre los olivos recién plantados, y las familias celebraban comidas campestres bajo cualquier sombra que encontraran.

Poco a poco, el terreno fue inclinándose hacia los lejanos picos del Atlas Medio y los olivares dejaron paso a las densas arboledas de algarrobos, erguenes y pinos de Alepo. Las águilas volaban en círculos, buscando chacales. Y por encima de las águilas —pensó Christopher Keller—, los drones buscaban a Saladino.

La primera población de cierta importancia era Imouzzer. Construida por los franceses, estaba poblada por unos trece mil miembros de la tribu bereber de Aït Seghrouchen, que hablaban un dialecto de la antigua lengua bereber. Allí, la temperatura descendía varios grados (se hallaban ya a unos mil doscientos metros de altitud) y los zocos y cafés exclusivos para hombres de la calle principal estaban abarrotados de gente. Keller estudió las caras de jóvenes y viejos por igual. Eran muy distintas a las caras que había visto en Casablanca y Fez. Rasgos europeos, cabello y ojos más claros. Era como si hubieran cruzado una frontera invisible.

Justo en ese momento vibró su móvil: acababa de recibir un mensaje. Lo leyó y miró a Martel.

—Nuestros amigos tienen la impresión de que otra vez nos están siguiendo. Creen que podría ser el mismo hombre que nos siguió ayer en Mequinez y Volubilis. Les gustaría tener un retrato más claro de él.

—¿Qué se proponen?

Keller ordenó al chófer que parara en un quiosco, a las afueras de la ciudad. El coche en el que iban Mikhail, Natalie y Olivia se detuvo detrás, y a continuación paró un Renault polvoriento. Keller alcanzó a ver a su copiloto por el retrovisor lateral: cabello oscuro y muy corto, pómulos anchos, gafas de sol, gorra de béisbol americana. El conductor, en cambio, quedaba oculto a la vista.

—Tráiganos un par de botellas de agua —ordenó a Martel.

—Esta ciudad no es muy hospitalaria que digamos.

—Seguro que sabrá defenderse.

Martel se apeó y se acercó al quiosco. Keller volvió a mirar por el retrovisor y vio que el copiloto se bajaba del Renault. Cuando pasó junto al Mercedes, le hizo una foto a través de la ventanilla tintada de la parte de atrás. Salió tan borrosa que resultaba inservible. Pero un momento después, cuando el hombre regresó al Renault, Keller consiguió fotografiar claramente su cara. Le mostró la foto a Martel cuando el francés regresó al asiento trasero del coche con dos sudorosas botellas de agua mineral Sidi Ali.

—Es él, no hay duda —dijo Martel—. Es el que vi en el Rif el invierno pasado, con Khalil.

Mientras el coche se alejaba de la acera, Keller mandó la fotografía al puesto de mando de Casablanca. Luego volvió a mirar por el retrovisor lateral. El otro Mercedes iba justo detrás de ellos. Y detrás del Mercedes circulaba un Renault cubierto de polvo con dos hombres dentro.

Los muchos años de cooperación, a menudo polémica, entre la CIA y la DST marroquí habían granjeado a Langley el acceso a la larga lista de yihadistas marroquíes y sus acólitos. Como resultado de ello, los analistas del Centro Antiterrorista tardaron solo unos minutos en identificar al sujeto dc la fotografía. Era Nazir Bensaïd, un exintegrante de la Salafia Jihadia marroquí encarcelado tras los atentados suicidas de 2003 en Casablanca. Puesto en libertad desde 2012, Bensaïd se había marchado a Turquía y finalmente había recalado en el califato del ISIS. El gobierno marroquí creía que seguía allí. Pero, evidentemente, se equivocaba.

Una fotografía de Bensaïd tomada en la época de su encarcelamiento apareció al instante en las pantallas del Agujero Negro del CTC, junto con otra instantánea hecha en 2012, a su llegada al aeropuerto Ataturk de Estambul. Ambas fotografías le fueron remitidas a Gabriel, que a su vez se las envió a Keller. Este confirmó que Nazir Bensaïd era el individuo al que acababa de ver.

Pero ¿qué hacía Nazir Bensaïd en una ciudad habitada por trece mil bereberes, en las montañas del Atlas Medio? ¿Y por qué iba siguiéndolos hacia Erfoud? Cabía la posibilidad de que hubiera regresado a Marruecos clandestinamente y se hubiera integrado en el cartel de Mohammad Bakkar. Pero la explicación más probable era que estuviera velando por los intereses del socio de Bakkar, aquel iraquí alto que se hacía llamar Khalil y cojeaba al andar.

Dentro del Agujero Negro, los técnicos marcaron digitalmente el Renault sedán y a sus dos ocupantes mientras en Fort Meade, Maryland, la NSA captaba la señal que emitían sus teléfonos móviles. Adrian Carter llamó a la sexta planta para dar la noticia al director de la CIA, Morris Payne, quien rápidamente la transmitió a la Casa Blanca. A las siete y media, hora de Washington, el presidente se reunió con su consejo de seguridad en la Sala de Crisis, a cuyas pantallas llegaban las imágenes emitidas por los dos drones.

En la Casa de los Espías de Casablanca, Gabriel y Yaakov Rossman observaban también las pantallas, mientras al otro lado del pasillo los dos guardeses de la finca rezaban para ahuyentar a los demonios surgidos del fuego. A través de los altavoces de su ordenador portátil, Gabriel oía la cháchara emocionada que reinaba en el CTC de Langley. Deseaba poder compartir su optimismo, pero le era imposible. La operación en su totalidad se hallaba ahora en manos de un hombre al que había engañado y chantajeado para que obedeciera sus órdenes. «No siempre elegimos a nuestros colaboradores», se recordó. «A veces son ellos quienes nos eligen».

53

ERFOUD, MARRUECOS

Los todoterrenos esperaban en una plaza soleada y polvorienta, frente al Café Dakkar de Erfoud. Eran Toyota Land Cruiser de color blanco hueso, recién lavados. Los conductores vestían pantalones de algodón y chalecos caquis, y hacían gala de la sonriente eficacia de los guías turísticos profesionales. Pero no lo eran. Eran hombres de Mohammad Bakkar.

Al sur de Erfoud se extendía el gran oasis de Tafilalet, con sus palmerales infinitos: ochocientas mil palmeras en total, según la guía en francés que Natalie sostenía con fuerza entre las manos. Mientras miraba por la ventanilla, pensó de nuevo en aquella noche en Palmira y en su sueño de esa mañana. *Saladino caminando a su lado a la luz de una luna violenta, con su cabeza en la mano...* Desvió la mirada y vio que Olivia la observaba con curiosidad desde el otro lado del asiento trasero del Toyota.

—¿Estás bien? —le preguntó.

En silencio, Natalie fijó la mirada adelante. Mikhail iba en el asiento del copiloto, junto al chófer. El segundo Toyota, el que llevaba a Keller y Jean-Luc Martel, circulaba unos cien metros por delante de ellos. Detrás, la carretera estaba desierta. Ni siquiera se divisaba el Renault que los había seguido desde Fez.

Los palmerales remitieron y el paisaje se volvió escarpado y rocoso. La carretera asfaltada terminaba en Rissani, y poco después apareció el gran mar de arena de Erg Chebbi. La aldea de

Khamlia, un cúmulo de casas bajas, del color del barro, yacía al sur de las dunas. Allí abandonaron la carretera principal y tomaron un camino lleno de baches. Natalie vigilaba su avance a través del móvil: eran un punto azul que se movía hacia el este cruzando tierras despobladas, camino de la frontera argelina. Luego, de pronto, el punto azul se detuvo: habían abandonado la zona de cobertura móvil. Mikhail había llevado un teléfono satélite por si se daba esa circunstancia. Estaba detrás de Natalie, en la misma bolsa que la Beretta.

Siguieron avanzando por espacio de media hora, mientras a su alrededor el sol poniente pintaba de rojo ladrillo las grandes dunas esculpidas por el viento. Pasaron junto a un pequeño vivac de nómadas bereberes que estaban hirviendo agua para el té a la entrada de su negra tienda de pelo de camello. Por lo demás, no se veía un alma, solo las dunas altas como montañas y el vasto cielo protector. Aquel vacío era insoportable. Natalie, pese a hallarse junto a Olivia y Mikhail, se sentía dolorosamente sola. Se puso a mirar las fotografías de su teléfono, pero eran recuerdos de *madame* Sophie, no suyos. Apenas alcanzaba a recordar la granja de Nahalal. El Centro Médico Hadassah, su antiguo trabajo, se había desdibujado casi por completo de su memoria.

Por fin apareció el campamento, un racimo de tiendas coloridas dispuestas al abrigo de una duna. Otro Land Cruiser blanco había llegado antes que ellos. Natalie supuso que era el del personal. Dejó que uno de los empleados vestidos con chilaba se hiciera cargo de sus maletas. Mikhail, en cambio, adoptando el aire altanero de Dmitri Antonov, llevó él mismo su equipaje. Había tres jaimas montadas alrededor de una explanada central y una cuarta que, provista de aseos y duchas, se erguía un poco más lejos. La explanada estaba cubierta de alfombras y adornada con grandes cojines, y un par de sofás flanqueaban una mesa baja y alargada. Las tiendas también estaban alfombradas y amuebladas con auténticas camas y escritorios. No había indicio alguno de electricidad, solo velas y un gran fuego en la explanada que proyectaba sombras sobre la falda de la duna. Natalie contó seis hombres en total. Dos portaban a la vista sendos fusiles automáticos. Dedujo que los restantes también iban armados.

Al ponerse el sol, el aire comenzó a enfriarse. En su jaima, Natalie se puso un forro polar y luego fue a asearse para la cena. Olivia se reunió con ella un momento después.

—¿Qué hacemos aquí? —preguntó en voz baja.

—Nos han invitado a una encantadora cena en el desierto —contestó Natalie.

Sus ojos se encontraron con los de Olivia en el espejo.

—Por favor, dime que nos están vigilando.

—Claro que sí. Y escuchando, también.

Salió sin decir nada más y encontró la mesa puesta para un festín marroquí. El personal se mantuvo apartado, aunque aparecía cada cierto tiempo para rellenar sus vasos con té dulzón aderezado con hierbabuena. Pese a todo, Natalie, Mikhail y Christopher Keller se ciñeron a sus papeles. Eran Sophie y Dmitri Antonov y su amigo y socio, Nicolas Carnot. Se habían instalado en Saint-Tropez ese verano y, tras diversas vicisitudes, habían conocido a Jean-Luc Martel y su glamurosa pareja, Olivia Watson. Y ahora —pensó Natalie— se hallaban los cinco en los confines mismos de la Tierra, esperando a que un monstruo surgiera de la noche.

«Maimónides... Qué alegría volver a verte...».

Poco después de las nueve, el personal recogió las bandejas de comida. Natalie apenas había probado bocado. Sola, se acercó al borde del campamento para fumar uno de los Gitanes de *madame* Sophie. Se detuvo en el lugar en que acababa la luz del fuego y comenzaba la oscuridad. Se hallaba —pensó— en el filo del mundo. A unos cuarenta o cincuenta metros de allí, uno de los hombres armados montaba guardia en el desierto. Vestía la túnica blanca y el turbante de un bereber del sur. Fingiendo que no lo veía, Natalie tiró la colilla al suelo y echó a andar por la arena. El guardia, sobresaltado, le cortó el paso y le indicó que regresara al campamento.

—Pero quiero ver las dunas —dijo ella en francés.

—No está permitido. Puede verlas por la mañana.

—Prefiero verlas ahora —respondió—. De noche.

—Es peligroso.

—Pues acompáñeme. Así no será peligroso.

Sin más, echó a andar de nuevo por el desierto, seguida por el guardia bereber. Sus vestiduras resplandecían y su piel, negra como la pez, se confundía con las sombras hasta hacerse indistinguible. Natalie le preguntó su nombre. Le dijo que se llamaba Azûlay. Significaba «el de los ojos bonitos».

—Es cierto —comentó ella.

Él desvió la mirada, avergonzado.

—Discúlpeme —dijo Natalie.

Siguieron caminando. Allá arriba, la Vía Láctea refulgía como polvo de fósforo y la media luna brillaba con un resplandor incandescente. Ante ellos se alzaban tres dunas, ascendiendo en escala de norte a sur. Natalie se quitó los zapatos y, seguida por Azûlay el Bereber, trepó a la más alta. Tardó varios minutos en llegar a la cima. Agotada, se dejó caer de rodillas sobre la arena cálida y mullida para recuperar el aliento.

Escudriñó el paisaje con la mirada. Hacia poniente, una fina hilera de luces se extendía intermitentemente desde Erfoud, cruzando los palmerales del oasis de Tafilalet hasta Rissani y Khamlia. Al este y al sur solo había desierto, pero al norte Natalie divisó unos faros que oscilaban al avanzar hacia ella entre las dunas. Pasado un momento, las luces dejaron de verse. Quizá —se dijo— había sido un espejismo, otro sueño. Luego, las luces volvieron a aparecer.

Natalie dio media vuelta y resbaló por la ladera de la duna, hasta el lugar donde había dejado sus zapatos. «Tú eres la única que puede identificarle...». Pero Saladino también se acordaría de ella. ¿Por qué no iba a acordarse? A fin de cuentas —pensó—, le había salvado la vida a aquel miserable.

54

LANGLEY, VIRGINIA

Los drones divisaron el vehículo mucho antes que Natalie, a las nueve y cinco, hora de Marruecos, cuando dobló el recodo sureste del mar de arena de Erg Chebbi. Un Toyota Land Cruiser blanco con siete ocupantes. Se detuvo en el lindero del campamento y de él se apearon seis individuos entre los que no se encontraba el conductor. Visto desde arriba mediante cámaras termográficas, daba la impresión de que ninguno de aquellos sujetos cojeaba. Cinco de ellos, ostensiblemente armados, permanecieron en el perímetro del campamento en tanto el sexto entraba en la explanada central, entre las jaimas. Allí saludó a Jean-Luc Martel y unos segundos después a Mikhail. Como era de esperar, no había forma de escuchar lo que decían: la falta de cobertura había enmudecido los teléfonos. Desde el fondo de la sala, Kyle Taylor improvisó una posible banda sonora para el encuentro.

—Mohammad Bakkar, quiero presentarle a un amigo mío, Dmitri Antonov. Dmitri, este es Mohammad Bakkar.

—Puede que sí —dijo Adrian Carter—. O puede que Saladino se haya arreglado un poco la pierna, igual que la cara.

—En Washington no pudo ocultar su cojera —señaló Uzi Navot—. Y tampoco a principios de año, cuando le vio Jean-Luc Martel. Además, ¿tiene cara Mikhail de estar hablando con el peor terrorista del mundo desde Bin Laden?

—Mikhail siempre me ha parecido un tipo bastante frío —comentó Carter.

—No hasta ese punto.

Contemplaban la escena a través de la cámara del Sentinel. Mikhail, verdoso y envuelto en una refulgente aureola de calor corporal, se hallaba en pie a unos pasos de la hoguera. Con los brazos en jarras, hablaba con calma manifiesta con el recién llegado. Keller y Olivia ya se habían retirado de la explanada central y habían entrado en una de las jaimas. Natalie, tras regresar de su excursión a las dunas, se había reunido con ellos. El Predator escrutaba, entre tanto, el desierto que los rodeaba. No había rastro de otras fuentes de calor.

Navot se volvió hacia Kyle Taylor.

—¿La NSA ha identificado algún otro teléfono dentro del campamento?

—Están en ello.

—Es raro, ¿no crees?

—¿El qué?

—No son tan difíciles de localizar. A nosotros se nos da bien, pero a vosotros se os da aún mejor.

—A no ser que el teléfono esté apagado y le hayan extraído la tarjeta SIM.

—¿Y los teléfonos vía satélite?

—Esos son fáciles de localizar.

—¿Y cómo es que Mohammad Bakkar no lleva uno encima? Es bastante peligroso andar por el desierto sin un teléfono, ¿no te parece?

—Saladino sabe que un teléfono equivale a condena a muerte.

—Cierto —repuso Navot—. Pero ¿cómo piensa Bakkar avisarle de que puede ir al campamento? ¿Por paloma mensajera? ¿Mediante señales de humo?

—¿Adónde quieres ir a parar, Uzi?

—Lo que quiero decir es que Mohammad Bakkar no lleva un teléfono vía satélite porque no lo necesita para avisar a Saladino.

—¿Por qué?

—Porque ya está allí. —Navot señaló la pantalla—. Está sentado al volante del Toyota.

55

EL SAHARA, MARRUECOS

La descripción física que Jean-Luc Martel había hecho de Mohammad Bakkar demostró ser cierta al menos en un sentido: el marroquí de las montañas del Rif era bajo, medía en torno a un metro sesenta, y de constitución recia. Su fanatismo religioso no era evidente a simple vista. No llevaba *kufi* ni la barba desgreñada, y fumaba un cigarrillo, contraviniendo las leyes del Estado Islámico, que había prohibido el tabaco. Vestía ropa europea y cara: chaqueta de cachemira con la cremallera subida, pantalones de sarga planchados con esmero y mocasines de ante completamente inadecuados para el desierto. Su reloj de pulsera, cuya esfera centelleaba al reflejar la luz del fuego, era grande, suizo y de oro. Su francés era excelente, al igual que su inglés, idioma del que se servía para dirigirse a Mikhail.

—*Monsieur* Antonov, cuánto me alegro de que por fin nos hayamos encontrado. He oído hablar mucho de usted.

—¿A Jean-Luc?

—Jean-Luc no es mi único amigo en Francia —contestó el marroquí con aire cómplice—. Ha causado usted sensación en la Provenza este verano.

—No era esa mi intención.

—¿No? —Bakkar sonrió afablemente—. Sus fiestas causaban furor. Las anécdotas que se contaban llegaron hasta Marrakech. ¡Qué escándalo!

374

—Hay que vivir la vida.

—Claro que sí. Pero tiene que haber ciertos límites, ¿no le parece?

—Nunca lo había pensado.

Mohammad Bakkar sonrió.

—Confío en que hayan disfrutado de la cena.

—Ha sido magnífica.

—¿Le gusta la cocina marroquí?

—Mucho.

—¿Había visitado Marruecos con anterioridad?

—No, nunca.

—¿Cómo es eso? Mi país es muy querido entre los europeos cosmopolitas.

—Entre los rusos, no.

—Tiene razón. Los rusos prefieren Turquía, no sé por qué. Pero usted no es ruso en realidad, ¿verdad, *monsieur* Antonov? Ya no.

Mikhail sintió que el corazón le golpeaba con violencia las costillas.

—Sigo teniendo pasaporte ruso —contestó.

—Pero Francia es su hogar.

—Por ahora.

Mohammad Bakkar pareció considerar su respuesta más tiempo del que requería.

—¿Y el campamento? —preguntó mirando a su alrededor—. ¿Es de su agrado?

—Mucho, sí.

—He intentado que fuera lo más tradicional posible. Espero que no le moleste que no haya electricidad. Los turistas vienen al Sahara esperando encontrar todas las comodidades de la vida occidental. Luz eléctrica, teléfonos, Internet...

—Aquí no hay Internet. —Mikhail levantó su teléfono—. Y esto no sirve de nada.

—Sí, lo sé. Por eso elegí este lugar.

Mikhail se levantó e hizo amago de marcharse.

—¿Adónde va? —preguntó Bakkar.

—Jean-Luc y usted tienen que hablar de negocios.

—Pero esos negocios le atañen a usted. Al menos, en parte. —Le indicó los sofás—. Siéntese, por favor, *monsieur* Antonov. —Sonrió de nuevo—. Insisto.

Desde el puesto de mando de Casablanca, Gabriel vio a Mikhail tomar asiento en uno de los sofás. Apareció entonces un miembro del servicio y se sirvió el té. En el lado derecho de la imagen, dentro de una de las jaimas, se apreciaban las siluetas termográficas de tres personas. Dos de ellas correspondían visiblemente a mujeres. La otra era la de Christopher Keller. Un momento antes, Gabriel había enviado un mensaje cifrado al teléfono vía satélite de Keller en referencia a la posible identidad del hombre sentado tras el volante del Toyota Land Cruiser que acababa de llegar. Keller movía ahora las manos, manipulando algo que Gabriel no alcanzaba a distinguir: el frío metal no era visible a través de las cámaras de infrarrojos.

Keller se guardó aquel objeto a la espalda, a la altura de los riñones, y se acercó con presteza a la entrada de la tienda, donde permaneció unos segundos, observando presumiblemente el teatro de operaciones. Luego cogió el teléfono vía satélite y tocó la pantalla. Segundos después llegó un mensaje al ordenador de Gabriel.

LISTO CUANDO VOSOTROS LO ESTÉIS.

Con ayuda de los drones, Gabriel estudió a su vez el escenario. Cuatro hombres montaban guardia en el desierto, alrededor del campamento: norte, sur, este y oeste, como puntos de una brújula. Todos iban armados. Los hombres que habían llegado con Mohammad Bakkar también portaban armas. Cabía la posibilidad de que el propio Bakkar fuese armado. Mikhail, temiendo que los escoltas del marroquí le cachearan, no llevaba encima ningún arma. O sea, que eran diez contra uno, como mínimo. Era muy probable que Keller y el resto del equipo no sobreviviesen a un tiroteo a tan corta distancia, ni siquiera estando presente el agente que había logrado la nota más alta en la historia de la célebre Killing House del SAS. Además, era posible que Uzi Navot y Langley se equivocaran respecto a la identidad del ocupante del Toyota. Convenía dejar que las cosas siguieran su curso. Que Saladino se dejara ver y que fuera abatido en algún lugar donde no hubiera riesgo de daños colaterales. De momento, aquel paraje remoto del más oscuro rincón del sureste de Marruecos jugaba en su contra. Pero no por mucho tiempo. Pronto —se dijo Gabriel— el desierto pasaría a ser su aliado.

Ordenó a Keller permanecer a la espera y pidió a Langley que enfocara las cámaras del dron en el Land Cruiser aparcado en el lindero del campamento. La imagen apareció en su monitor un momento después, por cortesía del Predator. El hombre vestía chilaba con capucha y tenía ambas manos apoyadas sobre el volante. No estaba fumando. Gabriel calculó que en algún momento iría a reunirse con los demás. Para hacerlo, tendría que salir del vehículo y recorrer a pie un corto trecho. Y entonces él, Gabriel, sabría si era de verdad Saladino. Había muchas formas de alterar la apariencia física de un hombre, se dijo. El pelo podía cortarse o teñirse, y las facciones transformarse mediante cirugía plástica. Pero una cojera como la de Saladino era para siempre.

56

EL SAHARA, MARRUECOS

Al principio, Mohammad Bakkar habló únicamente en dariya, y solo con Jean-Luc Martel. Saltaba a la vista por su actitud y su tono que estaba enfadado. Mientras trabajaba en el Sayeret Matkal, Mikhail había aprendido un poco de árabe palestino, lo justo para desenvolverse durante las redadas nocturnas en Gaza, Cisjordania y el sur de Líbano. No hablaba árabe con fluidez, ni mucho menos; ni siquiera para conversar mínimamente. Aun así, logró entender a grandes rasgos lo que decía el marroquí de las montañas del Rif. Al parecer, varios cargamentos importantes de un producto innominado habían desaparecido recientemente en circunstancias inexplicables. Las pérdidas que había sufrido la organización de Bakkar eran sustanciales: ascendían, de hecho, a cientos de millones. En algún lugar —afirmó— se había producido una filtración. Y no había sido en su territorio. Evidentemente, dominaba su organización con mano de hierro. Por tanto, el error tenía que ser de Martel. Bakkar dio a entender que había sido intencionado. A fin de cuentas, el francés nunca había visto con buenos ojos la rápida expansión del negocio que compartían. Tendría que compensarle de alguna forma. De lo contrario, Bakkar buscaría otro distribuidor para su mercancía y dejaría fuera a Martel.

Siguió una violenta discusión. Martel, hablando velozmente en árabe marroquí, insinuó que el culpable de los apresamientos era el propio Mohammad Bakkar. Le recordó que, por ese mismo motivo, se había opuesto a que se aumentase drásticamente la cantidad de mercancía que entraba en Europa. Según sus cálculos, habían perdido más de un cuarto de la producción debido a los apresamientos, en lugar del diez por ciento habitual, una tasa sostenible a largo plazo. La única solución era aplicar la prudencia. Enviar cargamentos de menor cuantía y prescindir de buques mercantes. Fue —pensó Mikhail— una actuación impresionante por parte de Martel. Un espía veterano no lo habría hecho mejor. Cuando concluyó la intervención del francés, Mohammad Bakkar parecía convencido de que tanto él como su organización eran los responsables, hasta cierto punto, de las filtraciones. Resolvió llegar al fondo del asunto. Entre tanto, tenía veinte toneladas de género acumuladas en sus fábricas clandestinas del Rif, esperando su traslado. Estaba ansioso por moverlas. Evidentemente, necesitaba nuevos fondos.

—No quiero asumir yo solo todo el coste de la última catástrofe. No es justo.

—Estoy de acuerdo —convino Martel—. ¿Qué tenías pensado?

—Un aumento de precio del cincuenta por ciento. Solo por esta vez.

—¡El cincuenta por ciento! —Martel hizo un ademán desdeñoso con la mano—. Qué locura.

—Es mi última oferta. Si quieres seguir siendo mi distribuidor, te aconsejo que la aceptes.

No era la última oferta de Mohammad Bakkar, ni mucho menos. Martel lo sabía, igual que lo sabía el propio Bakkar. A fin de cuentas, estaban en Marruecos. Hasta para que te pasaran el pan en la cena había que regatear.

Siguieron discutiendo unos minutos, durante los cuales el cincuenta por ciento pasó a ser cuarenta y cinco, después cuarenta y, por último y tras una mirada de exasperación lanzada hacia el cielo, treinta. Mientras tanto, Mikhail no cesó de vigilar al hombre que, a su vez, le vigilaba a él. El hombre sentado al volante del Toyota, desde donde veía sin obstáculos la explanada central del campamento. Vestía una chilaba con la capucha acabada en punta y su cara estaba envuelta en sombras profundas. Aun así, Mikhail sentía el peso como de plomo de su mirada. Y sentía también la ausencia de un arma a la altura de sus riñones.

—*Khalas* —dijo Bakkar por fin, frotándose las manos—. Que sea un veinticinco, pagadero en el momento de entregarse la mercancía. Es poquísimo, pero ¿qué remedio me queda? ¿Quieres que también te dé mi camisa, Jean-Luc? Siempre puedo buscar otra.

Martel sonreía. Mohammad Bakkar selló el trato con un apretón de manos y acto seguido se volvió hacia Mikhail.

—Discúlpeme, pero Jean-Luc y yo teníamos que debatir un asunto muy serio.

—Eso parecía.

—¿No habla usted árabe, *monsieur* Antonov?

—No.

—¿Ni siquiera un poco?

—Hasta pedir un café me cuesta trabajo.

Mohammad Bakkar asintió, comprensivo.

—Cada país tiene su forma de pronunciar. Un egipcio enuncia el mundo de manera distinta a un marroquí, un jordano o, pongamos por caso, un palestino.

—O un ruso —rio Mikhail.

—Que vive en Francia.

—Mi francés es casi tan malo como mi árabe.

—Entonces, hablemos en inglés.

Se hizo un silencio.

—¿Qué le ha contado Jean-Luc sobre nuestros negocios? —preguntó Bakkar por fin.

—Muy poco.

—Pero alguna idea tendrá, sin duda.

—Naranjas —contestó Mikhail—. Es usted el proveedor de las naranjas que sirve Jean-Luc en sus restaurantes y sus hoteles.

—De las naranjas y de las granadas —puntualizó Bakkar en tono cordial—. En Marruecos se dan unas granadas riquísimas. Las mejores del mundo, en mi opinión. Pero las autoridades europeas no quieren nuestras naranjas, ni nuestras granadas. Hemos perdido varios cargamentos últimamente. Jean-Luc y yo estábamos discutiendo cómo ha ocurrido y qué medidas tomar al respecto.

Mikhail le escuchaba con semblante inexpresivo.

—Lamentablemente, no solo hemos perdido fruta en esos apresamientos. También hemos perdido algo irreemplazable. —Bakkar le miró con aire calculador—. O quizá no.

Pidió más té. Mikhail dirigió una mirada al ocupante del Toyota mientras se llenaban los vasos.

—¿A qué tipo de negocios se dedica usted exactamente, *monsieur* Antonov?

—¿Cómo dice?

—Sus negocios —repitió Bakkar—. ¿A qué se dedica exactamente?

—A las naranjas —contestó Mikhail—. Y a las granadas.

Bakkar sonrió.

—Yo tenía entendido —dijo— que traficaba usted con armas.

Mikhail no dijo nada.

—Es usted un hombre cauto, *monsieur* Antonov. Es un rasgo admirable.

—Además de ser bueno para el negocio. Así se pierden menos cargamentos.

—¡Así que es cierto!

—Me dedico a las inversiones, *monsieur* Bakkar. Y en ocasiones hago negocios que implican el traslado de bienes de Europa del Este y las repúblicas de la antigua Unión Soviética a lugares conflictivos de diversas partes del mundo.

—¿Qué clase de bienes?

—Utilice su imaginación.

—¿Fusiles?

—Armamento —respondió Mikhail—. Los fusiles representan una mínima parte del negocio.

—¿De qué clase de mercancías estamos hablando?

—De todo, desde Kaláshnikov a helicópteros o aviones de combate.

—¿Aviones? —preguntó Bakkar, incrédulo.

—¿Le gustaría tener uno? O quizá prefiera un tanque o un Scud. Este mes tenemos una oferta especial. Yo que usted, haría el pedido hoy mismo. No van a durar mucho.

—No serían para mí —repuso Bakkar levantando las manos—. Pero uno de mis socios podría estar interesado.

—¿En los Scuds?

—Sus necesidades son muy específicas. Pero prefiero que se lo explique él mismo.

—Todavía no —dijo Mikhail—. Primero cuénteme algo más sobre ese socio suyo. Luego decidiré si quiero reunirme con él.

—Es un revolucionario —afirmó Bakkar—. Con una causa justa, se lo garantizo.

—Como de costumbre —replicó Mikhail con escepticismo—. ¿De dónde es?

—No tiene país, en el sentido occidental de la palabra. Las fronteras no significan nada para él.

—Qué interesante. Pero ¿adónde habría que llevarle las armas?

Bakkar se puso serio de pronto.

—Sin duda es usted consciente de que el caos político que aqueja desde hace un tiempo a nuestra región ha borrado muchas de las antiguas frontera trazadas por los diplomáticos en París y Londres. Mi socio procede de uno de esos lugares. Un lugar muy conflictivo.

—Los conflictos son lo que me mantiene a flote.

—Eso me parecía —repuso Bakkar.

—¿Cómo se llama su socio?

—Puede llamarle Khalil.

—¿Y antes de que se desatara el caos? —preguntó Mikhail de inmediato, como si ese nombre no le dijera nada—. ¿De dónde era?

—De niño vivía a orillas de uno de los ríos que manaban del Jardín del Edén.

—Eran cuatro —repuso Mikhail.

—En efecto. El Pisón, el Gihón, el Éufrates y el Tigris. Mi socio vivía a orillas del Tigris.

—De modo que es iraquí.

—Lo fue en tiempos. Ya no. Ahora es súbdito del califato islámico.

—Imagino que no se encuentra en el califato en estos momentos.

—No. Está allí. —Bakkar inclinó la cabeza hacia el Toyota. Luego miró a Mikhail y preguntó—: ¿Va usted armado, *monsieur* Antonov?

—Por supuesto que no.

—¿Le importaría que uno de mis hombres le cacheara? —Bakkar sonrió cordialmente—. A fin de cuentas, es usted un traficante de armas.

Se congregaron junto a la puerta del conductor del Toyota: cinco hombres en total —contó Gabriel—, todos ellos armados. Por fin se abrió la puerta y el ocupante del coche se apeó con cierta dificultad. Permaneció un momento más junto al vehículo, rodeado de guardias, mientras Mikhail era cacheado minuciosamente. Solo cuando hubo concluido el registro, avanzó hacia el centro del campamento. Los guardias armados formaban un prieto círculo a su alrededor. Aun así, Gabriel pudo ver que cargaba el peso del cuerpo en la pierna derecha. El primer paso del proceso de identificación se había verificado con éxito. El segundo, en cambio, no podía efectuarse desde tan arriba, sirviéndose del dron americano. Solo serviría un encuentro cara a cara.

Gabriel envió un mensaje a Christopher Keller informándole de que el sujeto acababa de entrar en el campamento y cojeaba visiblemente al caminar. Vio entonces que le tendía la mano al agente del servicio de inteligencia israelí.

—Dmitri Antonov —dijo Gabriel en voz baja—, permítame presentarle a mi amigo Saladino. Saladino, este es Dmitri Antonov.

Había en aquel remoto campamento del desierto dos agentes israelíes que podían efectuar la verificación necesaria para lanzar una operación de asesinato selectivo en territorio de un aliado intermitente en la guerra contra el terror. El primero estaba sentado frente al sujeto en cuestión, desarmado y sin dispositivo alguno de comunicación. La segunda se hallaba a escasos metros de allí, en una jaima confortablemente amueblada. El agente del exterior solo había coincidido fugazmente con el objetivo en un famoso restaurante de Georgetown. La agente refugiada en la jaima había pasado, en cambio, varios días con el sujeto en una casa con muchas habitaciones y patios cerca de Mosul, y había hablado con él largo y tendido. Y en una cabaña al pie de los montes Shenandoah, en Virginia, le había oído pronunciar su sentencia de muerte. No olvidaría nunca aquel sonido. Ni siquiera necesitó verle la cara para saber que era él: se lo dijo su voz.

Había un tercer agente que también había visto al sujeto en persona: el que esperaba ansiosamente en una casa embrujada del antiguo barrio colonial de Casablanca. Cuando la confirmación de que, en efecto, era él llegó a su ordenador, Gabriel la remitió de inmediato al Agujero Negro de Langley.

—¡Lo tenemos! —gritó Kyle Taylor.

—Todavía no —le advirtió Uzi Navot con la vista fija en la pantalla—. Nada de eso. Ni mucho menos.

57

EL SAHARA, MARRUECOS

Era más alto de lo que recordaba Mikhail y más ancho de pecho y espaldas, quizá porque había tenido tiempo de sobra para recuperarse de sus heridas. O quizá por su ropa, pensó Mikhail. Aquella noche ya lejana vestía traje occidental de color oscuro y estaba sentado frente a una bella joven con el cabello moreno teñido de rubio. De vez en cuando miraba de soslayo la televisión de encima de la barra para ver el resultado de sus desvelos. Habían estallado varias bombas en el Centro Nacional de Lucha Antiterrorista de Virginia y en el monumento a Lincoln. Y no solo eso: había más, mucho más.

Al ver por primera vez la nueva cara de Saladino, Mikhail pensó de inmediato que no casaba con él. Tenía los pómulos y la nariz demasiado angulosos, y aquel mentón de estrella de cine era más propio de un hombre vanidoso que lo hubiera elegido mirando una revista en la consulta de su cirujano plástico. Tenía además los ojos muy retocados, pero los iris seguían siendo tal y como los recordaba Mikhail: anchos, oscuros e insondables, chispeaban con profunda inteligencia. No eran los ojos de un loco, sino los de un profesional. No convenía jugar al azar contra aquella mirada, ni hallarse sentado frente a aquellos ojos en una sala de interrogatorio. O en un campamento a orillas del Sahara —pensó Mikhail—, rodeado por curtidos yihadistas armados con fusiles automáticos. Resolvió despachar rápidamente la reunión y dejar que Saladino siguiera su camino. Pero sin precipitarse. Saladino estaba a punto de presentarle el listado de armas que deseaba: una información de valor incalculable. Una oportunidad sin precedentes. No podía echarla a perder.

Las presentaciones habían sido rápidas y enérgicas. Mikhail había aceptado la mano que le tendía el iraquí sin vacilar. La mano que había condenado a muerte a tanta gente. La mano del asesino. Era una mano gruesa y fuerte, y muy cálida al tacto. Además de seca, observó Mikhail. No daba muestra alguna de nerviosismo. No estaba ansioso, ni incómodo: estaba en su elemento. Al igual que su tocayo, era un hombre del desierto. Saltaba a la vista, no obstante, que el té con hierbabuena marroquí no era de su agrado.

—Demasiado dulce —dijo haciendo una mueca—. Me sorprende que a los marroquíes les quede dentadura.

—No nos queda —repuso Mohammad Bakkar.

Se oyeron risas sofocadas. Saladino levantó la cabeza hacia el cielo y escudriñó las estrellas.

—¿Oyen eso? —preguntó pasado un momento.

—¿Qué? —preguntó Mikhail.

—Abejas —contestó Saladino—. Parecen abejas.

—Aquí no hay abejas. Moscas, puede, pero no abejas.

—Seguro que está usted en lo cierto. —Hablaba un inglés firme, pero con fuerte acento extranjero. Bajó la mirada y la clavó en Mikhail—. Doy por sentado que hemos despejado cualquier duda respecto a su profesión.

—En efecto.

—¿Y es usted ruso, en realidad?

—Me temo que sí.

—No se lo tendré en cuenta —repuso Saladino—. Su gobierno ha cometido atrocidades espantosas en Siria intentando salvar al régimen.

—En lo que a Siria respecta —respondió Mikhail—, Rusia no tiene el monopolio de la atrocidad. El Estado Islámico también tiene mucha sangre en las manos.

—Para hacer una tortilla —afirmó Saladino— es necesario romper algunos huevos.

—¿O masacrar a civiles inocentes?

—En esta guerra no hay nadie inocente. Mientras los infieles sigan matando a nuestras mujeres y niños, nosotros seguiremos matando a los suyos. —Encogió sus gruesos hombros—. Es así de sencillo. Además, un hombre que se dedica a lo que se dedica usted no está en situación de sermonear a nadie acerca de daños colaterales.

—Hay cierta diferencia entre los daños colaterales y la matanza deliberada de civiles.

—No tanta. —Saladino bebió un poco de té—. Dígame, *monsieur* Antonov, ¿es usted un espía?

—Vivo en el sur de Francia, en una mansión llena de obras de arte. No soy un espía.

—En Rusia —prosiguió Saladino sagazmente—, hay espías de todo pelaje.

—No soy ni he sido nunca un agente del espionaje ruso.

—Pero está próximo al Kremlin.

—En realidad, hago todo lo posible por no cruzarme en su camino.

—Vamos, *monsieur* Antonov. Todo el mundo sabe que en Rusia es el Kremlin quien elige a los ganadores y a los perdedores. Nadie puede hacerse rico sin permiso del zar.

—Conoce muy bien mi país.

—Tuve muchos tratos con Rusia en mi vida anterior. Sé cómo funciona el sistema. Y sé que un hombre que se dedica a lo que se dedica usted no puede desenvolverse sin la protección de sus amigos del SVR y el Kremlin.

—Cierto —repuso Mikhail—. Y es muy probable que pierda a esos amigos si llegan a enterarse de que estoy pensando en hacer negocios con alguien como usted.

—Eso no ha sonado muy halagüeño.

—No pretendía ser un cumplido.

—Admiro su franqueza.

—Y yo la suya —contestó Mikhail.

—¿Se opone por principio a hacer negocios con nosotros?

—Tengo pocos... principios.

—Le compadezco.

—No lo haga.

Saladino sonrió.

—Deseo adquirir cierta mercancía para futuras operaciones.

—¿Armas?

—No, armas, no —respondió Saladino—. Material.

—¿De qué tipo?

—Del tipo —prosiguió el iraquí— que el gobierno de la antigua Unión Soviética producía en grandes cantidades durante la Guerra Fría.

Mikhail dejó pasar unos instantes antes de responder.

—Ese es un negocio muy sucio —comentó en voz baja.

—Mucho, sí —convino Saladino—. Y muy lucrativo.

—¿Qué busca exactamente?

—Cloruro de cesio.

—Supongo que piensa utilizarlo con fines médicos.

—Agrícolas, en realidad.

—Tenía la impresión de que su organización ya se había apoderado de material de ese tipo en Siria y Libia.

—¿De dónde ha sacado esa idea?

—Del mismo sitio donde se enteró usted que yo era traficante de armas.

—Es cierto, pero una parte de nuestra provisión desapareció hace poco. —Saladino miró fijamente a Jean-Luc Martel.

—¿Y el resto? —preguntó Mikhail.

—Eso no es de su incumbencia.

—Discúlpeme, no pretendía...

Saladino levantó una mano para indicar que no se sentía ofendido.

—¿Podría usted conseguir dicho material? —preguntó.

—Es posible —contestó Mikhail con cautela—, aunque sería extremadamente arriesgado.

—Nada que valga la pena está exento de riesgo.

—Lo lamento —dijo Mikhail pasado un momento—, pero no puedo tomar parte en esto.

—¿En qué?

Mikhail no contestó.

—¿Querrá al menos oír mi oferta?

—No es cuestión de dinero.

—Siempre es cuestión de dinero —replicó Saladino—. Diga un precio y se lo pagaré.

Mikhail fingió reflexionar.

—Puedo hacer averiguaciones —dijo por fin.

—¿Cuánto tardará?

—Lo que sea necesario. No es algo que pueda hacer con prisas.

—Entiendo.

—¿Necesita además apoyo técnico?

Saladino negó con la cabeza.

—Solo el material propiamente dicho.

—¿Y si lo consigo? ¿Cómo me pondré en contacto con usted?

—No será necesario —repuso el iraquí—. Contacte con su amigo *monsieur* Martel. Él avisará a Mohammad. —Se levantó bruscamente y le tendió la mano—. Espero tener pronto noticias suyas.

—Las tendrá. —Mikhail aceptó de nuevo su mano y la estrechó con fuerza.

Saladino aflojó el apretón y volvió la cara hacia el cielo una vez más.

—¿Oye eso?

—¿Las abejas otra vez?

Saladino no contestó.

—Debe de tener usted un oído excelente —comentó Mikhail—, porque yo no oigo absolutamente nada.

El iraquí seguía escrutando las estrellas. Por fin miró a Mikhail y sus ojos oscuros se entornaron pensativamente.

—Su cara me resulta familiar, *monsieur* Antonov. ¿Es posible que nos hayamos visto antes?

—No —respondió Mikhail—, no es posible.

—¿En Moscú, quizá? ¿En otra vida?

Sus ojos pasaron lentamente de Mikhail a Jean-Luc Martel y de este a Mohammad Bakkar. Por fin, fijó de nuevo la mirada en Mikhail.

—Su esposa no es rusa —dijo.

—No, es francesa.

—Pero es muy morena de piel. Casi como una árabe. —Saladino sonrió y luego explicó cómo lo sabía—. Dos de mis hombres la vieron tomando el sol en la playa, en Casablanca. Y ayer también, en la medina de Fez. Llevaba el cabello cubierto. Mis hombres estaban muy impresionados.

—Es muy respetuosa con la cultura islámica.

—Pero no es musulmana.

—No.

—¿Es judía?

—Mi esposa —repuso Mikhail con frialdad— no es de su incumbencia.

—Quizá debería serlo. ¿Me sería posible conocerla, por favor?

—Nunca mezclo negocios y familia.

—Sabia decisión —comentó Saladino—. Pero aun así me gustaría verla.

—No lleva velo para cubrirse la cara.

—Marruecos no es el califato, *monsieur* Antonov. *Inshallah* lo será pronto, pero de momento veo caras descubiertas allá donde mire.

—¿Cómo reaccionaría usted si yo insistiera en ver a su esposa sin velo?

—Con toda probabilidad le mataría.

Rozó a Mikhail al pasar a su lado y, sin decir una palabra más, se dirigió a la tienda.

58

EL SAHARA, MARRUECOS

Apartó la cortina y entró. Había velas encendidas sobre la mesa en la que Keller leía una manoseada novela de bolsillo y junto a la cama, donde Natalie y Olivia jugaban al *backgammon*, reclinadas una a cada lado. Conversaban apaciblemente, como si tuvieran todo el tiempo del mundo a su disposición.

Por fin Keller levantó la mirada.

—Llega justo a tiempo —dijo jovialmente en francés—. ¿Le importaría traernos un poco de té? Y unos dulces. Esos empapados en miel. Hágame ese favor.

Keller pasó la página del libro. Las velas temblaron cuando Saladino cruzó la jaima en tres rápidas zancadas y se detuvo a los pies de la cama. Natalie tiró el dado en el tablero y, contenta con el resultado, meditó su siguiente movimiento. Olivia miró a Saladino con exasperación.

—¿Qué hace aquí?

Él, silencioso, estudió cuidadosamente a Natalie, que tenía la mirada fija en el tablero. Su cara quedaba de perfil, oculta en parte por un mechón de cabello rubio. Cuando Saladino apartó aquel mechón, ella se retiró bruscamente.

—¡Cómo se atreve a tocarme! —le espetó en francés—. ¡Salga de aquí o llamo a mi marido!

Saladino no se inmutó. Natalie le miró con fijeza, sin pestañear.

«Maimónides... Cuánto me alegro de volver a verte...».

—¿Desea preguntarme algo? —inquirió ella con serenidad.

Saladino lanzó una ojeada a Keller antes de volver a clavar la mirada en ella.

—Discúlpeme —dijo pasado un momento—. Estaba equivocado.

Dio media vuelta y salió a la noche.

Natalie miró a Keller.

—Deberías haberle matado cuando tuviste oportunidad.

En el Agujero Negro de Langley, se oyó un gemido colectivo de alivio cuando Saladino salió por fin de la tienda. Los drones le vieron decirle unas palabras al oído a Mohammad Bakkar. Luego, los dos hombres regresaron al lindero del campamento rodeados de guardaespaldas y pasaron largo rato conferenciando. Saladino señaló varias veces el cielo. En un momento dado pareció mirar directamente la lente de la cámara del Predator.

—Se acabó el juego —dijo Kyle Taylor—. Gracias por participar.

—Si sigue vivo después de tantos años no es por casualidad —repuso Uzi Navot—. Es un jugador excelente.

Navot vio que Mikhail entraba en la jaima y aceptaba de Christopher Keller un objeto invisible para las cámaras de infrarrojos. Aun así, Navot dio por sentado que los dos hombres, ambos veteranos de las fuerzas especiales, estaban ahora armados. Y en aplastante inferioridad numérica.

—¿Qué distancia hay entre Saladino y esa tienda?

—Doce metros —respondió Taylor—. Puede que algo menos.

—¿Cuál es la onda expansiva de un Hellfire?

—Ni lo pienses siquiera.

Mohammad Bakkar había vuelto a la explanada central del campamento y estaba hablando con Martel. Incluso a una distancia de seis mil metros de altitud resultaba evidente que estaban discutiendo. A su alrededor, el campamento al completo parecía haberse puesto en movimiento. Los guardias subían a los Land Cruiser, se encendían los motores, brillaban los faros.

—¿Qué cojones está pasando? —preguntó Taylor.

—Me parece —dijo Navot— que está barajando las cartas.

—¿Quién, Bakkar?

—No —respondió el israelí—. Saladino.

El iraquí miraba de nuevo el cielo, la vista fija en el ojo sin párpado del dron. Y además sonreía, observó Navot. Sí, no había duda: estaba sonriendo. De pronto levantó un brazo y cuatro todoterrenos idénticos se movieron a su alrededor en el sentido de las agujas del reloj, levantando una nube de arena y polvo.

—Cuatro vehículos, dos misiles —dijo Navot—. ¿Qué probabilidades hay de escoger el correcto?

—Estadísticamente —repuso Taylor—, el cincuenta por ciento.

—Entonces quizá debáis disparar ahora.

—Tu equipo no sobrevivirá.

—¿Estás seguro?

—He hecho esto un par de veces, Uzi.

—Sí —dijo Navot sin dejar de mirar la pantalla—. Pero Saladino también.

Gabriel y Yaakov Rossman veían la misma imagen en el puesto de mando de Casablanca: cuatro todoterrenos girando en círculo alrededor de un hombre cuya silueta termográfica iba difuminándose bajo un velo de arena y polvo. Finalmente, los todoterrenos aminoraron la velocidad y se detuvieron el tiempo justo para que el hombre subiera a uno de ellos: a cuál, era imposible saberlo. Después, partieron los cuatro atravesando el desierto, a distancia suficiente unos de otros para que un misil de veintidós kilos no pudiera destruir dos de un solo impacto.

El Predator los siguió hacia el norte, a través del desierto, mientras el Sentinel se quedaba atrás vigilando el campamento. Los cuatros guardias que custodiaban el perímetro se habían replegado hacia la explanada central, donde Mohammad Bakkar se hallaba de nuevo enfrascado en una animada conversación con Jean-Luc Martel. Un objeto pasó de la mano de Bakkar a la del extraño colaborador de Gabriel. Un objeto invisible para los sensores termográficos del dron y que Jean-Luc se guardó en el bolsillo derecho de la americana.

—Mierda —dijo Yaakov.

—No podría estar más de acuerdo.

—¿Crees que se ha pasado al otro bando?

—Lo sabremos dentro de un minuto.

—¿Quieres esperar? ¿Por qué?

—¿Se te ocurre una idea mejor?

—Manda un mensaje a Mikhail y Keller. Diles que salgan de esa tienda pegando tiros.

—¿Y cuando los hombres de Bakkar abran fuego con sus Kaláshnikov?

—No les dará tiempo ni a descolgárselos del hombro.

—¿Y Martel? —preguntó Gabriel—. ¿Y si se ve atrapado en medio del fuego cruzado?

—Es un narcotraficante.

—No estaríamos aquí si no fuera por él, Yaakov.

—¿Y crees que no nos traicionaría para salvar el pellejo? ¿Qué crees que está haciendo en estos momentos? Envía ese mensaje —dijo Yaakov—. Manda que los maten a todos y saca de ahí a nuestra gente antes de que los americanos prendan fuego al desierto con sus misiles Hellfire.

Gabriel envió rápidamente no uno, sino dos mensajes: uno a Dina Sarid y el otro al teléfono vía satélite de Keller. Dina contestó de inmediato. Keller no se molestó en hacerlo.

—Con todos mis respetos, no estoy de acuerdo —dijo Yaakov.

—Tomo debida nota de ello.

Gabriel miró la imagen que emitía el Predator. Cuatro Toyota idénticos cruzaban velozmente el desierto con rumbo norte.

—¿En cuál crees que está?

—En el segundo —contestó Yaakov—. Indudablemente, en el segundo.

—Con todos mis respetos, no estoy de acuerdo.

—¿En cuál, entonces?

Gabriel siguió mirando fijamente la pantalla.

—No tengo ni idea.

El hotel Kasbah se alzaba en el límite oeste del gran mar de arena de Erg Chebbi. Dina y Eli Lavon estaban tomando té en la terraza del bar cuando llegó el mensaje de Gabriel. Yossi y Rimona se hallaban junto a la piscina. Cinco minutos después, tras dejar limpias sus habitaciones, estaban los cuatros en el abarrotado vestíbulo del hotel preguntando al encargado del turno de noche por el nombre de alguna discoteca cercana en la que pudieran escuchar música y bailar un rato. Les dio el nombre de un local en Erfoud, al norte. Pusieron, sin embargo, rumbo al sur, Yossi y Rimona en un Jeep Cherokee alquilado y Dina y Eli Lavon en un Nissan Pathfinder. A la altura de Khamlia abandonaron la carretera principal y, adentrándose en el desierto, esperaron a que el cielo se incendiase.

59

LANGLEY, VIRGINIA

Pero ¿en cuál de los cuatro Toyota viajaba su objetivo? Tras meses de planificación, reclutamiento y negociaciones, todo se reducía a eso. Cuatro vehículos, dos misiles. Las probabilidades de éxito eran del cincuenta por ciento. El precio del fracaso sería la ruptura con un aliado árabe importante, o quizás algo mucho peor. El cadáver de Saladino compensaría cualquier falta cometida en secreto. Que quedara libre tras un fallido ataque con misiles en Marruecos causaría, por el contrario, una catástrofe diplomática y de seguridad internacional. Muchas carreras penderían de un hilo. Y muchas vidas también.

Opiniones no faltaban. Graham Seymour afirmaba que era el tercer Toyota; Paul Rousseau, que el cuarto. Adrian Carter se inclinaba por el primer vehículo, pero también estaba dispuesto a contemplar la posibilidad de que fuera el segundo. Dentro de la Sala de Crisis de la Casa Blanca, el presidente y sus colaboradores más cercanos se hallaban igualmente divididos. El director de la CIA, Morris Payne, estaba seguro de haber visto subir a Saladino al tercer vehículo. En cambio el presidente, al igual que Paul Rousseau, se empeñaba en que había subido al cuarto. En el Agujero Negro de Langley, ello bastó para que el cuarto vehículo quedara descartado.

Los expertos tampoco se ponían de acuerdo. Los equipos que controlaban los drones analizaban las grabaciones de la huida de Saladino, así como las imágenes que recibían en tiempo real y los datos de los sensores. Estos apuntaban decididamente al tercer Toyota, aunque un joven analista estaba convencido de que, lejos de hallarse en uno de aquellos todoterrenos, Saladino había huido a pie del campamento y en esos momentos estaba cruzando a solas el desierto.

—Cojea —comentó Uzi Navot mordazmente—. Tardaría más que Moisés y los judíos de Egipto.

Al final, fue Kyle Taylor —el veterano jefe de operaciones que había supervisado más de doscientos ataques con drones en Pakistán, Afganistán, Irak, Siria, Libia, Yemen y Somalia— quien tomó la decisión rápida y expeditivamente, sin molestarse en consultar con Adrian Carter. A las 17:47 de la tarde hora de Washington (las 22:47 en Marruecos), los equipos de control de los drones recibieron orden de prepararse para disparar. Setenta y cuatro segundos más tarde, dos de los Toyota Land Cruiser, el primero y el tercero, estallaron con un fogonazo de cegadora luz blanca. Uzi Navot fue la única persona en el Agujero Negro o en la Sala de Crisis de la Casa Blanca que no estaba mirando.

El estruendo de las explosiones alcanzó el campamento un segundo o dos después de que se viera un súbito fogonazo en el horizonte. Keller y Mikhail ya habían sacado sus Berettas cuando Jean-Luc Martel entró en la tienda.

—¿Qué van a hacer? ¿Dispararme?

—Quizá —respondió Keller.

—Sería un error de cálculo por su parte. —Martel miró hacia el norte y preguntó—: ¿Qué ha sido eso?

—A mí me ha parecido un trueno.

—No creo que Mohammad vaya a creerse eso. Sobre todo, después de lo que le dijo su amigo el iraquí antes de irse.

—¿Y qué le dijo?

—Que Dmitri y Sophie Antonov eran agentes israelíes enviados para matarle.

—Confío en que le haya quitado usted esa idea de la cabeza a Mohammad.

—Lo he intentado —repuso Martel.

—¿Por eso le ha dado una pistola?

—¿Qué pistola?

—La que lleva en el bolsillo derecho de la chaqueta. —Keller logró esbozar una sonrisa—. Los drones nunca pestañean.

Martel sacó el arma lentamente.

—Una FN Five-seven —dijo Keller.

—El arma reglamentaria del SAS.

—En realidad, lo llamamos «el Regimiento». —Keller sostenía la Beretta con las dos manos. Apartó la izquierda de la pistola y se la tendió a Martel—. Yo me la quedo.

El francés se limitó a sonreír.

—No estará pensando en hacer alguna tontería, ¿verdad, Jean-Luc?

—Ya hice una tontería. Ahora, voy a velar por mis intereses. —Miró a Olivia, que estaba sentada al borde de la cama, junto a Natalie—. Y por los suyos, por supuesto.

Keller bajó el arma.

—Dígale a Mohammad que quiero hablar con él.

—¿Por qué iba a hacer eso?

—Para que pueda escuchar mi oferta.

—¿*Su* oferta? ¿Qué oferta?

—Que podamos marcharnos tranquilamente, a cambio de las vidas de Mohammad y sus hombres.

Martel dejó escapar una risa ronca y amarga.

—No parece entender bien la situación. Es a usted a quien están apuntando con varios Kaláshnikov, no a mí.

—Pero yo tengo un dron —dijo Keller—. Y si algo nos sucede, el dron convertirá a Mohammad en un montón de cenizas. Y a usted también.

—Los drones Predator llevan dos misiles Hellfire. Y no me cabe duda de que acabo de oír dos explosiones.

—Hay otro dron encima de nosotros.

—No me diga.

—¿Cómo sabía, si no, que tenía una pistola en el bolsillo?

—Lo ha adivinado por pura suerte.

—Si prefiere pensar eso...

Martel se acercó a él sin apresurarse y le miró fijamente a los ojos.

—Déjeme explicarle lo que está a punto de suceder —dijo en voz baja—. Voy a marcharme de aquí con Olivia. Y luego los hombres de Mohammad van a hacerles picadillo a usted y a sus amigos con sus AK 47.

Keller no dijo nada.

—No es usted tan duro sin la protección del don, ¿eh?

—Dese por muerto.

—Lo que usted diga.

Martel se apartó de Keller y le tendió la mano a Olivia. Ella se quedó inmóvil junto a Natalie. Martel entornó los ojos, enfurecido.

—¿Cuánto te pagaron para que me traicionaras, amor mío? Sé que no lo hiciste por pura bondad. Tú no tienes corazón.

La agarró del brazo, pero ella se desasió de un tirón.

—Cuánta nobleza por tu parte —comentó Martel sarcásticamente. Luego le acercó el cañón de la FN a la cabeza—. Ponte de pie.

Keller levantó su arma y le apuntó al pecho.

—¿Qué va a hacer? ¿Dispararme? —preguntó el francés—. Si lo hace, moriremos todos.

Keller guardó silencio.

—¿No me cree? Apriete el gatillo —dijo Martel—. A ver qué pasa.

En el Agujero Negro de Langley, solo Uzi Navot observaba la escena que se desarrollaba en el campamento a través de las imágenes que enviaba el Sentinel. Los demás miraban absortos la pantalla contigua, donde los dos Land Cruiser siniestrados ardían como teas sobre las arenas del Sahara. No eran, sin embargo, los únicos vehículos que habían resultado dañados en el ataque. El conductor del segundo todoterreno había perdido el control tras las explosiones y había chocado de frente y a gran velocidad contra un macizo de rocas. Muy dañado, el vehículo yacía de costado sobre el lado del copiloto, con los faros todavía encendidos. Parecía haber dos hombres dentro. Transcurridos noventa segundos desde el impacto, ninguno de los dos se había movido.

—Tres por el precio de dos —comentó Kyle Taylor, pero nadie respondió.

Tenían todos la vista fija en el único todoterreno que había quedado intacto y que, luego de dar media vuelta, se estaba acercando al vehículo volcado. Un momento después, dos hombres sacaron frenéticamente a un tercero del amasijo de hierros.

—¿Qué probabilidades hay de que sea Saladino? —preguntó Kyle Taylor.

Adrian Carter vio cómo los dos hombres subían rápidamente al herido en la parte de atrás del todoterreno intacto.

—Yo diría que el cien por cien. La cuestión es si todavía está vivo.

El todoterreno puso rumbo al norte a toda velocidad con los faros apagados, seguido por el Predator, desprovisto ya de su carga mortífera. Según los sensores del dron, circulaba a ciento cuarenta y ocho kilómetros por hora.

—Por pleno desierto y sin luces —comentó Carter.

—Por lo visto, hemos fallado el tiro —dijo Taylor.

—Sí —convino Carter—. Y sigue vivo.

En Casablanca, Gabriel solo tenía ojos para las imágenes que enviaba el Sentinel. Las siluetas verdosas y fantasmagóricas de

Keller y Mikhail apuntaban con sus armas a Jean-Luc Martel, que sostenía una pistola junto a la cabeza de una de las mujeres. Gabriel ignoraba si se trataba de Olivia o de Natalie. Mohammad Bakkar y cuatro de sus hombres esperaban fuera de la jaima, con las armas apuntando hacia la entrada. Debido a las reducidas dimensiones de la explanada central, estaban muy juntos. Gabriel calculó las probabilidades. Eran preferibles a no hacer nada, se dijo. Comenzó a enviar un mensaje, pero se detuvo y marcó un número. Segundos después, vio que la silueta verdosa y espectral de Christopher Keller se llevaba la mano al bolsillo de la americana.

—Contesta —dijo Gabriel entre dientes—. Contesta al teléfono.

Keller sostenía la Beretta con la derecha mientras el teléfono vía satélite vibraba en su mano izquierda. Su pulgar permanecía suspendido sobre la pantalla.

—No —susurró Martel roncamente.

—¿Qué va a hacer, Jean-Luc?

Martel agarró a Olivia del pelo y le clavó el cañón de la FN en la sien. Keller tocó la pantalla táctil y se acercó rápidamente el teléfono a la oreja.

Gabriel habló con calma.

—Están justo enfrente de la entrada de la tienda, Bakkar y cuatro más. Muy juntos y con las armas montadas y cargadas.

—¿Alguna otra buena noticia?

—Saladino sigue vivo.

Keller bajó el teléfono sin cortar la conexión y miró a Mikhail.

—Están fuera de la tienda esperando para matarnos. Cinco hombres, todos armados. Justo delante de la entrada —añadió con énfasis.

—¿Todos? —preguntó Mikhail.

Keller hizo un gesto afirmativo y miró a Martel.

—Khalil el iraquí es ahora un trozo de carne achicharrada. Varios trozos, mejor dicho. Dígale a Mohammad que nos deje marchar o él será el siguiente.

Martel arrastró a Olivia hacia la entrada de la tienda sin dejar de apuntarle a la cabeza. Keller soltó el teléfono que sostenía en la mano izquierda y levantó velozmente la derecha. Efectuó dos disparos con el ruido seco y sordo de un profesional bien entrenado. Los dos fueron a incrustarse en la cara de Martel. Acto seguido giró hacia la derecha y junto con Mikhail abrió fuego contra los cinco hombres apostados fuera.

Cuando el fuego enemigo rasgó la piel de la tienda, Natalie tiró de Olivia obligándola a echarse al suelo. Martel yacía junto a ellas con la FN aún en la mano sin vida. Natalie le arrancó la pistola, apuntó hacia la entrada y apretó el gatillo. Entre tanto, en la Casa de los Espías de Casablanca, Gabriel observaba y escuchaba. Veía a los miembros de su equipo luchar por sobrevivir. Oía el estrépito de los disparos y los gritos de Olivia Watson.

60

EL SAHARA, MARRUECOS

Desde la perspectiva de Gabriel, la escena pareció durar una eternidad. Desde la de Keller, un segundo o dos. Cuando el fuego enemigo cesó fuera de la tienda, extrajo el cargador gastado de su Beretta y colocó otro mientras Mikhail hacía lo propio a su lado. Luego miró a Natalie y se sorprendió al ver que tenía el arma de Martel en las manos extendidas. Olivia chillaba histérica.

—¿Está herida?

Olivia tenía un lado de la cara cubierto de sangre y materia gris. Natalie la examinó rápidamente en busca de heridas de bala, pero no encontró ninguna. La sangre y los sesos eran de Martel.

—No, está bien.

Quizás algún día lo estuviera —se dijo Keller—, pero ese día tardaría en llegar. Bajó el brazo y recogió el teléfono.

—¿Qué pasa ahí fuera?

—Poca cosa —respondió Gabriel.

—¿Algún signo de movimiento?

—El del medio. Desde aquí, los demás parecen muertos.

—Lástima —dijo Keller—. ¿Y ahora qué?

Dieciséis kilómetros al norte de allí, el último Toyota Land Cruiser cruzaba velozmente una franja deshabitada de desierto, perseguido por el Predator.

—¿Qué autonomía tiene ese dron? —preguntó Navot.

—Ocho horas y pico —contestó Adrian Carter—. A no ser que los marroquíes descubran que hemos llevado a cabo un ataque con drones en su territorio sin su permiso. Entonces, mucho menos.

—¿Y ese? —Navot indicó la imagen del campamento que enviaba el Sentinel.

—Catorce horas.

—¿Hasta qué punto es indetectable?

—Hasta el punto de que los marroquíes no podrán encontrarlo.

Uno de los teléfonos que Carter tenía delante se iluminó al recibir una llamada. Carter se lo acercó a la oreja, escuchó y a continuación masculló un juramento.

—¿Qué ocurre?

—La NSA está detectando mucha actividad en Marruecos.

—¿Actividad de qué tipo?

—Por lo visto, se ha descubierto el pastel.

Se iluminó otro teléfono. Esta vez era Morris Payne llamando desde la Sala de Crisis.

—Entendido —dijo Carter al cabo de un momento, y colgó. Luego miró a Navot—. El embajador de Marruecos acaba de llamar a la Casa Blanca para preguntar si Estados Unidos ha atacado su país.

—¿Qué vais a hacer?

—La autonomía de esos drones acaba de reducirse drásticamente.

—¿La del Sentinel también?

—¿Qué Sentinel?

Carter dio la orden a los equipos de control de los drones. Un instante después, el Predator viró bruscamente hacia el este, camino de la frontera argelina. Su cámara termográfica siguió enfocando el todoterreno durante dos minutos, hasta que finalmente las imágenes de infrarrojos desaparecieron de las pantallas del Agujero Negro. A continuación se apagaron las del Sentinel. La última imagen que vio Navot mostraba a dos hombres saliendo con cautela de una jaima en el desierto, con las manos extendidas portando sendas armas.

Los cinco hombres de la explanada habían sido abatidos, en efecto, pero dos de ellos aún estaban con vida. Uno era Mohammad Bakkar. El otro, un guardia. Mikhail le remató de un solo disparo en la cabeza mientras Keller examinaba a Bakkar a la luz de las estrellas. El productor de hachís marroquí había recibido dos disparos en el pecho. Tenía el jersey empapado de sangre, y sangre en la boca. Era evidente que no le quedaba mucho tiempo.

Keller se agachó a su lado.

—¿Adónde va, Mohammad?

—¿Quién? —preguntó Bakkar, atragantándose con la sangre.

—Saladino.

—No conozco a nadie con ese nombre.

—Puede que esto te refresque la memoria.

Keller apoyó el cañón de la Beretta en su tobillo y disparó. Los gritos del marroquí resonaron en la oscuridad.

—¿Dónde está?

—¡No lo sé!

—Claro que lo sabes, Mohammad. Le acogiste aquí, en Marruecos, después de los atentados de Washington. Le diste el dinero que necesitaba para atentar en mi país.

—¿Qué país es ese? ¿Eres francés? ¿O eres un puto judío, como él?

Bakkar miraba a Mikhail, que se cernía por encima del hombro de Keller. El británico apoyó el cañón de la Beretta en la pantorrilla de Bakkar y apretó el gatillo.

—Soy británico, en realidad.

—En ese caso —contestó el marroquí gimiendo de dolor—, que le den por culo a tu país.

Keller le disparó en la rodilla.

—¡*Allahu Akbar*!

—Así sea —dijo Keller con calma—. ¿Dónde está?

—Te he dicho...

Otro disparo en lo que le quedaba de la rodilla. Bakkar empezaba a perder el sentido. Keller le abofeteó.

—¿Te ordenó matarnos?

Bakkar asintió.

—¿Y qué tenías que hacer después?

Al marroquí se le cerraban los ojos. Keller le estaba perdiendo.

—¿Adónde, Mohammad? ¿Adónde va?

—A una de mis... casas.

—¿Dónde? ¿En el Rif? ¿En el Atlas?

Bakkar se ahogaba con su propia sangre.

—¿Dónde, Mohammad? —Keller le sacudió violentamente—. Dime dónde va para que pueda ayudarte.

—Fez —jadeó Bakkar—. Va a Fez.

La luz iba apagándose de sus ojos. A pesar de la sangre y el dolor, parecía profundamente satisfecho.

—Me estás mintiendo, ¿verdad, Mohammad?

—Sí.

—¿Adónde va?

—¿Quién?

—Saladino.

—Al paraíso —dijo Bakkar—. Voy al paraíso.

—Lo dudo, la verdad —repuso Keller.

Apoyó la pistola en la frente del marroquí y apretó el gatillo por última vez.

De los cinco hombres que yacían muertos en la explanada central del campamento, solo Mohammad Bakkar llevaba un móvil encima: un Samsung Galaxy guardado en el bolsillo delantero de los pantalones, al que le había extraído la tarjeta SIM y la batería.

Keller volvió a armarlo y lo encendió mientras Mikhail y Natalie atendían a Olivia. No había ningún vehículo en el campamento. (Saladino se había llevado los cuatro en su desesperado intento de escapar, por lo que no les quedó más remedio que partir a pie por el desierto. Se llevaron solo aquello con lo que podían cargar fácilmente: ropa de abrigo, teléfonos, pasaportes, carteras y dos Kaláshnikov con los cargadores llenos. No se molestaron en buscar una linterna entre los enseres del campamento. Había suficiente luz de luna para iluminar el camino.

Se pusieron en marcha a las once y cinco hora local y pusieron rumbo a poniente, internándose en el mar de arena. Keller iba en cabeza, seguido por las dos mujeres y Mikhail, en la retaguardia. Llevaba en la mano derecha el teléfono móvil de Mohammad Bakkar. Comprobó el estado de la batería. Doce por ciento.

—Mierda —dijo—. ¿Alguien tiene un cargador?

Hasta Olivia logró reírse.

En Casablanca, Gabriel y Yaakov Rossman evaluaron con calma lo que quedaba de la operación, cuyos restos yacían desperdigados por el desierto del sur de Marruecos desde la frontera argelina a las dunas de Erg Chebbi. Dos Toyota Land Cruiser habían quedado calcinados; el tercero había volcado tras estrellarse, y el cuarto, en el que presumiblemente viajaba Saladino malherido y necesitado de atención médica urgente, había sido visto por última vez circulando a gran velocidad en dirección norte, hacia las montañas del Atlas Medio. Jean-Luc Martel, el conocido y corrupto empresario francés, yacía muerto en un campamento remoto, junto a Mohammad Bakkar, el mayor productor de hachís de Marruecos, y cuatro de sus hombres. El teléfono móvil de Bakkar se hallaba ahora en manos de un agente del espionaje británico. El indicador de carga de la batería marcaba menos de un diez por ciento, y bajando.

407

—Aparte de eso —comentó Gabriel—, todo ha salido conforme al plan.

—Saladino estaría muerto si los americanos hubieran elegido el coche correcto.

Gabriel no dijo nada.

—¿No estarás pensando en...?

—Claro que sí.

Miró la pantalla del ordenador. En ella aparecía un mapa del sur de Marruecos. Dos luces azules avanzaban hacia el este desde Khamlia atravesando el desierto. Una sola luz roja se movía parsimoniosamente hacia el oeste. Las separaban unos tres kilómetros de distancia.

—Dentro de unos minutos —dijo Yaakov—, la esquina sureste de Marruecos se llenará de soldados y gendarmes. No les llevará mucho tiempo encontrar unos Toyota quemados y un campamento lleno de cadáveres. Y entonces se armará un lío de los gordos.

—Ya se ha armado.

—Razón de más para que ordenes al equipo tirar las armas y dirigirse al punto de evacuación en Agadir. Con un poco de suerte, llegarán antes de que se haga de día y podremos sacarlos de allí enseguida. Si no, tendrán que alojarse discretamente en un hotel de la playa y marcharse mañana por la noche.

—Es lo más prudente.

—La verdad es que no hay nada de prudente en este asunto.

—¿Y nosotros? —preguntó Gabriel.

—Dentro de poco habrá controles de carreteras por todo el país. Más vale que nos quedemos aquí esta noche y nos marchemos por la mañana en avión. Iremos a París o Londres y allí cogeremos un avión para Ben Gurion.

—¿Y Saladino?

—Saladino puede arreglárselas solo para volver a casa.

—Eso me temo.

En la pantalla del ordenador, las luces azules habían alcanzado a la luz roja y, pasado un momento, las tres avanzaron rumbo a poniente cruzando el desierto, hacia la localidad de Khamlia.

—¿Qué vas a decirles? —preguntó Yaakov.

Gabriel tecleó rápidamente el mensaje y pulsó ENVIAR. Solo contenía tres palabras:

CONECTA EL TELÉFONO...

61

EL SAHARA, MARRUECOS

No tenían forma de efectuar una descarga segura en aquella zona sin cobertura del desierto meridional, de modo que tuvieron que analizar el Samsung a la antigua usanza: revisando uno por uno los mensajes, las llamadas y el historial de Internet. Natalie, que era la que mejor hablaba y leía el árabe del equipo, se encargó de manejar el móvil mientras Keller remitía la información al puesto de mando de Casablanca mediante el teléfono vía satélite. Iban en el asiento trasero del Nissan Pathfinder, con Dina sentada al volante y Eli Lavon haciendo de copiloto y oteador. Mikhail viajaba en el Jeep Cherokee con Olivia.

—¿Cómo está? —preguntó Gabriel.

—Todo lo bien que cabría esperar. Pero tenemos que sacarla de aquí. Esta noche, a ser posible.

—Estoy en ello. Ahora, dame el número siguiente.

Al parecer, Mohammad Bakkar no tenía el Samsung desde hacía mucho tiempo. La primera llamada entrante que aparecía en el listado era del día anterior a las siete y diecinueve de la tarde. La hora se correspondía con la llamada que había recibido Jean-Luc Martel mientras estaba con Keller en el bar del Palais Faraj, en Fez. El número también era el mismo. Por lo visto, la persona que había llamado a Martel para acordar su encuentro en el campamento del desierto había llamado acto seguido a Bakkar para informarlo de que todo estaba en orden. Posteriormente, a las 19:21, Bakkar había hecho una llamada.

—Dame ese número —dijo Gabriel.

Keller se lo dictó.

—Repítemelo.

Keller obedeció.

—Es el de Nazir Bensaïd.

Bensaïd era el yihadista marroquí e integrante del ISIS que había seguido a Martel y al equipo desde Casablanca a Fez, y de Fez a las montañas del Atlas Medio.

—Bakkar llamó a otra persona unos minutos después —dijo Keller.

—¿A qué número?

Keller se lo dio.

—¿Ese número aparece alguna otra vez?

Keller trasladó la pregunta a Natalie, que rápidamente se puso a buscar en el historial del teléfono. Bakkar había hecho otra llamada a aquel número a las 17:17 de esa misma tarde. Había recibido otra a las 17:23.

Keller informó a Gabriel.

—¿De quién supones que es ese número?

—¿Del invitado de honor?

Gabriel cortó la comunicación y llamó a Adrian Carter a Langley por la línea segura.

—¿Dónde está Nazir Bensaïd? —preguntó.

—Su teléfono está en Fez. Que él lo siga teniendo encima es otra cuestión.

Gabriel le dio el número al que Mohammad Bakkar había llamado tres veces: una la víspera, a las 19:21, y dos esa misma tarde, antes de la cita en el desierto.

—¿Alguna idea de a quién pertenece? —preguntó Carter.

—Deduzco —dijo Gabriel— que es el de Saladino.

—¿Dónde lo has encontrado?

—En información telefónica.

411

—¿Por qué no se nos habrá ocurrido? Voy a pasárselo a la NSA. Mientras tanto —agregó Carter—, dile a tu equipo que no pierda ese teléfono.

Veinte minutos después de que dejaran atrás el campamento de nómadas bereberes, el teléfono de Mohammad Bakkar volvió a conectarse a la red marroquí. No recibió mensajes de voz ni de texto atrasados, ni comunicación de ninguna clase. Keller informó a Gabriel y pidió instrucciones. Gabriel les ordenó seguir la N13 hacia el norte, hasta la población de Rissani, a las afueras del oasis de Tafilalet. Una vez allí pasarían a la N12 y se dirigirían hacia el oeste, a Agadir.

—¿Crees que Saladino nos estará esperando cuando lleguemos?

—Lo dudo —contestó Gabriel.

—Entonces, ¿por qué vamos allí?

—Porque Agadir es mucho más agradable que la prisión de Temara.

—¿Y las armas?

—Tiradlas en el desierto. Es muy probable que os encontréis con controles de carretera.

—¿Y si es así?

—Improvisad.

Se cortó la comunicación.

—¿Qué ha dicho? —preguntó Eli Lavon.

—Que improvisemos.

—¿Y las armas?

—Dice que las conservemos —repuso Keller—. Por si acaso.

Era más de medianoche cuando llegaron a la población de Khamlia. Mientras Dina tomaba el desvío de la N13 hacia el norte pasaron un par de helicópteros rumbo al este.

—Puede que sea una patrulla de rutina —dijo Keller.

—Puede —repuso Eli Lavon en tono escéptico.

El Kaláshnikov que se había llevado Keller del campamento estaba escondido en una bolsa de deporte, en el maletero. La Beretta la llevaba en la cinturilla del pantalón, a la altura de los riñones. Miró hacia atrás y vio los faros del Jeep Cherokee, que los seguía a unos cien metros de distancia. Se preguntaba cómo reaccionaría Olivia si los gendarmes marroquíes la interrogaban. Mal, seguramente.

Al volverse hacia delante, vio unas luces de emergencia que se acercaban deprisa. Varios vehículos pasaron por su lado, emborronados por la velocidad.

—Esto no pinta bien —comentó Lavon—. ¿Seguro que Gabriel no quiere que nos deshagamos de las armas?

Keller no respondió. Miraba fijamente el teléfono de Mohammad Bakkar, que le vibraba en la mano. Era un mensaje de texto entrante escrito en árabe y enviado desde el mismo número al que Bakkar había llamado esa tarde. Keller levantó el teléfono para que Natalie lo viera. A ella se le dilataron los ojos al leer el mensaje.

—¿Qué dice? —preguntó Keller.

—Quiere saber si estamos muertos.

—¿En serio? Me pregunto de quién será el mensaje.

Keller cogió el teléfono vía satélite y empezó a marcar, pero se detuvo al ver a un gendarme en medio de la carretera con una linterna de señalización en la mano.

—¿Qué hago? —preguntó Dina.

—Parar, desde luego —contestó Keller.

Dina se apartó al arcén y detuvo el coche. Detrás de ellos, Yossi Gavish hizo lo propio con el Jeep Cherokee.

—¿Qué les digo? —preguntó Dina.

—Improvisa —sugirió Keller.

—¿Y si no me creen?

Keller miró el mensaje del teléfono de Mohammad Bakkar.

—Si no te creen —dijo—, morirán.

62

RISSANI, MARRUECOS

Dina habló con el gendarme en alemán, muy deprisa y en tono asustado. Dijo que sus amigos y ella estaban acampados en el desierto y que habían visto unas explosiones y oído disparos. Temiendo por sus vidas, habían huido del campamento con lo puesto.

—En francés, *madame*. En francés, por favor.

—No hablo francés —contestó Dina en alemán.

—¿Inglés?

—Sí, inglés sí.

Pero su acento era tan fuerte que parecía estar hablando en alemán. Exasperado, el gendarme revisó su pasaporte mientras su compañero rodeaba lentamente el vehículo. El haz de luz de su linterna se detuvo unos segundos en la cara de Keller, lo justo para que el británico pensara fugazmente en echar mano de la Beretta. Por fin, el gendarme pasó a la parte trasera del todoterreno y tocó con los nudillos en la ventanilla.

—Abra —ordenó en árabe, pero su compañero se le adelantó. Devolvió el pasaporte a Dina y preguntó adónde se dirigían. Y cuando ella respondió en alemán, le hizo señas de que siguiera circulando. Y al Jeep Cherokee también.

Keller le pasó el teléfono de Bakkar a Natalie.

—Contéstale.

—¿Qué le digo?

—Que estamos muertos, naturalmente.

—Pero...

—Date prisa —la interrumpió Keller—. Ya le hemos hecho esperar bastante.

Natalie mandó una sola palabra: *AIWA*. «Sí» en árabe. La persona situada al otro lado de la línea comenzó a contestar de inmediato. Su mensaje apareció unos segundos después. Una sola palabra, también en árabe.

—¿Qué dice? —preguntó Keller.

—*Alhamdulillah*. Que quiere decir...

—Gracias a Dios.

—Más o menos.

—O sea —añadió Keller—, que le tenemos.

—A él, o a alguien muy cercano.

—Con eso basta.

Keller llamó a Gabriel por el teléfono vía satélite para informarle de lo que acababa de ocurrir.

—Deberías haberme consultado antes de enviar ese mensaje.

—No he tenido tiempo.

—Procurad que siga hablando.

—¿Cómo?

—Preguntadle si está herido.

Keller le dijo a Natalie que mandara el mensaje. Transcurrió un minuto antes de que el Samsung anunciara con un tintineo la llegada de una respuesta.

—Está herido —dijo Natalie.

—Pregúntale si los demás han muerto en el ataque —ordenó Gabriel.

—Estás tentando a la suerte —comentó Keller.

—Mandad el mensaje, maldita sea.

Natalie obedeció. La respuesta fue inmediata.

—«Casi todos los hermanos han muerto» —leyó.

—Pregúntale cuántos hermanos están con él.

Natalie escribió el mensaje y lo envió.

—Dos —dijo un momento después.

—¿Están heridos?

Otro intercambio de mensajes.

—No.

—¿Necesita un médico?

—Cuidado —le advirtió Keller.

—Mándalo —ordenó Gabriel con aspereza.

La respuesta tardó casi dos minutos en llegar.

—Sí —dijo Natalie—. Necesita un médico.

Se hizo otro silencio en la línea.

—Necesitamos saber adónde va —dijo Gabriel por fin.

—Rastread el teléfono —respondió Keller.

—Si lo apaga, le perderemos. Hay que preguntárselo.

Natalie escribió el mensaje y lo mandó. La respuesta fue ambigua.

AL RIAD. A la casa.

—Con eso no basta —dijo Gabriel.

—No podemos preguntarle a qué casa.

—Dile que vas a mandarle a Nazir para que cuide de él hasta que llegue el médico.

—Espero que sepas lo que haces —dijo Keller.

—Mandadlo.

Natalie así lo hizo. Luego redactó un segundo mensaje y lo envió al número de Nazir Bensaïd. Tuvieron que esperar cinco minutos largos hasta que llegó la contestación.

—¡Ya está! —anunció Natalie—. Va para allá.

Keller se acercó el teléfono vía satélite al oído.

—¿Sigues queriendo que vayamos a Agadir?

—No todos —respondió Gabriel.

—Una lástima, lo de las armas.

—¿Alguna posibilidad de que podáis encontrarlas?

—Sí —dijo Keller—. Creo que sé dónde mirar.

* * *

La siguiente llamada que se recibió en el puesto de mando de Casablanca era de Adrian Carter.

—Hemos localizado su teléfono tres o cuatro minutos, pero ha vuelto a esfumarse.

—Sí, lo sé.

—¿Cómo?

—Estaba hablando con nosotros.

—¿Qué?

Gabriel se lo explicó.

—¿Alguna idea de dónde está esa casa?

—No me ha parecido buena idea preguntárselo. Además, tenemos a Nazir Bensaïd para que nos muestre el camino.

—Ya se ha puesto en marcha —dijo Carter.

—¿Dónde está?

—Saliendo de Fez, de vuelta al Atlas Medio.

—Donde se encargará de atender a Saladino hasta que llegue el médico —dijo Gabriel.

—¿Estás pensando en hacerle una visita?

—Al estilo de la Oficina.

—Pues me temo que tendrás que arreglártelas solo.

—¿Hay alguna posibilidad de que nos prestéis uno de esos drones de vigilancia?

—No, ninguna.

—¿A qué hora pasa vuestro siguiente satélite?

Carter se lo preguntó a gritos a los agentes reunidos en el Agujero Negro. La respuesta llegó un momento después.

—Habrá un pájaro sobrevolando el este de Marruecos a las cuatro de la madrugada.

—Que disfrutéis del espectáculo —dijo Gabriel.

—No estarás pensando en ir allí en persona, ¿verdad?

—No voy a marcharme de aquí sin él, Adrian.

—Es la primera parte de esa frase lo que me preocupa.

Gabriel colgó sin añadir nada más y miró a Yaakov.

—Hay que limpiar este sitio y ponerse en marcha.

Yaakov no se movió.

—¿No estás de acuerdo con mi decisión?

—No. Es que...

—No estarás preocupado por esos condenados *jinns*, ¿verdad?

—Se supone que no debemos hacer ruido de noche.

Gabriel cerró su portátil.

—Pues no haremos ruido. Mejor así.

Cinco minutos después, las fuerzas armadas y los servicios de seguridad marroquíes se hallaban en estado de máxima alerta. Aun así, en medio de la confusión, pasaron por alto dos traslados de material y personas, de poca magnitud y vital importancia: el primero tuvo lugar a las afueras de la localidad de Rissani, donde un Jeep Cherokee y un Nissan Pathfinder se detuvieron unos minutos en el cruce de dos carreteras que cruzaban el desierto, en plena noche. Allí, dos individuos (uno bajo y con aspecto de erudito y el otro alto y desgarbado) se intercambiaron sus puestos en sendos vehículos. Acto seguido, los coches reemprendieron la marcha, cada uno por su lado. El Jeep Cherokee se dirigió al oeste, hacia el mar; el Nissan, al norte, hacia las estribaciones del Atlas. Los ocupantes del Cherokee sabían lo que los aguardaba; los del Nissan, en cambio, iban al encuentro de un destino incierto. Disponían de dos pistolas Beretta, dos fusiles de asalto Kaláshnikov, pasaportes, tarjetas de crédito, dinero en efectivo, teléfonos móviles y un teléfono vía satélite. Y lo que era más importante: tenían en su poder un teléfono que había pertenecido brevemente al principal productor de hachís de Marruecos. Un teléfono que, con suerte, los conduciría hasta Saladino.

El segundo traslado tuvo lugar a unos seiscientos cuarenta kilómetros al noroeste de Casablanca, donde dos hombres salieron con todo sigilo de una villa antigua y descolorida para no despertar a los demonios que moraban en ella y metieron su equipaje en un Peugeot alquilado. Siguieron los desiertos bulevares del barrio colonial y fueron dejando atrás los desvencijados edificios *art nouveau*, los modernos bloques de viviendas de los nuevos ricos y las míseras *bidonvilles* hasta que por fin salieron a la autopista. El más joven de los dos se ocupó de conducir. El mayor pasó el rato cargando y descargando su Beretta. No tenía por qué estar allí, esa era la verdad. Ahora era el jefe, y un jefe tenía que saber cuál era su lugar. Pero para todo tenía que haber una primera vez.

Se guardó la pistola cargada en la cinturilla de los pantalones, a la espalda, y echó un vistazo a su teléfono móvil. Luego contempló por la ventanilla las luces infinitas de Casablanca.

—¿En qué piensas? —preguntó el más joven de los dos.

—En que tienes que conducir más deprisa.

—Es la primera vez que hago de chófer del jefe.

El mayor de los dos sonrió.

—¿En eso pensabas?

—¿Por qué lo preguntas?

—Porque parecía que estabas apretando un gatillo.

—¿Con qué mano?

—Con la izquierda —contestó el más joven—. No hay duda, con la izquierda.

El mayor miró por la ventanilla.

—¿Cuántas veces?

63

MONTAÑAS DEL ATLAS MEDIO, MARRUECOS

El teléfono se movía hacia el sur a ritmo constante, atravesando las llanuras que rodeaban Fez, hacia las faldas del Atlas Medio. Ignoraban si su portador era Nazir Bensaïd. A falta de drones, les era imposible visualizar el objetivo y ni la NSA ni la Unidad 8200 habían podido activar el micrófono o la cámara del teléfono. Hasta donde ellos sabían, el dispositivo iba en la parte trasera de una camioneta y Nazir Bensaïd se hallaba en algún punto de la laberíntica medina de Fez.

Era la una y media de la mañana cuando el teléfono llegó a la población bereber de Imouzzer. Su avance se hizo más lento al atravesar la calle principal del pueblo. Gabriel, que recibía actualizaciones continuas de Adrian Carter, se preguntaba si estarían ya cerca de la meta. Un lugar como Imouzzer ofrecía muchos atractivos para un fugitivo, pensó. Era lo bastante pequeño como para que los occidentales llamaran la atención y tenía, al mismo tiempo, actividad suficiente como para que un hombre vestido con chilaba pasara inadvertido. Los picos deshabitados del Atlas Medio no estaban muy lejos por si el fugitivo necesitaba huir, y los deleites de Fez se hallaban a apenas una hora de viaje en coche. Una imagen se formó en la mente de Gabriel: la de un hombre alto y corpulento, ataviado con chilaba, cojeando por los estrechos callejones de la medina.

Pero a la 1:35 de la madrugada, el teléfono salió de Imouzzer y, aumentando de velocidad, se dirigió a Ifrane, un pueblo vacacional que parecía haber sido arrancado de los Alpes y depositado artificialmente en el Magreb. Gabriel se preguntó de nuevo si estarían cerca. Esta vez vistió a su objetivo con otros ropajes (pantalones y chaqueta de lana en vez de chilaba) y se lo imaginó pasando el invierno posterior a los atentados de Washington en un cómodo hotelito de estilo suizo. Pero cuando el teléfono abandonó Ifrane, Gabriel borró aquella imagen cubriéndola con una capa de pintura y esperó a que Adrian Carter volviera a informarlo de la situación desde el Agujero Negro.

—Más deprisa —dijo—. Tienes que conducir más deprisa.

—Voy todo lo deprisa que puedo —contestó Yaakov.

—Tú no —dijo Gabriel—. Él.

La siguiente población por la que pasó el teléfono fue Azrou. Allí tomó la N13, la carretera que unía las montañas del Atlas Medio con el Sahara y por la que en esos momentos circulaban hacia el norte Keller, Mikhail, Natalie y Dina. Atravesó una serie de pueblecitos bereberes —Timahdite, Aït Oufella, Boulaajoul— hasta que finalmente se detuvo a unos doscientos metros de la localidad de Zaida, en circunstancias sobre las que solo podían especular. Una casa, una fortaleza, una tienda de pelo de camello montada en un descampado salpicado de peñascos. Pasaron diez minutos interminables hasta que por fin llegó un mensaje al teléfono de Mohammad Bakkar. Keller se lo leyó en voz alta a Gabriel.

—Nazir dice que el hermano está muy malherido.

—Qué lástima.

—Dice que necesita un médico urgentemente. Si no, puede que no sobreviva.

—Mejor que mejor.

—¿Estás pensando en dejar que la naturaleza siga su curso?

—No, en absoluto —repuso Gabriel—. Dile que el médico va para allá. Y que viene de Fez.

Hubo un momento de silencio mientras Natalie redactaba el mensaje en árabe y lo enviaba. Segundos después, Gabriel oyó el tintineo que anunciaba la respuesta.

—*Alhamdulillah* —dijo Keller.

—No podría estar más de acuerdo.

Gabriel oyó otro tintineo.

—¿Qué dice?

—Quiere saber dónde estoy.

—No sabía que erais amigos.

—Cree que soy...

—Sí, lo sé —respondió Gabriel—. Dile que has tardado más de lo que esperabas en arreglar el asunto del transporte. Y que estarás allí dentro de dos horas, puede que menos.

Se hizo de nuevo el silencio mientras Natalie enviaba el mensaje.

—¿Alguna respuesta?

—No.

—¿Está escribiendo?

—No parece.

—Dile que te preocupa la seguridad del hermano.

Pasaron unos segundos. Luego Keller dijo:

—Enviado.

—Ahora pregúntale cuántos hermanos hay en la *riad*.

Tras otro intercambio de mensajes, Keller dijo:

—Cuatro.

—Preguntadle si tienen armas para defenderse de los infieles.

Un momento después tenían la respuesta.

—Parece que están bien armados —dijo Keller—. ¿Quieres preguntarle algo más?

—No, basta de preguntas. El pájaro nos dirá cualquier otra cosa que necesitemos saber.

—¿Dónde estáis?

Gabriel miró el paisaje en penumbra a través de la ventanilla.

—En Marte —dijo sombríamente—. ¿Y vosotros?

—En un pueblecito llamado Kerrandou. A unos noventa y cinco o cien kilómetros de Zaida. Si no hay más controles de carretera, dentro de hora y media estaremos allí.

—Nosotros llegaremos justo detrás.

Gabriel cortó la comunicación y llamó al Agujero Negro de Langley.

—Le tenemos —le dijo a Adrian Carter.

—El pájaro sobrevolará la zona a las cuatro de la madrugada hora local.

—¿Estás seguro?

—Descuida. Es una satélite espía —repuso Carter—. Y por allí arriba no hay mucho tráfico inesperado.

64

ZAIDA, MARRUECOS

Era una población parduzca y polvorienta, compuesta por chatos edificios de color marrón. Las tiendas y bares de la ancha calle mayor estaban cerrados a cal y canto, y a aquella hora de la noche no se veía signo alguno de vida, a excepción de tres hombres que esperaban bajo una desvencijada marquesina de autobús. El Jeep Cherokee ocupado por occidentales mereció toda su atención. Sus agrios semblantes dejaban claro que allí no eran bien recibidos los forasteros; sobre todo, a las tres y media de la madrugada.

—Este parece un lugar muy del gusto de Saladino —comentó Keller.

—¿Crees que conocen al iraquí alto que vive en la zona este del pueblo? —preguntó Mikhail.

—Lo dudo.

—No me importaría echarle un vistazo a la finca, ya que estamos aquí.

—Demasiado arriesgado. Es mejor que esperemos al pájaro.

Dina atravesó el resto del pueblo sin aminorar la marcha y salió al campo sombrío y desarbolado. A unos dos kilómetros y medio al norte se abría una pista de tierra que conducía a una laguna, el típico paraje en el que cualquier familia marroquí tendería una manta un fresco día de otoño para olvidarse de sus tribulaciones durante unas horas. Dina apagó el motor mientras Keller llamaba a Gabriel para informarlo de dónde estaban. Unos minutos después tuvieron noticias de Nazir Bensaïd a través de un mensaje de texto. Al parecer, el estado del hermano había empeorado. ¿Cuándo llegaría el médico? Pronto, le aseguró Natalie. *Inshallah*.

—Aquí vienen —dijo Dina.

Encendió los faros y el coche que se acercaba se apartó de la carretera y se detuvo. Keller y Natalie se acercaron y subieron al asiento de atrás. Keller miró la hora en el teléfono de Mohammad Bakkar. Eran las 3:45 de la madrugada.

—Qué casualidad, encontraros aquí. ¿Qué tal el viaje?

Ni Gabriel ni Yaakov respondieron.

Keller miró por la ventanilla.

—Me pregunto por qué tardan tanto Mohammad y ese doctor.

—Puede que hayan tenido problemas con el coche —sugirió Gabriel.

—O con las piernas —bromeó Keller—. O puede que esté un poco confuso.

Consultó otra vez el teléfono. Las 3:46.

—¿Creéis que los marroquíes habrán encontrado ya el campamento?

—Yo diría que sí.

—¿Habrán identificado a alguna de las víctimas?

—A una o dos.

—Menudo notición, ¿no? Un gran productor de hachís y un hotelero francés hallados muertos, los dos juntitos.

—Un notición casi tan grande como un fallido ataque estadounidense con drones en territorio marroquí.

—Me gustaría saber cuánto tiempo tardará en trascender la noticia. Porque cuando llegue ese momento... —Keller dejó la frase en suspenso.

3:47...

* * *

Gabriel llamó a Carter al dar las cuatro. Transcurrieron otros diez minutos mientras las cámaras y sensores del satélite examinaban el objetivo.

—Es un recinto tapiado. Un edificio de obra y dos cobertizos más pequeños.

—¿Qué altura tiene la tapia?

—Es difícil calcularlo, sobre todo a oscuras. Tendréis que pasar por delante en coche o echar mano de vuestra imaginación.

—¿La puerta de fuera está abierta o cerrada?

—Cerrada —afirmó Carter—. Y el Renault de Nazir Bensaïd está allí, no hay duda.

—¿Cuántos hombres hay?

—Dos fuera y tres dentro. Todos en el edificio grande. Muy agrupados.

—Velando al herido.

—Eso parece.

—¿En qué parte de la casa están?

—En la planta de arriba, esquina sureste.

—Mirando a La Meca.

—En la habitación hay otras fuentes de calor muy intensas —agregó Carter—. Kyle opina que son equipos informáticos.

—Y bien sabe Dios que Kyle nunca se equivoca.

—Es posible que hayáis encontrado la base desde la que ha estado dirigiendo los atentados. Las joyas de la corona de su red terrorista podrían estar en esos ordenadores.

—¿Quieres decir que recojamos todo lo que podamos llevarnos?

—No sería mala idea.

—¿Hay algo más que puedas decirme?

—Parece que hay un par de perros al otro lado de la tapia. Y son grandes —añadió Carter.

Gabriel maldijo en voz baja. Su miedo a los perros era bien conocido en el mundillo del espionaje internacional.

—Siento ser portador de malas noticias —dijo Carter en tono compungido.

—¿Qué clase de extremista musulmán que se precie tiene perros en su casa?

—Uno que no se fía de que un gato vaya a avisarle si aparece un intruso. Y otra cosa —dijo Carter—. La NSA ha estado escuchando a la policía y el ejército de Marruecos.

—¿Y?

—Saben perfectamente que anoche llevamos a cabo un ataque con drones en su territorio. Y saben que Mohammad Bakkar y Jean-Luc Martel han muerto.

—¿Cuánto tardarán en hacerlo público?

—Calculo que el pueblo marroquí se enterará a la hora del desayuno.

—Entonces quizá deberíamos proporcionarles otra noticia.

—¿Deberíamos?

—Avísame si veis algún otro movimiento en el recinto.

Gabriel colgó.

—¿Algún problema? —preguntó Keller.

—Dos perros y una puerta cerrada.

—Con los perros no puede hacerse gran cosa, pero lo de la verja no debería darnos problemas.

Keller le pasó el teléfono de Mohammad Bakkar a Natalie, que redactó el mensaje y se lo envió a Nazir Bensaïd al interior del recinto. La respuesta tardó unos segundos en llegar.

—Listo —dijo Natalie.

Gabriel y Yaakov no solo se habían llevado ordenadores y equipos de telecomunicaciones de la Casa de los Espías de Casablanca. También habían cogido dos pistolas Jericho del calibre 45 y dos subfusiles compactos Uzi Pro. Gabriel dio sendas armas a Yaakov y un subfusil a Natalie, y se quedó con una Jericho.

—El arma defensiva perfecta —comentó Keller.

—Perfecta también para eliminar a quienes dan consejos sin que nadie se los pida.

—No quisiera meterme en cosas de familia, pero...

—Pues no lo hagas —replicó Gabriel.

Keller fingió reflexionar.

—¿Cuántos perros hay ahí dentro? ¿Uno o dos?

Gabriel no dijo nada.

—Deja que nos encarguemos Mikhail y yo. O mejor todavía —añadió Keller—, que entre Yaakov solo. Tiene pinta de haber hecho estas cosas más de una vez.

Yaakov introdujo hábilmente el cargador en el Uzi Pro y miró a Gabriel.

—Tiene razón, jefe.

—No empieces tú también.

—Ese satélite solo puede darnos información hasta cierto punto. Pero no puede decirnos si hay nidos de francotiradores en el recinto, o si esos chicos llevan chalecos explosivos.

—Entonces deberíamos dar por sentado que los hay.

Yaakov le puso una mano en el hombro.

—Ya no eres un crío. Ahora eres el jefe. Deja que nosotros tres nos encarguemos de esto. Tú quédate aquí con...

—¿Con las mujeres?

—No era eso lo que quería decir —repuso Yaakov—. Pero alguien tiene que cuidar de ellas.

—Dina pasó por el ejército, igual que todos nosotros. Sabe valerse sola.

—Pero...

—Me doy por enterado, Yaakov. ¿Vas a conducir o tengo que hacerlo yo?

Yaakov vaciló; luego se sentó al volante. Mikhail se dejó caer en el asiento del copiloto y Gabriel y Keller se acomodaron detrás. Natalie vio cómo el coche partía hacia Zaida. Luego se acercó al Jeep Cherokee y se sentó en el asiento del copiloto. Colocó el Uzi Pro en el suelo, entre sus pies, y miró la hora en el teléfono de Mohammad Bakkar. Eran las 4:11.

—Quizá deberíamos escuchar las noticias.

Dina puso la radio y buscó una emisora que estuviera dando las noticias. Al oír una voz de hombre se detuvo y miró a Natalie.

—Está leyendo versículos del Corán.

Dina volvió a mover el dial.

—¿Mejor?

—Sí.

—¿De qué habla?

—Del tiempo.

—¿Qué previsión hay?

—Calor.

—No me digas.

Natalie se rio suavemente.

—¿Te acuerdas de aquel día en Nahalal? —preguntó pasado un momento—. ¿El día que intenté rechazar todo esto?

Dina sonrió al recordarlo.

—Y ahora fíjate. Eres de los nuestros.

Pasó un camión por la carretera. Y luego otro. En la mitad oriental del cielo empezaban a apagarse las estrellas.

—¿Cómo era? —preguntó Dina.

—¿Quién?

—Saladino.

—Eso no importa. —Natalie volvió a mirar la hora—. Dentro de unos minutos estará muerto.

65

ZAIDA, MARRUECOS

Zaida, como todos los pueblecitos del mundo, despertaba temprano. Un bar de la plaza ya estaba abierto y, en la marquesina de enfrente, un autobús humeante recogía pasajeros con destino a Fez. El hedor de su tubo de escape se coló en el coche cuando Yaakov pasó por su lado dando un bandazo para esquivar a una cabra. Avanzaba a velocidad ideal. Ni demasiado deprisa —observó Gabriel— ni, lo que era más importante, demasiado despacio. Apoyaba levemente una mano en el volante mientras la otra permanecía inmóvil sobre la palanca de cambios. Mikhail, en cambio, tamborileaba con los dedos sobre la consola central del coche. Keller, por su parte, parecía ignorar por completo lo que estaba a punto de ocurrir. En efecto, de no ser por el Kaláshnikov que reposaba sobre sus muslos, podría haber sido un turista de excursión por un país exótico.

—¿Puedes fingir al menos que estás un poco preocupado? —preguntó Gabriel.

—¿Preocupado por qué?

—Por ese fusil, para empezar. Parece una pieza de museo.

—Es un arma estupenda, el Kaláshnikov. Además, en el campamento funcionó a las mil maravillas. Si no, pregúntale a tu amigo Dmitri Antonov. Que te lo diga él.

Pero Mikhail no les prestaba atención. Seguía tamborileando sobre la consola.

—¿Conoces alguna forma de hacerle parar? —preguntó Keller.

—Ya lo he intentado.

—Pues ponle más empeño.

Yaakov apartó la mano derecha de la palanca de cambios y la puso sobre la de Mikhail. Dejó de mover los dedos de inmediato.

—Muy agradecido —dijo Keller.

Unos metros más allá de la plaza, el pueblo empezaba a menguar. Cruzaron un arroyo seco y entraron en una tierra de nadie que separaba la civilización del desierto. Unos pocos edificios ruinosos brotaban de la tierra ocre a ambos lados de la carretera, y hacia el este se divisaba un islote en medio de un mar de rocas: el recinto tapiado. De lejos, era imposible distinguir qué era: una casa, una fábrica, una instalación secreta del gobierno o el escondite del terrorista más peligroso del mundo. Los muros exteriores parecían tener tres metros o tres metros y medio de altura y estaban rematados por espirales de alambre de concertina. El camino privado que conducía a la casa desde la carretera estaba sin pavimentar, de modo que cualquier vehículo que se acercara haría mucho ruido y levantaría una nube de polvo.

Gabriel se acercó el teléfono a la oreja. Al otro lado de la línea se hallaba Adrian Carter, en Langley.

—¿Nos veis?

—Sería difícil no veros.

—¿Alguna novedad?

—Dos fuera, tres dentro. Siguen en la misma habitación. Uno de ellos lleva un buen rato sin moverse.

Gabriel bajó el teléfono. Yaakov le observaba a través del espejo retrovisor.

—En cuanto tomemos el desvío —dijo—, se acabó el factor sorpresa.

—Pero no vamos a sorprenderlos, Yaakov. Nos están esperando.

Yaakov tomó el camino y se dirigió hacia el recinto tapiado.

—Enciende las luces largas —ordenó Gabriel.

Yaakov obedeció, inundando con una luz blanca el paisaje abrupto y rocoso.

—Ya nos han visto.

Gabriel se acercó a la oreja otro teléfono, el que comunicaba con Natalie, y le ordenó llamar al timbre.

Natalie había escrito el mensaje con antelación en el teléfono de Mohammad Bakkar. Ahora, siguiendo instrucciones de Gabriel, lo mandó al éter.

—¿Y bien? —preguntó él.

—Está contestando.

La respuesta apareció por fin.

—Dice que van a abrir la puerta de fuera.

—Qué amables. Pero diles que se den prisa. El médico está ansioso por ver al hermano.

Natalie envió el mensaje desde el Samsung de Bakkar. Luego activó el altavoz de su móvil y esperó a oír el ruido de los disparos.

En ese momento, Gabriel ya estaba hablando con Adrian Carter en Langley.

—¿Algún cambio?

—Dos hombres se están preparando para abrir la puerta, uno ha bajado las escaleras. Parece que lleva un arma.

—Adiós a la hospitalidad árabe —comentó Gabriel, y bajó el teléfono.

Estaban a unos cincuenta metros del recinto, acercándose a velocidad moderada. Los faros iluminaron la puerta exterior. Era un modelo de acero inoxidable, de dos hojas. La polvareda se aposentó a su alrededor como una niebla cuando Yaakov detuvo el coche. Durante unos segundos no sucedió nada.

Gabriel se llevó a la oreja el teléfono de Langley.

—¿Qué ocurre?

—Parece que la están abriendo.

—¿Dónde está el tercer hombre?

—Esperando junto a la entrada de la casa.

—¿Y dónde está la entrada respecto a nosotros?

—A las dos.

Gabriel bajó de nuevo el teléfono al tiempo que en las hojas de la puerta exterior se abría una rendija. Transmitió la información del satélite a los otros tres ocupantes del coche y les repartió órdenes en tono seco y tajante.

Keller arrugó el ceño.

—¿Te importaría repetirlo en un idioma que yo entienda?

Gabriel no se había dado cuenta de que estaba hablando en hebreo.

De repente, la puerta comenzó a abrirse. Dos pares de manos tiraban de ella. Yaakov apoyó el Uzi Pro en el volante y apuntó a las de la derecha. Mikhail dirigió el Kaláshnikov hacia las de la izquierda.

—Es igual —dijo Keller—. No hace falta traducción.

Por fin, la puerta se abrió lo suficiente para que entrara un coche. Aparecieron dos hombres armados con sendos fusiles automáticos y les hicieron señas de que pasaran. Yaakov, sin embargo, lanzó una andanada de disparos a través del parabrisas, apuntando al hombre de la derecha. Mikhail, sentado a su lado, disparó varias ráfagas al de la izquierda con el Kaláshnikov. Ninguno de los dos consiguió disparar un solo tiro, pero en el instante en que Yaakov aceleraba para cruzar la puerta abierta, alguien abrió fuego desde la entrada del edificio principal. Mikhail disparó por la ventanilla de su lado mientras Gabriel, sentado tras él, efectuaba varios disparos con la Jericho del 45. A los pocos segundos, cesaron los disparos a la entrada de la casa.

Yaakov frenó en seco y puso el coche en punto muerto mientras Mikhail y Gabriel salían a trompicones y empezaban a cruzar el patio del recinto. Mikhail se apartó rápidamente de Gabriel y, dando unas zancadas, Keller también le adelantó. Los dos soldados de élite se detuvieron un instante en la entrada, junto al cadáver del tercer tirador. Gabriel miró su rostro sin vida. Era Nazir Bensaïd.

Más allá de la entrada había un patio árabe ornamentado que la luz de la luna azulaba, con puertas de cedro en sus cuatro lados. Keller y Mikhail traspusieron la puerta de la derecha, cruzaron un vestíbulo y se acercaron a una escalera de piedra. Al instante recibieron una andanada de disparos procedentes de arriba. Se arrojaron al suelo, a izquierda y derecha, mientras Gabriel permanecía agachado en el patio. Cuando cesó el tiroteo, entró en el vestíbulo y se refugió junto a Mikhail. Keller, justo enfrente, asomó el cañón del Kaláshnikov por el recodo de la escalera y disparó varias ráfagas a ciegas, hacia la oscuridad. Luego, Mikhail hizo lo mismo.

Cuando pararon para recargar, arriba solo había silencio. Gabriel se asomó a la esquina. El rellano de lo alto de la escalera parecía vacío, pero con aquella oscuridad no podía estar seguro. Por fin, Keller y Mikhail subieron el primer escalón. Al instante se oyó un grito desgarrador. Un grito de mujer, pensó Gabriel: dos palabras religiosas en árabe que dejaban pocas dudas de lo que sucedería a continuación. Agarró a Mikhail por la parte de atrás de la camisa y tiró de él con todas sus fuerzas mientras Keller bajaba de un salto los escalones en busca de refugio. Un segundo después, demasiado tarde ya, estalló la bomba. Saladino, al parecer, había perdido su sentido de la oportunidad.

Gabriel portaba dos teléfonos móviles en el bolsillo de la chaqueta: uno comunicaba con Adrian Carter; el otro, con Natalie y Dina. Carter y el resto de los agentes reunidos en el Agujero Negro contaban con la ventaja de las cámaras y los sensores del satélite espía, pero Natalie y Dina solo disponían del sonido que les llegaba a través del móvil. La calidad no era del todo buena: los ruidos sonaban amortiguados. Aun así, no les costó deducir lo que estaba ocurriendo dentro del recinto. Un tiroteo breve pero intenso, el

434

grito de una mujer, *Allahu Akbar*, el estruendo inconfundible de una bomba al hacer explosión. Y después solo silencio. Dina puso rápidamente en marcha el motor. Un momento después circulaban a toda velocidad por la calle mayor de Zaida. El pueblecito situado a la sombra de los montes del Atlas Medio se hallaba ya plenamente despierto.

Los restos desgarrados de una mujer yacían esparcidos por la escalera: una mujer menuda, de veinte o veinticinco años, guapa cuando estaba viva. Una pierna aquí, un pedazo del torso allá, aquí una mano, la derecha, agarrando todavía el interruptor del detonador. La cabeza había rodado hasta el final de la escalera y se había detenido a los pies de Gabriel. Levantó el velo negro que cubría la cara y vio unas facciones delicadas crispadas en una máscara de fanatismo religioso. Los ojos eran azules: azules como un lago de montaña. ¿Era esposa o concubina? ¿O hija, quizá? ¿O era simplemente otra viuda negra, una chica extraviada a la que Saladino había adosado una bomba y una ideología que se regodeaba en la muerte?

Cerró los ojos y, tras cubrir de nuevo aquella cara, siguió a Keller y a Mikhail por la escalera sin hacer ruido. En el suelo del rellano de arriba, allí donde la mujer lo había soltado, en medio de un montón de casquillos de bala, había un Kaláshnikov. A la derecha, un pasillo se alargaba hacia la oscuridad. Al fondo había una puerta y detrás de aquella puerta —pensó Gabriel—, en la esquina sureste de la casa, había una habitación. Una habitación que miraba a La Meca. Una habitación en la que un hombre herido yacía solo, sin nadie que le protegiera.

Cruzaron con cautela el rellano evitando pisar los casquillos y avanzaron en silencio por el corredor. Al llegar a la puerta, Keller accionó el picaporte. Estaba cerrada con llave. Cruzó rápidamente unas señas con Mikhail e indicó a Gabriel que se apartara, pero Gabriel impuso su voluntad haciéndole otra seña. Era el jefe de la operación y, cuando tenía que enfrentarse a sus enemigos, prefería que estuvieran a un metro de distancia y no a una milla.

Keller no le llevó la contraria: no había tiempo. Abrió la puerta de una patada y entró detrás de Gabriel y Mikhail. Saladino yacía en un colchón, en el rincón más oscuro de la estancia, con la cara iluminada por el resplandor de un teléfono móvil. Sobresaltado, echó mano del Kaláshnikov que tenía a su lado. Gabriel corrió hacia él con la Jericho en las manos y le disparó once veces al corazón. Luego se agachó y recogió el teléfono caído. Vibraba: acababa de recibir un mensaje.

INSHALLAH, ASÍ SE HARÁ.

66

MARRUECOS – LONDRES

Saladino había disparado su último cartucho no con una pistola, sino mediante un teléfono Android Nokia 5. Había otros teléfonos del mismo modelo dispersos a su alrededor, además de varios iPhone y Samsung Galaxy, ocho ordenadores portátiles y varias decenas de memorias USB. Mikhail y Keller guardaron rápidamente los dispositivos electrónicos en una bolsa de deporte mientras Gabriel fotografiaba la cara sin vida de Saladino. No era un trofeo. Quería demostrar de una vez por todas que el monstruo había muerto y asestar así una puñalada certera no solo al Estado Islámico sino al movimiento yihadista internacional en su conjunto.

Dina y Natalie estaban entrando por la puerta abierta del recinto cuando salieron de la casa. Yaakov sacó otro Nokia 5 del bolsillo de Nazir Bensaïd. El Peugeot alquilado no estaba en condiciones de circular; tenía el parabrisas reventado y orificios de bala de un extremo a otro de la carrocería, de modo que se amontonaron todos en el Jeep Cherokee. En total, habían permanecido menos de cinco minutos dentro del recinto desde el momento de su entrada por la fuerza hasta su partida apresurada.

Evidentemente, el ruido del tiroteo y la explosión se habían dejado sentir en el centro de Zaida. Cuando recorrieron velozmente la calle mayor fueron objeto de numerosas miradas, algunas de ellas curiosas; otras, francamente hostiles, pero nadie intentó detenerlos. Solo cuando alcanzaron la minúscula aldea bereber de Aït Oufella, unos dieciséis kilómetros montaña abajo, divisaron a los primeros gendarmes subiendo por el valle.

Los coches de la policía pasaron por su lado sin aminorar la marcha, camino de Zaida. Tardarían veinte minutos o menos, quizá, en entrar en el recinto. Y en una estancia de la planta de arriba de la casa encontrarían, tendido sobre un colchón, a un árabe alto y corpulento con once orificios de bala en la pechera de la chilaba. De haber podido hablar, lo habría hecho con claro acento iraquí y, de haber podido caminar, habría caminado con una ostensible cojera. Había llevado una vida cargada de violencia, y había tenido una muerte acorde con ella. Pero ¿había ordenado un nuevo atentado en sus últimos instantes de vida? ¿Habría mandado que se levantara por última vez el telón?

Inshallah, así se hará...

Era posible que la respuesta a ese interrogante se hallara, junto con otros datos de crucial importancia, en alguno de los teléfonos móviles, ordenadores y memorias USB que se habían llevado de la habitación de Saladino. Era esencial, por tanto, que aquellos dispositivos no acabaran en manos de los marroquíes, a los que sin duda interesaría más dilucidar lo sucedido aquella noche larga y violenta que impedir un nuevo atentado terrorista. Con todo, Gabriel ordenó que se retiraran pacíficamente. Ya habían derramado suficiente sangre. Y habiendo muerto Saladino era menos probable que los marroquíes pusieran el grito en el cielo o hicieran alguna estupidez, como imputar por asesinato al jefe del servicio de inteligencia israelí.

Eran casi las siete cuando llegaron a Fez. Se dirigieron hacia el norte a través de los montes del Rif, rumbo a la costa mediterránea. El barco encargado de evacuarlos se hallaba en El Jebha, pero no podrían embarcar hasta que se hiciera de noche, cuando las Zodiac pudieran llegar a la orilla al amparo de la oscuridad. Ello significaba que los técnicos no podrían proceder a analizar los teléfonos y ordenadores hasta veinticuatro horas después, como mínimo. Gabriel decidió finalmente que saldrían de Marruecos por ferri. El puerto de Tánger era la opción más evidente. Desde allí salían barcos con regularidad hacia España, Francia e incluso Italia. Pero más al este había un pequeño puerto del que partía un servicio regular de transbordadores con destino al territorio británico de Gibraltar. Subieron a bordo del ferri de las doce y cuarto unos minutos antes de la hora de salida. Gabriel y Keller se quedaron junto a la barandilla, al sol, Keller fumando un cigarrillo y Gabriel con un teléfono móvil en la mano, mientras los blancos acantilados de caliza del famoso peñón de Gibraltar iban dibujándose ante ellos.

—Por fin en casa —dijo Keller.

Pero Gabriel no le estaba escuchando: tenía la mirada fija en la fotografía que había hecho del rostro sin vida de Saladino.

—La mejor foto que le han hecho nunca —comentó Keller.

Gabriel se permitió sonreír. Luego envió la fotografía a Adrian Carter a Langley por vía segura. La respuesta del norteamericano fue instantánea.

—¿Qué dice? —preguntó Keller.

—*Alhamdulillah*.

Keller arrojó su cigarrillo al mar.

—Ya veremos.

Desde la terminal del ferri de Gibraltar solo había un corto paseo a pie por la avenida Winston Churchill hasta el aeropuerto, donde los esperaba un Falcon 2000 cortesía del Servicio Secreto de Inteligencia de Su Majestad. Graham Seymour había surtido el avión con varias botellas de excelente champán francés, pero a bordo nadie estaba de humor para celebraciones. Poco después de despegar, comenzaron a encender los teléfonos y ordenadores de los que se habían apoderado. Estaban protegidos con contraseña, igual que las memorias USB.

Era ya media tarde cuando aterrizaron en el aeropuerto de la ciudad de Londres, en los Docklands. Dos vehículos los estaban esperando: una furgoneta y una limusina Jaguar negra. La furgoneta llevó a Mikhail, Yaakov, Dina y Natalie a Heathrow, donde tomarían un vuelo nocturno con destino a Ben Gurion. Gabriel y Keller fueron conducidos en el Jaguar a Vauxhall Cross, junto con la bolsa de deporte.

Entraron en el edificio por el aparcamiento subterráneo y llevaron la bolsa al despacho de Graham Seymour, que había llegado de Washington un par de horas antes. Tenía mejor aspecto que Gabriel y Keller, pero solo ligeramente.

—Respecto a los teléfonos y los ordenadores —dijo—, he acordado con Amanda Wallace repartirnos el trabajo. El SIS se hará cargo de la mitad, y MI5 del resto. Nuestros laboratorios respectivos están perfectamente dotados y listos para ponerse manos a la obra.

—Me sorprende que hayáis conseguido mantener a raya a los americanos —comentó Gabriel.

—No lo hemos conseguido. La CIA y el FBI van a mandar agentes de enlace para controlarnos. Por si acaso teníais alguna duda —añadió Seymour—, era él. La CIA lo ha confirmado mediante un análisis facial. —Le tendió la mano a Gabriel—. Te felicito. Enhorabuena, y gracias.

Gabriel aceptó de mala gana la mano que le tendía Seymour.

—No me des las gracias a mí, Graham. Dáselas a *él*. —Indicó a Keller con la cabeza—. Y a Olivia, claro. Sin ella no habríamos podido acercarnos a Saladino.

—La Royal Navy la recogió en ese falso mercante que teníais preparado para escapar hará cosa de una hora —les informó Seymour—. Huelga decir que es esencial que su papel en este asunto siga siendo un secreto celosamente guardado.

—Puede que eso sea difícil.

—En efecto —repuso Seymour—. Internet ya es un hervidero de rumores acerca de la muerte de Saladino. La Casa Blanca está ansiosa por anunciarlo oficialmente. Temen que se les adelanten los marroquíes.

—¿Cuándo lo harán público?

—Esta noche a la hora de las noticias. Querían saber si a la Oficina le interesaba llevarse parte del mérito.

—Santo cielo, no.

—Confiaban en que dijeras eso. Los marroquíes estarán dispuestos a pasar por alto que Estados Unidos haya violado temporalmente su soberanía. Pero, tratándose de los israelíes, la cosa sería muy distinta.

—¿Y los británicos?

—Tenemos prohibido por ley tomar parte en operaciones de asesinato selectivo. De modo que no diremos nada. —Seymour miró a Keller—. Aun así, los analistas están ansiosos por hablar contigo. Y los abogados también.

—Eso —dijo Keller— no sería buena idea.

—¿Fuiste tú quien...?

—No —respondió Keller—. No tuve esa suerte.

Eran las seis de la tarde cuando los expertos comenzaron a analizar los dispositivos incautados. El MI5 fue el primero en conseguir acceder a uno de los teléfonos; el MI6, a un ordenador. Como era de esperar, todos los documentos estaban cifrados. A las siete de la tarde, los técnicos de ambos servicios habían empezado a descifrar los documentos a voluntad y a remitírselos a los equipos de analistas para que buscaran pistas e informaciones de interés. La primera tanda consistía en documentos de escasa importancia aparente. Gabriel y Keller, que supervisaban la búsqueda desde el despacho de Graham Seymour, aconsejaron proceder con extrema minuciosidad. Habían visto la mirada de Saladino al enviar su último mensaje.

A las nueve en punto hora de Londres, el presidente de Estados Unidos y el director de la CIA, Morris Payne, comparecieron en la sala de prensa de la Casa Blanca para anunciar que el principal cerebro terrorista del ISIS, conocido como Saladino, había muerto la noche anterior en el transcurso de una operación secreta estadounidense llevada a cabo en las montañas del Atlas Medio, en Marruecos. Su muerte era, al parecer, el resultado de un minucioso plan estadounidense para eliminar al responsable intelectual de los atentados de Washington y venía a demostrar el empeño de la nueva administración en erradicar de una vez por todas el terrorismo islamista. Los marroquíes habían sido informados de la operación previamente y brindado un apoyo valioso, pero por lo demás la operación había sido estadounidense de principio a fin. «Y los resultados», afirmó el presidente norteamericano en tono jactancioso, «hablan por sí solos».

—¿No te arrepientes? —preguntó Seymour.

—No —contestó Gabriel—. Prefiero ir y venir sin que me vean.

Cuando el presidente y el director de la CIA dieron por terminada la rueda de prensa, los periodistas y los expertos en terrorismo se apresuraron a rellenar las muchas lagunas que presentaba el relato oficial de los hechos. Por desgracia para ellos, la mayor parte de la información de que disponían procedía directamente de Adrian Carter y su equipo, de ahí que muy poca de esa información guardara algún parecido con la realidad. A las diez y media, Gabriel y Keller decidieron que ya habían tenido suficiente. Agotados, montaron de nuevo en el Jaguar y cruzaron el río hacia el oeste de Londres. Keller se dirigió a su lujosa casa de Kensington; Gabriel, al viejo piso franco de la Oficina en Bayswater Road, con vistas a Hyde Park. Al entrar, oyó a una mujer canturreando en italiano. Cerró la puerta y sonrió. Chiara siempre cantaba cuando estaba contenta.

67

BAYSWATER, LONDRES

—¿Dónde están los niños?

—¿Quién?

—Los niños —repitió Gabriel enfáticamente—. Irene y Raphael. Nuestros hijos.

—Se han quedado con los Shamron.

—Querrás decir que se han quedado con Gilah. Ari casi no puede ni cuidar de sí mismo.

—Estarán perfectamente.

Gabriel aceptó una copa de Gavi bien frío y se sentó en un taburete junto a la encimera de la cocina. Chiara lavó y secó un buen puñado de champiñones y, con unas cuantas pasadas de cuchillo, los redujo a varias filas de rodajas perfectas.

—No cocines —dijo Gabriel—. Es muy tarde para comer.

—Nunca es tarde para comer, cariño. Además, tienes cara de que te vendría bien cenar algo. —Arrugó la nariz—. Y darte una ducha.

—Hamid y Tarek decían que, si me duchaba, se enfadarían los *jinns*.

—¿Quiénes son Hamid y Tarek?

—Empleados, a su pesar, del servicio de espionaje israelí.

—¿Y los *jinns*?

Gabriel se lo explicó.

—Ojalá hubiera podido estar allí contigo.

—Yo me alegro de que no estuvieras.

Chiara echó los champiñones a la sartén y un momento después el aroma del aceite de oliva caliente impregnó el aire. Gabriel bebió otro sorbo de Gavi.

—¿Cómo sabías que íbamos a venir a Londres?

—Por un contacto que tengo dentro de la Oficina.

—¿Tiene nombre ese contacto tuyo?

—Prefiere permanecer en el anonimato.

—Claro.

—Es un exjefe. Muy importante. —Dio una sacudida a la sartén y los champiñones comenzaron a chisporrotear—. Cuando me enteré de que os dirigíais a Gibraltar, me subí de polizón en un vuelo con destino a Londres. Intendencia ha tenido la amabilidad de surtir la nevera con unas cuantas cosillas.

—¿Por qué nadie se ha molestado en informar al actual director?

—Les pedí que no lo hicieran. Quería darte una sorpresa. —Chiara sonrió—. ¿No has visto a mis escoltas en Bayswater Road?

—Estaba demasiado cansado para fijarme.

—Estás empezando a perder facultades, cariño. Dicen que suele ocurrirles a quienes pasan demasiado tiempo sentados detrás de un escritorio.

—Dudo que Saladino estuviera de acuerdo contigo.

—¿En serio? —Chiara lanzó una ojeada al televisor de la encimera, que emitía imágenes con el volumen apagado—. Porque la BBC dice que ha sido todo cosa de los americanos.

—Los americanos han sido de gran ayuda —afirmó Gabriel—. Pero le hemos borrado del mapa nosotros, con la inestimable colaboración de Christopher Keller.

—Y pensar que una vez intentó matarte... —Chiara bebió un trago de la copa de Gabriel.

—¿Qué te ha contado Uzi de lo ocurrido?

—Muy poco, en realidad. Sé que el ataque con drones no salió conforme estaba previsto y que conseguisteis localizar a Saladino en un recinto cerrado, en las montañas. Después de eso, todo es bastante confuso.

—Para mí también —comentó Gabriel.

—¿Estabas allí?

Dudó. Luego asintió lentamente.

—¿Fuiste tú quien...?

—¿Qué importa eso?

Chiara no dijo nada.

—Sí —dijo él—. Fui yo. Fui yo quien le mató.

Y a continuación le refirió el resto de la historia. La mujer que se había hecho estallar en la escalera. La estancia llena de teléfonos y ordenadores en la que Saladino había pasado sus últimas horas. El último mensaje de texto.

Inshallah, así se hará...

—Seguramente solo era hablar por hablar —dijo Chiara.

—Pero procede de un hombre que estuvo a punto de introducir clandestinamente un cargamento de cloruro de cesio en Francia, en cantidad suficiente para fabricar varias bombas sucias. Bombas que dejarían inhabitable el centro de una ciudad durante años. —Hizo una pausa y añadió—: ¿Ves a qué me refiero?

Chiara esperó a que los champiñones perdieran por completo el agua antes de aderezarlos con sal, pimienta y tomillo finamente picado. Luego echó varios puñados de *fettuccini* en una olla con agua hirviendo.

—¿Cuánto tiempo piensas quedarte en Londres? —preguntó.

—Hasta que los británicos acaben de analizar los teléfonos y los ordenadores que nos llevamos de allí.

—¿Te preocupa que vaya a por nosotros?

—Su primer objetivo fue el Centro Isaac Weinberg para el Estudio del Antisemitismo en Francia. Prefiero quedarme aquí hasta que acaben de procesar toda la información. Así es menos probable que pasen algo por alto.

—Pero se acabaron las heroicidades —le advirtió ella.

—Sí —respondió Gabriel—. Ahora soy el jefe.

—También eras el jefe cuando estabas en Marruecos. —Probó los *fettuccini*. Luego paseó la mirada por la cocinita y sonrió—. ¿Sabes?, siempre me ha encantado este apartamento. Hemos pasado buenos ratos aquí, Gabriel.

—Y malos también.

—Aquí fue donde nos casamos. ¿Te acuerdas?

—No fue una boda de verdad.

—Para mí sí lo fue. —Se le ensombreció el semblante—. Lo recuerdo todo con tanta claridad. Fue la noche antes de que...

Su voz se apagó. Añadió vino y nata a la sartén, vertió la mezcla sobre los *fettuccini* y los roció con queso rallado. Sirvió un solo plato y lo puso delante de Gabriel. Él hundió el tenedor en la pasta y comenzó a darle vueltas.

—¿Tú no comes? —preguntó él.

—Oh, no. —Chiara miró su reloj—. Es demasiado tarde para comer.

Gabriel usaba el piso franco tan a menudo que había ropa suya colgada en el ropero y el armario del cuarto de baño estaba ocupado por sus artículos de aseo personal. Tras comerse otro plato de pasta, se duchó, se afeitó y cayó rendido en la cama, junto a Chiara. Confiaba en no soñar, pero no fue así. En sueños, subía por una escalera interminable empapada de sangre y cubierta de restos de una mujer. Y cuando encontraba la cabeza y apartaba el velo, era la cara de Chiara la que veía.

Inshallah, así se hará...

Poco antes de las cinco despertó de repente, como sobresaltado por la detonación de una bomba. Pero era solo su teléfono móvil, que vibraba sobre la mesita de noche. Se levantó y se vistió en medio de la oscuridad. Y a la oscuridad regresó.

68

THAMES HOUSE, LONDRES

El Jaguar esperaba abajo, en Bayswater Road. Pero no le condujo a Vauxhall Cross, sino a Thames House, la sede del MI5. Miles Kent, el subdirector, le acompañó rápidamente al despacho de Amanda Wallace. Amanda parecía cansada y marchita; saltaba a la vista que soportaba un gran estrés. Graham Seymour también estaba presente, vestido aún con el mismo traje que llevaba la noche anterior, a excepción de la corbata. Varios funcionarios jóvenes entraban y salían de la sala, y había una videoconferencia en marcha con Scotland Yard y Downing Street. El hecho de que se hubieran reunido allí y no al otro lado del río solo podía significar una cosa: que habían encontrado pruebas en los teléfonos y ordenadores de Saladino de que se preparaba un atentado inminente. Y Londres era de nuevo el objetivo.

—¿Desde cuándo lo sabéis? —preguntó Gabriel.

—Descubrimos los primeros indicios sobre las dos de la madrugada —contestó Seymour.

—¿Por qué no me informasteis enseguida?

—Pensamos que te vendría bien dormir un poco. Además, es problema nuestro, no tuyo.

—¿Dónde será?

—En Westminster.

—¿Cuándo?

—Esta misma mañana —dijo Seymour—. En torno a las nueve, creemos.

—¿Y el método de ataque?

—Un suicida armado con explosivos.

—¿Conocéis la identidad del suicida?

—Todavía estamos trabajando en ello.

—¿Es solo uno? ¿Estáis seguros?

—Eso parece.

—¿Por qué solo uno?

Seymour le pasó un montón de papeles impresos.

—Porque solo hace falta uno.

El mensaje se había enviado a las tres y cuarto de la madrugada anterior, hora de Marruecos, cuando el remitente se hallaba probablemente sometido a una angustia emocional aguda y padecía fuertes dolores. Como resultado de ello, carecía de los protocolos de cifrado secundario y terciario que empleaba normalmente la red terrorista, lo que había permitido a un informático del MI5 rescatarlo de uno de los teléfonos incautados en el recinto de Zaida. Estaba escrito en lenguaje cifrado, pero su contenido no dejaba lugar a dudas: era una orden para llevar a cabo una operación suicida. No se mencionaba el objetivo, pero las prisas con que había sido enviado el mensaje permitieron al informático encontrar otras comunicaciones y documentos que dejaban claro cuál sería el blanco del atentado y la hora a la que tendría lugar. Habían encontrado numerosas fotografías de la zona y hasta un documento relativo a los vientos dominantes y a la probable pauta de dispersión del material radiológico. Los autores intelectuales confiaban en que, con la ayuda de Dios, la zona de contaminación nuclear se extendiera desde Trafalgar Square a Thames House. Los expertos del MI5 que habían estudiado escenarios parecidos calculaban que un atentado de esas características haría inhabitable durante meses —durante años, quizá— la sede del poder británico. El coste económico, por no hablar del impacto psicológico, sería catastrófico.

El receptor del mensaje había sido más cauteloso que el remitente. Aun así, el descuido del emisor había invalidado sus medidas de precaución. Como consecuencia de ello, el técnico del MI5 había podido localizar el intercambio completo de mensajes junto con un vídeo en el que el futuro mártir hablaba a cámara con acento londinense y la cara tapada. Los lingüistas del MI5 dedujeron que era del norte de Londres, nacido en Inglaterra y probablemente de ascendencia egipcia. Con ayuda del GCHQ, el servicio de comunicaciones del espionaje británico, el MI5 comparaba frenéticamente su voz con la de otros islamistas radicales. Es más: el MI5 y el SO13, el Mando Antiterrorista de la Policía Metropolitana, estaban vigilando de cerca a extremistas conocidos y sospechosos de pertenecer al ISIS. En resumidas cuentas, el aparato de seguridad nacional británico al completo se hallaba en estado de máxima alerta, discreta pero eficazmente.

A las seis, cuando empezaba a clarear más allá de las ventanas del despacho de Amanda, sus esfuerzos por identificar y localizar al terrorista suicida aún no habían dado fruto. Media hora después, el primer ministro Jonathan Lancaster presidió una videoconferencia desde la Sala del Gabinete del número 10 de Downing Street. Abrió la conversación con un interrogante que ningún experto en contraterrorismo quería oír.

—¿Acordonamos Westminster y ordenamos la evacuación de los distritos colindantes?

Uno por uno, los ministros, secretarios, directores de servicios de espionaje y comisarios de policía fueron dando su respuesta. Su recomendación fue unánime. Cerrar Westminster. Clausurar las líneas de ferrocarril y autobuses y cortar el tráfico en el centro de Londres. Dar comienzo a una evacuación ordenada, pero exhaustiva.

—¿Y si es una farsa? ¿O un farol? ¿Y si los datos de que disponemos no son fiables? Quedaríamos como unos gallinas. Y la próxima vez que digamos que el cielo se nos cae encima, nadie nos creerá.

La información de que disponían —en eso estaban de acuerdo— era todo lo fiable y actualizada que podía ser. Y se estaban quedando rápidamente sin alternativas para impedir una catástrofe de inmensas proporciones.

El primer ministro entornó los párpados.

—¿Ese que veo ahí es usted, señor Allon?

—Sí, soy yo, señor primer ministro.

—¿Y qué opina de la situación?

—No me corresponde a mí hablar, señor.

—Por favor, prescinda de formalidades. Nos conocemos demasiado bien para eso. Además, no hay tiempo.

—En mi opinión —repuso Gabriel con cautela—, sería un error ordenar cierres y evacuaciones.

—¿Por qué?

—Porque perderán la única oportunidad de impedir el atentado.

—¿La única oportunidad?

—Conocen la hora y el lugar donde ocurrirá. Y si intentan acordonar el centro de Londres, se desatará el pánico y el suicida se limitará a elegir un objetivo secundario.

—Continúe —ordenó el primer ministro.

—Mantengan abiertos de par en par los accesos a Westminster. Sitúen equipos NBQR y tiradores del SCO19 vestidos de paisano en puntos estratégicos en torno al Parlamento y a Whitehall.

—¿Y dejar que se meta de lleno en la trampa? ¿Es eso lo que propone?

—Exactamente, señor primer ministro. No será difícil localizarle. Irá demasiado abrigado para un cálido día de verano y llevará el detonador a la vista, en una mano. Seguramente estará sudando por los nervios e irá farfullando oraciones en voz baja. Puede que incluso se encuentre mareado por la radiación. Y cuando pase junto a un contador Geiger —concluyó Gabriel—, el contador se activará. Pero asegúrense de que el tirador que vaya tras él tenga el temple y la experiencia suficientes para hacer lo que es necesario.

—¿Algún candidato? —preguntó el primer ministro.

—Solo dos —respondió Gabriel.

69

PARLIAMENT SQUARE, LONDRES

—Creo que este es el principio de una hermosa amistad.

—O el final.

—¿Por qué eres siempre tan pesimista? —preguntó Keller—. Ya no estamos en el Sahara. Estamos en pleno Londres.

—Sí —contestó Gabriel mirando alrededor—. ¿Qué puede salir mal aquí?

Estaban sentados en un banco, en la orilla oeste de Parliament Square. Era una apacible mañana de verano, fresca y suave, que prometía leves chubascos para esa tarde. Justo a su espalda se hallaba la Corte Suprema, el más alto tribunal del reino. A su derecha se alzaban la abadía de Westminster y la iglesia de St. Margaret. Y enfrente de ellos, al otro lado de la verde extensión de césped de la plaza, se hallaba el palacio de Westminster. El reloj del famoso campanario marcaba las nueve menos cinco. El tráfico de hora punta fluía por el puente de Westminster y por Whitehall, arriba y abajo, pasando frente a las oficinas de Impuestos y Aduanas de Su Majestad, la sede del Foreign Office y la Commonwealth, el Ministerio de Defensa y la entrada de Downing Street, residencia oficial del primer ministro. Sí, pensó de nuevo Gabriel. ¿Qué podía salir mal?

Portaba un auricular en la oreja derecha y una pistola a la altura de los riñones. La pistola era una Glock 17 de nueve milímetros, el arma reglamentaria del SCO19, la unidad táctica de la Policía Metropolitana de Londres. La radio estaba conectada a la red de comunicaciones seguras de la policía. El jefe del SO15, el Mando Antiterrorista, dirigía la operación asistido por Amanda Wallace, del MI5. De momento habían identificado a dos posibles sospechosos que se dirigían hacia Westminster. Uno estaba cruzando el puente desde Lambeth. El otro caminaba por Victoria Street. De hecho, en ese mismo instante estaba pasando delante de New Scotland Yard. Ambos individuos llevaban mochila, lo cual no era raro en Londres, y tenían rasgos árabes o de Asia Menor, lo que tampoco era de extrañar. El que iba cruzando el puente había partido del barrio de Tower Hamlets, al este de Londres. El que estaba pasando delante de New Scotland Yard procedía de Edgware Road, al norte. Iba bien abrigado y parecía sufrir síntomas de gripe.

—Ese parece nuestro hombre —comentó Gabriel—. Yo apuesto por Edgware y la gripe.

—Lo sabremos dentro de un minuto. —Keller estaba hojeando la edición del *Times* de esa mañana. La muerte de Saladino copaba sus páginas.

—¿No puedes por lo menos...?

—¿Qué?

—Es igual.

El hombre de Tower Hamlets había llegado al extremo del puente que desembocaba en Westminster. Dejó atrás el Caffè Nero y la boca de metro. Luego, pasó junto a un equipo NBQR camuflado y junto a dos agentes de las fuerzas especiales vestidos de paisano. No había indicios de radioactividad; no parecía llevar un detonador en la mano, ni daba muestras de estar nervioso. No era su hombre. Cruzó la calle hacia Parliament Square y se unió a una escuálida manifestación en protesta por la guerra en Afganistán. ¿Todavía había guerra en Afganistán? Incluso a Gabriel le costaba creerlo.

Giró la cabeza unos grados hacia la derecha para observar al segundo hombre, el del barrio de Edgware Road, al norte de Londres, que en esos momentos caminaba por Broad Sanctuary, pasada la torre norte de la abadía. Keller fingía leer las páginas de deportes.

—¿Qué pinta tiene?

—Pinta de estar enfermo.

—¿Será algo que ha comido?

—O algo que lleva encima. Me da la sensación de que brillaría en la oscuridad.

Un equipo NBQR se había situado en la franja de césped que se extendía al norte de la abadía y fingía hacer fotos como cualquier grupo de turistas, acompañado por una unidad del SCO19. Los agentes NBQR ya habían empezado a detectar un nivel elevado de radiación, pero a medida que el hombre de Edgware se acercaba los indicadores se dispararon drásticamente.

—Es el puto Chernobyl —dijo Keller—. Ya le tenemos.

Se oyó un barullo en la radio, varias voces que gritaban al mismo tiempo. Gabriel tuvo que hacer un esfuerzo por apartar la mirada.

—¿Qué posibilidades tenemos? —preguntó con calma.

—¿De qué?

—De que venga hacia acá.

—Yo diría que aumentan por momentos.

El hombre cruzó Broad Sanctuary hacia el edificio de la Corte Suprema y entró en Parliament Square por su esquina suroeste. Unos segundos después, pálido como la muerte, sudoroso y moviendo los labios como si mascullara entre dientes, se encaminó hacia el banco en el que estaban sentados Gabriel y Keller.

—Alguien debería ahorrarle sufrimientos a ese pobre infeliz —comentó Keller.

—No hasta que el primer ministro dé la orden.

El hombre pasó delante del banco.

—¿A qué nivel de radiación acabamos de exponernos? —preguntó Keller.

—Equivalente a unas diez mil radiografías.

—¿Cuántas te han hecho a ti?

—Once mil —respondió Gabriel. Luego añadió en voz baja—: Mira su mano izquierda.

Keller miró. El hombre empuñaba un detonador.

—Mira el pulgar —dijo Gabriel—. Ya está presionando el detonador. ¿Sabes lo que eso significa?

—Sí —dijo Keller—. Significa que lleva una bomba sucia con un detonador de hombre muerto.

El Big Ben estaba dando las nueve cuando el futuro mártir llegó al lado este de la plaza. Se detuvo un momento a observar la manifestación y —pensó Gabriel— a sopesar sus opciones: el palacio de Westminster, que tenía justo enfrente, o Whitehall, que quedaba a su izquierda. El primer ministro y sus consejeros de seguridad hacían lo propio en ese preciso instante. Llegados a ese punto, sin embargo, solo quedaba una alternativa. Alguien tenía que brindarle a aquel hombre la muerte que tanto ansiaba mientras otra persona se encargaba de que siguiera pulsando el detonador con el pulgar. De lo contrario, morirían varias personas y la sede del poder y la historia del Reino Unido quedaría convertida durante mucho tiempo en un desierto radioactivo.

Finalmente, el futuro mártir torció a la izquierda, hacia Whitehall. Gabriel y Keller le siguieron a corta distancia. La suave brisa que soplaba del norte les daba en la cara: una brisa que dispersaría la radioactividad por todo Westminster y Victoria si la bomba llegaba a hacer explosión. El equipo NBQR apostado junto al Caffè Nero se había trasladado a la entrada del edificio de Impuestos y Aduanas. Cuando el individuo pasó frente a ellos, los indicadores de radiación se dispararon. El primer ministro no necesitó más pruebas.

—Abátanlo —ordenó, y el jefe del Mando Antiterrorista trasladó la orden a Gabriel y Keller.

Luego añadió en voz baja:

—Y que Dios los asista.

Pero ¿de qué lado, se preguntó Gabriel, estaría Dios esa mañana? ¿Del lado del fanático con un arma de destrucción masiva adosada al cuerpo, o del de los dos hombres que trataban de impedir que la hiciera estallar? Keller tendría que dar el primer paso. Debía agarrar la mano izquierda del mártir con puño de hierro antes de que Gabriel efectuara el disparo mortal. Si no, el pulgar del suicida se aflojaría sobre el interruptor y la bomba estallaría.

Dejaron atrás los arcos de King Charles Street y la entrada del Foreign Office. El tráfico a lo largo de Whitehall comenzó a menguar. Evidentemente, la policía había cortado Parliament Square por el sur y Trafalgar Square por el norte. El futuro mártir no pareció notarlo. Caminaba hacia su destino, hacia la muerte. Gabriel sacó la Glock que llevaba a la espalda y apretó el paso mientras Keller, un borrón difuso en los márgenes de su campo de visión, respiraba hondo un par de veces.

Delante de ellos, el suicida sudoroso y enfermo por la radiación pasó por entre un cúmulo de turistas sin que nadie reparara en él y se dirigió a la verja de Downing Street, su objetivo aparente. Se detuvo, sin embargo, al ver a los policías vestidos de negro que montaban guardia en la acera. Pareció advertir de repente la extraña ausencia de coches en aquella calle tan transitada. Luego, al darse la vuelta, vio a los dos hombres que caminaban hacia él, uno de ellos con una pistola en la mano. Abrió los ojos de par en par, levantó los brazos y los puso en cruz.

Keller se precipitó hacia él mientras Gabriel levantaba la Glock. Esperó hasta el instante preciso en que Keller asía la mano izquierda del terrorista. Entonces apretó el gatillo. Los dos primeros disparos borraron la cara del suicida. Siguió disparando después de que el hombre cayera al suelo. Disparó hasta vaciar el cargador. Disparó como si tratara de hundir al terrorista en lo más profundo de la tierra, hasta las mismas puertas del infierno.

De pronto, un enjambre de policías y artificieros se precipitó hacia ellos desde todas direcciones. Un coche se detuvo en la calle con la puerta trasera abierta. Gabriel subió de un salto a la parte de atrás y cayó en brazos de Chiara. Lo último que vio antes de que el coche se alejara fue a Christopher Keller presionando el pulgar de un hombre muerto contra el detonador.

CUARTA PARTE

GALERÍA DE RECUERDOS

70

LONDRES

La evacuación de Westminster y Whitehall duró mucho menos de lo que esperaba Saladino, pero no por ello dejó de ser traumática. Durante nueve largos días, el corazón palpitante de la política británica, el epicentro religioso y político de una civilización y un imperio antaño gloriosos, quedó separado del resto del país y cerrado al público por un cordón policial. La zona muerta iba de Trafalgar Square por el norte a Milbank por el sur, y por el este se adentraba en Victoria hasta New Scotland Yard. Los grandes ministerios permanecieron vacíos, al igual que las cámaras del Parlamento y la abadía de Westminster. El primer ministro Lancaster y su personal abandonaron el número 10 de Downing Street para instalarse en una casa de campo cuya ubicación se mantuvo en secreto. La reina, en contra de sus deseos, tuvo que trasladarse al castillo de Balmoral, en Escocia. Únicamente los equipos NBQR tenían permitido acceder a la zona restringida y solo durante cortos periodos. Deambulaban por las calles y plazas desiertas con sus trajes especiales de color verde lima, olfateando el aire en busca de algún resto de radioactividad mientras el tañido plañidero del Big Ben marcaba el paso del tiempo.

La reapertura estuvo exenta de festejos. El primer ministro y su esposa, Diana, regresaron al número 10 a hurtadillas, como si estuvieran allanando su propia morada en tanto que, a lo largo y ancho de Whitehall, los funcionarios y secretarios permanentes regresaban discretamente a sus puestos de trabajo. En la Cámara de los Comunes se guardó un minuto de silencio; en la abadía se celebró un oficio religioso. El alcalde de Londres declaró que la ciudad saldría fortalecida como resultado de aquel roce con la catástrofe, pero no explicó por qué. El titular de uno de los principales tabloides conservadores rezaba: *BIENVENIDOS A LA NUEVA NORMALIDAD.*

Era un miércoles, lo que significaba que el primer ministro debía comparecer ante los Comunes a mediodía para someterse a las preguntas de la oposición. Sus rivales se mostraron condescendientes en un principio, pero no por mucho tiempo. Querían saber, sobre todo, cómo era posible que apenas seis meses después del devastador atentado del West End el ISIS hubiera logrado introducir clandestinamente en el Reino Unido el material necesario para fabricar una bomba sucia. Y por qué, teniendo en cuenta el nivel de alerta máxima, los cuerpos de seguridad habían sido incapaces de identificar al terrorista con anterioridad a la fecha prevista para el atentado. El primer ministro estuvo tentado de contestar que los tremendos problemas de seguridad nacional que afrontaba Gran Bretaña eran el resultado de los errores cometidos por toda una generación de mandatarios políticos, errores que habían convertido al país de Shakespeare, Locke, Hume y Burke en el mayor centro de ideología salafista-yihadista del mundo. Pero prefirió no morder el anzuelo.

—El enemigo es tenaz —afirmó—, pero nosotros también.

—¿Y el método por el que se neutralizó al sospechoso? —preguntó el diputado del distrito de Washwood Heath, Birmingham, una ciudad con un alto porcentaje de musulmanes situada en las West Midlands, cuna de numerosos terroristas y conjuras extremistas.

—No era un sospechoso —puntualizó el primer ministro—. Era un terrorista armado con una bomba y varios gramos de cloruro de cesio radioactivo.

—Pero ¿de veras no había otro modo de neutralizarle que una ejecución a sangre fría? —insistió el diputado.

—No fue eso lo que ocurrió.

La versión oficial del gobierno de Su Majestad y New Scotland Yard afirmaba que los dos agentes que habían impedido que el terrorista detonara la bomba sucia pertenecían a la SCO19, la división táctica de la Policía Metropolitana. La Met se negó, no obstante, a facilitar sus nombres, y tampoco accedió a hacer públicas las imágenes de las cámaras de seguridad que habían registrado los hechos. Había un único vídeo del incidente, grabado por un turista estadounidense que se hallaba frente a la verja de seguridad de Downing Street a las nueve de la mañana de aquel día. Desenfocado y trémulo, mostraba a un hombre que disparaba varias veces a la cabeza del terrorista mientras otro individuo sujetaba la mano izquierda de este. El tirador abandonaba de inmediato el lugar de los hechos en la parte trasera de un coche. Mientras el vehículo se alejaba por Whitehall a toda velocidad, se le veía abrazar a una mujer en el asiento de atrás. Su rostro no se distinguía; solo alcanzaba a verse una pincelada gris, como una mancha de ceniza, en su sien derecha.

Fue sin embargo su compañero, el que mantuvo presionado el pulgar del terrorista contra el detonador las tres horas que tardaron los artificieros en desactivar la bomba, quien concitó mayor atención mediática. De la noche a la mañana se convirtió en un héroe nacional. Era el hombre que había arriesgado altruistamente la vida por la reina y por su país. Pero tales historias rara vez sobreviven largo tiempo en la era implacable de las actualizaciones constantes y las redes sociales, y pronto comenzaron a aparecer artículos que cuestionaban su identidad y su afiliación nacional. El *Independent* aseguraba que era un veterano del SAS que había servido con honores en Irlanda del Norte y la primera guerra de Irak. El *Guardian*, por su parte, aportó la dudosa información de que era un agente del MI6. Se habían difuminado los límites, afirmaba el diario; incluso era posible que se hubieran sobrepasado. Graham Seymour llegó al extremo de emitir un comunicado, cosa rara en él. Los agentes del Servicio Secreto de

461

Inteligencia —afirmaba— no tomaban parte en actuaciones policiales y muy pocos se molestaban en llevar armas de fuego. *Se trata*, añadía, *de una información a todas luces grotesca.*

Entre tanto cruce de acusaciones, la muerte de Saladino, el autor intelectual de aquel rastro trasatlántico de sangre y destrucción, pasó casi desapercibida. Al principio, su legión de seguidores, incluidos algunos que transitaban libremente por las calles de Londres, se negó a creerlo. Sin duda —aseguraban— no era más que una muestra de propaganda tóxica difundida por los americanos para debilitar la influencia del ISIS sobre la nueva generación de islamistas radicales. La fotografía del rostro de Saladino, retocado y exánime, no ayudó gran cosa, puesto que guardaba escaso parecido con el original. Pero cuando el ISIS confirmó su fallecimiento en uno de sus principales canales en las redes sociales, hasta sus más ardientes defensores parecieron aceptar que había muerto. Sus colaboradores más próximos no tuvieron tiempo de llorar su muerte: estaban demasiado atareados esquivando bombas y misiles estadounidenses. Lo de Londres fue la gota que colmó el vaso. La batalla final, la que, según el ISIS, anunciaría el regreso del mahdí y el comienzo de la cuenta atrás para el día del juicio final, había comenzado.

Pero ¿cuáles fueron las circunstancias concretas que rodearon la muerte de Saladino en aquel recinto tapiado de los montes del Atlas Medio, en Marruecos? La Casa Blanca y el propio presidente de Estados Unidos ofrecieron varias versiones que se contradecían entre sí. Para complicar aún más las cosas, una agencia de noticias marroquí independiente informó de que se habían encontrado tres Toyota Land Cruiser en el extremo sureste del país, no muy lejos del mar de dunas de Erg Chebbi. Uno de los todoterrenos parecía haberse estrellado, pero los otros dos estaban carbonizados. La página web de la agencia aseguraba que habían sido atacados por un dron Predator estadounidense; prueba de ello era la fotografía de fragmentos de un misil Hellfire que acompañaba el artículo. La Casa Blanca lo negó taxativamente. Lo mismo

462

hizo el gobierno de Marruecos que, acto seguido, por si no bastaba con eso, procedió a clausurar la página web que había publicado las fotografías y envió a la cárcel a su editor.

La noticia de que un dron estadounidense había atacado en territorio marroquí ocasionó protestas en todo el país, sobre todo en las *bidonvilles* en las que los captadores del ISIS llevaban a cabo su mortífero cometido. Los tumultos eclipsaron casi por completo la noticia del brutal asesinato de Mohammad Bakkar, el mayor productor de hachís de Marruecos y —según él mismo proclamaba— rey de las montañas del Rif. El estado deplorable en que se hallaba el cadáver —afirmaba la gendarmería— apuntaba a que Bakkar había sido víctima de un ajuste de cuentas entre narcotraficantes. Más difícil de explicar era el hecho de que Jean-Luc Martel, el adinerado hotelero y restaurador francés, hubiera sido hallado muerto a escasos metros de distancia, con dos limpios orificios de bala en la cara. Los marroquíes no tenían particular interés en dilucidar cómo había hallado la muerte Martel ni por qué motivo; solo querían desembarazarse del asunto lo antes posible. Entregaron el cuerpo a la embajada francesa, firmaron la documentación necesaria y dijeron cordialmente *adieu* a Jean-Luc Martel.

En Francia, en cambio, el truculento fin de JLM dio lugar a una investigación exhaustiva tanto por parte de la prensa como de las autoridades, y a no pocas especulaciones. Las circunstancias que rodeaban su muerte daban a entender que los rumores que corrían acerca de él eran ciertos, a fin de cuentas: es decir, que no era un empresario que convertía en oro todo cuanto tocaba, sino un narcotraficante internacional disfrazado de otra cosa. A medida que fueron desvelándose los pormenores de su muerte en las páginas de *Le Monde* y *Le Figaro*, las prometedoras carreras de numerosos políticos comenzaron a desmoronarse. El presidente francés se vio obligado a emitir un comunicado en el que lamentaba haber mantenido lazos de amistad con Martel, al igual que el ministro de Interior y la mitad de los diputados de la Asamblea Nacional. Como de costumbre, la prensa francesa abordó la cuestión filosóficamente y Jean-Luc Martel pasó a ser considerado una metáfora de todos los males que aquejaban a la Francia contemporánea. Sus pecados eran los pecados de Francia. Era la prueba palmaria de que algo iba mal en la Quinta República francesa.

Pronto se sucedieron las detenciones, desde la sede central de JLM Enterprises en Ginebra a las calles de Marsella. Sus hoteles tuvieron que echar el cierre; sus tiendas y restaurantes quedaron clausurados y se procedió al embargo y expropiación de sus bienes inmuebles y cuentas bancarias. De hecho, lo único que no reclamó para sí el estado francés fue su cadáver, que languideció durante días en un depósito de París hasta que un pariente lejano de su localidad natal en Provenza se hizo cargo del sepelio. Fueron muy pocos los que asistieron al entierro y el funeral. Especialmente notoria fue la ausencia de Olivia Watson, la bella exmodelo que había sido compañera y socia de Martel. Todos los intentos de localizar a la señorita Watson, tanto por parte de las autoridades francesas como de los medios de comunicación, resultaron infructuosos. Su galería de arte en Saint-Tropez permanecía cerrada al público y en el escaparate que daba a la place de l'Ormeau no se veía ningún cuadro. Lo mismo podía decirse de su tienda de ropa en la rue Gambetta. La villa que compartía con Martel parecía deshabitada, igual (curiosamente) que el ostentoso palacio del otro lado de la bahía.

Pero ¿existía algún vínculo, más allá de la coincidencia de fecha y lugar, entre la muerte de Jean-Luc Martel y la del cerebro terrorista del ISIS conocido como Saladino? Incluso los periodistas más proclives a creer en conspiraciones lo consideraban improbable. Con todo, había suficientes nexos, por tenues que fuesen, para tomar en serio esa posibilidad y molestarse en echar un vistazo. Y eso hicieron: desde el West End londinense al séptimo *arrondissement* de París, pasando por una galería de arte cerrada en Saint-Tropez y una franja de acera empapada de sangre cerca de la entrada de Downing Street. Los periodistas especializados en temas de seguridad y espionaje creyeron distinguir una pauta. Había humo, dijeron. Y donde había humo, solía hallarse el príncipe de fuego.

Con el tiempo, hasta las mentiras entretejidas con mayor esmero acaban por deshilacharse. Lo único que hace falta es un cabo suelto. O un hombre que, por motivos de honor, o quizá por simple sentido del deber, se sienta impelido a sacar la verdad a la luz. No toda la verdad, desde luego, pues eso habría sido peligroso. Solo una pequeña parte: lo justo para dejar con la miel en los labios. Le dio la exclusiva a Samantha Cooke, del *Telegraph* de Londres, quien consiguió tener listo el reportaje para la edición del domingo. En cuestión de horas, la noticia levantó un intenso revuelo en cuatro capitales muy distantes entre sí. Los estadounidenses ridiculizaron el artículo tachándolo de pura fantasía. Los comentarios críticos de franceses y británicos adoptaron un tono ligeramente menos ácido. Solo los israelíes rehusaron hacer declaraciones, como tenían por costumbre en todo lo relativo a operaciones de espionaje. Habían aprendido por las malas que era preferible no decir nada a negar los hechos emitiendo un comunicado que de todos modos nadie creería. En este caso, al menos, su reputación era bien merecida.

El agente protagonista de la historia asistió a la reunión semanal del heterogéneo gabinete del primer ministro y esa misma noche se le vio con su esposa y sus dos hijos de corta edad en el restaurante Focaccia de la calle Rabbi Akiva de Jerusalén. En cuanto a Olivia Watson, la exmodelo, galerista y antigua pareja del desaparecido Jean-Luc Martel, su paradero seguía siendo un misterio. Un conocido periodista francés especializado en sucesos se preguntaba si estaría muerta. Y aunque el periodista no tuviera forma de saberlo, lo mismo se preguntaba la propia Olivia.

71

WORMWOOD COTTAGE, DARTMOOR

La encerraron en Wormwood Cottage con la señorita Coventry, la asistenta, como única compañía y un par de escoltas para vigilarla. Además del viejo Parish, el guardés, claro está. Pero Parish procuraba guardar las distancias. Había servido a todo tipo de gente durante los muchos años que llevaba trabajando en la finca —desertores, traidores, espías necesitados de refugio, incluso algún que otro israelí—, pero la recién llegada tenía algo que, sin que él supiera por qué, le sacaba de quicio. Como de costumbre, por motivos de seguridad, Vauxhall Cross no le había notificado su nombre. Aun así, Parish sabía perfectamente quién era. Cómo no iba a saberlo si su cara había aparecido en las portadas de todos los periódicos del país. Y también su cuerpo, aunque solo en los tabloides más chabacanos. Era esa chica de Norfolk tan guapa que se había ido a Estados Unidos a triunfar como modelo. La que se codeaba con pilotos de fórmula uno, estrellas de *rock*, actores y con ese odioso narcotraficante del sur de Francia. La que supuestamente buscaba la policía francesa por todas partes. La novia de JLM.

Estaba hecha un desastre la noche que llegó y siguió estándolo mucho tiempo después. La larga melena rubia le colgaba, lacia, y la mirada atormentada de sus ojos de un azul nórdico hizo comprender a Parish que había visto algo que no debía ver. A pesar de que estaba ya flaca como un palillo, había perdido peso. La señorita Coventry le cocinaba auténtica comida inglesa que ella acogía con un mohín de disgusto. Se pasaba las horas muertas en la planta de arriba, fumando un cigarrillo tras otro mientras contemplaba el lúgubre paisaje de los páramos. A primera hora de la mañana, la señorita Coventry depositaba un montón de periódicos junto a la puerta de su cuarto. Cuando volvía a recogerlos horas después, siempre tenían varias páginas arrancadas. Y el día que su cara apareció en el *Sun* bajo un titular nada halagüeño, hizo trizas el periódico entero. Solo sobrevivió una fotografía tomada muchos años atrás, antes de la caída. Escrito sobre la frente en tinta de color rojo sangre se leía *Chica JLM*.

—Le está bien empleado por liarse con un traficante de droga —comentó Parish desdeñosamente—. Y gabacho, encima.

No tenía más ropa que la que cubría su elegante figura, y la señorita Coventry se ofreció a ir a Marks and Spencer a comprar algunas cosas básicas para salir del paso. No era el tipo de ropa al que estaba acostumbrada, claro está (a fin de cuentas, tenía su propia marca de ropa), pero mejor eso que nada. Mucho mejor, en realidad. De hecho, todo lo que eligió la señorita Coventry parecía diseñado y confeccionado expresamente para su larga y esbelta figura.

—Qué no daría yo por tener ese cuerpo, aunque solo fuera cinco minutos —comentó la señorita Coventry.

—Pues fíjese para lo que le ha servido —murmuró Parish.

—Sí, fíjese.

Al concluir la primera semana, empezó a sentirse agobiada entre aquellas cuatro paredes. A instancias de la señorita Coventry salió a dar un corto paseo por el campo acompañada por un par de escoltas que parecían mucho más contentos que de costumbre. Después pasó un rato tomando el sol en el jardín. Tampoco a aquello estaba acostumbrada: el sol de Dartmoor era muy distinto al de Saint-Tropez, pero pese a todo su aspecto mejoró notablemente. Esa noche se comió casi toda la deliciosa empanada de pollo que la señorita Coventry le puso delante y luego pasó varias horas en el cuarto de estar, viendo las noticias en la tele. Fue la noche en que la CNN emitió el vídeo grabado por un turista americano frente a Downing Street. Cuando apareció en pantalla un borroso primer plano del agente que había mantenido el dedo del terrorista pegado al detonador, se puso de pie de un salto.

—¡Dios mío, es él!

—¿Quién? —preguntó la señorita Coventry.

—El hombre al que conocí en Francia. Se hacía llamar Nicolas Carnot. Pero es un agente de policía. Es...

—De esas cosas no se habla —dijo la señorita Coventry, interrumpiéndola—. Ni siquiera en esta casa.

Los bellos ojos azules se despegaron de la pantalla del televisor para posarse en el rostro de la señorita Coventry.

—¿Usted también le conoce? —preguntó.

—¿Al hombre del vídeo? Santo cielo, no. ¿Cómo iba a conocerle? Yo solo soy la cocinera.

Al día siguiente dio un paseo un poco más largo y al volver a Wormwood Cottage pidió hablar con alguien que tuviera autoridad sobre su situación. Le habían prometido cosas, aseguró. Le habían dado garantías. Dio a entender que dichas garantías procedían de C en persona, cosa que a Parish le costaba creer. «¡Como si C fuera a preocuparse de gente de su ralea!». A la señorita Coventry, en cambio, no le pareció tan descabellado. Al igual que Parish, había presenciado muchos acontecimientos singulares en aquella casita de campo, como la noche en que un conocido agente del espionaje israelí recibió un ejemplar de un periódico en el que se le declaraba muerto. Un agente del espionaje israelí que, pensándolo bien, se parecía mucho al hombre que había disparado varios tiros a la cabeza de un terrorista en la acera de Whitehall. No, se dijo la señorita Coventry, eso era imposible.

Pero hasta la señorita Coventry, que ocupaba el peldaño más bajo en el escalafón del espionaje occidental, sabía que sí era posible. De modo que no se sorprendió lo más mínimo cuando vio en la primera página de la edición dominical del *Telegraph* un largo reportaje acerca de la operación que había conducido a la muerte del principal cerebro criminal del ISIS, un terrorista apodado Saladino. Al parecer era cierto que Jean-Luc Martel, el narcotraficante francés fallecido y expareja de la actual ocupante de Wormwood Cottage, estaba relacionado con el caso. De hecho, en opinión del *Telegraph*, era el héroe en la sombra de aquella historia.

La señorita Coventry dejó el periódico frente a la puerta del cuarto de la mujer, junto con el café. Horas después, mientras ordenaba la habitación, encontró el artículo, intacto y cuidadosamente recortado, sobre la mesilla. Esa misma noche, mientras una fuerte tormenta azotaba Dartmoor, un hombre saltó la verja de seguridad sin hacer ruido y subió por el camino de grava, hasta la puerta principal de la casa. Al entrar, se limpió los zapatos y colgó en el perchero su abrigo empapado.

—¿Qué hay de cena? —preguntó.

—Pastel de carne —contestó la señorita Coventry con una sonrisa—. ¿Le apetece una buena taza de té, señor Marlowe? ¿O prefiere algo más fuerte?

Les sirvió la cena en la mesita del rincón y acto seguido se puso su impermeable y se anudó la bufanda bajo la barbilla.

—Se encargará usted de los platos, ¿verdad, señor Marlowe? Y esta vez use jabón, querido. Mejora el resultado.

Un momento después, la puerta se cerró con un suave chasquido y por fin se quedaron solos. Olivia sonrió por primera vez desde hacía muchos días.

—¿Señor Marlowe? —preguntó, incrédula.

—Le he cogido cariño a ese nombre.

—¿Cuál es el de pila?

—Peter, por lo visto.

—¿No es el que te dieron al nacer?

Él negó con la cabeza.

—¿Y Nicolas Carnot? —preguntó ella.

—Fue solo un papel que interpreté durante un tiempo, con éxito moderado.

—Lo hacías bien. Muy bien, de hecho.

—Imagino que habrás conocido a muchos como él.

—Jean-Luc parecía atraerlos como moscas. —Observó atentamente a Keller—. ¿Cómo te las arreglabas? ¿Cómo hacías para interpretarlo tan bien?

—Son los pequeños detalles los que cuentan. —Se encogió de hombros—. El pelo, la ropa, esas cosas.

—O puede que hayas interpretado antes ese papel —sugirió Olivia—. Puede que simplemente lo retomaras.

—Se te está enfriando la cena —repuso Keller tranquilamente.

—Nunca me ha gustado el pastel de carne. Me recuerda a mi casa —dijo ella con el ceño fruncido—. A noches frías y lluviosas como esta.

—No está mal del todo.

Olivia probó un bocado, indecisa.

—¿Y bien? —preguntó Keller.

—No es como comer en el sur de Francia, pero supongo que tendré que conformarme.

—Puede que esto te ayude. —Keller le sirvió una copa de vino de Burdeos.

Ella se la llevó a los labios.

—Este es sin duda un hecho sin precedentes.

—¿Cuál?

—Estar cenando con el hombre que mató a mi... —Titubeó. Ni siquiera ella parecía saber cómo referirse a Jean-Luc Martel—. Al principio le engañaste. Pero en cuanto le dijiste que eras británico, no tardó mucho en descubrir quién eras. Decía que habías estado en el SAS y que habías pasado varios años escondido en Córcega. Decía que eras un...

—Con eso basta —la interrumpió Keller.

—Me alegro de que lo hayamos aclarado. —Tras un momento de silencio añadió—: No somos tan distintos, tú y yo.

—Tú eres mucho más virtuosa que yo.

Olivia sonrió.

—¿Nunca me has juzgado?

—Nunca.

—¿Y tu amigo el israelí?

—Quien esté libre de pecado...

—Le vi en ese vídeo —dijo Olivia—. Y a ti también. Fue él quien mató al terrorista. Y tú quien sujetó el detonador. Durante tres horas seguidas —añadió con voz queda—. Debió de ser horrible.

Keller no dijo nada.

—¿No lo niegas?

—No.

—¿Por qué?

¿Por qué, en efecto?, pensó él. Observó la lluvia que se estrellaba contra las ventanas de aquel cálido rincón de la casa.

Olivia bebió un poco más de vino.

—¿Has tenido ocasión de leer el periódico de hoy?

—¿Verdad que es increíble eso que cuenta el *Mail* sobre Victoria Beckham?

—¿Y qué me dices del artículo del *Telegraph* sobre la muerte de Saladino? Ese acerca de cómo Jean-Luc Martel ayudó a los servicios de inteligencia británico e israelí a infiltrarse en la red de Saladino y a localizarle en Marruecos.

—Una historia interesante —comentó Keller—. Y verídica, para variar.

—No del todo.

—Periodistas, ya se sabe —repuso él desdeñosamente.

—Me figuro que el responsable es tu amigo el israelí.

—Suele serlo.

—¿Por qué lo ha hecho? ¿Para qué rehabilitar la imagen de Jean-Luc después de cómo se comportó en el campamento del Sahara?

—Puede que no hayas leído el resto del artículo —dijo Keller—. La parte en la que se afirma que la bella novia inglesa de Jean-Luc ignoraba por completo de dónde sacaba él el dinero. Y que, por tanto, las autoridades francesas no tienen ningún interés en investigarla, teniendo en cuenta el papel que jugó Jean-Luc en la eliminación del terrorista más peligroso del mundo.

—He leído esa parte —afirmó ella.

—Entonces seguramente te darás cuenta de que no lo ha hecho por el bien de Jean-Luc, sino por el tuyo. Estás limpia, Olivia. —Keller hizo una pausa y luego añadió—: Estás rehabilitada.

—¿Igual que tú?

—Mucho mejor, en realidad. Tienes todo tu inventario de cuadros, más los cincuenta millones que te dimos por el Basquiat y el Guston. Eso por no hablar de la calderilla que encontramos escondida debajo de los cojines del sofá de la galería. Solo el edificio vale por lo menos ocho millones. Ni que decir tiene —añadió Keller— que eres una mujer muy rica.

—Y con muy mala reputación.

—El *Telegraph* no parece pensar lo mismo. Y tampoco lo pensará el mundillo del arte londinense. Además, no son más que una panda de ladrones. Encajarás a la perfección.

—¿Una galería de arte?

—Fue lo que te prometió mi amigo aquella tarde en la casa de Ramatuelle —repuso Keller—. Un lienzo en blanco en el que pintar lo que quieras. Una vida sin Jean-Luc Martel.

—Sin nadie —puntualizó ella.

—Algo me dice que no van a faltarte pretendientes.

—¿Quién querría estar con alguien como yo? Soy la...

—Come —la atajó Keller.

Ella probó otro bocado de pastel de carne.

—¿Cuánto tiempo tendré que quedarme aquí?

—Hasta que el Servicio Secreto de Su Majestad decida que puedes marcharte sin correr ningún riesgo. E incluso entonces quizá sea conveniente que contrates los servicios de una empresa de seguridad privada. Te asignarán como escoltas a unos muchachos estupendos, antiguos miembros del SAS, de esos a los que tanto odiaba Jean-Luc.

—¿Hay alguna posibilidad de que tú seas uno de ellos?

—Me temo que tengo otros compromisos.

—Entonces, ¿no volveré a verte?

—Seguramente es mejor que no me veas. Así te será más fácil olvidar lo que viste aquella noche en Marruecos.

—No quiero olvidarlo. Todavía no. —Apartó su plato y encendió un cigarrillo—. ¿Cómo te llamas? —preguntó.

—Marlowe. —Y luego, casi como si se acordara de repente, añadió—: Peter Marlowe.

—Suena a nombre inventado.

—Lo es.

—Dime tu nombre verdadero, Peter Marlowe. El nombre que te dieron al nacer.

—No puedo.

Ella alargó el brazo sobre la mesa y posó la mano sobre la de Keller. En voz baja, preguntó:

—¿Y puedes quedarte aquí para que no tenga que pasar sola esta noche inglesa tan fría y deprimente?

Keller desvió la mirada de los ojos azules de Olivia y contempló la lluvia que azotaba las ventanas.

—No —dijo—. No tengo esa suerte.

72

KING STREET, LONDRES

No tenía planeado que la inauguración se convirtiera en un acontecimiento social, pero de algún modo, con ayuda de una mano oculta o quizá por arte de magia, esos planes se materializaron. En efecto, no bien se puso el sol el segundo sábado de noviembre, el mundillo del arte al completo —con todo el variopinto bagaje que llevaba aparejado— entró en tromba por la puerta de la galería. Había marchantes, coleccionistas, comisarios y críticos. Había actores y directores teatrales y de cine, novelistas, dramaturgos, poetas, políticos, estrellas del pop, un marqués que parecía recién salido de un yate e incontables modelos. Oliver Dimbleby entregaba su tarjeta fileteada en oro a cualquier pobre chica que permaneciera más de uno o dos segundos al alcance de su húmeda mano. Jeremy Crabbe, el último marido fiel de Londres, parecía haberse quedado sin habla. Solo Julian Isherwood logró dominarse. Plantó su pabellón en un extremo de la barra, junto a Amelia March, de *ARTNews*. Amelia observaba con aire de censura a Olivia Watson, que posaba para los fotógrafos delante de su Pollock, vigilada por un par de guardaespaldas.

—Al final le ha ido bastante bien, ¿no te parece?

—¿Por qué lo dices? —preguntó Isherwood.

—Se lía con el mayor narcotraficante de Francia, gana millones dirigiendo una galería de arte fraudulenta en Saint-Tropez y ahora abre otra en St. James's, arropada por ti, por Oliver y por el resto de los fósiles especializados en Maestros Antiguos.

—Y tenemos que estarle muy agradecidos por ello —dijo Isherwood mientras observaba a una joven ligera como una gacela pasar junto a su hombro.

—¿No te parece un poco raro?

—Yo, a diferencia de ti, tesoro, adoro los finales felices.

—Yo los prefiero con una pizca de verdad, y aquí hay algo que no encaja. Te advierto que pienso llegar al fondo de este asunto.

—Tómate otra copa, mejor. O mejor aún —dijo Isherwood—, cena conmigo.

—¡Ay, Julian! —Señaló hacia el otro extremo del gentío, a un hombre alto y pálido parado a escasa distancia de Olivia—. Ahí está tu antiguo cliente, Dmitri Antonov.

—Ah, sí.

—¿Esa es su mujer?

—Sophie. —Isherwood asintió—. Una mujer simpatiquísima.

—No es eso lo que he oído. ¿Y quién es el que está a su lado? —preguntó—. El tío bueno que parece un guardaespaldas.

—Se llama Peter Marlowe.

—¿A qué se dedica?

—No sabría decirte.

A las ocho y media, Olivia cogió un micrófono y dijo unas palabras. Aseguró que estaba encantada de formar parte del gran mundo del arte londinense y que se alegraba de estar de nuevo en casa. No mencionó a Jean-Luc Martel, el héroe en la sombra de la caza y captura del cerebro terrorista del ISIS conocido como Saladino, y ninguno de los periodistas presentes —ni siquiera Amelia March— se molestó en preguntarle por JLM. Por fin se había librado de él. Era casi como si lo llevara estampado en la frente.

Al dar las nueve se suavizaron las luces y comenzó la música, y otra oleada de invitados se agolpó en la puerta. Muchos de ellos eran supervivientes veteranos de los saraos de Villa Soleil: millonarios con todo el tiempo del mundo en sus manos y cuya única ocupación era codearse con sus iguales. Los Antonov estrecharon varias manos selectas antes de escabullirse en la parte de atrás del Maybach para no ser vistos nunca más. Keller se marchó unos minutos después, no sin antes llevar a Olivia a un aparte para darle la enhorabuena y desearle buenas noches. Nunca —le pareció— había estado más hermosa.

—¿Te gusta? —preguntó ella con una sonrisa radiante.

—¿La galería?

—No. El cuadro que he pintado en el lienzo en blanco que me dio tu amigo. —Le atrajo hacia así—. Quiero verte —le susurró al oído—. No sé qué pasó en tu vida anterior, pero te aseguro que conmigo todo puede ir mejor.

Fuera estaba empezando a llover. Keller tomó un taxi en Pall Mall para ir a su mansión en Queen's Gate Terrace. Tras pagar al taxista, se quedó un momento en la acera observando las persianas de las muchas ventanas de la casa. Su instinto le decía que había algún peligro. Dando media vuelta, bajó sigilosamente los escalones que llevaban a la entrada de abajo y antes de abrir la puerta sacó la Walther PPK que llevaba escondida a la espalda. Entró como una exhalación, igual que había entrado en aquella estancia de la esquina sureste de una casa de Zaida, y apuntó al hombre que permanecía apaciblemente sentado junto a la encimera de la cocina.

—Cabrón —dijo al bajar el arma—. Te has librado por los pelos.

—En serio, tienes que dejar de hacer esto.

—¿Qué? ¿Pasarme por tu casa sin avisar?

—Allanar mi domicilio. ¿Qué pensarían los vecinos pijos del señor Marlowe en Kensington si oyeran disparos? —Keller arrojó su abrigo Crombie sobre la isla de mármol junto a la que Gabriel, iluminado por las tenues luces encastradas en el techo, se había sentado en un taburete—. ¿No has encontrado nada que beber en mi nevera?

—Un té estaría bien, gracias.

Keller arrugó el ceño y llenó de agua la tetera eléctrica.

—¿Qué te trae por Londres?

—Una reunión en Vauxhall Cross.

—¿Y por qué no estaba yo en la lista de invitados?

—Alto secreto.

—¿Cuál era el tema?

—¿Qué parte de «alto secreto» no has entendido?

—¿Quieres té o no?

—La reunión versaba sobre ciertas actividades sospechosas relacionadas con el programa nuclear iraní.

—Figúrate.

—Cuesta creerlo, lo sé.

—¿Y de qué índole son esas actividades?

—La Oficina opina que los iraníes están llevando a cabo investigaciones armamentísticas en Corea del Norte. El SIS está de acuerdo. Como es lógico —agregó Gabriel—, teniendo en cuenta que nuestra fuente de información es la misma.

—¿Cuál?

—Algo me dice que vas a enterarte muy pronto.

Keller abrió un armario.

—¿Darjeeling o Prince of Wales?

—¿No tienes Earl Grey?

—Darjeeling, entonces. —Keller echó una bolsita de té en una taza y esperó a que hirviera el agua—. Esta noche te has perdido una buena fiesta.

—Eso he oído.

—¿No tenías hueco en tu apretada agenda?

—No me ha parecido prudente presentarme en una parte de Londres donde mi cara es bien conocida. Además, me ha costado mucho esfuerzo conseguir que Olivia volviera a estar presentable. No querría arruinar mi propia obra.

—Quitaste el barniz sucio —dijo Keller—. Y retocaste la pintura.

—Por decirlo de algún modo.

—El artículo del *Telegraph* era una obra de arte. Con una sola excepción —añadió Keller.

—¿Cuál?

—El retrato heroico de Jean-Luc Martel.

—Era inevitable.

—¿Olvidas que le puso una pistola en la cabeza a Olivia?

—Lo vi todo.

—Desde el gallinero.

Keller puso la taza de té en la isla. Gabriel no la tocó.

—Evidentemente —dijo pasado un momento—, lo que sientes por ella te está nublando el juicio.

—Yo no siento nada por ella.

—Ahórrese el esfuerzo, señor Marlowe. Da la casualidad de que sé que visitaste con frecuencia Wormwood Cottage cuando Olivia estaba allí.

—¿Te lo ha dicho Graham?

—La verdad es que fue la señorita Coventry. Además —continuó Gabriel—, me han comentado que habéis compartido un momento de intimidad esta noche, en la inauguración de la galería.

—No ha sido un momento de intimidad.

—¿Quieres ver la fotografía?

Sin decir nada, Keller se sirvió dos dedos de *whisky* en un vaso de cristal tallado. Gabriel sopló su té.

—¿No he sido un buen amigo a pesar de las desafortunadas circunstancias de nuestro primer encuentro? ¿No te he dado buenos consejos? A fin de cuentas, si no fuera por mí no estarías...

—¿Adónde quieres ir a parar? —le atajó Keller.

—No cometas el mismo error que cometí yo —dijo Gabriel—. Olivia sabe mucho más de ti que cualquier otra mujer, aparte de esa adivina chiflada de Córcega, y esa es demasiado vieja para ti. Es más: Vauxhall Cross ya ha revisado todos sus trapos sucios, lo que significa que el SIS no se interpondrá en vuestra relación. Estáis hechos el uno para el otro, Christopher. Agárrate a ella y no la sueltes.

—Su pasado es...

—No es nada comparado con el tuyo —concluyó Gabriel—. Y mira lo bien que has salido.

Keller extendió la mano.

—¿Qué? —preguntó Gabriel.

—Déjame verla.

Gabriel le pasó su teléfono móvil desde el otro lado de la encimera.

—La feliz pareja —dijo.

Keller miró la fotografía. La habían tomado desde el otro lado de la sala, mientras Olivia le susurraba al oído.

«No sé qué pasó en tu vida anterior, pero te aseguro que conmigo todo puede ir mejor...».

—¿Quién la ha hecho?

—Julian —contestó Gabriel—. El verdadero héroe de la operación.

—No te olvides de los Antonov —repuso Keller.

—¿Cómo iba a olvidarme de ellos?

—Han hecho una breve aparición esta noche, por cierto. La verdad es que parecían bastante felices, para variar.

—No me digas.

—¿Crees que lo suyo saldrá adelante?

—Sí —dijo Gabriel—. Creo que sí.

73

KING SAUL BOULEVARD, TEL AVIV

Lo que dejaba un último cabo suelto. No uno, en realidad, sino varios cientos de millones. Eso sin contar una casa encantada en el corazón de la medina de Casablanca, una suntuosa villa en la Costa Azul y una colección de cuadros adquirida bajo la experta mirada de Julian Isherwood. Los bienes inmuebles se despacharon discretamente y con pérdidas sustanciales, cuadros, guardeses y *jinns* incluidos. Los cuadros, tal y como estaba acordado, fueron enviados a Jerusalén, donde quedaron expuestos en las paredes del museo de Israel. El director quiso darles el nombre de «Colección Dmitri y Sophie Antonov», pero Gabriel insistió en que fuera una donación anónima.

—Pero ¿por qué?

—Porque Dmitri y Sophie no existen en realidad.

Pero las obras filantrópicas de los Antonov no acabaron ahí, dado que disponían de una enorme cantidad de dinero a la que había que dar salida. Un dinero que habían tomado prestado sin intereses al Carnicero de Damasco, quien a su vez se lo había robado a su pueblo antes de gasearlo, bombardearlo y dispersarlo por campos de refugiados de Turquía, Jordania y Líbano. Los Antonov, a través de sus representantes, donaron incontables millones para procurar alimento, ropa, vivienda y atención médica a los desplazados. Donaron asimismo varios millones para construir escuelas en los territorios palestinos —escuelas en las que no se enseñara únicamente a odiar—, y a una residencia situada en el desierto del Negev que atendía a niños con discapacidades graves, tanto árabes como judíos. El Centro Médico Hadassah recibió veinte millones de dólares para ayudar a construir una nueva ala de quirófanos subterráneos. Otros diez millones fueron a parar a la Academia Bezalel de Arte y Diseño para la edificación de un nuevo estudio y la financiación de un programa de becas destinadas a jóvenes artistas israelíes procedentes de familias con escasos recursos económicos.

El grueso de la fortuna de los Antonov, no obstante, quedó depositado en el Banco de Israel, en una cuenta controlada por el organismo gubernamental que tenía su sede en un anónimo edificio de oficinas de King Saul Boulevard. Era una suma lo bastante grande como para cubrir los pequeños gastos extras de toda una vida: asesinatos selectivos, confidentes pagados, desertores, pasaportes falsos, pisos francos, gastos de viaje, y hasta una fiesta de compromiso. Mikhail firmó los últimos documentos en el despacho de Gabriel. Al hacerlo, se despidió oficialmente y para siempre de Dmitri Antonov.

—Voy a echarle de menos. No era malo del todo, ¿sabes?

—No, para ser un traficante de armas ruso —contestó Gabriel—. ¿Has traído el anillo?

Mikhail le pasó el pequeño estuche forrado de terciopelo. Gabriel abrió la tapa y frunció el ceño.

—¿Qué ocurre?

—¿Aquí hay una piedra en algún sitio?

—De un quilate y medio —protestó Mikhail.

—Era más bonito el que llevaba en Saint-Tropez.

—Tienes razón. Pero Dmitri era más rico que yo.

«No», pensó Gabriel mientras guardaba los documentos en su maletín. «Ya no».

* * *

Chiara y los niños estaban esperándole abajo, en el aparcamiento subterráneo, en la parte de atrás del todoterreno blindado. Se dirigieron hacia el este, cruzando Galilea, seguidos por otro todoterreno en el que viajaban Uzi y Bella Navot y por una caravana de coches ocupados por más de doscientos miembros del personal de análisis y operaciones de la Oficina. Era ya de noche cuando llegaron a Tiberíades, pero la villa de los Shamron, encaramada sobre un risco con vistas al lago y al antiguo campo de batalla, rebosaba luz. Mikhail y Natalie fueron los últimos en llegar. El anillo centelleaba en la mano izquierda de Natalie. Sus ojos también brillaban.

—Es mucho más bonito que el de Sophie, ¿verdad?

—Pues sí —se apresuró a decir Gabriel—. Mucho más.

—¿Tú has tenido algo que ver con esto?

—No, como no sea porque te ofrecí un empleo que ninguna mujer en su sano juicio habría aceptado.

—Y ahora soy de los vuestros —dijo ella sosteniendo el anillo en alto—. Hasta que la muerte nos separe.

Faltó el desenfreno propio de las famosas fiestas de los Antonov en Villa Soleil, y todo el mundo se alegró de ello. A decir verdad, no eran muy aficionados a la bebida. A diferencia de sus aliados británicos, el consumo de alcohol no formaba parte intrínseca de su oficio. Además, al día siguiente había cole —como gustaban de decir—, y por la mañana tendrían que reincorporarse a sus puestos de trabajo, excepto Mikhail, que se marchaba al amanecer a Budapest en misión secreta. El reglamento de la Oficina dictaba que pasara la noche en un piso franco de Tel Aviv, pero Gabriel y Yaakov Rossman, que iría con él, le habían concedido una dispensa especial.

Hubo, con todo, música, risas y mucha más comida de la que podían comerse. Ninguno se olvidó de Saladino, sin embargo. Hablaron de él con respeto y hasta con un ápice de temor, incluso después de muerto. El lúgubre augurio de Dina Sarid, un futuro de ciberyihad eterna, parecía desfilar ante sus ojos. El califato del ISIS

482

se estaba disolviendo. Muy despacio, sí, pero no había duda de que estaba dando sus últimas boqueadas. No por ello, sin embargo, se avizoraba el final del ISIS. Con toda probabilidad, se convertiría en un grupo terrorista islámico más, con cierta preeminencia entre sus iguales y acólitos en todo el orbe dispuestos a hacer uso de un cuchillo, una bomba o un vehículo a motor en nombre del odio. Saladino había pasado a ser su santo patrón. Y gracias al reportaje del *Telegraph*, a aquella historia ideada por el propio Gabriel, Israel y los judíos de la diáspora se habían convertido en sus principales objetivos.

—Fue un grave error por tu parte —declaró Shamron.

—No ha sido el primero —respondió Gabriel— y estoy seguro de que tampoco será el último.

—Espero que ella lo mereciera.

—¿Olivia Watson? Sí, lo merecía.

Shamron no parecía convencido.

—Puede que solo la hayas utilizado como excusa. Para justificar esa filtración que, de manera muy imprudente, hiciste a esa periodista inglesa amiga tuya.

—¿Y por qué iba a hacer yo tal cosa?

—Quizá querías que los seguidores de Saladino supieran que eras tú quien le había matado. Quizá —añadió Shamron— querías firmar con tu nombre.

Huyendo de la fiesta, habían buscado refugio en el rincón preferido de Shamron en la terraza. El lago brillaba como plata a la luz de la luna y el cielo sobre los Altos del Golán centelleaba, amarillo y blanco, incendiado por los misiles estadounidenses. Estaban bombardeando objetivos en toda Siria.

Shamron prendió un cigarrillo con su viejo encendedor Zippo.

—¿Saben lo que hacen?

—¿Los americanos?

Shamron asintió lentamente.

—Eso aún está por ver —respondió Gabriel.

—No pareces muy esperanzado.

—Nunca me ha gustado esa palabra.

—Optimista, entonces —sugirió Shamron.

—No hay muchos motivos para el optimismo. Supongamos que los americanos y sus aliados derrotan por fin al ISIS y erradican el califato. ¿Qué pasará después? ¿Se reconstruirá Siria? ¿O Irak? ¿Se quedará esta vez Estados Unidos para garantizar la paz? Es muy poco probable, lo que significa que va a haber varios millones de musulmanes suníes desencantados y privados de derechos básicos viviendo entre el Éufrates y el Tigris. Serán una fuente de inestabilidad en toda la región durante generaciones.

—Irak y Siria fueron desde el principio países artificiales. Puede que sea hora de trazar nuevas líneas sobre la arena.

—Otro estado árabe fallido en ciernes —comentó Gabriel—. Justo lo que le hacía falta a Oriente Medio.

—Quizás ahora que ha muerto Saladino pueda hacerse algo. —Shamron le lanzó una mirada de soslayo—. Debo decir, hijo mío, que llevaste demasiado lejos tu sentido del deber.

—Fuiste tú quien me soltó un discurso acerca de la posibilidad de caminar y mascar chicle al mismo tiempo.

—Pero no pretendía decir con ello que irrumpieras en una casa para matar personalmente a Saladino. ¿Y si hubiera tenido en la mano un arma en vez de un teléfono móvil?

—El resultado habría sido el mismo.

—Eso espero.

—Otra vez esa dichosa palabra.

Shamron sonrió.

—*Espero* que haya quedado algún dinero.

—El Carnicero de Damasco —repuso Gabriel— seguirá financiando las operaciones secretas de la Oficina por muchos años.

—Has donado una cantidad enorme para ayudar a las víctimas.

—Es una inversión de futuro.

—La caridad empieza en casa —dijo Shamron en tono de reproche.

—¿Es un refrán corso?

—A decir verdad —contestó Shamron—, estoy casi seguro de que lo acuñé yo mismo.

—Una cuarta parte de la población siria vive actualmente fuera de su país —explicó Gabriel—. Y la mayoría son musulmanes suníes. Contribuir a su bienestar es la estrategia más inteligente.

—Una cuarta parte —repitió Shamron—. Y cientos de miles más han muerto. Y aun así es a nosotros a quienes se culpa del sufrimiento de los árabes. Como si la creación de un estado palestino fuera a resolver como por arte de magia todos los problemas del mundo árabe. El bajo nivel educativo y la falta de empleo, las dictaduras brutales, la represión de las mujeres...

—Estamos en una fiesta, Ari. Intenta divertirte.

—No hay tiempo. Para mí, al menos. —Shamron apagó parsimoniosamente su cigarrillo—. Esta horrible guerra en Siria debería dejar claro lo que sucederá si nuestros enemigos logran alguna vez penetrar nuestras defensas. Si el Carnicero de Damasco está dispuesto a masacrar a su propio pueblo, ¿qué no haría con el nuestro? Si el ISIS está dispuesto a matar a otros musulmanes, ¿qué no haría si pudiera echar el guante a los judíos? —Palmeó la rodilla de Gabriel con gesto paternal—. Pero eso ahora es problema tuyo, hijo mío. No mío.

Contemplaron el baile de las luces en el cielo, el antiguo jefe y el nuevo, mientras a su espalda sus amigos y compañeros y sus seres queridos se olvidaban durante un rato de los muchos problemas que los asediaban.

—Cuando yo era niño —dijo Shamron por fin—, tenía sueños.

—Yo también —repuso Gabriel—. Todavía los tengo.

El viento soplaba mansamente del oeste, desde el antiguo campo de batalla de Hattin.

—¿Oyes eso? —preguntó Shamron.

—¿Oír qué?

—El entrechocar de las espadas, los gritos de los moribundos.

—No, Ari, yo solo oigo la música.

—Eres un tipo con suerte.

—Sí —dijo Gabriel—, supongo que lo soy.

NOTA DEL AUTOR

Casa de espías es una obra de entretenimiento y como tal debería leerse. Los nombres, personajes, lugares e incidentes que aparecen en ella son fruto de la imaginación del autor o se han empleado con fines exclusivamente literarios. Cualquier parecido con personas vivas o muertas, empresas, negocios, acontecimientos o lugares reales es pura coincidencia.

Hay muchos edificios vetustos y elegantes en la rue de Grenelle de París completamente intactos, pero ninguno de ellos da cobijo a una brigada de élite antiterrorista de la DGSI llamada Grupo Alfa, porque tal unidad no existe. El lector buscará asimismo en vano la sede del servicio secreto de inteligencia israelí en King Saul Boulevard, Tel Aviv: hace tiempo que se trasladó a otra ubicación al norte de la ciudad. El Campus de Inteligencia de Liberty Crossing en McLean, Virginia (sede del Centro Nacional de Lucha Antiterrorista y de la Oficina del Director Nacional de Inteligencia), quedó destruido en un atentado terrorista en *La viuda negra*, pero por suerte no en la vida real. Los empleados de ambos organismos trabajan día y noche para mantener a salvo el territorio estadounidense.

Gabriel Allon y su familia no residen en el número 16 de Narkiss Street, en Jerusalén, pero de vez en cuando se les puede ver en el Focaccia o el Mona, dos de sus restaurantes favoritos en ese vecindario. Hay varias galerías de arte en el *centre ville* de Saint-Tropez, algunas mejores que otras, pero ninguna lleva el nombre de Olivia Watson. Quien visite el barrio de St. James's en Londres tampoco encontrará una galería especializada en Maestros Antiguos cuyos propietarios respondan al nombre de Julian Isherwood, Oliver Dimbleby o Roddy Hutchinson. Los cuadros mencionados en *Casa de espías* aparecen, evidentemente, con fines enteramente literarios. El autor no tiene nada que decir respecto al modo en que fueron adquiridos, ni pretende dar a entender que el sanguinario presidente de Siria tenga una cuenta abierta en el muy honorable Banco de Panamá.

El título de la tercera parte de *Casa de espías* me lo sugirió una frase de *El cielo protector*, la obra maestra de Paul Bowles. Dicha frase aparece también en el cuerpo de la novela, junto con una parte de la oración subsiguiente y un título de Bowles. He tomado prestados, además, elementos iconográficos de Bowles (y versos de Sting, también admirador de *El cielo protector*) en mi descripción del breve paseo de Natalie Mizrahi por las dunas del Sahara. Evidentemente, Gabriel saqueó *El Gran Gatsby* y *Suave es la noche*, de F. Scott Fitzgerald, al idear su operación, que gracias a ello ganó en elegancia. Los admiradores de la versión cinematográfica de *Doctor No* sin duda sabrán en qué se inspiró Christopher Keller a la hora de describir la potencia de una pistola Walther PPK.

Completé el primer borrador de *Casa de espías*, con su descripción de dos atentados del ISIS en Londres (uno con éxito, el otro frustrado), el 15 de marzo de 2017. A las tres menos veinte de la tarde del 22 de marzo, Khalid Masood, un converso al islam de cincuenta y dos años, irrumpió en el puente de Westminster en un Hyundai alquilado. Mientras cruzaba el Támesis a ciento veinte kilómetros por hora, se llevó por delante a varios peatones indefensos en la acera sur y estrelló a continuación el coche contra una barandilla de Bridge Street, frente a las Cámaras del Parlamento. Allí mató a puñaladas al agente de policía Keith Palmer, de cuarenta y ocho años, antes de ser abatido por un agente armado del servicio de escoltas de la Policía Metropolitana. El ataque duró ochenta y dos segundos en total. Murieron seis personas, entre ellas Masood, y más de medio centenar resultaron heridas, algunas de ellas de extrema gravedad.

En aquel momento el nivel de alarma era «severo», es decir, que se consideraba «altamente probable» que se produjera un atentado. Cuatro meses antes, sin embargo, Andrew Parker, director general del MI5, había evaluado la situación de manera aún más contundente. *Va a haber atentados terroristas en Gran Bretaña*, afirmó en declaraciones al diario *The Guardian. Es una amenaza constante y, como mínimo, un desafío generacional al que debemos enfrentarnos.* Las tácticas del ISIS difieren de las de Al Qaeda. Un chaleco explosivo, un cuchillo, un coche, un camión: esas son las armas del nuevo terrorista islámico. Pero el ISIS tiene aspiraciones más elevadas. Su rama de operaciones en el extranjero está intentando denodadamente fabricar una bomba que pueda introducirse en un avión comercial sin ser detectada. Y hay numerosas pruebas que apuntan a que el ISIS ha estado intentando hacerse con los materiales necesarios para fabricar un artefacto de dispersión radiológica o «bomba sucia».

Estando el califato del ISIS sometido al asedio de Estados Unidos y sus aliados, el flujo de combatientes extranjeros desde Occidente y otros países de Oriente Medio se ha reducido drásticamente hasta convertirse en un goteo. Aun así, el ISIS ha demostrado su eficacia a la hora de captar a nuevos miembros para sus filas. A menudo tienen antecedentes delictivos. El ISIS no les hace ascos. Muy al contrario: está reclutando activamente a nuevos miembros con antecedentes penales, sobre todo en Europa occidental. *A veces, la gente con peor pasado es quien crea el mejor futuro.* Eso decía un comentario aparecido en una red social y suscrito por Rayat Al Tawheed, un grupo de combatientes del ISIS procedentes de Londres. El mensaje estaba claro: el ISIS está dispuesto a emplear a criminales para cumplir su sueño de edificar un califato islámico de alcance mundial.

El nexo entre delincuencia e islam radical es uno de los factores emergentes más perturbadores a los que se enfrentan las autoridades antiterroristas de Estados Unidos y Europa occidental. Pensemos por ejemplo en el caso de Abdelhamid Abaaoud, el presunto cerebro operativo del atentado del ISIS en París en noviembre de 2015. Nacido en Bélgica y criado en el barrio bruselense de Molenbeek, cumplió condena en al menos tres prisiones por agresión y otros delitos antes de unirse al ISIS. Salah Abdeslam, cómplice y amigo de la infancia de Abaaoud, también era un pequeño delincuente. De hecho, una vez los detuvieron juntos por entrar por la fuerza en un garaje. Ibrahim El Bakraoui, el terrorista suicida que hizo estallar una bomba en el aeropuerto de Bruselas en marzo de 2016, abrió fuego contra la policía con un fusil de asalto Kaláshnikov en 2010, durante un intento de atraco a una oficina de cambio de divisas. Su hermano menor, Khalid, que se inmoló haciendo estallar un artefacto explosivo en una estación del metro de Bruselas, tenía un largo pasado delictivo que incluía varias condenas por robo de coches, atracos a bancos, secuestro y posesión ilegal de armas.

Son muchos los militantes del ISIS que proceden del mundo del narcotráfico, y el propio ISIS ha estado vinculado con el tráfico de drogas en el Mediterráneo oriental casi desde sus comienzos. Actualmente hay indicios fundados de que el grupo, asfixiado económicamente, se ha introducido en el lucrativo negocio del tráfico de hachís en el Magreb. Poco después de la caída de Muamar el Gadafi en Libia en 2011, los cuerpos de policía de Europa occidental advirtieron un incremento drástico en la afluencia de hachís marroquí, acompañado por un cambio en las rutas tradicionales de contrabando: de pronto, los puertos libios se convirtieron en el principal punto de salida del hachís. ¿Se había introducido el ISIS en el tráfico de hachís tras afianzar su presencia en la Libia posterior a Gadafi? La policía europea no estaba segura, pero a finales de 2016 recibió una buena noticia: las autoridades marroquíes habían detenido a Ziane Berhili, presuntamente uno de los mayores productores de hachís del mundo. Berhili poseía una gran empresa dedicada a la fabricación de postres con sede en Marruecos, pero según las autoridades italianas obtenía la mayor parte de sus ingresos introduciendo ilegalmente en Europa unas cuatrocientas toneladas de hachís al año. El valor en la calle de esas drogas rondaría los cuatro mil millones.

Marruecos no solo exporta drogas a Europa. También exporta terroristas. Abdelhamid Abaaoud, Salah Abdeslam, Ibrahim y Khalid El Bakraoui no solo tienen en común su pasado delictivo. Todos ellos son de origen marroquí. Más de mil trescientos marroquíes se han unido al ISIS, junto con varios centenares de ciudadanos de Europa occidental de origen marroquí, en su mayoría procedentes de Francia, Bélgica y los Países Bajos. Durante un viaje de investigación a Marruecos en el invierno de 2016, vi un país en estado de máxima alerta. No es de extrañar. El jefe del servicio antiterrorista marroquí advirtió en abril de ese año que su unidad había desarticulado veinticinco tramas del ISIS en Marruecos solo en el plazo de un año. Una de ellas incluía el uso de gas mostaza. El sector turístico marroquí, que atrae a miles de visitantes occidentales anualmente, es uno de los principales objetivos de los terroristas.

Es de esperar que los Estados Unidos y sus aliados se impongan en su ofensiva contra el ISIS en Siria e Irak. Pero ¿acaso la desaparición del califato supondrá el fin del terrorismo inspirado o dirigido por el ISIS? La respuesta más probable es no. El califato físico ya está siendo reemplazado por otro digital cuyos agentes reclutan y planifican escudándose en la seguridad y el anonimato que brinda el ciberespacio. Pero en el mundo real correrá la sangre, en estaciones de tren, aeropuertos, cafeterías o teatros de Occidente. El movimiento yihadista internacional ha demostrado que posee una asombrosa capacidad de adaptación. Occidente también debe adaptarse. Y sin perder un instante. De lo contrario, le corresponderá al ISIS y a su inevitable prole decidir la calidad y seguridad de nuestras vidas dentro de esta «nueva normalidad».

AGRADECIMIENTOS

Me siento inmensamente agradecido por el cariño y el apoyo de mi esposa, Jamie Gangel, que me ayudó a idear *Casa de espías*, aportó numerosas ideas a la trama y corrigió hábilmente mi manuscrito, completado apenas unos minutos antes de que se cumpliera el plazo de entrega. Mis hijos, Lily y Nicholas, fueron una fuente constante de ternura e inspiración, sobre todo durante mi viaje de investigación a Marruecos, donde me ayudaron a planificar los giros y revueltas de la larga escena que sirve de clímax a la novela.

Hablé con numerosos espías, expertos en contraterrorismo y políticos dedicados a temas de seguridad nacional, a los que quiero dar las gracias sin mencionar sus nombres, tal y como ellos prefieren. Louis Toscano, mi querido amigo y editor de toda la vida, aportó innumerables mejoras a la novela, tanto grandes como pequeñas. Kathy Crosby, mi correctora personal, dotada de una vista de lince, se aseguró de que el texto estuviera libre de errores tipográficos y gramaticales. Cualquier error que haya escapado a su formidable vigilancia, es mío, no de ellos.

Consulté centenares de libros, periódicos, artículos de revista y páginas web mientras preparaba el manuscrito, demasiados para citarlos aquí. Estaría cometiendo una omisión imperdonable, sin embargo, si no mencionara *La mansión del califa* de Tahir Shah y *A House in Fez* de Suzanna Clarke. Gracias en especial a Michael

Gendler, Linda Rappaport, Michael Rudell y Eric Brown por su apoyo y sus sabios consejos.

El personal del hotel Four Seasons de Casablanca y del Palais Faraj de Fez cuidó admirablemente de nosotros durante nuestra estancia en Marruecos, y nuestros guías, M y S, nos permitieron vislumbrar un panorama de su hermoso país que nunca olvidaremos. Las anécdotas de su lucha con los *jinns*, relatadas durante una larga excursión en coche por los bosques de cedros nevados de las montañas del Atlas Medio, dejaron huella en mi manuscrito, igual que su generosidad y su simpatía.

Tengo contraída una deuda eterna con David Bull por asesorarme en todo lo relacionado con el arte y la restauración. Cada año, David me concede varias horas de su valioso tiempo para garantizar que mis novelas estén exentas de errores. Y como castigo por ello, ahora se le conoce en el mundo del arte como «el verdadero Gabriel Allon». Por último, el inimitable Patrick Matthiesen sacó tiempo en uno de sus recientes viajes a Estados Unidos para regalarme con anécdotas acerca de sus experiencias en el siempre cambiante mercado del arte. Su extraordinaria galería de Maestros Antiguos comparte dirección con el turbulento local regentado en la ficción por Julian Isherwood. Aparte de eso, solo tienen en común su profundo amor y conocimiento del arte, su sentido del humor y su humanidad.